KB105951

파라다이스 가든

Paradise
GARDEN

2006 오늘의 작가상 수상작

파라다이스 가든

Paradise GARDEN

권기태 장편소설

1

민음사

C O N T E N T S

1권

2권

Prologue
프롤로그

프롤로그

미국 대통령을 두 번 지낸 로널드 레이건은 은퇴한 뒤에는 로스앤젤레스 벨에어로 가서 살았다. 그의 아내 낸시는 기력을 잃어가는 남편에게 영화로웠던 옛날을 일깨워 주려고 거실의 수족관에 작은 백악관 모형을 빠뜨려 놓았다. 레이건이 근무하던 오벌 룸과 댄스 파티가 열리곤 하던 이스트윙(東館), 심각한 국사를 논하던 웨스트윙(西館)이 흰 페인트칠을 한 정교한 플라스틱 모델로 재현된 것이었다.

실제의 백악관 정원으로는 가끔 그들 부부를 캠프 데이비드 같은 휴양지의 산장으로 실어 나르던 해군 1호 헬기가 오르내리곤 했지만 낸시가 물속에 빠뜨려 둔 백악관 상공으로는 빨간 얼룩무늬의 화금붕어 알라딘이 오르내릴 뿐이었다. 가끔 알라딘이 꼬리지느러미를 유유히 휘두르며 다가와 수족관의 백악관을 슬쩍 들이박고 지나가면 인류 최정상의 권력을 상징하는 그 건물 모형은 흰 페인트가 칠해지지 않은 두꺼운 구리 바닥을 드러내며 뒤로 벌렁 넘어갔다. 낸시는 그때마다 일일이 팔을 걷어붙이고 물속 깊숙이 손을 담그고는 모래에 파묻힌 백악관을 바로 일으켜 세워야 했다.

소파에서 그걸 물끄러미 바라보곤 했던 레이건은 은퇴하고 오래가지 않아 알츠하이머병을 앓기 시작했다. 그는 기억을 하나하나 잃어가면서, 인물과 사물을 가리키는 어휘들을 서서히 상실해 갔다. 마침내는 물속의 그 하얀 집조차 무엇인지 알아보지 못하게 됐다. 8년 동안이나 살았던 그 웅장하고 우아한 집이 도대체 무엇인지.

그의 일생의 나머지 부분들도 뇌리에서 지워져 갔다. 대통령이 되고 두 달 후에 존 힝클리 주니어가 쏜 총에 맞았던 순간, 캘리포니아 주지사로 취임 선서하던 때 눈앞에서 환히 웃던 낸시의 얼굴, 대학을 마치고 워너 브러더스 배우가 되려고 스크린 테스트 받던 때의 쿵쿵거리며 오르내리던 가슴, 풋볼 스타로 활약할 때 가로지르던 유레카 대학의 푸른 잔디밭, 구두 외판원이었던 아버지가 술에 취한 채 눈밭에 쓰러져 숨져 있던 모습을 발견한 어린 시절의 겨울밤이 차례차례 잊혀 갔다.

기억은 그가 살았던 시간의 역순으로 사라져갔다. 그런 '역순의 기억상실'은 알츠하이머 환자들의 고유한 병증이다. 환자들은 시간이 지날수록 장년기와 청년기, 그리고 소년기, 그

후에는 유아기의 어휘들까지 잃게 되고 마침내는 모든 언어를 상실한 채 태아의 자세로 드러눕게 된다.

불어난 물살에 휩쓸렸거나 자동차 사고를 당한 사람들, 죽음의 문턱을 넘었다가 깨어난 사람들 가운데는 '임사(臨死) 체험자'들이 나온다. 이승에서 저승으로 넘어갔다가 급히 돌아온 사람들이다. 심장과 허파 같은 신체기관이 한때 완벽하게 정지했다가 응급처치나, 아무도 알 수 없는 어떤 경로를 통해 정상으로 돌아온 것이다.

그들은 사고가 터져 나온 직후 1초도 채 안 되는 짧은 순간에 자기 생애의 모든 장면들을 들여다봤다고 증언한다. 마치 자기 일생을 담은 사진첩을 뒷장부터 거꾸로 넘기듯이. 이 역시 시간의 역순으로. 마지막에는 포대기에 싸인 갓난아기를—바로 자기 자신을— 호기심과 미소가 가득한 눈으로 내려다보던 낯선 어른들이 보이면서 절명해 버린다는 것이다. 인생의 마지막 1초도 되지 않을, 작디작은 시간의 호리병이 쪼개지면서 생애 전체라는 백두산만 한 거한(巨漢)이 몸을 드러내다니. 사람들은 시간의 본질을 뒤집어엎는 그 경이로움을 눈앞에 두고 자기가 지금 죽음을 맞고 있다는 사실 자체를 잊어버리기 일쑤다.

그리고 그들은 절명한 바로 그 순간 어떤 통로가 보였다고 말한다. 사방은 캄캄한데 통로 하나가 보인다. 길고, 둥글고, 어둡고, 부드럽게 열린 통로. 빛이 저 끝에서 쏟아져 나오는 통로. 끝에 가까이 다가갈수록 눈을 뜨지도 못할 만큼 환한 빛이 출렁거리는 통로. 하얗고 커다란 빛 무늬가 그 통로 끝에 어른거리고 있는데 마치 빛 자체가 꺼풀을 벗고 속살을 드러낸 것처럼 눈부시게 일렁거린다.

캘리포니아의 초여름 하늘 아래 결국 숨진 레이건도 이 빛을 보았으리라. 그는 자기 생애라는 영화의 엔딩 크레디트가 다 올라가고 난 뒤에 갑자기 극장 안에 켜진 작은 조명등 하나가 자기 얼굴을 비추고 있다고 생각했을지도 모른다.

이 통로 끝의 빛을 봤다고 가장 많은 사람들한테 공개한 사람은 미국 영화배우인 엘리자베스 테일러다. CNN 스튜디오의 래리 킹 앞에서 털어놓았으니까.

"나는 심장이 5분 동안 멎었어요. 그동안 그 하얀 빛을 보았지요. 깨어나 보니 아홉 명이나 되는 의사와 간호사가 주위에서 있더군요. 내가 죽었다 깨어난 걸 지켜본 증인이 그만큼이나 되는 거예요."

임사 체험자들이 공통적으로 말하는 것 가운데 하나는 그 빛을 보고서는 어떤 저항도 하지 못한 채 마치 주광성(走光性) 애벌레처럼 그 통로를 미끄러져 간다는 것이다. 그리고 그 빛의 막을 뚫고 지나가면 실로 거대한 손을, 우리 몸을 온전히 다 감싸고도 남는 커다랗고 따스한 손을 만나게 된다는 것이다. 그리고 그 손바닥에 감싸인 채 빛이 무한하게 쏟아져 들어오는 순백의 뜰에 들어서게 된다는 것이다.

글쎄, 그 손과 뜰은 과연 실재하는 것일까? 지금 절명하고 있는 사람이 우주의 새로운 경지로 나아가면서 겪는 인간의 최후 경험인 것일까?

혹시 역순의 기억 맨 마지막에 남아 있던 신생아 시절 최초의 체험은 아닐까?

그게 맞을 거라고 말하는 사람들도 있다. 그 통로는 캄캄한 자궁에서 웅크리고 있던 태아가 생애 처음 미끄러져 나온 어머니 몸속의 산도(産道)라고. 그 거대한 손은 산도(産道) 끝으로 고개를 내민 아기가 감긴 눈꺼풀에 와 닿는 느낌으로만 파악했던 의사나 산파의 손이라고. 그리고 신생아는 산모의 몸속에선 결코 보지 못했던 환하게 열린 공간, 그 순백의 뜰을 감지했던 것이라고.

세상의 진흙탕에서 한평생을 보낸 사람이 마침내 생명을 다할 때, 그 아름답고 신기루 같던 빛의 비경(秘境)을 다시 한번 보게 되는 것이라고.

제 1 부 옥상정원

PARADISE GARDEN

옥상정원

••I

붉은 능소화가 진 뜨락에 개 발자국이 낭자했다. 바닥을 훑은 바람이 둥근 꽃잎들을 데려갔다. 하지만 개들이 찍은 자취는 날아가지 않았다. 원직수는 쓰러져서 흙이 나온 빈 화분을 구두 끝으로 일으켜 세웠다.

그래, 개를 끌고 나와야 한다. 암컷 러프 콜리와 수컷 새끼를. 터럭 한 올마다 노릿노릿한 윤기가 번들거리는 그 개들을, 계모의 애완견들을…… 여기 데려 나와 죽여야 한다. 때가 오고 있는 것이다.

서병로로부터 핸드폰 연락이 왔다. 원직수는 아랫입술을 깨물었다. 그는 성림건설의 사장이었다. 8월의 바람이 고원의 아래에서부터 불어오고 있었다. 그가 서 있는 곳은 강원도 평창의 높다란 들판이었다. 거기에 별장의 정원이 있었다. 비탈을 따라 널따란 밭을 이룬 억새와 갈대, 수크령 같은 들풀들이 대지의 갈기처럼 크게 휘날리고 있었다. 풀 냄새가 나는 바람이 그의 턱 밑과 겨드랑이 사이로, 손가락 틈으로 서늘하게 빠져나갔다.

서병로는 원직수의 아버지가 10분 후면 이 높은 곳 별장에 도착할 것이라고 보고해 왔다. 원직수 일가의 별장이었다. 미국의 부동산 재벌 넬슨 펠츠[1]가 뉴욕 주 베드퍼드에 만든 16만 평짜리 집 하이 윈드를 본떠 만든 저택이었다. 다른 점은 원직수 일가의 별장은 20만 평이라는 것과 시코르스키 헬리콥터가 실제 뜨고 내릴 수는 없다는 점이었다. 착륙장은 더 컸지만 평창의 군단 항공대가 비행을 허락하지 않았기 때문이다.

일흔세 살의 아버지는— 성림 그룹의 회장은 오늘 아침 여섯 시 반 서울 성북동의 대저택을 걸어 나왔다. 원직수의 부하들이 모시러 갔던 것이다. 그것은 '정중한' 모심이었다.

누군가 저택에 미리 들어가 있던 이가 뒷문을 따주었다. 아마 서병로였으리라. 짙은 감색 정장의 비서실과 경호팀 직원들은 뒷문으로 들어선 다음, 2층으로 빠르게 움직였다.

일찍 일어난 아버지는 2층 침소에서 나가키〔長着〕를 꺼내 보

1) 1980년대 '미국 정크본드의 왕'이라 불리던 마이클 밀켄과 함께 은행 차입금으로 부동산 투기에 나서 10억 달러가 넘는 재산을 모았다.

고 있었다. 오사카 번주(藩主)의 후예인 후쿠자와 히사오〔福澤尙雄〕가 선물로 보내온 일본의 전통 옷이었다. 솜털 느낌의 우단을 댄 내피에는 붉고 큰 이파리의 갯부용과 노란 협죽도가 수놓여 있었다. 후쿠자와는 그것이 극락으로 가는 길목에 피어 있는 꽃이라고 편지를 보내왔었다.

후쿠자와는 1970년대 후반 아버지의 성림건설이 불처럼 일어서던 때 일본의 건설 엔지니어들을 파견했던 이였다. 나가키의 그 화려한 꽃들에는 아버지의 영화롭던 시절에 대한 추억이 수놓여 있었다. 그러나 아버지는 이제 늙고 병들었을 뿐이다. 아버지는 쿨럭이고 있었다.

"가시지요, 회장님."

2층으로 올라간 원직수의 비서실장이 말했다. 허리를 굽혀 나지막하게. 아버지는 무엇이 시작되고 있는지 알고 있었다. 나흘 후에는 그룹 사장단 특별회의가 열릴 예정이었다. 거기서 칼이 날을 부르르 떨며 탁자 위에 꽂히고, 누군가 피로 몸을 씻더라도 미리 예상할 수 있는 일의 하나일 뿐이다. 누군가가 죽임을 당해야 했다. 원직수에게 저항하는 누군가가.

쿨룩 쿨룩— 회장은 무력감에 빠진 채 마른기침을 하며 잔디밭을 가로질렀다. 가는 빗줄기들이 잔디 위에 하얗게 사선을 긋고 있었다. 대문 밖에는 검게 선팅된 밴이 시동을 건 채 대기 중이었다. 회장을 태운 차가 움직이기 시작하자 우르르릉 쾅광! 하늘에서 벼락 치는 소리가 들려왔다. 빗줄기가 굵어졌다.

"김 비서! 개들을 끌고 와라. 먼저 암캐를……."

원직수가 머리카락을 쓸어 올리며 말했다. 그는 적의에 찬 눈동자를 움직이지도 않은 채 앞만 바라보았다.

"예!"

바람이 심하더니, 구름도 어두웠다. 풀들이 바람에 몸을 내맡기고 있었다. 김 비서가 흰 페인트칠을 한 목조 가옥 뒤편으로 돌아가자 개 짖는 소리가 들려왔다. 컹! 커엉! 컹! 커엉! 기필코 죽여야 한다. 저 노린내 나는 개들을. 기필코…… 원직수의 가슴 깊은 곳에서 거친 풀들이 미친 바람과 어울리고 있었다.

원직수는 검고 단단한 스미스&웨슨 45구경을 꺼냈다. 그는 손가락으로 회전탄창을 돌려가며 탄환을 장전했다.

그와 그의 아버지는 자기 소유의 권총들을 가지고 있었다. 아버지는 몰락한 퇴역 장군으로부터 1968년 탄창식 콜트 45구경을 사들였다. 아버지는 벨벳으로 만든 붉은 주머니에 총을 넣어 보르도 포도주 세트를 담는 나무함에 숨겨 두었다. 초등학생이던 원직수는 가끔씩 다락에 올라가 먼지 쌓인 책들을 헤치고 나무 함을 열어보곤 했다. 권총을 만져보면 방아쇠와 손잡이에는 탐스러운 윤기가 머물고 있었다. 총을 움직이면 윤기도 따라 흘렀다.

원직수가 자기 자신만의 총을 마련한 것은 스물여덟 살이던 1984년, 미국 뉴욕 센트럴 파크에서였다. 정원수로 둘러싸인 연못가 벤치에 앉아 돈에 쫓기던 마흔 나이의 미국인 사립탐

정으로부터 총을 사들였다. 원직수는 초등학교를 졸업하던 해 아버지가 다른 곳에 숨겨둔 총을 더 이상 찾아내지 못하게 되면서부터 언젠가 자기도 직접 총을 사들이겠다고 다짐했던 것이다.

아버지가 어머니에게 손찌검하던 것을 보면서부터 그 다짐은 더 강해졌다. 어린 원직수는 뺨에 시뻘건 손가락 자국이 선명한 어머니가 흐느끼고 있으면 "엄마 울지 마." 하며 눈 주위를 닦아주다가 같이 울곤 했다. 그는 아주 어린 나이에 '살의'라는 낱말을 알았다. 죽일 살(殺), 뜻 의(意)…… 초등학교 6학년 때였다.

고원의 저 아래에서부터 밴 한 대가 산길로 올라오고 있었다. 서울에서부터 아버지를 태우고 달려온 밴이었다. 새카매진 비구름들이 산봉우리로 몰려 들고, 능선 위로 내려앉고 있었다. 갑자기 원직수의 주위가 어두컴컴해졌다. 후드득후드득, 그의 딱 벌어진 어깨 위로 비가 내렸다. 주름 하나 없는 카날리의 미끈한 미색 스포츠웨어에 물 얼룩이 지고 있었다.

김 비서가 콜리의 목에 줄을 건 채 원직수의 앞으로 질질 끌고 나왔다. 금갈색의 가느다란 얼굴에, 길고 하얀 털들이 목덜미 주위를 둘러싸고 있는, 아름답고 귀족적인 개였다. 코 주위와 가슴, 발등에 보얗게 솟아오른 장식 털들을 보면 더욱 그런 느낌이 들었다. 원직수의 계모는 이 암컷을 사라피나라고 불렀다. 프랭키라고 불리는 다 자란 수컷 새끼도 있었다. 계모는 사라피나 이전에도 또 다른 콜리종(種) 모자(母子)를 키웠다. 그 이전에도 마찬가지였다.

원직수가 열네 살 무렵— 중학교 1학년이 되었을 때 훗날 계모가 된 여자의 존재를 알게 됐다. 그 당시에는 아버지가 숨겨둔 첩에 불과했다. 원직수보다 열두 살이 더 많은 여자, 아버지보다 열아홉 살이 적은 여자, 이명자였다. 원직수가 미국 유학 시절 친모(親母)가 숨지자 이명자는 아버지에게 정식 부인이 되게 해달라고 애원했다. 자기 아들 원제연을 아버지 호적에 입적시켜 달라고도 매달렸다. 아버지는 모두 다 들어주었다.

처음엔 노여움과 모멸감에 찬 젊은 원직수의 눈앞에서 몸 둘 바를 몰라 하던 그 후처는 어느 결엔가 성북동 정원의 이탈리아제 흔들의자에 앉아 콜리의 목덜미를 쓰다듬는 유한부인의 자태를 보여주기 시작했다. 어쩌면 그녀는 원직수의 생모보다 훨씬 더 부잣집 귀부인이란 말에 잘 어울리는 여자였다. 탐스러운 뺨과 우아한 허리, 둥근 유방과 궁둥이가 그랬다. 그러나 원직수는 용납할 수 없었다. 이명자가 어머니의 부음을 듣고 지었을 표정을. 어머니가 죽고 난 후 얻었을 그 안도와 성취감을.

원직수는 사라피나의 머리통을 향해 권총을 겨눴다. 사흘 전 그의 부하들이 납치해 온 개였다. 그는 진작부터 사라피나를 사살함으로써 이복동생 모자에게 경고하고 싶었다. 지난해 봄 그가 미국으로 건너가 회사의 존망을 건 험난한 협상을 벌이고 있을 때, 이명자와 원제연은 아버지를 모시고 태국의 피피 섬에 쉬러 갔다. 해외여행에 따라 나선 사라피나는 기착지인 방콕에서부터 똥오줌을 누지 않았다. 숫기 없는 아이들이 낯을 가리듯, 귀하게만 자란 탓에 똥 눌 곳을 가리고 있었던 것이다. 결국 사라피나가 사흘째 변비에서 헤어나지 못하고 신음 소리를 내자 이명자는 피피 섬에 데려간 원직수의 전직 비서에게 지시했다. 서울 성북동의 자택 정원으로 데려가 똥을 좀 누이라고.

…… 그룹을 파먹는 개만도 못한 년…… 그년이 내 비서를 데려가 몸종처럼 부리다니…… 이대로 놔둔다면 성림의 기업들은 모조리 도산되고 말리라……. 원직수의 눈앞에는 부도를 맞은 아버지가 쫓겨 다니던 시절 하루 종일 시장통에서 일하다 단칸방으로 돌아와 개죽만도 못한 희멀건 국밥을 어린 아들과 나눠 먹던 어머니가 생각났다……. 아아, 어머니…….

타앙—

총성이 터져 나왔다. 사라피나가 쓰러졌다. 쓰러진 개의 머리 뒤에서 선혈이 흥건하게 흘러나오더니 빗물과 어우러져 포도주 빛이 되었다.

"새끼를 끌고 나오겠습니다."

김 비서가 원직수를 쳐다보며 말했다. 키가 큰 사장은 젖은 머리를 뒤로 넘겨 각이 진 이마를 드러냈다. 움푹 들어간 두 눈 모두 결연한 빛깔로 타오르고 있었다. 어느 때보다 고압적으로 보였다.

"아냐. 됐어. 나중에 춘천이나 원주 같은 데다 풀어줘 버려. 비루먹은 개로……."

원직수는 눈감은 개를 내려다보며 총 쥔 손을 늘어뜨렸다. 용서해라……. 네가 잘못해서가 아니다. 네 주인에게 더 이상 경고를 늦출 수가 없구나……. 살 만큼 산 늙은 개였다.

"김 비서, 도청기를 가져와."

"옙! 알겠습니다."

김 비서는 별장의 목조 본관으로 들어가 새끼손가락 절반만 한 크기의 도청기를 들고 나왔다. 그는 도청기를 개 목에 매단 다음 투명 테이프로 고정시켰다. 나흘 전 원직수의 집무실 서가에서 발견된 도청기였다. 비서진이 설치한 배후가 누군지 의심스러워하자 원직수는 곧바로 이명자를 지목했다. 아버지는 아들의 적(敵)과 동침하고 있는 것이다.

김 비서는 모노륨 장판으로 쓰러진 개를 감쌌다.

"성북동 현관에다 갖다 던져버려……."

"옙! 알겠습니다."

아마 한두 시간 후면 이명자는 일본에서 돌아올 것이다. 나고야로 가서 혜원 신윤복의 편액 한 점을 사들이는 것이 이번 여행의 목적이었다. 이명자는 성림 그룹의 주력 기업을 '명빈(明彬) 아트 뮤지엄'이라고 생각하는 게 분명했다. 정작 모기업인 성림건설은 매일매일 돌아오는 어음과 수표, 아슬아슬한 지급보증 속에서 지뢰밭 같은 나날을 보내고 있는데…….

아버지를 태운 밴이 별장 안으로 들어오고 있었다. 불을 켠 헤드라이트 앞으로 빗줄기들이 희끗희끗 지나갔다. 차가 멈추자 앞 칸 조수석에서 재빨리 몸을 빼낸 직원 하나가 우산을 펴 들더니 아버지가 탄 칸의 차 문을 열어젖혔다.

아버지는 쿨룩 쿨룩, 손수건에 밭은기침을 뱉으면서 구부정해져서 내렸다. 그러나 멀지 않은 곳에서 원직수가 걸어오는 것을 보고는 허리를 펴면서 눈길을 똑바로 보냈다. 힘을 다해 정렬한 시선이었다.

"오시느라, 불편하지는 않으셨습니까."

원직수는 무표정하게 물었다. 생부(生父)에 대한 최대한의 예의였다.

"그런 거 없었다. 성림 아키텍은, 네가 수고했다."

칠순의 아버지는 자기 한살이의 일몰(日沒)을 본 사람처럼 말했다. 대 토목공사의 설계를 해온 자회사인 성림 아키텍의 부도는 모기업인 성림건설까지 무너뜨릴 뻔했다. 성림건설이 지급보증을 섰기 때문이다. 불과 며칠 전까지만 해도 암담한 상황이었다. 원직수는 밤이고 낮이고 은행과 채권자, 전주(錢主)들을 찾아다니며 쓸개를 빼서 보여줘야 했다. 눈빛 하나 말투 하나 불온하게 보이면 그것으로 모든 게 끝이었다. 그러나 원직수는 해냈다. 사지(死地)에서 살아 돌아왔다.

아버지가 별장의 석조 건물을 향해 걸어가자 키가 큰 원직수의 부하들이 옷가지와 책이 든 큰 가방들을 나눠 들고 뒤를 따랐다. 현관 앞 계단에서 부하 하나가 뒤의 동료에게 속삭였다.

"이제, 회장, 연금된 거야?"

"쉬잇—"

원직수는 아버지가 몸을 씻고 늦은 아침 식사를 마치고 났을 때쯤 아버지의 방으로 들어갔다.

"이게 뭐냐?"

"위임 각서입니다."

아버지가 주주 의결권을 포기하고, 원직수를 자기 대리자로 위임한다는 내용의 각서였다. 쿠데타는 이미 시작됐다. 나흘 후 오전에는 사장단 특별회의가 열릴 예정이었다. 아버지는 무엇이 진행되고 있는지 알고 있었다. 아버지가 지금 할 수 있는 최선의 일은 수세에 몰린 자의 굴욕을 감추고, 생부와 상사(上司)로서 아들 앞에서 끝까지 위격(位格)을 갖추는 것이었다. 아버지는 그것을 알고 있었다. 너무도 잘 알고 있었다. 그는 사인한 각서를 아들에게 돌려주며 정색을 하고 물었다.

"아까 총소리는 뭐냐?"

"……개를 잡았습니다."

아버지가 손에 쥔 얇은 각서가, 가느다랗게 떨렸다.

••2

사라피나가 총에 맞기 이틀 전은 일요일이었다.

이날 아침에 김범오는 물뿌리개를 들고 연립주택 옥상에 올라갔다. 그는 거기 상추밭에 물을 주었다. 바싹 마른 흙은 물기를 순식간에 빨아들였다.

그는 지난봄에 이곳으로 이사 왔다. 처음 한 일은 마대 자루를 들고 뒷산에 올라가 흙을 퍼온 일이었다. 그러고 나선 두툼한 객토로 옥상을 뒤덮었다. 백일홍과 페튜니아와 샐비어 씨를 뿌렸다. 달리아와 칸나, 꽃생강의 구근도 심었다. 공동으로 쓰는 옥상에는 220평이나 되는 밭이 생겼다.

그는 직장 일로 갈등하거나 낙담한 때가 있으면 저녁 무렵 옥상으로 올라갔다. 손으로 흙을 어루만지거나, 맨발로 꽃밭 사이를 걸어가면 비로소 그의 가슴이 가라앉았다. 5월에는 연보랏빛 붓꽃이, 6월에는 하얀 칼라가, 7월에는 붉은 꽃창포가 함초롬히 피었다.

그는 흙 중에서도 낙엽이 거무스레하게 잘 썩은 부엽토를 좋아했다. 보스락보스락, 부엽토를 만지는 동안 그는 등 돌렸던 자기 자신과 악수를 했다. 초여름이 되자 그는 연립주택의 남쪽 벽에 담쟁이덩굴을 내려뜨렸다. 여름이 무르익자 그 옆의 벽에는 나팔꽃들이 하루에도 수십 송이씩 피었다 졌다. 마치 기적이 일어나는 것 같았다.

“오늘도 일찍 나오셨군요. 모처럼 제가 물을 주려고 그랬는데.”

301호 대학생이었다. 그는 앳된 아우와 함께 옥상 문을 밀고 나오며 왼손에 든 물뿌리개를 멋쩍은 듯 오른손으로 바꿔

들었다. 대학생은 김범오만 보면 이상하게 주눅이 들었다.

"이거, 오랜만인데요. 물은 아직 덜 준 데가 많아요. 악수 한번 할까요."

그는 대학생에게 손을 내밀었다. 대학생이 말했다.

"아이고. 이거 역시 손바닥이 다르시네요. 거칠거칠, 농부가 다 되신 것 같아요."

"농부는요……."

"아저씨는 손이 원래 그래, 형. 특공부대에서 손이 쇠처럼 됐대."

"이렇게 꽃나무들 가꾸는 건, 어디서 가르쳐줍니까?"

대학생이 물었다.

"후훗, 어디 정식으로 가르쳐주는 데는 없고요. 내가 한 번 들른 수목원이 있어요."

"수목원요?"

"예. 강원도 영월에 도원수목원이라는 데가 있어요. 거기 무릉리와 도원리가 있어서 붙은 이름이에요."

"푸풋, 무릉도원요? 재밌네요."

"친구가 있어서 가끔 화초 상식이 실린 작은 책을 보내와요. 나보고 농부 되라고."

"아저씨!"

갑자기 곁에 서 있던 아이가 방글방글 웃으며 그에게 손을 쑥 내밀었다. 올해 갓 초등학교에 들어간 아이다. 아이의 눈에 아저씨는 삼나무처럼 키가 컸다. 햇볕에 탄 것처럼 그을린 잘

생긴 얼굴이었는데, 웃을 땐 잇몸이 드러나곤 했다. 지금도 그랬다.

"왜?"

김범오는 아이의 살찐 손을 잡았다가 살짝 안아 올렸다.

"아저씨는 플럼 아저씨 같아요."

"플럼 아저씨? 그게 누군데?"

"있잖아요. 동화책에요, 『플럼 아저씨의 낙원』이라고 있어요. 엘, 엘, 엘리자 트럼…… 엘리자 트럼비……."

"엘리자 트림비."

형이 말을 거들었다.

"예. 엘, 엘리자 트림비가요, 그, 그린 책에요, 거기 보면요, 사람들이 우, 우리처럼 연립주택에 살아요. 거기가 너무 쓸쓸하니까요, 플, 플럼 아저씨가 제일 먼저 꽃을 심어요. 공동 마당에요. 나무도 심어요. 그러니까 다른 사람들도요, 따라서 화, 화단에 물을 줘요. 나무에다가는요, 그걸 줘요."

"뭐? 거름?"

"예, 거름요. 그래서요, 마당이 울창해지니까요, '플럼 아저씨의 낙원'이라고 불렀대~요."

"그래? 그럼 너도 플럼 아저씨처럼 되고 싶니?"

"예, 나도 그렇게 될래요. 그, 그리고요, 소방관 아저씨도 될래요."

"소방관 아저씨? 왜?"

"숲 속에 불이 나면요, 헬리콥터를 타고 가지요~. 물을 좌악, 뿌릴 거예요."

"좌악—?"

"예, 좌악—!"

그는 포동포동한 아이의 뺨에 입을 맞췄다.

"아저씨는 뭐가 될 거예요?"

"뭐가 될 거냐고……?"

그는 아이를 안은 채 즐거워하다가 갑자기 할 말을 잃었다.

"사장님요?"

"아니……."

그는 씁쓰레하게 웃었다.

"그럼 뭐예요? 선생님요?"

"글쎄. 좀 생각해 봐야겠는데. 다음에 말해 줄게."

그는 아이를 살짝 내려놓았다.

"아저씨는 소원이 없어요? 꿈요, 꿈!"

"글쎄. 잘 때 꾸긴 하는데."

그는 민망해진 웃음을 지으면서 아이의 뺨에 다시 입을 맞췄다.

••3

김범오는 옥상에서 집으로 내려오자, 기운을 차려 팔굽혀펴기를 시작했다. 발은 침대에 올려놓고, 두 손은 방바닥을 짚은 엎드려뻗쳐 내리막 자세였다. ……174, 175, 176……. 올해 서른세 살…… 머리카락까지 땀으로 젖고, 이두박근이 부들부들 떨리기 시작했다. 어깨가 빠지는 것 같았다.

영화 「빠삐용」이 생각났다. 절해고도 깊은 감옥에 갇힌 빠삐용이 언젠가 있을 탈출을 기약하며 팔굽혀펴기 하는 장면이……. 177, 178, 179, 180. 아랫배에 송골송골 맺혀 있던 땀방울들이 가슴과 목을 타고 길게 주르륵, 턱 끝까지 미끄러져 내려왔다. 꿈도 없는 서른세 살……. 땀이 턱에서 바닥으로 툭툭, 툭툭, 떨어져 내렸다.

그는 일어나 잠시 숨을 몰아쉬었다. 뜨거운 날숨이 뱃속 저 아래에서부터 가쁘게 올라왔다. 숨이 가라앉자 그는 손에 익은 솜씨로 등 아래에 댈 타월을 침대에 깔고 끄트머리에 긴 벨트를 둘렀다. 침상에 누워 벨트에 발을 끼우고 윗몸일으키기를 시작했다. 영화 「레옹」에서도 주인공은 이런 식으로 근육을 훈련시켰다. 등 전체로 침대의 탄력을 받아가며 윗몸을 요령 있게 올렸다가 내렸다.

……181, 182, 183……. 그의 얼굴이 고통과 근성의 주름으로 일그러졌다. 한계치에 다다른 것 같다. 하지만 다시 이를 악물고, 몸통을 몇 번 좌우로 흔들면서, 안간힘을. 겨드랑이 아래 살을 부르르 떨면서 윗몸을 기어코 끌어올렸다. ……우웁, 우우웁, 184, 후우우웃—

그는 일어서서 깊은숨을 들이쉬었다. 꽃과 이파리의 향기들이 들숨과 함께 그의 입과 코로 순식간에 새어 들어왔다가 몸속을 씻고 빠져나갔다. 그의 집 안에는 옥상정원만큼이나 다양한 식물들이 자라고 있었다. 그는 식물들로부터 길게 빠져나온 부드럽고 투명한 분신(分身)들— 향기들을 하나하나 코로 어루만져 보았다. 먼저 다가온 건 상냥하고 어여쁜 소녀의 살결 같은 향기, 저기 창문턱에 얹어놓은 로즈제라늄이다. 그리고 이건 정갈한 바람 속에 퍼져가는 댓잎 소리 같은 것, 마루 바깥쪽에 선 관음죽(觀音竹)이다. 부챗살 같은 길고 푸른 잎새가 감은 눈꺼풀 너머 보이는 것만 같다. 그리고 떠오르는 한라산의 그늘진 물가에서 몸을 씻던 여름날, 그래, 종려죽(棕櫚竹)이다. ……그리고 이건 오늘 아침 베란다에 내놓은 노란 천수국(天壽菊)이 아닐까……. 맞다. 아아, 이 향기를 맡을 때면 까르르 웃는 시골 분교 아이들의 웃음소리가 콧방울 속을 두드리는 것만 같다. 그 소리는 콧속을 지나 입천장과 목구멍을 뛰어다니며 들어온다. 내 안으로, 내 안으로……. 아아, 아침의 이 향기들만으로도 나는 기억들을 여행하고, 과거의 시간들 너머로 돌아다닐 수가 있구나. 큰 풍선을 탄 것처럼 이렇게 자유롭게.

그는 잠시 눈을 감은 채로 서 있다가 샤워를 했다. 그러고는 벌거벗은 채로 거실 벽의 과녁을 향해 다트를 던졌다. 벽에는 나팔꽃 넝쿨이 그물처럼 퍼져 있어서 바람이 불면 과녁 안으로 밀려들어 오곤 했다. 그는 다트를 던지다 말고, 넝쿨을 밀어내야 했다. 팬츠를 걸친 후에는 마루에 비디오카메라를 설치했다.

이번 수요일에는 그가 속한 기획실 직원들이 차례차례 강당으로 가서 자기 신상 소개를 카메라에 담을 예정이었다. 회사는 사원들의 자기소개를 화상 데이터로 갖출 거라고 했다.

그는 일요일 아침, 흙을 만진 후에 고조된 마음으로 시험삼아 자기 얼굴을 촬영해 볼 작정이었다. 그러나 카메라의 까만 렌즈를 응시하는 동안 왠지 모를 깔깔한 침전물이 마음속에 내려앉는 것 같다.

사주(社主)는 이전보다 훨씬 정밀하게 사원들의 데이터베이스를 만들려는 것이다. 아니, 비디오로 찍는 이런 데이터에 또 다른 용도는 없을까? 왜 직원 2000명의 신상 소개를 다 찍는 걸까? 그는 다시 한번 자기 속을 까뒤집어 보이는 기분이었다.

그는 숨을 한 번 크게 들이쉬고는 카메라의 작동 리모컨을 눌렀다.

"저는 김범오입니다. 법 범(範) 자에, 깨달을 오(悟) 자. 무슨 스님들의 법명 같지요. 사실 제가 사는 것도 스님들하고 닮은 점이 많습니다. 서른셋인데 아직 장가를 안 가, 친구들은 제 몸에 벌써 사리가 생겼다고 말하지요. 스님들이 평생 금욕하고 나면 몸속에 생기는 구슬 같은 것 말입니다.

본명을 말했으니까, 별명도 말해야겠지요. 얼굴과 관련된 겁니다. 보시다시피, 짧은 머리에, 쌍꺼풀 없는 맨눈, 낯빛은 거무튀튀하고, 군대에 말뚝 박기 좋은 관상이지요. 그래도 제가 대학 들어가니까, 친구들이 저보고 아랑 드롱(알랭 들롱)이라고 부르기도 했습니다. 아주 잠시. 주로 저한테 뭔가 도와달라던 친구들요. 저는 실없는 사람처럼 비시시 웃고는 했지요. 한, 한 학기쯤 지나니까, 별명도 진화를 하대요. 배랑추롱이라고. 처음엔 무슨 말인지 몰랐습니다. 배추와 아랑 드롱을 섞은 거랍니다. 그때 저는 머리를 길렀지요. 하숙집에서 늘 늦잠을 자곤 했는데, 아침에 눈뜨면 더벅머리가 되었습니다. 그걸 보고 누군가 김병조 같다고 했거든요. 코미디 하던 배추 김병조 말입니다.

그러던 게 벌써 1998년 8월이 됐습니다. 성림건설에 들어와서, 이제 5년이 다 돼갑니다. 지난해 겨울 환란(換亂)이 찾아와서 세상은 난리입니다. 하지만 우리 회사는 웬일인지 아직 정리해고가 없었습니다. 웬일인지.

그래서 더 불안합니다. 앞으로 뭔가 큰일이 닥칠 것만 같습니다. 끔찍한 일요……. 갑자기 담배 한 대 태우고 싶네요."

김범오는 라이터를 꺼내 불을 켰다. 후우웁—.

"저는 참 어렵게 취직했습니다. 이마에 무슨 '불합격'이라고 도장이라도 찍혀 있는 것 같았습니다. 면접만 40번도 넘게 떨어졌습니다. 그러다, 이번에도 안 되면 머리 깎고 절간 간다는 마음으로 원서 낸 다음에 덜컥 합격했습니다. 바로 성림건설이지요. 고창 선운사에서 불목하니로 밥하고 나무하면서 한 달쯤 살던 참이었습니다. 아마 관세음보살께서 불교계의 평화와 안녕을 위해 저를 세속으로 도로 보낸 거라고, 생각하고 있습니다.

고등학교나 대학 때 기억은 세세하게 나면서도, 성림건설

들어온 뒤로는 세월이 머릿속에 새카맣습니다. 열 발짝쯤 뒤에서 기차가 덮쳐 오는데, 철길 위를 정신없이 달려왔다고 할까요.

솔직히 그동안 자존심 던지고, 소나 말처럼 일해 왔습니다. 윗사람들한테는 억지로 웃는 표정 짓고, 속에 없는 말도 해왔습니다. 어깨 힘주는 인간들한테 아파트 시공권 따내려고 돈다발도 찔러 넣고, 창부들도 안겨 봤습니다. 회사 안팎에서 억울하게 모함도 받아보고, 원치 않는 거짓말도 한 적이 있습니다.

그렇게 살면서도, 내가 하는 일이 과연 옳은지, 그른지, 따져볼 새가 없더군요. 일에 치이다 보니 그랬나 봅니다.

최근에는 내가 아니라 다른 누군가의 삶을 대신 살고 있다는 생각이 들기도 하더군요. 조직의 요구에 이리 몰리고, 저리 쏠리면서, 이제는 나라고 내세울 만한 게 뭔지를 잊어버린 사람, 이건 아닌데 싶으면서도 '임금님 귀는 당나귀 귀'라고 풀숲에서나 몰래 말하는 그저 착한 회사원, 불신과 반목 속에 일하고, 또 일하다가 더 이상 소모될 게 없을 때는 가족들한테서도 이미 잊혀 버린 샐러리맨, 늘 사랑의 얼굴을 찾지만 끌어당겨 이마 대고 속삭일 사람 없어 어두운 길을 하염없이 혼자 가는 사람……. 저는 그런 사람이 제 속에서 하루하루 커가는 걸, 우두커니 들여다봅니다. 회사 생활을 하면 할수록요.

그래서 이제는 꿈도…… 소원도 없는 사람이 돼버렸는지도 모르지요.

제가 사실은 이런 허무주의자이고, 회사 생활에 냉소적이라는 걸 안다면 우리 사장은 저를 자를까요. 원직수 사장님 말이지요.

아마 그럴 테지요. 이 시퍼런 구조조정의 태풍 속에 안 자르고 내버려두니 배부른 소릴 한다면서 말입니다.

자를 수밖에 없는 또 다른 이유도 있습니다. 아무리 인간적으로 따스한 사장이라도, 냉소니 허무니 골 복잡한 생각으로 시장의 경쟁논리에 무심한 직원까지 챙겨줄 수는 없으니까요. 그러면 사장 자기가 경쟁에서 도태될 테니까요. 사장도, 회사도, 자본주의라는 마왕한테 밉보이면 가차 없이 퇴물이 되는 가여운 '기계인형'이지요.

저는 차라리 어디론가 떠나버리고 싶습니다. 이 어지러운 세상에서 내가 완전히 바닥나 버리기 전에. 평화롭고, 사람다운 표정을 짓고 있는, 어떤 푸르른 땅으로요……. 강원도의 농장이나 제주도의 바다 마을 같은 곳으로요. 거기도 아니라면? 캐나다의 해안 목장이나, 구름 이는 뉴질랜드의 작은 섬으로요. 그게 꿈 없이 사는 저의, 남은 꿈입니다…….

그런데 만일 이 소망마저 제대로 이룰 수 없다면, 그냥 그렇게 끝나 버린다면…… 그러면 어떻게 될까요…….

저는 그래도, 최소한 '당신이 어딘가 있다.'는 존재감만은 느끼고 싶습니다. 아직 이름도, 성도, 얼굴도 모르는 당신. 하지만 내 사랑을 송두리째 쏟아 부을 당신이 이 땅 어딘가에 반드시 살고 있으리라는 존재감만은 분명히 느끼고 싶습니다. 당신이 언젠가 내 반려자가 돼서 그 싱그러운 땅으로 함께 갈 수 있는 날이 오기를…… 저는 매일 꿈꾸고 있답니다…….

남산 타워로 올라가는 긴 계단. 도, 레, 미, 파, 솔, 라, 시, 도, 계명을 붙이며 내려가는 아이들을 보면— 제 눈앞엔 당신이 머나먼 어딘가에서 피아노를 치고 있는 모습이 보인답니다. 청도 운문사의 눈 쌓인 경내에 울리는 범종 소리. 법당 아래 눈밭에 우두커니 서 있노라면, 그 종소리 한 자락이 멀리 멀리 퍼져 가 마침내 당신 곁을 감싸는 모습이 보인답니다…….

내 창가에 앉았던 파랑새 한 마리, 아득하게 날아가 날개 접는 나무 둥지 아래로는 당신이 무심하게 산책하고 있다는 사실도, 저는 안답니다……. 어딘가에 있을 당신을, 저는 어서 만나고 싶습니다……. 이제는 당신의 얼굴을 한번쯤 어루만져 보고 싶답니다, 이제는 당신의 가냘픈 몸을 쓸어안고 싶답니다……."

••4

서병로가 텅 빈 강세연의 집으로 들어가기로 한 것은 일요일 저녁 9시가 넘어서였다. 그래! 쳐들어가는 거다! 차 한 대가 겨우 지나갈 만한 골목길에 벤츠를 대놓고 3시간 이상 여자를 기다리는 건 고단한 일이었다.

그는 쉰다섯 살의 건장한 중년이었다. 성림건설 전무이기도 했다. 회사에선 구조조정의 피바람이 불기 직전이었다. 여자 하나 때문에 이런 곳에 나와 있을 때가 아니었다. 하지만 강세연은 너무 예뻤다.

처음에 그는 그녀가 자기와 조우하게 됐을 때 놀랄 표정을 그려보았다. 그리고 두 시간이 지나자 갈증이 일더니 차츰 분노로 변해 갔다. 언제 올지 모를 여자를 기다리며 앞 차창을 적막하게 응시하는 일이나, 아무래도 편치 않은 운전석에서 오직 잠만을 쫓는 일은 설렘보다 초조함과 분노를 키우기 십상이었다.

아무리 혼자 사는 여자라도 도대체 쉬는 날 집에 안 있고 밤늦게까지 어딜 이렇게 나돌아 다니나. 남들은 구조조정의 태풍에 휴일도 없이 출근해서 눈에 불을 켜고 일하고 있는데.

그는 강세연이 나타나기만 하면 당장 머리채를 움켜쥐고 뒷좌석에 던진 다음 차를 몰고 질주해 버려야겠다고 이를 갈았다. 아무리 핸드폰으로 전화를 걸어도 신호 음만 공허하게 울릴 뿐이었다.

조용하게 클로로포름을 적신 손수건으로 강세연의 얼굴을 덮어버리고픈 생각도 들었다. 무기력하게 몽혼(朦昏)에 빠져드는 모습을 보며 그간 그에게 반항했던 날들을 후회하게 만들어주고 싶다는 생각이었다. 곰곰이 따져보니 아무래도 머리채를 붙잡고 뒷좌석에 던지기보단 클로로포름 쪽이 나을 것 같았다. 그는 다혈질이라기보다 음모가였다.

처음에 그녀를 유혹했을 때 맥주에 최음제(催淫劑)를 탔던 기억이 떠올랐다. 최음제는 조미료 맛이 나는 각설탕 같은 것이어서 손으로 조금 누르자 가루가 되어 잔 밑바닥으로 천천히 가라앉았다.

약 기운이 오르자 그녀는 얼굴이 발갛게 달아오르면서 백치가 된 듯 기분이 좋아 보였다. 그는 우스워서 견딜 수가 없었다. 그녀가 잠시 상실해 버린 수치심을 생각하자 가여운 느낌도 들었다. 그러나 그 순간 그녀는 바의 음악에 현기증이 난다면서 그의 곁으로 건너와 머리를 기댔다. 그는 화끈 달아오른 하반신의 욕망을 단단하게 느꼈다. 이제 욕망을 감출 필요가 없었다. 그는 낚아 올린 잉어를 움켜쥐듯 자연스레 그녀의 젖가슴을 어루만졌다.

그녀는 다음 날 아침에야 전날 밤 자신이 이상했다는 걸 깨달았다. 벗은 몸으로 침대에 누운 그의 얼굴을 찬찬히 노려보더니, 무슨 짓을 했던 거예요, 하고 외쳤다.

그러나 그는 그런 식으로 흥분한 여자를 대하는 방법을 잘 알고 있었다. 선량한 표정을 지으면서, 대체 무슨 말을 하고 있냐는 눈빛을 보내는 것이었다. 그런 식으로 시치미를 떼는 것이 결국 여자의 자존심을 위해 주는 길이었다. 그는 그렇게 생각했다.

가는 허리에 투피스 차림의 여자 하나가 어둠 속에 보였다. 그러나 헤드라이트를 켠 순간 나타난 것은 부신 눈을 가리느라 손바닥을 내민 남녀 한 쌍이었다.

"뭐요?"

삼십 대 후반의 남자가 차창에 바싹 얼굴을 들이대고는 거칠게 물었다.

"아, 아닙니다. 죄송합니다."

그러고는 코란도 한 대가 나타났다. 서병로는 코란도가 지나가게끔 자기 벤츠를 길게 후진시켰다가 원위치로 돌아왔다. 아니다. 이럴 게 아니다. 그는 강세연이 어디에 열쇠를 두는지 알고 있었다. 이제 더 이상 신사적일 필요가 없어.

서병로는 쪽문을 밀고 들어가 계단을 올라갔다. 2층 현관문 앞에는 널찍한 층계참이 있었다.

무언가 파드닥거렸다. 검고 빠른 게 서병로의 발 옆을 민첩하게 지나갔다. 어! 서병로는 비명을 지를 뻔했다. 고양이였다. 층계참의 화분을 받쳐 놓은 탁자 위에는 카나리아가 든 새장이 있었다. 이미 연두색 깃털 몇 개가 떨어져 나가 있었다. 고양이가 새장 안으로 발톱을 넣어 휘저었던 것이다.

서병로는 야릇한 기대감에 젖어 현관문 위의 알루미늄 새시를 더듬었다. 열쇠는 없었다. 그렇다면…… 그는 라이터 불을 켜고 벽에 바싹 붙은 가스 파이프를 샅샅이 비춰보았다. 그녀는 긴 줄 달린 열쇠를 세로로 된 가스 파이프 뒤의 나사에 매달아 놓기도 했던 것이다. 그러나 녹 부스러기만 떨어질 뿐이었다. 매리골드와 페튜니아 화분들을 들어봤지만 헛일이었다.

…… 으음 …… 아, 그래! 그는 순간 새장을 들어 올렸다.

무언가 반짝, 거렸다. 회심의 미소. 열쇠가 있었다. 새가 다시금 파드닥거렸다.

그가 방에 들어가 가장 먼저 찾아본 건 오디오가 있는 장식장 맨 위 칸이었다. 강세연이 갖가지 오래된 카메라와 렌즈, 액세서리와 클리닝 세트를 놓아두는 곳이었다. 아, 없다, 이럴 수가, 내가 준 롤라이플렉스가 없어지다니. 검은 렌즈가 아래위 두 개 붙어 있는 1951년 독일산 명품 클래식 카메라였다.

서병로는 3년 전 쾰른으로 출장을 갔던 길에 대성당 앞의 카메라점에서 롤라이플렉스를 사 들면서 그들의 사랑이 이뤄지길 기도했었다. 그는 한 번도 신자였던 적이 없지만 성당에 들어서자 갑자기 간절해지는 기분이었다. 강세연은 그걸 여기 맨 앞에 놓아두곤 했는데, 이게 어디로 가고 없는 걸까. 서병로는 눈앞이 캄캄해지면서 왠지 버려진 기분이 들었다.

에어브러시며 소독용 에탄올, 면봉, 클리닝 페이퍼를 담은 대바구니 옆에는 그가 한 번도 못 본 구식 카메라가 새로 놓여 있었다. 주름상자를 매단 렌즈가 구식 기관차처럼 앞으로 죽 밀려 나와 있는 코닥이었다. 그가 렌즈 아래의 철판에 힘을 주자 주름상자는 레일을 타고 밀려나면서 접혀졌다. 그래, 이거다. 바로 이거야. 어느 놈이 선물한 거다. 이것 때문에 내 카메라가 없어져버린 거야. 그는 얼굴이 달아오르더니, 시뻘겋게 피가 솟구치는 느낌이었다.

여자가 돌아온 건 한 시간 후였다. 그는 그녀의 앨범을 뒤지다가 발자국 소리가 들려오자 숨을 멈췄다. 남자와 함께 올라오고 있다면……. 그는, 끝장이라고 생각했다. 그러나 또각거리는 단화 소리뿐이었다. 그가 등산복을 입은 강세연과 한 남자의 사진을 안주머니에 챙겨 넣는 순간 현관문이 탁, 하고 열렸다. 안방의 침대맡에 앉아 있던 그의 얼굴에는 슬며시 웃음이 떠올랐다. 예상대로 여자는 방 안에 있는 그를 보고 눈이 둥그레진 채로 놀란 입을 다물지 못했다. 그가 물었다.

"어디 갔었어?"

"아니, 이게 무슨 일이에요."

코에 익숙한 그녀의 샤넬 향수 냄새가 다가왔다. 머릿결에서도 시원한 샴푸 냄새가 났다. 향이 나는 여자는 소스를 잘 뿌린 요리와 같다. 그는 그녀가 젊다고 생각했다. 그녀는 이제 겨우 서른셋이었다.

"보고 싶어서 왔어. 안 돼?"

"당장 나가 주세요. 어서요!"

강세연은 어깨에 메고 있던 묵직한 카메라 가방을 내려놓으면서 말했다. 두려워하면서도 단호한 표정이었다.

"이봐, 왜 이래? 변했어?"

"이제 우린 끝났어요. 알잖아요?"

그는 순간 말문이 막혔다. 한때 그녀는 그의 부하 직원이었다. 무기력한 알몸으로 그의 몸 아래 누워 있었던 적도 있었다. 비록 최음(催淫)하는 알약의 힘을 빌린 것이었지만. 달아오를 대로 달아올라 몸부림치던 그녀의 표정은, 3년 전에는 그만이 내려다볼 수 있는 것이었다. 그런데, 우린 끝났어요, 이제 와서 어떻게 이렇게 단호하게 말할 수 있단 말인가.

그는 알지 못할 가학 성향이, 그녀를 궁지로 몰아가고 싶다는 욕망이, 온몸에 퍼지고 있음을 느낄 수 있었다. 이상하지. 왜 이럴 때 나는 도리어 차분해지는 걸까.

캬—옹, 현관문 바깥에서 고양이 울음소리가 났다.

"다 알고 있어. 다른 남자가 생겼다며."

"그게 왜요?"

"넌, 날 이용해 먹은 거야. 널 과장으로 만들려고 내가 얼마나 미친 짓을 했는지 알고 있지. 처음 내 방으로 와서 넥타이를 고쳐 매줄 때부터 네가 날 노리고 있다고 생각했어."

"노리고…… 있었다고요……? 제가……? 아무래도 좋아요. 그러면, 왜 절 불러들이셨나요. 저는 직속 직원도 아니었는데요. 혼자 사는 이혼녀라서? 다루기 쉬운 아랫사람이라서? 넥타이를 봐달라고 한 사람은 누구였나요? 넥타이를 고쳐 매주면 몸까지 주겠다는 사인인가요?"

"그래, 너 참 당당해졌구나. 직장을 옮기면 그렇게 되니? 새 남자가 생기면 힘이 솟구치는 거야? 그렇지만, 알아둬. 그 시커멓게 생긴 멀대 같은 자식하곤, 안 돼. 넌 한 달도 못 가서 차여 버릴 거야."

강세연의 시선이 서병로의 눈동자로 파고들듯 직진했다. 눈앞에서 불길이 확 타오르는 것 같았다. 시커멓게 생긴 멀대 같은 자식……. 서병로는 김범오를 말하고 있었다. 웬일인지 서병로는 그녀가 이혼한 뒤에 김범오와 재회한 걸로 착각하고 있었다. 그가 계속 말했다.

"갠 아직 장가도 안 간 총각이야. 네가 꼬리 치면 슬그머니 따라오긴 하겠지. 하지만, 정신 차려. 갠 자기 엔조이한 다음엔 널 가차 없이 차버릴 놈이야. 회사에 그놈하고 섬싱 있다는 여자들이 얼마나 많은지 알아?"

강세연으로서는 처음 듣는 말이었다. 서병로는 이것저것 가리지 않고 김범오를 물어뜯고 있었다. 그녀는 아물어가던 상처에 서병로가 소금 덩어리를 바르는 것 같았다. 그녀와 김범오가 사귀다가 깨져 버렸다는 사실 정도는 회사에 적잖게 알려져 있는 것 같았다.

그녀는 자신이 결혼하고, 또 이혼한 후에 김범오와 회사에서 가끔 마주치는 것이 가슴 아파 직장을 그만뒀다. 그러나 서병로는 지금 야비하게 그녀의 생채기에 소금을 문질러대고 있는 것이다.

앞뒤 없는 오기가 무분별하게 고개를 쳐들었다. 거짓말이라도 해서 그를 무력하게 만들겠다는 오기였다.

"무슨 말씀이세요. 자기 거울 가지고 다른 사람 비춰보지 마세요. 그 사람, 나 좋아한다고 했어요. 이제 저도 그 사람 사랑해요. 남자란 게 어떤 건지 알고, 처음 깨닫는 감정이에요. 그 사람이 나 싫다고 돌아서도 서운해하지 않을 거예요. 지금 보여주는 감정만 가지고도 저는 만족해요. 어서 돌아가세요. 돌아가야 할 가정이 있잖아요. 자! 어서요! 문은 저기 예요."

그녀가 문을 가리켰다. 그녀는 서병로가 계속 버티면 어떻게 해야 하나, 순간적으로 아득해졌다. 그러나 그는 실핏줄이 일어선 눈동자로 그녀를 세차게 쏘아보더니 이를 악물고 돌아서 버렸다. 그녀는, 현관문이 닫히고 계단을 내려가는 그의 발자국 소리가 전혀 들리지 않을 즈음에야 문을 잠그러 나갔을 뿐이다.

••5

강세연은 다음 날 아침 출근길에 카나리아가 죽었다는 걸 알게 됐다. 꽁지는 잘려나가고, 작은 배에는 붉은 피가 말라붙어 있었다. 새장을 빠져 나온 가냘픈 깃털들이 새벽녘에 분 바람에 층계참 바닥 여기저기에 흩어져 있었다.

그녀는 깃털들이 서너 개 몰려 있는 층계참 구석에서 갈기갈기 찢겨진 사진 조각들을 발견했다. 등산복 차림의 그녀가 인수봉 꼭대기 부근 바위 옆에서 김범오에게 기대앉아 찍은 사진이었다.

서병로가 찢어놓은 게 분명했다. 포토그래퍼로 새 인생을 시작한 그녀는 어깨에 멨던 카메라 가방과 니콘 FM2를 바닥에 내려놓았다. 비로소 어젯밤 자신이 김범오를 들먹인 건 실수였다는 사실을 깨달았다. 아무것도 모르는 김범오가 회사에서 서병로를 만나 선량하게 인사하는 장면이 눈에 떠올랐다. 그러곤 그를 향해 이를 악문 서병로의 얼굴이 머릿속을 가득 메웠다.

아아, 어떻게 해야 하나.

바람결에 카나리아의 깃털이 떠올라 그녀의 얼굴을 스쳤다.

••6

사장은 누군가를 죽이고 싶어 했다.

어제도 고원에 총소리가 가득했다. 펑 잡는 산탄총 소리였다. 무언가 생각에 빠진 사장은 무표정한 얼굴로 방아쇠를 자꾸 당겼다. 총신을 한 번 꺾어 장전시키는 원절식 수평 쌍발총이었다.

철컥, 하면서 탄환이 제자리에 들어앉는 순간 방아쇠가 당겨지고 살의(殺意)가 발사됐다. 참나무 숲이 흔들리고 황갈색 깃털들이 흩날렸다.

김범오의 일행은 차가 고원의 언저리에 다다른 후부터 계속 총소리를 들으면서 달려왔다. 차 속에서 한 사람도 입을 열지 않았다. 그들이 일몰 무렵 넝쿨로 어지럽게 휘감긴 아치형 쇠문을 열고 별장 경내에 들어선 순간, 타앙— 하루의 마지막 총성이 울렸다. 곧이어 서쪽 능선이 벌겋게 물들더니 구름들이 횃불처럼 타올랐다.

김범오를 차출하라는 지시는 난데없는 것이었다. 그는 월요일 아침 서류 가방을 책상에 내려놓자마자 불려 나갔다. 대외협력 이사인 조상회가 평창으로 가는 차 속에서 말했다.

"서병로 전무님이 말이야, 너한테 시키실 일이 있대."

"하지만 저는 서 전무님 잘 모르는데요."

"기획실장은 별말 안 하고 데려가라던데."

조상회는 앞만 보고 말했다.

"무슨 일입니까?"

"회장님 가족 일이겠지. 별장에 오라니까. 나도 자세히는 몰라. 걱정하지 마. 입만 꾹 다물어."

"알겠습니다."

"너, 전에 비서실에 있었잖아. 전무님은 네가 충직하다는 걸 잘 아시는 거야……. 하라는 대로만 해. 앞으로 잘 챙겨주실 거야……."

김범오는 슬쩍 조상회의 옆얼굴을 쳐다봤다. 살집이 올라 부드러워진 턱선이 부담 없는 얼굴이었다. 하지만 이날따라 짧게 친 머리칼은 절도 있고 무정한 중년의 보안 장교를 떠올리게 했다.

오늘 오전에도 총소리가 들렸다.

타앙— 고막을 찢어내는 듯한 단 한 발이었다.

김범오는 100미터나 떨어진 쇠문까지 직접 가서 별장 별채로 가져온 조간신문을 조상회와 함께 소파에 앉아 나눠 보고 있었다. 2층 여닫이 창문이 바람에 열리자 커튼이 펄럭거리고 기스락 빗물이 날아들었다.

김범오는 올라가 창문을 닫으려다 정원 한편에 사장이 비를 맞으며 서 있는 광경을 내려다봤다. 저게 권총인가. 김범오는 눈을 가늘게 뜨고 사장이 손에 쥔 것을 응시한 직후 순식간에 고개를 숙이면서 벽 뒤로 물러섰다. 저도 모르게 사장과 눈길이 마주칠까 두려웠다. 슬쩍 훔쳐보자 목덜미가 끌어올려진 어미 개가 질질 끌려 나오고 있었다.

아아, 이걸 내가 봐야 하나. 김범오는 고개를 숙였다. 자기 발이 보였다. 이미 금단의 화원에 들어서 버린 발이.

사장은 날개를 빼앗긴 창백한 천사처럼 좌절과 노여움 속에 개를 내려다봤다. 우아한 콜리였다. 권총이 무언지도 모르는 개는 사장을 한 번 올려다보더니 부들부들 떨기 시작했다. 가득한 적의를 느낀 것이다. 아니면 비바람의 한기를. 사장과 개 사이에는 결빙되기 직전 물위에 서리는 것 같은 적요와 긴장감이 있었다.

이럴 때 내가 개의 처지라면 어떻게 해야 되나. 김범오는 저도 모르게 그렇게 생각하다가 자기를 사장이 아니라 개에 비춰보고 있다는 자의식이 들자 비참해졌다. 개는 이제 애완의 임무에 종지부를 찍고 피살된 전령사로서 마지막 소임을 맡기 직전이었다.

타앙—!

태어난 후, 단 한 번도 개의 눈앞에서 사라지지 않았던 세계가 단숨에 암전됐다. 개는, 처형되는 포로들이 적의 총구 앞에서 내뱉는 저주나, 누명을 쓴 사형수의 절규 같은 것은 흉내 낼 줄도 몰랐다. 단 한마디 신음도 없이 그저 철퍼덕! 극도로 낙담한 사람이 적막 속에 주저앉듯, 흥건한 빗물 위에 영원히 엎드렸다. 검붉은 피가 콸콸 흘러나왔다.

김범오는 별채의 맨 아래 계단으로 힘이 다 빠진 사람처럼 걸어 내려와 주저앉았다. 탄환으로 정수리가 뚫린 개와 아직은 알 수 없는 김범오 자신의 임무를 생각했다. 별채의 계단은 거실에서부터 디귿 자 모양으로 꺾인 채 2층으로 올라가는 모양새였다. 거실 한가운데 상앗빛 그랜드피아노와 무게 300킬로그램짜리 프랑스제 샹들리에를 감싸고 있는 것처럼 보였다.

작고 우아한 별채는 처음 별장이 지어질 무렵에는 없던 것이었다. 원성일 회장은 이명자를 자기 호적에 정식 처로 올려놓은 다음 교태스러운 후궁의 지위를 공식화하듯이 별궁 삼아 이 건물을 지어주었다.

계단 옆 벽에는 붉고 푸르고 하얀 빛들이 우러나오는 큰 유화가 걸려 있었다. 마르크 샤갈의 사인이 그려진, 『구약성서』에 나오는 '야곱의 사다리'를 그린 그림이었다. 김범오가 앉아 있는 계단으로 박병모가 걸어왔지만, 그는 총소리를 듣고도 아무 말 없이 샤갈만을 쳐다봤다.

그 그림 속에서 야곱은 쌍둥이 형 에서의 옷으로 갈아입었다. 그리고 잠자리에 누운 아버지 이삭에게 다가갔다. 나이 든 아버지는 오래전에 눈이 멀었다. 죽음이 그에게 찾아오고 있는 것 같았다. 아버지는 야곱의 소매를 만져보고는 에서가 찾아온 것으로 착각했다. 아버지는 맏아들에게만 주는 축복을 차남인 야곱에게 내렸다.

야곱은 그 축복을 가로챈 뒤에 이리처럼 들판으로 달아났다. 나는 아무 죄도 없어! 나는 형님에게서 벌써 옛날에 맏아들의 권리를 사들였단 말이야! 그는 달아나면서 외쳤다. 어린 시절 사냥에서 돌아온 에서가 배가 고파 어쩔 줄을 모르자 야곱은 팥죽 한 그릇을 내놓으면서 나한테 맏아들 자리를 넘기라고 얼러서 받아냈던 것이다.

에서가 이를 악물고 추적하자 야곱은 돌밭을 가로지르고 산을 넘어 메소포타미아의 마을 어귀까지 달아났다. 그가 지쳐 잠이 들자 하나님이 보내신 천사들이 기나긴 사다리를 그에게 가져왔다. 꿈에 보인 사다리 끝의 하늘에는 천국이 있었다. 하나님이 맏아들의 권리를 얻은 그에게 축복을 내리리라는 약속이었다.

조상회는, 하늘에서 굵은 빛줄기들이 구름을 뚫고 내려오는 것을 '야곱의 사다리'라고 부른다고 말했다. 그는 액자 한쪽에 조각된 금분 발린 도리아식 잎사귀를 만지작거렸다. 액자 옆에는 '마르크 샤갈: 명빈 아트 뮤지엄'이라고 쓰인 플라스틱 카드가 붙어 있었다.

"이거 진짜일까요? 이명자 이사장이 사들인 거면 진짜겠지요?"

"진짜인지 가짜인지 하나도 안 중요해."

조상회는 싸늘하게 웃으면서 손가락으로 그림을 네댓 번 두드렸다.

"이건 그림이 아냐. 부적이야. 맏아들로 못 태어난 원제연한테 복을 내려달라는 거지. 사장님은 이명자와 원제연을 날리고 나면, 이 그림을 사격 표지판으로 쓸 거야. 진짜든, 가짜든."

조상회는 플라스틱 카드를 떼어내더니 벽에다 대고 분질러 버렸다.

"저 개, 네가 성북동에 갖다 놔. 현관에 놓고 오면 될 거야."

서병로가 다리를 꼰 채로 김범오에게 말했다. 그는 별채 거실에 놓인 베르사유 스타일의 소파에 앉아 있었다. 김범오는 늘 영민해 보이던 눈빛이 흐려진 채로 서 있었다. 서병로의 지시가 과연 득이 되는 건지, 비참하게 만드는 건지 가늠을 못하고 있었다.

"저, 여기 묻어주면 안 되겠습니까?"

김범오는 고개를 숙인 채 숨을 멈추고 물었다. 죽여 버린 개를 주인 집 안에 던져놓는다, 그건 무엇보다 범죄가 아닌가. 거기다 나는 이명자 이사장을 세 번이나 만난 적이 있는데. 비서실에 근무하면서. 그는 차라리 개를 강원도의 양지에 재워주고 싶었다.

"왜? 싫나?"

서병로가 눈을 크게 뜨면서 턱을 내밀었다. 그의 머리는 짙게 염색해 새치 하나 없었다. 물결처럼 굽이쳐 나온 받침대에 팔을 얹고 몸을 젖힌 모습은 총독 같았다. 직원들이 빙 둘러서 있는 거실에 갑자기 찬바람이 돌았다.

서병로는 아무래도 상관없었다. 김범오가 싫다면 다른 사람을 시키면 된다. 그러면 김범오는 곤란한 지시에 손을 저은 것으로 확실하게 찍히는 셈이다. 기회를 봐서 완전히 골로 보낼 수 있는 기초공사가 되는 것이다. 다만 서병로는 이번 기회에 별로 힘 안 들이고 확인하고 싶었다. 강세연이 그토록 소망하는 수컷을 그가 비참하게 갖고 놀 수 있다는 걸. 지금 그의 복수를 아무도 모르고 있다는 사실 자체가 짜릿했다. 팽팽한 물주머니를 발로 눌러 터뜨리는 느낌이 들었다. 강세연은 한참 뒤에야 비 오는 날 피범벅이 된 개새끼를 끙끙거리며 옮겼다는 비참한 고백을 김범오한테서 전해 듣겠지.

김범오가 아무 말이 없자, 서병로는 조상회를 매섭게 노려봤다.

"주지가 안 됐나?"

단검이 날아가 꽂히는 것 같았다.

"아닙니다, 전무님. 김범오! 너, 무슨 생각하고 있어! 어서 말씀드려! 갖다 놓겠다고."

조상회의 눈동자는 충혈돼 있었다. 붉은 시선이 곧장 튀어나왔다. 김범오는 단련에 단련을 거듭한 근육으로 못할 일이 없다고 생각해 왔다. 하지만 어떻게 이렇게 대번에 무력해질 수가 있는가.

"그런데 들키면 어떻게 됩니까?"

김범오가 고개를 세우며 슬쩍 대들듯이 물었다. 서병로의 내리찍는 태도나 조상회가 급하게 닦달하고 나서는 게 굴욕적으로 느껴졌다. 조상회가 나섰다.

"야, 인마! 그런 일은 절대 없도록 해야지. 전무님이 왜 널 불렀겠나! 믿을 만하니까 이러시는 거 아냐. 너 군대도 특수부대 아냐?"

이런 말을 해도 김범오는 서병로와 조상회를 경멸스럽게 노려봤다. 여기가 군대면, 너희들은 인사계냐?

·

정원에는 아직 비가 뿌려지고 있었다. 김범오는 빗속으로 나서면서 따라 나오는 경호원을 향해 한마디 날렸다.

"영수증 받아오란 말은 안 하네."

경호원이 씨익 웃는 걸 보면서 김범오가 말했다.

"악 소리 나게 만들어줄게. 누가 보낸 소포인지 매직펜으로 커다랗게 써버릴 테니까."

"주소까지 써버려. 강원도 평창군 성림건설 별장."

••7

김범오는 석조 건물 뒤란으로 갔다. 개가 쓰러져 있는 별장 본관 뒤편이었다. 김범오는 자기 배에 커다란 다트가 날아와 관통한 것 같았다. 그는 꼼짝 못할 처지가 돼버렸다는 걸 알고 나서는 후회하기 시작했다. 이렇게 더럽게 꼬인 일을 맡게 되다니. 그는 다시금 비가 억수처럼 쏟아지기 시작하는 하늘을 올려다봤다.

김범오는 회사에 들어와 싫은 일도 티 안 내고 해왔다. 그 대가는 차곡차곡 쌓였다. 무난하게 일을 잘한다는 평판이었다.

그는 여자들이 나체가 되기도 하는 룸살롱을 찾아가는 일이 곤혹스러웠다. 그런 여자들이 가여워 보였다. 대부분 정계의 브로커나 건설과 관리들, 아파트 재건축 조합장들을 접대하는 자리였다.

지저분한 인간들은 테이블에 타월을 깔고 드러누운 여자의 젖가슴 사이로 술을 흘려보냈다. 배와 치모를 적시게 한 다음 벌어진 다리 사이에서 받아 마시기도 했다. 이른바 '계곡주(酒)'라는 것이었다. 그 자리의 여자들이 가련해 보였고, 김범오 자신은 즐거워하는 연기를 하고 있는 것만 같았다. 질펀하게 놀던 자리가 끝날 즈음이면 접대 받는 이들 중의 하나가 김범오의 상사에게 몰래 쪽지를 건네주곤 했다.

정치인이나 아파트 재건축 조합장 같은 이들이 가지고 있는 빌딩이나 주택, 상가의 지번(地番)이 적혀 있는 쪽지였다. 성림건설은 그런 쪽지 속의 건물을 시가의 네댓 배를 주고 사들였다. 대신 관급이든 재건축이든 새로운 공사를 수주할 수가 있었다. 김범오는 그런 거래의 와중에 성림건설 이사가 따로 돈을 챙기고 있다는 걸 알았다. 세상에는 놀라운 일이 얼마나 많은가.

그와 팀장은 새로 짓는 아파트의 감리업체 간부들에게도 돈과 여자를 안겼다. 싸구려 모래와 부족한 철근으로 아파트를 짓는 일은 드문 게 아니었다. 사람들은 아파트에 입주한 바로 첫날, 부실한 벽 너머에서 쏴아— 하는 소리를 들을 수 있었다. 이웃집 화장실의 물 내리는 소리였다. 그러고는 그 아파트를 낯모르는 이들한테 감쪽같이 팔아넘길 때까지 손가락을 입에 대고 쉬쉬했다.

속고, 속이는 그 모든 일들이 환란을 가져왔다. 환란은 무엇보다 원화(貨)를 쓰는 이들 개개인의, 타락에 대한 묵인 때문에 벌어진 것이었다.

룸살롱에서 그렇고 그런 일들이 끝난 다음에는 음습한 비역질이라도 하고 난 것처럼 죄책감에 휩싸이곤 했다. 하지만 현실은 그가 그런 내색을 하는 것조차 허용하지 않았다. 상사들은 눈치 채지 않게 그가 그런 접대에 적임자인지 아닌지, 그의 반응까지 체크하고 있었다.

그는 자기 자신이 혐오스러워지면 스스로를 달래곤 했다. 지금 나는 내 뜻대로 움직이고 있는 게 아냐. 간부들이 저렇게 내 속까지 들여다보려고 하는데, 내키지 않는 일들도 할 수밖에 없는 거 아냐?

그러나 그럴수록 원래의 자기가 서서히 다른 인간이 돼가고 있다는 생각이 드는 것은 어쩔 수 없었다. 스무 살 시절 자기가 도저히 받아들일 수 없다고 여겼던 비열한 세계의 수정란이 어느새 자기 몸속으로 들어와 에일리언의 태아처럼 자라고 있었다. 그래, 나는 머잖아 내 배를 찢고 나올 더러운 현실의 숙주가 돼가고 있는 거야. 현실의 숙주가.

김범오가 별장 뒤란에 서자 홍성만이 뒤에서 우산을 받쳐 들었다. 그는 환갑을 앞둔, 비서실의 전속 운전사였다.

김범오는 사라피나를 감싼 모노륨을 들춰 봤다. 개의 머리통에서 흘러나온 선혈은 눈 주위와 입가, 가슴팍에 검붉게 들러붙어 있었다. 목둘레의 아름다운 흰 털들은 붉은 수수처럼 얼룩져 있었다. 이렇게 참혹하게 죽이다니. 김범오는 모노륨에 싸인 개를 들어 지프의 짐칸에 실었다.

그 순간 개의 눈이 희미하게 뜨였다. 이럴 수가.

"개가 아직 안 죽었어요!"

김범오가 급히 말했다. 개의 눈동자가 반쯤 감겨진 눈꺼풀 속에서 슬며시 돌아갔다. 홍성만은 개를 한 번 쳐다보더니 나무라듯이 말했다.

"흥분하지 마. 고인 피가 머리 쪽으로 한 번 쏠린 거야. 네가 개 몸을 만지니까 그런 거지. 그럼 눈이 뜨일 때가 있어.

사람도 마찬가지야.”

홍성만은 개의 눈을 감겼다. 사라피나는 호흡이 전혀 없었다. 김범오는 개를 차 속에 누이고는 칡꽃과 참등을 꺾어와 주위를 덮었다.

“어쩌다 이런 일 맡게 됐는지 몰라도. 서운해할 필요 없어.”

홍성만이 사람 좋아 보이는 얼굴을 하며 말했다. 차는 고속도로를 달리고 있었다. 그는 김범오가 비서실에서 일하던 시절부터 서로 속엣말을 털어놓는 사이로 지냈다.

“서운하기는요. 바람 한번 쐬고…… 좋은 거지요……. 개 냄새가 좀 나서 그렇지.”

“그런데 사장님은 왜 애꿎은 개를 죽여서 보내라는 거지?”

“글쎄, 집안 사정이 어렵다 보니까…… 개고기 사업부를 차릴 모양인지…….”

홍성만은 씁쓸하게 웃었다.

“야, 김범오 아저씨! 장난치지 마, 그리고 조심해! 그 개 잘못 갖다 놓으면, 순식간에 날아가.”

홍성만은 손날로 목 베는 시늉을 했다.

“날아가겠지요……. 목 위 부분이…… 택배사업부로…….”

“택배사업부?”

“택배 잘하라고요.”

그때 맞은편에서 달려오던 트럭 한 대가 크게 물을 튀겼다. 물줄기가 중앙분리대 위로 날아와 지프 앞창을 철썩! 때렸다.

바로 눈앞에서 물이 폭발하듯이 하얗게 흩어졌다.

"제기랄. 이거 웬 물벼락이야! 김범오 아저씨! 들키면 끝장이야!"

"왜요?"

"이봐, 구조조정이 코앞이야. 잘못하면 네가 죽인 걸로 될 수 있어."

"뭐요? 제가 죽여요? 제가 미쳤습니까? 그러고도 가만있게. 그럼 저 다 까발릴 거예요. 원 사장이 죽이고, 서 전무가 지시하고. 회장님까지 납치했다고."

"아저씨! 제발. 말도 안 되는 소리 그만하고, 흥분하지 마. 좋은 기회가 될지 누가 아냐? 쥐도 새도 모르게 하면 돼. 그리고 이 개, 보통 개가 아냐! 이 사람아."

••8

"사라피나! 프랭키!"

이명자는 차가운 물을 들이켜고 싶었다. 아무리 불러도 개들은 달려 나오지 않았다. 그녀가 옥상으로 올라온 것은 5월에 일본대사 부부를 초청한 날 뒤로는 처음이었다. 잔디와 흙이 깔린 옥상에는 개들이 숨을 만한 곳들이 많았다. 북쪽에는 대나무들이 촘촘히 서 있고, 깔때기를 엎어놓은 듯한 스타일의 지붕이 돋보이는 스페인식 정자도 있었다. 에어컨의 실외기들을 보이지 않게끔 둘러친 연갈색 목조 펜스, 선탠을 할 수 있는 희고 긴 의자와 샤워기가 매달린 하얀 벽, 작은 모래밭도 있었다.

그러나 어디에도 콜리 모자는 보이지 않았다. 지하실로 내려와 불을 켜자 높은 랙(rack)에 누워 있는 보르도산 포도주 병들만이 가득할 뿐이었다.

1층 거실을 두리번거리다가 잉어 무늬가 그려진 중국 항아리 속까지도 들여다봤다. 항아리를 사들이고 나서 처음 있는 일이었다. 사람 키보다 큰 도자기였는데, 의자에 올라가 플래시를 비추자 노란 나비 한 마리가 죽어 있는 것이 보였다.

2층을 뒤지면서 그녀는 가망 없는 술래잡기를 하고 있다는 생각이 들었다. 물기둥이 솟구쳐 나오는 자쿠지 욕탕 속과 핀란드식 사우나실의 나무의자 아래, 돔 페리뇽과 시바스 리갈, 발렌타인이 놓여 있는 홈바 안쪽의 마룻바닥……. 개들은 어디에도 숨어 있지 않았다.

남편마저 안 보였다. 남편의 드레스룸 문은 열려 있었고, 침실 바닥에는 남편이 일본 대사와 함께 입었던 나가키가 잠자리의 허물처럼 내버려져 있었다.

가정부는 우산을 받쳐 든 채 몸 둘 바를 몰라 했다. 옥상의 문 열쇠를 쥔 손이 눈에 띄게 떨리고 있었다. 회장 부인이 물었다.

"오늘 오전부터 보이지 않았다고 했지?"

개를 말하는 것이었다.

"네, 식사를 가지고 정원으로 나갔더니, 아무리 찾아도 보이지 않았어요."

그것은 거짓말이었다. 두 마리의 콜리는 사흘 전 회장 부인이 출국한 날 사라졌다. 그러나 가정부는 감히 사실대로 말할 수가 없었다.

"회장님이 데리고 나가신 게 아닐까요?"

"회장님이? 개들한테는 관심도 없으신 분인데, 이 비 오는 날에?"

이명자는 팔짱을 끼고 생각에 잠겼다가 가정부에게 내려가 있으라고 말했다. 혼자 남은 그녀는 산 중턱에 자리한 저택의 옥상에서 서울을 내려다봤다. 남편이 개들을 데리고 나가지 않았다면 그녀는 서울의 전역을 뒤져야 할 판이었다. 남편은 연락조차 되지 않았다.

그녀는 힘이 빠진 채로 2층의 자기 방으로 들어갔다. 거기 미국산 하이보이 마호가니 입식 사물함에서 사라피나와 프랭키의 혈통을 입증하는 하드커버의 '서티피케트(Certificate)'를 꺼내 다시금 들여다봤다.

사라피나는 영국 왕가의 애완견이었다. 네덜란드 빌헬미나 여왕의 외동딸인 루이스 에마 마리가 런던의 버킹엄 궁에서 조지 6세로부터 선물 받은 콜리견의 후손이었다. 빌헬미나 여왕 모녀는 2차 대전 당시에 네덜란드가 독일군에게 점령당하자 영국으로 망명 가 있던 중에 콜리견을 받았다.

루이스 에마 마리는 2차 대전이 끝난 뒤에 귀국해 율리아나 여왕이 됐다. 그의 딸은 베아트릭스 여왕이 됐다. 빌헬미나까지 합쳐 세 명의 여왕으로부터 총애를 받은 콜리견의 후손들 가운데 일부는 암스테르담 국립미술관장의 저택에서 살게 됐다. 이명자는 렘브란트의 「야경(夜警)」 진품을 보러 암스테르담 국립미술관에 들렀다가 조지 6세가 어루만지던 콜리견의 12대손(孫)인 사라피나를 사들이게 됐다. 사들일 때는 기적 같기만 했고, 이렇게 사라져버리자 악몽 같은 기분이었다.

아름다운 개였다. 렘브란트나 루벤스의 그림 속에서 뛰어나온 것만 같은 개였다. 가정부는 알레시제(製) 은 쟁반에 식사를 담아줬는데 사라피나는 고기 한 점 남기지 않고 깨끗이 비우고 나선 쟁반 속에 비친 자기 얼굴을 내려다보곤 했다. 아름답다는 걸 스스로 알고 있었던 것이다.

이명자는 일본에서 사 가지고 온 터키산(産) 장미유(油)의 병을 어루만졌다. 사라피나의 목덜미에 발라줄 향유였다. 4시를 알리는 괘종 소리가 울렸다. 빗줄기들이 그녀 방의 창문을 후드득 두드렸다. 문득 깊은 항아리 속에 죽어 있던 나비가 떠올랐다. 항아리 바닥에 떨어진, 플래시 불빛의 동그라미 속에 드러난 그 가여운 날개들이.

그녀는 정원 저편에 있는 콜리의 집으로 다시금 가봐야겠다는 생각이 들었다. 가정부는 죄 지은 사람이 돼 자기 방에서 꼼짝도 하지 않고 있었다. 이명자가 거실을 가로질러 가는 동안 탁자에 얹어둔 핸드폰이 부르르 떨렸다.

핸드폰을 집어 들자 아들의 목소리가 들려 나왔다. 원제연이었다.

—사라피나 찾으셨어요?

“아무리 찾아도 없어. 프랭키도.”

—아버님도 마찬가지예요. 어디다 연락해도 안 계셔요.

“밤늦게라도 돌아오시겠지. 혹시 사라피나를 데리고 들어오시면 나는 기뻐서 쓰러져버릴 거야.”

—별 일 없어야 할 텐데.

“난 말이다, 개들을 찾아도, 상처가 하나라도 보이면, 가정부든 운전사든 전부 내보내 버릴 거야.”

그녀는 단호한 표정이 되어 현관문을 열었다.

번개가 쳤다. 우르르릉 콰광!!

••9

차창 밖으로 회장의 저택이 보였다. 성북동 비탈의 대저택촌에 지어진 넓고 커다란 2층 건물이었다. 아이보리 색 주차장 셔터가 내려진 부분을 제외하면 성벽처럼 우람한 브라운 색의 담이 둘러쳐져 있었다. 대문이 있는 동쪽 담과 북쪽 담은 덩굴장미와 담쟁이덩굴로 가득 덮여 있었다.

김범오가 탄 차의 유리에는 가느다란 물길이 셀 수 없이 생겨나고 있었다. 물방울들이 굴러 내리며 만든 물길이었다. 김범오는 사라피나를 돌아다봤다. 곱던 자태가 피살된 늑대 같은 몰골로 바뀐 채 고개를 떨어뜨리고 있었다.

"불쌍하네……."

그러나 김범오는 곧 자기 처지를 생각하게 됐다. 이 피투성이를 몰래 갖다 놓는 일…… 이명자 이사장을 비통하게 만드는 일……. 도대체 이런 일까지 해야 하다니……. 까라면 까는 시늉까지 했던 군대에서나 있을 수 있는 일이었다.

홍성만은 김범오의 속을 읽지 못한 채 배포 좋게 말했다.

"뭐가 불쌍하냐. 이놈의 개는 평생 호강만 했는데. 박 비서가 그놈 똥 누이려고 태국에서 서울까지 밤 비행기로 데려왔다는 거 아냐."

"개똥 치운다고, 공수작전까지 하다니……. 비행기가 황송해서 어떻게 날아왔나 모르겠네……."

김범오는 한동안 착잡해했다. 어서 이 일을 끝내버려야 했다.

"감시 카메라를 가려야 할 텐데요."

"맞아. 뒤뜰에 있는 저기 저 카메라……. 그런 다음에 뒷문을 따면 되겠지?"

홍성만이 검은 비닐봉지를 건넸다. 김범오는 헐겁게 맨 넥타이를 풀어버렸다. 차 밖으로 나서자 빗줄기가 대번에 굵어지는 느낌이었다.

"뭐 하십니까?"

난데없이 등 뒤에서 굵은 목소리가 들렸다. 김범오는 놀라 돌아봤다. 경비원이었다. 가스총과 곤봉을 들고 저택들을 순찰하는 중이었다. 물기 맺힌 우비를 입고 있었다. 우람하진 않아도 제법 완력을 쓸 것 같은 몸이었다. 경비원은 김범오가 놀라는 표정을 보면서 의심과 흥미가 든 듯이 야릇한 빛을 보였다. 김범오가 우산을 펴 들자 물이 살짝 튀었다.

"여자 친구 집에 가는데요……. 꽃도 꺾어 왔습니다……. 로맨틱하죠?"

김범오는 지프 속에서 참등 몇 송이를 꺼내서 그에게 주었다. 작은 연보랏빛 꽃들이 포도송이처럼 주렁주렁 매달려 있었다. 경비원은 꽃 냄새를 맡으며 말했다.

"여자 친구가 어느 집에 사시는데요?"

그 눈에 선정적인 호기심 같은 게 지나갔다. 김범오는 씨익, 웃었다. 이 사람은 대저택 촌을 취재하는 여성지나 럭셔리 잡지의 기자들을 자주 만나는지도 모른다.

"왜요? 소문내려고요……?"

"아, 아니…… 어느 집인지 잘 모르시나 해서."

"아하. 대외비라서. 공개가 좀 힘드네요. 걱정 마시고. 같이 기다리실래요?"

"……내가 뭐 하려고. 연애하는 데 대외비까지 있는 건 또 처음 보네……. 잘 해보세요."

경비원은 의심을 거두지 않은 채 희미하게 웃었다. 김범오를 아래위로 빠르게 훑어보고는 비탈을 내려갔다. 김범오는 경비원이 볼 수 없는 북쪽 담으로 재빨리 몸을 붙였다. 비가 쏟아지고 있었다. 홍성만이 그를 한번 흘끔 쳐다봤다.

'이 사람아! 들키면 끝장이야! 네가 죽인 걸로 뒤집어써

야 돼!'

홍성만의 눈에 초소로 들어간 경비원이 어딘가로 전화 거는 모습이 보였다. 제대로 속인 건가? 그는 자꾸 조바심이 들었다.

김범오는 담벼락에 늘어뜨려진 담쟁이덩굴을 들췄다. 노란 크레용 칠이 된 곳을 살짝 밀자 벽돌이 밀려 들어갔다. 그런 곳이 두 곳 있었다. 거기에 발을 끼워 넣고 정원수들이 몰려선 뒷담을 살쾡이처럼 오르기 시작했다. 가슴에서 무거운 피스톤 같은 게 쿵—쿵, 쿵—쿵 험하게 왕복운동하고 있었다. 어느새 소름이 돋은 살갗에 젖은 와이셔츠가 착 달라붙었다. 그는 담장 위에 아슬아슬하게 몸을 붙인 채 감시 카메라 뒤로 두어 걸음 접근했다. 그러곤 렌즈를 낚아채듯 검은 봉지로 덮어버렸다.

순간 저 아래 초소에서 경비원이 나오는 게 그의 시야 가장자리로 스칠 듯 들어왔다. 김범오는 엎어지듯 몸을 낮췄다.

경비원이 빗줄기 속에서 뭔가를 향해 손짓했다. 저 멀리 오르막 끝 초소를 향해서였다. 그곳의 문이 열리더니 누군가 급히 나왔다. 홍성만이 타고 있는 지프가 부르르릉, 움직이는 소리가 났다. 지프는 비탈길을 미끄러져 내려갔다.

그게 신호라도 된 듯 김범오는 고양이처럼 굽힌 몸을 담장 아래로 날렸다. 3미터는 족히 되는 담이었다. 김범오처럼 몸을 단련시킨 사람만이 할 수 있는 일이었다. 잔디밭에 고인 물이 철썩, 튀어 올랐다. 아무 일도 없는 걸까? 그는 저도 모르게 숨을 멈추고 바깥으로 귀를 세웠다. 정원수 아래 몸을 쪼그리고 있다가 한참 뒤에야 문을 보일 듯 말 듯 열어두었다.

지프가 다시 돌아온 건 김범오의 머리칼부터 구두 속까지 모든 게 물로 철벅철벅 들어찼을 때였다. 홍성만은 모노륨에 둘둘 말린 개를 안아 후문 안으로 얼른 들여 넣어줬다.

김범오는 개를 받아 들고는 저택 뒤편과 담장 사이로 난 좁다란 잔디밭 길을 지나갔다. 죽은 개가 지닌 존재의 의미는 주검의 무게로만 남아 있었다. 그것마저도 그리 무겁지는 않았다.

둘둘 말린 모노륨 속으로 빗방울들이 들어갔다. 그는 정문 쪽의 카메라를 피하려고 얼굴을 돌린 채 뒷걸음질을 친 다음 개를 현관참에 얹었다. 빗물에 풀린 개의 피는 현관 계단을 따라 벌겋게 흘러내리더니 잔디를 적셨다. 개의 몸속에 든 피가 다 빠져나오는 것 같았다. 김범오는 합장하듯 손을 모아 고개를 숙였다.

우르르릉, 콰광! 번개가 쳤다.

갑자기 현관문이 열리더니 노란 옷을 입은 여인이 나타났다. 가슴이 확 파이고 소매가 없는 노란색 실크 원피스였다. 그녀는 핸드폰을 든 채 누군가와 통화를 하고 있는 중이었다. 그녀는 그와 마주 본 순간, 무슨 일인지 영문을 몰라 하다가 발아래 축 늘어진 개의 몸에서 흘러내리는 핏줄기를 보고는 비명을 지르기 시작했다.

"아악—! 아악—! 사라피나—! 사라피나—! 아악—!"

그녀의 얼굴은 대번에 검자줏빛으로 변해 버렸다. 분노와 절망이 엇갈린 얼굴이었다.

김범오는 그녀가 회장 부인이라는 걸 깨닫는 순간, 자기가 서 있는 참호 속으로 수류탄이 날아든 기분이었다. 그가 무언가 변명을 하려는 듯 우물거리는 순간, 그 폭탄은 터지고 말았다. 콰광! 모든 게 끝났구나! 콰광! 천둥 번개가 다시 한번 하늘을 하얗게 밝혔다. 전화 저편에서 누군가가 다급한 목소리를 내질렀다.

―어머니! 뭐예요? 어머니, 갑자기 왜 그러세요!

어느 게 먼저랄 것도 없이 모든 일들이 순식간에 벌어졌다. 김범오는 날아다닐 수도 있을 것처럼 몸을 만들어왔다. 하지만 지금 그는 볏단으로 만든 사람처럼 무력할 뿐이었다. 그는 세상에서 꺼져버리고 싶은 생각에 후문 쪽으로 달아나기 시작했다.

"거기 서! 거기! 너 이놈! 너 이놈…… 네놈이 감히 사라피나를 이 지경으로 만들어! 내가 널 못 잡을 것 같냐!"

회장 부인은 빗물이 흥건한 현관참에 무너지듯 주저앉았다. 그녀는 달아나는 사람을 붙잡기라도 하려는 듯 손을 쳐들었다. 개를 들고 온 범인은 낯이 익은 얼굴이었다. 김…… 기억의 우물 아래 오래 잠긴 이름 하나를 힘겹게 길어 올리려는 순간이었다. 불현듯 시야가 캄캄해지더니 그녀는 혼절해 버렸다.

―어머니! 어머니!

현관참에 떨어진 핸드폰으로 비가 쏟아져 내렸다.

••IO

김범오는 성북동에서 돌아와 옥상정원에 혼자 서 있었다. 신발을 벗고 발목을 드러낸 채로. 빗줄기가 차츰 멎더니 저 멀리 서쪽 하늘로 우람한 설산(雪山) 같은 쌘비구름이 지나가고 있었다.

아, 어쩐다. 이 일을 어쩐다.

검고 커다란 살별 하나가 굵은 꼬리를 끌고 그의 몸속으로 날아들었다. 굉음을 일으키며 시커먼 버섯구름을 솟구치게 하는 충돌과 폭발들, 분분한 재 가루들. 그의 몸속에서 터져 나온 갖가지 끔찍한 폭음으로 그의 귓전엔 난데없이 귀울림(耳鳴)마저 일 지경이었다.

그는 노란 원추리 꽃잎들을 오래오래 들여다봤다. 무당벌레가 기어가고 있었다. 아주 조그만 벌레처럼 작아져서…… 아무런 걱정 없이 이 탐스런 꽃잎 속으로 사라져버릴 수만 있다면. 그러다가 1년쯤 지난 어느 날 꽃향기처럼 세상에 다시 나올 수만 있다면. 마치 아무 일도 없던 것처럼. 총소리고, 개고, 회장 부인이고 아무것도 모르는 사람처럼…….

그는 젖은 흙 속으로 발을 밀어 넣었다. 발등과 발가락 사이로 파고드는 시원하고 부드러운 진흙 덩이들……. 그는 불과 서너 시간 전에 죽은 콜리를 안고 회장 부인과 만났던 악연이 헛것을 본 거라고 믿고 싶었다. 간절하고 또 간절하게.

지난해 환란을 겪은 이후 1년간 300만 명이 직장을 잃고 길

바닥으로 내몰렸다. 300만 명이……. 하루하루 늘고 있는 숫자였다. 매일 밤 하늘에서 거대한 도끼들이 날아 들어와 가족들이 잠든 지붕들을 박살 내고 있었다. 이제 길바닥에 내팽개쳐지고 나면 언제 다시 화이트칼라가 될 수 있을지 기약도 할 수 없었다.

성림건설도 감원을 차근차근 준비해 오고 있다. 피비린내 나는 그날이 이제 엄습하기 직전이라는 건 누구나 다 알고 있는 사실이었다. 그런데 이런 때 왜 이런 일이 나한테 터져야 한단 말인가……. 왜 하필 나한테…….

회장 부인은 비서실에 근무할 때 세 번이나 심부름을 갔던 내가 누군지 기어코 기억해 내리라. 만일 회장 부인이 나를 호출하면 무슨 말을 해야 할까. 처참하게 콜리를 죽인 자가 바로 내가 아니냐고 몰아세우면 도대체 무슨 말을 해야 할까. 어떤 보복이 날아올까.

원 사장과 서 전무한테 과연 이 일을 알려야 할까, 말아야 할까. 발각됐다고 하면 그 사람들은 무슨 말을 할까. 날 만나 주기나 할까. 아아, 이런 일이 어떻게 나한테 일어날 수 있단 말인가. 어떻게 나한테.

도대체 서 전무는 왜 나에게 이런 일을 시켰을까. 아, 왜? 그렇게 고압적인 태도는 도대체 뭔가? 혹시 무슨 악의가 있는 게 아닐까? 나도 모르는 악의가? 누가 날 모함이라도 한 건가. 하지만 누가? 나와 서 전무 사이에 무슨 일이라도 있었나? 나도 모르는 일이? 도대체 뭐가?

그는 채송화 밭의 흙을 힘껏 움켜쥐었다. 양팔의 힘줄이, 당겨진 활시위처럼 바싹 일어섰다. 힘줄을 휘감은 파란 정맥들이 금세 도드라져 팔 속을 휘달리는 것 같다. 팔 위쪽의 이두박근과 삼두박근이 팽팽하게 드러났다. 이럴 때 그의 팔은 탄탄한 말(馬)의 앞다리 같고, 아주 분명한 주관으로 뭉쳐져 있는 것처럼 보인다. 제 뜻대로만 하려는 고집이 서려 있는 것 같다. 팔 스스로, 앞을 막고 선 건 밀어내 버리고, 짓누르는 건 집어던져 버리겠다고 단호하게 경고하고 있는 것이다.

하지만 이러면 무얼 한단 말인가? 나는 지금 몸이 밀랍처럼 굳어가는 루게릭병 환자들보다 못하지 않나. 도대체 내가 지금 내 의지로 할 수 있는 게 뭐란 말인가. 흙 한 줌만큼이라도 된단 말인가. 근육들이 있으면 무얼 한단 말인가. 힘줄들이 빳빳하면 무얼 한단 말인가. 아무 짝에도 쓸모없는데. 내 뜻과는 아무 상관도 없는 일에 쓰여야만 하는데……. 아무짝에도…… 아무짝에도 쓸모없는데……감옥에 갇힌 거나 마찬가진데.

그가 손을 뻗치자 차갑고 육중한 감옥의 벽들이 만져지는 것만 같다. 오래전부터 자기 둘레에 실제로 있다고 여겨오던 것이었다. 회사 생활에 염증을 내면서부터였다. 아아, 도대체, 도대체 여기서 어떻게 탈출해야 하나? 어떻게 해야 벗어날 수 있나. 김범오는 두 손으로 관자놀이를 싸맸다.

제 2 부 길 위의 피

PARADISE GARDEN

길 위의 피

••II

도연명(365~427)은 이름 높은 장군과 선비의 집안에서 태어났지만 물려받은 가산이 적어 미관말직을 옮겨 다녀야 했다. 그는 호구지책을 위해 구했던 이런 자리들을 '다섯 말의 쌀(五斗米)'이라고 불렀다.

마흔한 살이 되어 팽택현(彭澤縣)의 현령(縣令) 자리를 마다하고 나온 이유는 우선 높은 자리의 소인(小人)들에게 고개 숙이는 데 지쳐버렸기 때문이고, 물가의 버드나무 서 있는 작은 집에 살며 흙 만지는 일을 너무도 바랐기 때문이었다.

그가 나귀를 타고 어릴 적 살던 옛집으로 조용히 돌아와 아침저녁으로 했던 일은 젊은 시절 붓으로 옮겨 적은 노자(老子)의 이야기, 곧 『도덕경(道德經)』을 읽는 일이었다. 그 가운데 여든 번째 이야기 「소국과민(小國寡民)」[1]은 곡괭이를 들고 밭일을 하다가 산천을 돌아보며 외우곤 하던 구절이었다. 그때마다 그가 가슴 깊이 열망하던 작고 아름다운 나라가, 거기서 기쁘게 살고 있는 소박한 사람들의 구김살 없는 얼굴들이, 끝없는 밭고랑 저 끝에서 환상처럼 떠오르곤 했다. '꿈의 나라는 이러해야 하니' 하고 시작하는 듯한 그 이야기는 이렇게 옮길 수 있다.

나라는 자그마하고 백성 또한 많지 않다. 열이나 백 가지 이로운 기기가 있어도 쓰지를 않는다. 백성들은 생명을 소중히 여겨 먼 데로 옮겨 다니지 않는다. 배나 수레가 있어도 탈 필요가 없고 갑옷 입은 군대가 있어도 전쟁을 치를 일이 없다. 사람들은 (난 체하는 글을 쓰는 대신) 노끈 묶은 옛날 문자를 다시 쓴다. 주어진 음식을 달게 먹고, 주어진 옷을 아름답게 입는다. 몸담는 곳에서 평안하며 풍속을 즐긴다. 이웃 나라가 서로 바라보이고 닭과 개 울음소리 들리도록 가깝지만 사람들이 늙어서 죽을 때까지 서로 오가지를 않는다.[2)]

小國寡民 使有什佰之器而不用 使民重死而不遠徒 雖有舟輿 無所乘之 雖有甲兵 無所陣之 使民復結繩而用之 甘其食 美其服 安其居 樂其俗 隣國相望 鷄犬之聲相聞 民至老死 不相往來

1) '작은 나라, 적은 백성'으로 옮길 수 있다.
2) '시킬 사(使)'의 번역을 피했다.

그런데 이런 나라가 도대체 어디에 있단 말인가. 그는 곡괭이를 밭 가운데 세워놓고 산천을 한 바퀴 돌아보곤 했다. 번쩍이는 갑옷도, 번지르르한 문장도 쓰이지 않는 나라, 이웃에 또 다른 나라가 있는 줄을 알지만 부러워하거나 간섭하지 않는 나라, 오로지 주어진 옷과 음식에 만족하며 기쁨을 느끼는 사람들이 살고 있는 나라. 도연명의 눈에 비치는 너른 들판과 굽은 능선들 위로는 텅 빈 하늘만 보이곤 했다.

그는 처음 집 앞의 버드나무 그늘 아래서 함께 장기를 두던 노인으로부터 무릉의 한 어부가 겪었다는 이야기를 전해 들었을 때는 별 생각이 없었다. 하지만 개울에서 얼굴을 씻다가 다시 생각해 보니, 그 어부가 들렀다는 복숭아나무 숲 저편의 세계야말로 '소국과민(小國寡民)'의 나라가 아닌가. 그는 얼른 집으로 돌아와 붓을 잡았는데 이때 쓰인 것이 호남성(湖南省) 상덕현(尙德縣) 무릉에 살았다는 어부 황도진의 이야기인 「도화원기(桃花源記)」이다.

진(晉)나라 태원(太元) 연간(376~396)에 무릉 땅에 사는 어부가 배를 타고 고기를 잡으며 강물을 거슬러 오르는데 상류에 복숭아꽃이 벌어지고 향기 그득한 숲이 있었다. 배를 버려두고 올라가 보았더니 개울의 발원지가 나타났다.

그곳 옆에는 좁다란 산 어귀가 있었다. 어부가 짐작하건대 산 어귀를 지나면 신비한 경광(景光)이 있을 것 같았다. 처음에는 한 몸 움직이기도 어려울 만큼 길이 좁았으나 앞으로 나아갈수록 지경(地境)이 넓어졌다.

눈앞에 확 트인 대지에는 논두렁이 이리저리 내달리고, 여기저기 가옥(家屋)들이 모여 있었다. 들판에는 뽕나무와 대나무가 무성했으며, 닭 울음과 개 짖는 소리가 들렸다.

그 가운데 씨앗을 뿌리는 남녀들이 있어 바라보니, 옷차림은 다른 데가 없되 누런 머리카락에 수염을 날리며 태연히 여유를 즐기고 있었다. 어부가 그들에게 별세계의 연원을 물어보았더니 그들 선조가 진시황 때 세상의 난리를 피해 이곳에 들어왔다며 지금은 누가 다스리는 시대인가를 묻는 것이었다. 그들은 한나라는 물론 삼국시대와 진나라도 알지 못했다. 그간 속세의 풍파를 전해 주었더니 듣고 탄식하지 않는 이가 없었다.

어부는 별세계에서 크게 환대를 받고 강 하류의 집으로 내려가 사람들에게 도원의 얘기를 하니, 한번 가보고 싶다고 말하지 않는 이가 없었다. 어부는 사람들과 함께 냇물을 거슬러 올라가 산 어귀를 샅샅이 뒤져보았으나 이미 길이 희미하여 한번 떠나온 별세계는 어디서도 찾을 수 없었다.

어부의 이야기는 도연명이 스물여덟, 스물아홉 살 무렵 첫 관직이던 제주(祭酒)를 맡던 때에 있었던 일이다. 이후에 세상에서 십몇 년간 전승(傳承)해 오다가 그에게까지 흘러 들어온 이야기였다. 어떤 이는 어부 황도진이 산 어귀로 접어든 게 아니라 몸을 낮춰 자그마한 동굴을 건너간 것이라 하고, 어떤 이는 그 어부가 별세계에서 빠져 나오면서 도토리 가지들을 꺾거나 칡넝쿨로 매듭을 지어 곳곳에 표식을 해놓았다고도 했다.

남양 땅의 이름 높은 선비인 유자기는 그 어부 이야기에 홀려 십몇 년 동안이나 호남성 곳곳을 찾아 헤맸지만, 숱한 복숭아나무 숲 한가운데서 비경(秘境)으로 들어가는 작은 초입을 찾지 못해 주저앉곤 했다. 도연명이 그를 찾아가자 허물어져 가는 초옥(草屋)에서 늙고 병든 유자기가 미음을 먹다가 개다리소반을 겨우 겨우 물리고 그를 맞았다. 도연명이 가져온 붉은 복숭아를 내놓으며 맛보기를 권하자 유자기는 잇몸만 남은 입 속을 보여주며 손을 힘겹게 내저었다.

"황도진과 함께 길을 찾아보시지 왜 여태껏 홀로 이 고생을 하셨습니까?"

"나라고 왜 그러지 않았겠소. 고기비늘이 남아 있는 그의 손을 붙잡고 100번도 더 무릉의 숲과 강을 헤매고 다녔다오."

"그런데 그가 결국 그 어귀를 찾지 못하더이까?"

"그가 표식으로 남겨 뒀다는 도토리들은 작은 짐승들이 물고 가 버렸는지 찾을 길이 없고, 칡넝쿨 매듭은 갖가지 덩굴들이 곳곳에서 나무 둥치들을 감고 올라와 찾아낼 수가 없었다오. 봄철에는 붉은 꽃들이 등성이를 가리고, 비 오는 여름에는 산 속 곳곳에 물길이 생겨나고, 가을에는 가랑잎이 땅을 덮고, 겨울마저 쌓인 눈이 길을 가리니, 황도진은 초입을 찾아나설 때마다 생전 처음 보는 길을 가는 것만 같다고 하더이다."

귀가 예민한 황도진은 장마 진 뒤 더욱 굵어진 물소리, 낙엽이나 눈 밟히는 소리만 더해져도 길 찾는 일을 혼란스러워

했다. 특히 그는 한 번 올라간 길을 거꾸로 다시 내려올 때 이미 거쳐온 풍경인지, 잘 못 알아보곤 했는데 공간을 파악하는 눈매가 여느 사람보다 훨씬 떨어지는 게 분명했다.

"내가 도와주면 황도진이 다시 그 길을 찾아낼 수도 있을 것 같으오?"

"아니 그렇지는 않을 거요."

유자기는 쓸쓸한 눈동자로 도연명을 들여다보며 고개를 가로저었다.

"황도진이 손을 더듬어 들어갔던 초입은 사실은 산 어귀가 아니라 작은 동굴이었다오. 끝에서 희미하게 빛이 새어 나오는 기다란 동굴이었다오. 그가 시퍼런 물 아래로 몸을 흔들며 빠르게 지나가는 송어와 은어들을 잡기 위해 눈을 부릅뜨고 수면을 바라보던 어부 시절에는 그 희미한 빛이 보였었지. 그는 눈이 오나 비가 오나 그 일을 해야만 노모와 처자를 먹여 살릴 수 있었다오. 하지만 그 초입만 찾는다면 큰돈과 논밭을 주겠다는 제의가 들어오자 그는 바뀌었다오. 그물을 던지긴 해도 아침에 잠깐일 뿐, 날마다 그 눈동자가 흐릿해지는 게 나이 든 내가 봐도 대뜸 눈에 들어올 정도였소. 황도진은 도화원 사람들과의 약속을 깨어버린 바로 그 순간부터 그 초입을 찾아낼 능력을 잃어버린 거라오. '이런 곳이 있다는 걸 바깥세상에 나가 말하지 않겠다.'는 맹세를 저버린 그 순간부터."

••12

클라이드 리가 서병로를 따라가다 들어선 곳은 지하의 수직 갱처럼 가파른 계단이었다. 그보다 앞서 간 서병로는 아무도 없는 사장실로 들어선 뒤에 육중한 이탈리아산 자단 책장을 여닫이문처럼 밀어냈다. 그러자 사옥의 기밀실로 내려가는 비밀 입구가 드러났다. 책장 밑에는 두 쌍의 청동 레일이 숨겨져 있었다.

서병로가 계단의 등을 켜기 전까지 짧고 캄캄한 시간 동안 클라이드 리는 중국식 왕릉의 현실(玄室)로 들어가는 기분이 들었다. 성림건설의 사장실은 23층에 있었다. 그들은 지금 22층으로 내려가는 중이었다. 희부윰한 내등이 쌀뜨물 빛으로 계단 천장을 따라 켜지자 그들은 서늘하고 두툼한 벽을 손으로 더듬으며 물매가 급한 계단을 하나씩 밟아 내려갔다.

클라이드 리에겐 너무 낯선 곳이라서 망설임과 호기심이 동시에 고개를 들었다. 루이스 캐럴의 『이상한 나라의 앨리스』에 나오는 토끼들의 가파른 굴이 난데없이 떠올랐다.

서병로는 절겅거리는 열쇠 꾸러미를 일일이 돌려 가며 세 개의 덧문들을 차례차례 열어젖힌 뒤에 기밀실로 들어섰다. 바깥에 노출시키지 않으려고 전자 키로 바꾸는 공사조차 안 한 것 같았다. 창 하나 없이 내등으로만 밝힌 기밀실은 미국 연방은행의 금괴 보관실 같았다. 서병로가 말했다.

"여기서라면 다 말해 드릴 수 있습니다. 도청이 안 되는 철갑 방이니까요."

클라이드 리는 시험 삼아 재킷 주머니에서 핸드폰을 꺼내 보았다. 수신 불능 시그널이 떠 있었다. 재미교포 2세인 그는 월스트리트의 헨리 앤드 존슨에서 일하던 시절 애널리스트와 투자자들이 비밀을 주고받는 밀실을 '챈서리(chancery)'라고 부르던 기억이 났다.

그는 현재 브리검 앤드 로렌스 서울지사에서 1년 반째 일하고 있었다. 한국과 태국, 말레이시아와 인도네시아가 지난해 12월 외환위기로 휘청거리기 시작하자 월스트리트의 컨설팅 회사들은 이런 나라들이 손님들로 즐비한 노다지라는 걸 금세 알아챘다. 아메리칸 스탠더드가 곧 글로벌 스탠더드였다. 환란을 겪으면서 아시아에는 어떻게 해야 아메리칸 스탠더드에 맞출 수 있을지 고심하는 기업들로 넘쳐나게 됐던 것이다. 클라이드 리는, 아시아에서는 뉴욕 본사 전화번호가 찍힌 명함 하나만으로도 척척 처리할 수 있는 일들이 널려 있다는 걸 알게 됐다. 그가 말했다.

"이겁니다. 저희가 따낸 자료입니다. 민경련이 민주경제시민연합, 맞습니까? 경실련은 귀에 익은데 이런 덴 저희한테 낯섭니다. 이 문건은 성림이 3년 전에 만든 BW(신주인수권부사채)를 물고 늘어지고 있습니다. 민경련이 증권감독원과 국세청에 고발하려고 만든 겁니다. 아직 제출하지 않은 초안이지요. 그래서 말입니다."

그의 목소리가 한 옥타브 뚝 떨어졌다.

"성림은 그때 왜 BW를 발행하게 됐습니까? 털어놓고 말씀해 주시지요. 단순히 자금 조달을 위한 것은 아니었지요?"

그는 핵심부터 파고들었다. BW는 회사가 만드는 특수채권이었다. 갖가지 비밀 용도에 쓰이는 것, 오너들에겐 전가의 보도였다.

"거긴 뭐라고 쓰여 있습니까?"

"보시지요."

서류가 썰매처럼 호마이카 탁자 위를 미끄러져 갔다. 클라이드 리가 손가락으로 가볍게 밀었던 것이다. 힘들게 구했지만 당신한텐 그냥 다 보여줄 수 있어요. 그런 뜻이었다. 서병로는 미간을 찌푸린 채 다중초점 안경을 올렸다 내렸다 해가면서 읽었다.

"……상속세 한 푼 안 내고 오너십을 차남 원제연에게 물려주기 위해…… 발행하고……."

서병로가 고개를 들면서 말했다.

"틀린 건 아니군요."

BW는 우아한 녹색 당초(唐草) 무늬가 네 귀에 찍힌 채권이었다. 원리금이 보장될 뿐 아니라 정해진 날짜가 되면 그걸 만든 회사의 새 주식까지 살 수 있었다. 시가의 3퍼센트나 5퍼센트에. 오너들이 막대한 재산을 아들딸들에게 조용히 세습할 수 있게 하는 전용 지폐인 셈이다. 클라이드 리가 말했다.

"내용을 보면, 성림미래개발이 BW를 발행했던데요."

"사실 성림의 모기업은 건설이지요. 거기 비하면 성림미래개발은 어수룩합니다. 금광이라곤 하지만 폐광이나 다를 바 없는 지하 갱도 몇 개와 버려진 산야나 가지고 있지요. 아직 주식거래소에 상장도 안 됐습니다."

"그런데 성림건설의 지주회사군요. 거길 움켜쥐면 계열사를 다 갖게 되는."

"11개 계열사를 다 갖게 되지요."

"그런데, BW가 왜 원제연 사장한테 갔습니까? 맏아들한테 가야지. 원직수 사장은 성림건설까지 맡고 있는데."

"차남한테 주기로 한 거죠, 그룹을……."

원제연은 백화점과 할인 마트 체인을 가진 성림유통 사장이었다. 인터넷 포털인 월드 온라인과 다른 세 군데 계열사의 최대 주주이기도 했다.

"회장님이 그렇게 정했군요. 그죠?"

"표면적으론 최동건이 원제연 사장을 옹립했습니다. 용병대장이 된 거지요. 가구 만드는 다비드 사장 말입니다."

"원제연 사장은 미국에 유학 갔다 온 지 3년밖에 안 됐잖아요?"

"갔다 오고 한 달이 안 돼 사장단 회의가 열렸습니다."

"최동건이 BW를 만들자고 했군요. 수혜자는 원제연. 회장이 손 올리면 다 따라오는 건데."

"그래서 만장일치였습니다. 그땐 회장님 건강이 좋았지요. 매주 골프를 치러 나가셨으니까요."

서류를 보면 원제연은 장외가격 2만 4000원짜리 미래개발

주식 215만 5000주를 3년 후에 액면가 1000원에 사들이게 된다. 미래개발 전체 지분의 36퍼센트, 회장보다 더 많이 쥐게 되는 셈이었다.

"원직수 사장은 가만있었습니까. 맏아들인데?"

"거기 없었습니다."

서병로가 잘라 말했다. 원직수가 불의의 일격을 맞았다고 강조하는 어투였다. 거기 없었다니. 클라이드 리는 손으로 이마를 짚었다. 앞으로 원직수와 함께할 일이 얼마나 많은데. 그에게 소개시켜 준 마이클 맥나마라의 얼굴이 떠올랐다. 아까 계단의 어둠이 캄캄하게 시야를 가렸다.

사장단 회의가 있던 날— 최동건이 용병대장이 됐던 날은 초가을이었다. 원직수는 북극 항로를 거쳐 네덜란드로 가고 있었다. 기내에 꽂혀 있던 《파이낸셜 타임스》는 바로 그날 네덜란드에서 일식이 있을 거라고 전했다. 여객기가 네덜란드 상공으로 접어들자 해가 사라지기 시작했다. 수억 송이의 튤립이 피어 있는 평원 위로 융단이 깔리듯이 거대한 응달이 지나갔다. 왕궁과 의사당, 시청과 성당, 광장과 전몰 용사 위령탑, 반 고흐 미술관과 백화점, 운하와 방파제……. 지상의 모든 것들 위로 대낮의 어둠이 무대의 막처럼 내려가고 있었다. 이 풍경을 희롱하듯이 암스테르담의 거대한 홍등가에 불들이 켜지고 있었다. 하늘에서 보니 장관이었다. 원직수는 상상도 못했다. 암스테르담 상공에서 빛깔들의 반전을 내려다보고 있을때 서울에서는 무엇이 벌어지고 있었는지를.

"네덜란드엔 뭐 하러 간 겁니까?"

"공항 설계하는 프로들을 만나러 가셨지요. 암스테르담 스위프홀 공항설계팀요. 우린 인천공항 건설에 입찰하려고 했으니까."

"그런데 안 됐지요."

"아시다시피 그렇습니다."

"원제연 사장에게 주식을 내줄 날짜가 다 되지 않았습니까?"

서병로는 손에 쥔 물잔을 내려다보면서 말했다.

"9월입니다."

"다음 달."

클라이드 리는 긴 숨을 내쉬었다.

"오너십과 성림유통의 채무가 맞물려 가겠네요. 원직수 사장님한테는 채무 문제가 더 무서운 건데."

"그것도 얼마 안 남았지요. 은행들은 성림유통에 회사채 4000억 원을 갚으라고 할 거고. 이제 더 만기 연장해 줄 리도 없고."

"성림건설도 성림유통에서 받을 돈이 많지요?"

"1500억 원입니다."

"은행들은 유통을 살리려면 건설이 그 돈 포기하라, 그러는 거고."

서병로는 물 잔에 입을 댔다. 클라이드 리가 차갑게 말했다.

"형님이니까 동생한테 돈 받지 말라? 은행들의 파이가 적어지니까. 정말 인간적인 요구군요."

은행 채권단은 실제로 성림건설에 이 같은 요구를 하고 있었다. 받을 돈 1500억 원 중에 500억 원은 탕감해라. 1000억 원은 출자전환해라. 성림유통이 새로 만드는 주식으로 받으라는 말이었다. 하지만 가망 없는 그 주식을 누가 받겠나. 서병로도 냉소적인 얼굴이었다.

"윌슨 앤드 카렐은, 은행이 그렇게 요구해도 받아들이지 말라고 성림건설에게 경고하고 있습니다. 그러면 사장님과 이사들을 모두 다 배임으로 고발하고, 손해배상 청구하겠다는 거지요."

윌슨 앤드 카렐은 성림건설의 2대 주주였다. 해외 수주를 쉽게 하려고 끌어들인 투자 펀드였다. 거기는 도마뱀 꼬리를 잘라버리라는 입장이었다. 성림유통이 살아나기 힘들면 부도 맞고 청산으로 가게 내버려 두라는 것이었다. 그러면 건설은 유통의 남은 자산 가운데 다만 얼마라도 챙기게 된다. 은행의 요구대로 하는 건 손해는 다 보고, 언제 터질지 모를 폭탄도 안으라는 얘기였다. 그러니 잘라내라. 옳은 말이었다. 클라이드 리가 말했다.

"모든 게 오너십에 달렸네요."

"그렇지요. 죽고 사는 게. 원제연 사장이 오너십을 쥐면 건설을 희생시키겠지요. 유통을 살려야 하니까. 은행의 요구대로 들어줄 겁니다. 하지만 오너십이 우리 사장님한테 오면 반대가 되는 겁니다. 유통을 침몰시킬 겁니다."

"사실은 그게 구조조정의 뜻에 맞는 겁니다. 그런데, 그렇게 될까요?"

클라이드 리가 자조적으로 말하자 서병로는 언짢아졌다.

"우리보다 더 심각한 것 같군요."

"코르젠(Korgen)이 걱정돼서 그럽니다."

코르젠은 성림이 새로 세운 생명공학 회사였다. 클라이드 리는 몸을 바로 세우면서 말했다.

"팬젠(Pangen) 하고는 제가 다리를 놓았잖습니까."

팬젠은 캘리포니아 새크라멘토에 있는 생명공학 회사였다. 클라이드 리는 지난해 제야에 팬젠의 개발담당 사장인 마이클 맥나마라와 원직수를 라스베이거스의 노블힐로 초대했다. 세계에서 세 번째로 높은 스카이라운지가 거기 있었다. '더 소사이어티' 라는 곳이었다. 원직수는 거기서 할리우드 모델들이 나오는 밤의 파티를 즐겼다. 그는 맥나마라에게 포도주 샤토 무통 로쉴드와 이탈리아 알바산 송로버섯을 대접했다.

원직수는 뉴욕 오닐대 경영대학원 이글턴 스쿨에 다니던 시절을 이야기했다. 클라이드 리는 취한 채 돈은 주조된 자유라고 이야기했다. 그가 와인 잔을 올리자 맥나마라가 말했다. "그 자유를 갖고도 사랑은 쉽지 않아." 꽤 좋은 친구였다. 그가 물었다. 한국은 보름 전에 아이엠에프(IMF)에 구제금융을 신청하지 않았느냐고. 거기다 한국 건설사들은 오래전부터 불황에 시달리고 있지 않으냐고. 그는 은제 모종삽에 담아온 캐비어를 접시에 옮겨다 놓았을 뿐 한 알도 먹지 않고 있었다. 이란 벨루가에서 가져온 캐비어를.

기밀실에서 클라이드 리가 말했다.

"주저하는 맥나마라를 떠밀듯이 코르젠 사업에 밀어 넣었는데."

"사장님은 보름 안에 맥나마라를 부르실 겁니다. 강원도 영월의 주위봉으로 같이 가자고. 사실 모든 게 잘되고 있습니다. 사장님은 맥나마라한테도 그렇게 전화했습니다. 코르젠 사업은 착착 진행 중이다. 그리고 오너십은 내가 쥔다."

"내가 쥔다? 원직수 사장이?"

클라이드 리는 고개를 앞으로 뺐다. 지금까지 해온 말과는 완전히 다르지 않나. 하지만 서병로의 얼굴에는 후련함이 떠올라 있었다. 하고 싶었던 말을 이제 한다는 식이었다.

"예, 원직수 사장이. 아마 열흘 내로요."

"열흘요? 어떻게요?

서병로는 슬며시 웃었다.

"죄송한데요. 워낙 대외비라서."

"저는 사장님 편이잖습니까."

"물론입니다. 이 부장님(클라이드 리)은 저희들 편이고 누구보다 소중한 컨설턴트입니다. 제 말은 일을 나누자는 겁니다. 오너십은 우리가 확실하게 잡아놓겠습니다. 그런 뒤에 이 부장님께 제일 먼저 연락드리겠습니다. 대신 이 부장님은 코르젠의 투자자들을 잡아주십시오. 큰 투자자가 필요합니다. 투자설명회를 빨리 해주세요."

빨리 해주세요. 한국인들이 늘 하는 말이었다. 뉴욕에서 교포들을 상대로 보험 외판을 했던 클라이드 리의 아버지도 늘 그렇게 서둘렀다. 그리고 예순두 살 때 목욕탕 안에서 뇌졸중으로 돌아가셨다. 마치 장의사가 수의를 빨리 입히게끔 일부러 옷을 벗어둔 것처럼. 그리고 자기가 든 보험금을 아들이 훨씬 앞서 받게 서두른 것처럼. 클라이드 리는 아버지가 들어둔 네댓 건의 보험금을 장례식이 끝나고 연이어 받았지만 자기를 이만큼 키운 아버지를 이십 년은 더 모셨어야 한다는 생각에 아내와 딸들이 보는 앞에서 눈물을 감출 수 없었다.

그런데 거의 다 잃은 오너십을 이제 장악한다? 클라이드 리는 아무래도 확신이 안 섰다. 그는 넥타이 매듭을 느슨하게 풀면서 서병로를 쳐다봤다. 좀 더 깊이 들어가 보자. 큰 소리만 칠 사람이면 제대로 짜놓지 못했을 데로.

"맥나마라는 5월에도 오지 않았습니까? 그때도 주위봉으로 갔지요?"

"브로델인가, 그 친구하고. 산양에 완전히 정신이 빨려 들어갔더군요."

"그랬다면서요. 그런데 거기를 계속 개발하려면……."

"사냥터로?"

"사냥터라기보다는 동식물들을 광범위하게 채집하려면 말이지요. 그러려면 그곳 일대의 부지를 더 넓게 확보해야 한다고,

맥나마라가 말했던 것 같은데."

"그게 바로 사냥이죠. 저도 들었습니다. 그래서 플랜들을 짜놓았습니다."

"어떤 겁니까?"

"그곳 수목원을 사들일 수 있습니다. 아니면 동쪽의 야생림 지역이든지. 사장님한테 보고 드렸습니다. 가만 있자, 보고도 여기서 드렸는데."

서병로는 안경을 미간 쪽으로 쑥 눌렀다.

"참, 저기 지도가 있군요."

그는 통로 저편의 테이블로 건너가 둘둘 말린 지도를 확 펴들더니 프레젠테이션 보드에 끼워 넣었다. 보드 안쪽에서 형광등이 켜지자 영월군의 대형 지도가 보였다. 클라이드 리는 무언가 아주 귀중한 옷의 첫 단추가 채워지는 것 같아 숨을 멎은 채 주먹을 쥐었다. 지도는 항공사진을 밑그림으로 삼은 것이었다. 구불구불한 북한강 상류와 대지의 푸른색이 시야 가득히 밀려 들어왔다. 붉은색 펜으로 테두리가 쳐진 부분이 금방 눈에 띄었다.

"도원수목원이라는 곳입니다. 원래 저희 회장님이 전쟁 끝날 무렵에 주위봉 일대의 땅을 사들이셨어요. 그때 이곳도 같이 거둬들이려고 했는데."

"제대로 안 됐군요."

"아니, 안 됐다기보다는 그냥 내버려둔 거지요. 거길 예전의 동업자가 사들이겠다기에."

"그런데 그게 수목원이 됐다? 팔려고 할까요?"

"하기 나름이지요. 우린 많이 사봤으니까."

클라이드 리는 갑자기 기대감에 부풀어 오르는 듯했지만, 서병로는 지도를 말면서 다소 지친 표정이 되었다. 그는 클라이드 리에게 원직수 사장으로부터 모래시계를 선물 받은 적이 있느냐고 묻더니, 자기가 하나를 주겠다며 앞장을 섰다. 그가 기밀실 복도의 오른쪽으로 꺾어 들어가자 진풍경이 펼쳐졌다. 높이 3, 4미터는 될 것 같은 컬렉티브 트레저리(금고)였다. 한약방의 약재함이나 미국 은행의 귀중품 존안실처럼 서랍 형태의 작은 강철 보관함 수백 개로 이뤄진 것이었다. 그러고 보면 이 기밀실은 도청되면 안 될 무슨 밀담을 나누기 위해서라기보다 이런 트레저리들을 들여놓으려고 만든 것인지도 몰랐다. 서병로는 여긴 오너 집안과 관련된 거라면 별의별 게 다 있다고 고가(古家)의 늙은 집사처럼 말했다. "옛날에 덕률풍(德律風)이라고 부르던 일제시대 전화기까지 있어요." 그는 다이얼을 맞추더니 철제 미닫이 서랍 하나를 주욱 뽑으면서 말했다.

"얼마 안 있으면 그룹 회장의 직인도 여기로 오겠지요."

"그러길 바랍니다. 그래야 코르젠도 살고. 저도 이 바닥에서 신용 안 잃고 살지요."

"우린 코르젠으로 갈 거고. 장애물은 다 부술 겁니다."

서병로가 이를 가는 듯이 말했다.

"자, 여기."

그가 강철 서랍에서 크리스털로 만들어진 모래시계 하나를 꺼내 주었다. 자세히 보니 시계에서 떨어지고 있는 것은 모래가 아니라 황금색 미립자들이었다. 이게 정말 순금일까. 클라이드 리가 놀란 눈으로 쳐다보자 서병로가 매서운 표정으로 말했다.

"서둘러주십시오. 투자설명회 말입니다. 시간은 금이니까요."

••13

성림건설 사원들은 자기소개를 촬영하고 있었다. 테헤란로의 사옥, 무대와 객석처럼 생긴 지하 1층 대강당에서였다. 사원들은 세 곳의 무대에서 저마다 자줏빛 커튼을 등지고 앉아 자기가 누군지 설명했다. 디지털 캠코더의 렌즈를 쳐다보면서. 스튜디오용 조명등이 무대 위에 하얗게 이글거리고 있었다. 시원한 싱글 차림으로 앵커라도 된 듯이 싱긋거리는 사람, 잔뜩 굳은 얼굴로 연방 넥타이를 매만지는 사람, 등받이에 몸을 묻고 피로에 지친 얼굴로 쪽잠을 자는 사람들이 보였다.

김범오는 어둠이 잔잔히 내려와 있는 객석 중간쯤에 턱을 괴고 앉아 무슨 말을 어떻게 해야 할지, 시름에 빠져 있었다.

'이렇게 촬영한 게…… 회사 인트라넷에 띄워지면…… 회장 부인은 나를 금방 알아보지 않을까. 그때…… 죽은 개를 들고 왔던 바로 그 녀석이라고……. 내가 두런두런 천연덕스럽게 말하는 걸 보면, 얼마나 혐오감을 느낄까……. 도대체 무슨 말을 해야 할까……. 얼굴에 죄의식이 비치지는 않을까……. 그냥 내키는 대로 말해 버릴까……. 사장이 비오는 날 회장 부인의 개를 쏘아 죽였다고……. 아아…….'

김범오는 머리카락에도 무스를 발라 이마가 환하게 드러나게끔 끌어 올려놓았다. 그는 인트라넷에 띄워 올려질 모습을 다른 사람처럼, 무엇보다 지성적으로 보이게 하고 싶었다. 죽은 개를 옮기는 일 같은 것과는 아무 상관도 없는 사람같이……. 그는 안경까지 끼고 나왔다. 그러나 우산처럼 생긴 갓을 씌운 스튜디오 라이트 앞에 앉자 무슨 수배 사진을 찍고 있는 것 같은 느낌이 들었다. 음…… 음, 그가 마른기침을 하고 나자 무심한 카메라 기사가 손을 번쩍 쳐들었다.

큐!

"………다음, 제가 좋아하는 분은 중국 작가인 루쉰〔魯迅〕과 노자(老子)입니다. 저는 책을 그렇게 즐겨 읽는 편이 아닌데 우연히 루쉰의 『아Q정전』을 보다가 거기 실린 단편 중에 「관문 밖으로」를 읽게 되었습니다. 옛날 중국 주나라에서 왕실 도서관장으로 있던 노자가 공자(孔子)를 피해 관문 바깥의 벌판으로 나아가는 이야기지요.

젊은 시절의 공자는 72명이나 되는 군주를 만났지만 아무도 자기를 채용해 주지 않습니다. 공자는 노자를 찾아와서 무언가 깨달음을 얻으려고 합니다. 하지만 공자와 자기가 워낙 다르다는 걸 잘 아는 노자는 소를 타고 관문 바깥으로 피해 버리려고 합니다. 이 이야기를 읽어보면 노자의 제자들은 공자를 어릴 적 이름인 공구(孔丘)라고 부릅니다. 공구를 점잖은 척하면서도 출세에 목말라 하는 속류 철학자로 여기는 분위기가 역력하지요."

카메라 기사가 손을 올렸다.

"책 이야기가 너무 많은데요. 나는 어떤 일을 잘하나, 내가 아는 사람들로는 누가 있나, 그런 걸 얘기해야 돼요."

"그럴게요. 이것만 마무리 짓고요."

기사가 다시 큐 사인을 넣었다.

"흠, 으흠, 벌판으로 떠나려는 노자를 붙잡고 관리가 한 말씀을 부탁해 옵니다. 노자가 이때 방에 앉은 그들한테 들려준 이야기가 바로 『도덕경』입니다.

'도(道)를 말로 하면 이미 도(道)가 아니다.'로 시작하고, '성인(聖人)의 도(道)는 무언가 해내되 다투지 않는다.'로 끝나는 글입니다. 알 듯 모를 듯 커다랗고 오묘한 이야기들이 나오자 관리들은 꾸벅꾸벅 졸게 되지요.

저 역시 『도덕경』은 쉽게 알아들을 수 있는 말들이 아니라고 생각합니다. 하지만 여기 나오는 '화광동진(和光同塵)'이나 '대교약졸(大巧若拙)' 같은 말들이 너무 좋아서 『도덕경』을 가르쳐줄 선생님을 찾아보았습니다. 화광동진은 제 빛을 감추고 세속과 어울려라, 라는 뜻입니다. 대교약졸은 진정으로 커다란 기술은 서투른 듯 보인다, 그런 뜻이죠. 둘 다 재주가 뛰어난 사람들한테는 겸손해지라고 말하고, 저처럼 모자란 사람들한테는 힘을 주는 말들입니다.

저는 『도덕경』의 이런저런 구절들을 한자 훈부터 차근차근 가르쳐줄 분을 찾아다녔습니다. 수소문해도 찾아지지 않았는데, 강원도 영월에 가서 만나게 됐습니다. 우리 회사에 입사해서 오리엔테이션을 받을 때 전국에 있는 우리 회사의 공사 현장에도 가보고, 회사가 사놓은 부지도 돌아보게 됐습니다. 그때 입사 동기들하고 강원도 영월 주위봉 부지로 갔었는데……."

카메라 옆에 선 인사부 직원이 손가락으로 손목시계를 가리켰다. 김범오는 슬쩍 웃어 보였다.

"……강원도 영월 주위봉 부지로 갔었는데, 거기가 바로 제 대학 친구 강신영이 살고 있는 수목원 바로 옆이더군요. 도원수목원이라는 덴데요. 결국 그 친구하고 하룻밤을 같이 보냈지요. 『도덕경』은 김산 선생님이 최고다, 공부만 하신 게 아니라 『도덕경』처럼 살아오셨다, 그러더군요. 김산 선생님은 '뫼 산(山)' 자를 이름으로 쓰시는 분인데, 실제 해오신 일은 거기서 커다랗고 아름다운 수목원을 만든 것입니다. 영월군 수주면 도원리의 수목원이지요. 그 수목원 옆에 있는 회룡포는 하회마을이나 청령포처럼 물줄기가 땅을 휘휘 감아 섬처럼 만들어놓은 물돌이 벌(野)입니다. 한번 들러보면 보통 땅이 아니라는 느낌이 들 겁니다. 빙 돌아가는 물줄기는 이상하게 수온이 높답니다. 온수에 손을 담근 느낌이지요. 신기할 정도랍니다.

게다가 이 수목원은 단순히 나무나 키우는 데가 아닙니다. 뭔가 대안적인 미래의 삶을 만들어보려는 공동체이지요. 김산 선생님의 필생의 사업입니다. 자연주의자들의 공동체를 만드는 것 말입니다.

그때 가보고는 도통 들를 기회가 없었습니다. 올핸 정말 작정을 하고 한번 갔다 올 생각도 있습니다. 아직 휴가도 안 썼거든요."

••14

강당에서 빠져 나온 김범오는 두 가지를 컴퓨터에 입력해야 했다. 사원들이면 모두 다 해야 하는 일이었다.

하나는 자기 신상명세였다. 주소와 전화번호, 어디서 나고, 본적지는 어디며, 가족관계와 출신학교, 그리고 이전의 직장, 상벌관계, 지망부서, 앞으로의 계획, 회사가 필요할 경우 연결할 수 있는 외부의 선후배와 친구, 친인척으로 정부 고위직과 언론계에 있는 사람……. 어떤 것은 인트라넷 '사원록'에 공개되고, 어떤 것은 비밀로 분류되는 것이었다. 이것들의 실제 용도가 무언지는 아무도 정확히 알지 못했다. 무언가 분류를 해 놓을 거라는 짐작만 할 뿐이었다.

다른 하나는 회사가 사원 한 명마다 정해 준 다섯 명의 회사 사람들에 대한 개인적인 평가였다. 장점과 단점을 분명히 적시하라는 지시였다. 사원들은 누가 볼세라 서로서로 눈치를 봐가며 몰래몰래 항목들에 응답을 입력해 넣어야 했다. 그리고 다섯 명에 대해 각각 회사가 제시한 서른 가지도 넘는 질문들에 대해 일일이 대답해야 했다.

리더십과 의욕이 대단하지만 회사 내에서 제 편을 만들고 있다. (간부1)

업무의 추진력은 강력하지만 여성 비하나, 지역색이 강한 발언을 할 때가 많다. (간부2)

순발력과 아이디어가 번뜩이지만 개성이 팀워크에 지장을 줄 정도다. (중간 간부3)

성품이 너그럽고 훌륭하지만 의욕과 능력이 없는 데다 자기주장 없이 눈치만 본다. (사원4)

게으르고 고집이 센 데다 효율성마저 떨어져 같이 일할 사람이 아니다. (사원5)

사는 게 왜 이리 복잡하고, 고통스럽단 말인가. 만인이 만인을 감시하는 시스템이라니. 혹시 내가 이 사람한테 내린 평가는 완전히 잘못 본 게 아닐까……. 누군가 나한테 날린 화살은 어떤 것일까…….

••15

홍성만은 엘리베이터 속의 거울을 보면서 혀로 이와 입술을 다급하게 훑어냈다. 얼마 없는 머리카락이지만 기름이라도 좀 바르고 나올걸. 그게 신뢰감을 줄 텐데……. 그가 불려간 곳은 서울 청담동의 다비드였다. 성림건설이 만든 아파트에 붙박이 가구들을 공급하고, 인테리어를 하는 계열사였다.

15층까지 올라가자 다리가 후들후들 떨려왔다. 그냥 도망가 버릴까. 아냐, 부처님 손바닥이지. 잘못하면 뭐라 말 한마디 제대로 못한 채 잘려버릴지도 몰라.

운전사인 그는 가끔 다비드까지 올 때가 있었다. 하지만 그 때마다 머무는 곳은 온돌이 놓인 지하 3층의 컴컴한 운전사 대기실이었다. 엘리베이터는 17층에서 서고, 문이 열렸다. 사장실이 있는 곳이었다. 그는 자동문 밖에서 안쪽의 비서들을 향해 고개를 꾸벅, 인사했다. 곧바로 문이 열렸다.

방으로 들어서자 소파에는 다비드의 최동건 사장이 앉아 있었다. 그는 이명자 이사장이 가장 믿고 있는 측근이었다. 그 옆에는 한 젊은이가 노트북 컴퓨터를 열어둔 채 앉아 있었다. 홍성만은 그가 누구란 걸 금세 알아챘다. 원제연이었다. 백화점 체인인 성림유통의 사장이었다. 그는 인터넷 포털 사이트인 월드 온라인과 케이블 방송인 무비 월드, 광고사인 성림 크리에이티브의 최대 주주이기도 했다.

홍성만은 34년 전 신출내기 운전기사였던 시절, 갓 돌이 지난 원제연이 강보에 싸여 울고 있는 걸 본 적이 있었다. 감기에 걸린 아기의 얼굴은 열이 올라 있었고, 갓 스물이 넘은 이명자 이사장은 좀 더 빨리 갈 수 없냐고 쉴 새 없이 닦달했다. 대학병원으로 가기까지 스무 번도 더. 그리고 원제연을 이처럼 가까운 거리에서 쳐다보기는 이번이 처음이었다.

문초는 빠르게 진행됐다. 사장들은 바쁜 사람들이었다.

바쁠 수밖에 없었다. 은행들은 이미 성림유통의 9월 만기 채무에 대해 더 이상 만기 연장시키지 않겠다고 통고해 왔다. 성림유통은 부도를 내고 법정관리로 들어가 청산될 수밖에 없는 운명이었다. 그 운명을 피하려면 성림건설이 성림유통에서 받을 돈을 포기해야 했다. 성림유통의 백화점이나 할인매장들을 지어주고 받기로 한 대금들을.

성림건설이 그런 결정을 내리게 하려면 원제연이 다음 달 성림건설의 오너가 돼야 했다. 3년 전 받은 막대한 BW를 근거로 성림미래개발의 주식들을 고스란히 인수하는 것으로 가능한 일이었다.

그러려면 아버지가, 바로 원성일 회장이 원제연의 등 뒤에 수호신처럼 서 있어줘야 했다. 그런데 어느 날 아버지와 개가 사라지더니, 돌연히 죽은 개만 피투성이가 돼 나타난 것이었다. 도대체 무슨 일이 진행되고 있는 걸까.

홍성만은 앉지도 못한 채 원제연과 최동건 두 명의 사장이 묻는 대로 대답했다. 사장들은 모든 것을 준비해 놓고 있었다. 성북동 대저택촌의 경비원이 적어둔 지프 번호를 보여주자 홍성만은 무릎이라도 꿇고 싶었다. 강원도 평창에서 김범오와 함께 타고 온 회사 지프였다.

최동건은 탁자 위에 사진 두 장을 내던졌다. 한 장은 처참하게 살해된 개의 사진이었다. 거기 모노륨이 보이지요? 지문이 다 찍혀 있습니다, 최동건이 말했다. 다른 한 장은 검은 봉지를 덮어씌운 감시 카메라를 촬영한 것이었다.

"누가 죽였습니까?"

최동건이 친국(親鞫)에 나섰다.

홍성만은 차라리 땅속으로 꺼져버리고 싶었다. 시험공부를 하고 있는 막내아들이 생각났다. 막내가 대학을 졸업할 때까지는 어떻게 하든 회사에 남아 있어야 했다. 그는 고개를 들지 못한 채 ……그게 저, 하고 더듬거리다가 벼락이 꽂힌 피뢰침처럼 놀랐다. 원제연이 탁자를 내리쳤던 것이다.

"똑바로 대세요! 똑바로!"

홍성만은 순간 멍해졌다. 그는 아주 짧은 시간 동안 자기가 소속된 곳은 성림건설이며 자기를 자를 수 있는 사람은 원직수 사장뿐이라는 현실을 상기했다. 그는 5년 전 원직수 사장의 전속 운전사였던 시절, 원 사장이 얽혀 있는 어떤 시시콜콜한 이야기도 바깥에 발설한 적이 없었다. 자살 행위였기 때문이다. 그러나 지금은 어떻게 해야 할지 알 수 없었다. 최동건이 말했다.

"다음 달에 원제연 사장님이 그룹 회장이 되는 걸 알고 있지요?"

최동건은 홍성만을 짓누르듯이 말했다.

"예에."

"그럼 분명히 말하세요. 누가 죽였습니까?"

홍성만은 생각했다. 내가 말 안 하더라도 이 사람들은 누가 죽였는지 벌써 다 알고 있다. 이명자 이사장의 사라피나를 끌고 갈 수 있는 사람이 이 세상에 원직수 사장 말고 또 누가 있단 말인가, 감히…… 거기다 총알이 사라피나의 골통을 부서뜨리지 않았나……. 이 사람들은 개가 총에 맞아 죽었다는 걸 모르는 걸까. 원직수 사장이 권총을 갖고 있다는 걸 모르는 걸까……. 내가 어떻게 말하더라도 이 사람들은 원직수 사장이 죽였다고 생각할 거야……. 그렇다면……. 홍성만은 결심한 표정으로 말했다.

"김범오가 죽였습니다. 성림건설 기획실에서 일하고 있습니다. 예전에는 비서실에서도 일했고요."

홍성만의 가슴은 막 100미터 달리기를 끝낸 것처럼 방망이질 치고 있었다.

"경비원이 봤다는 그 젊은 사람이 김범오입니까?"

"예. 맞습니다."

"이명자 이사장님께서 보셨다는 사람?"

"예? 이사장님께서 보셨다는…… 사람요? ……아? ……예!"

비관과 당혹스러움이 홍성만의 눈앞을 수건처럼 가렸다. 이명자 이사장이 김범오를 봤다니? 어차피 일이 이렇게 됐다면, 김범오도 책임을 져야 한다! 원직수, 라는 이름이 누군가의 입 밖으로 나온다면 그건 김범오의 입이 돼야 한다. 내 입이 돼선 안 된다. 절대! 홍성만의 머릿속에는 아주 많은 경우의 수가, 아주 빠르게 전개되고 있었다.

최동건이 급히 메모하더니 묻기 시작했다. 김범오요? 누구 지시를 받아서? 지시를 내린 사람이 있을 것 아니에요? 똑바로 대세요!

"……사장님, ……저는 정말 모릅니다. 제가 어느 안전이라고 거짓말을 하겠습니까……. 저는 그냥 용인에 있는 회사 식물원으로 가라는 지시를 받고 거기서 김범오를 태운 것뿐입니다……. 그런데 김범오가 죽은 개를 싣더군요……."

평창의 별장으로 갔다고 말하면 곧장 원직수의 이름이 나올 것 같아서 용인으로 갔다고 거짓으로 둘러댄 말이었다.

"미림식물원을 말하는 겁니까?"

"예."

"거기 가라는 지시는 누가 내린 거예요?"

"……우, 우, 운송, 운송차장요……."

성림건설의 운송과에는 차장이 없었다.

"그럼…… 이게 제일 중요한 건데…… 지금 회장님은 어디 계세요? 그리고 프랭키는요?"

"회장님요? ……어 ……저, 저는 정말 모릅니다……."

그가 정말 모르는 일이었다. 홍성만은 한 번 진실을 말하고 나자, 이전에 그가 했던 거짓말들이 모두 사실일 것이라는 착각에 빠져들었다. 한번 그런 자기암시에 걸리자, 정직한 자신이 난데없이 문초를 당하고 있다는 피해의식 같은 게 일었다.

"당신 정말 몰라?"

최동건은 당장 손에 잡히는 걸 집어 던질 것처럼 거칠게 반말을 썼다.

"……정말 모릅니다. 이 늙은 놈이 어느 안전이라고 회장님의 거취에 대해 거짓말을 늘어놓겠습니까."

"사실이 아닌 걸로 드러나면?"

최동건은 끝내 믿을 수 없다는 표정이었다.

"제가 정말 알고 있으면, 제 눈과 귀가 멀고, 입이 찢어질 겁니다."

홍성만은 고개를 숙이더니 자기 처지가 서러워 눈물을 쏟기 시작했다.

홍성만은 집으로 돌아간 다음, 저녁 늦게 전화를 받았다. 자기가 누구란 걸 밝히지 않는 전화였다. 어디선가 한 번쯤 들어본 듯한 낮고 쉰 목소리였지만, 낮에 만났던 두 명의 사장 목소리는 아니었다. 중압감이 있기보다는 천하고 야비한 음색이었다.

"당신 모가지는 날아갈 거야. 거짓말한 대가야. 원직수가 죽였다는 건, 누구나 다 알아……. 뻔뻔스러운 새끼……. 도청기를 매달아 보내다니……. 자기도 도청하는 주제에…….”

다음 날 새벽 홍성만이 눈을 뜨자 베갯머리가 땀으로 흥건하게 젖어 있었다. 세면대에서 찬물을 끼얹고 나자 그의 머리카락이 한 움큼이나 빠져나가 배수구를 막고 있었다. 그는 자기 생명이 한 움큼 뽑혀 나갔다고 생각했다.

••16

모든 일이 끝나자 촬영 조명 때문인지, 사원 평가 때 긴장한 탓인지 김범오의 몸은 땀에 젖어 있었다.

김범오는 이정곤의 손에 이끌려 샤워장으로 갔다. 운전기사나 사옥 관리원들이 쓰는 지하 3층의 샤워장이었다. 이정곤은 기획실 선배였다. 부장이었다.

이정곤은 물줄기 속에서 김범오의 등짝을 따악! 소리 나게끔 쳤다. 김범오의 근육은 팽팽했다. 강원도 홍천의 특공대 출신, 182센티미터의 키에 77킬로그램. 근사한 몸이었다. 그러나 우유부단한 느낌을 줬다. 요즘 들어서는 늘 그랬다.

“너 뭔가에 짓눌리고 있는 모양이구나.”

“아뇨, 왜요?”

“왜긴, 땀이 이렇게 후줄근하게 배어 있는데. 뭐, 잘릴까 걱정되냐?”

“잘리기는요, 뭘, 제가…….”

김범오는 머리에 물을 뿌리는 시늉을 하면서 고개를 숙였다. ……털어놓을까, 털어놓으면 후련해질까……. 죽은 개가 머릿속에서 떠나갈까…….

"너 주먹 한번 쥐어봐."

김범오는 머리에 비누칠을 하다 말고 주먹을 한 번 쥐어 보였다. 굵고 커다란 주먹이었다.

"너 절간 돌아다니다가 무술 스님 만난 적도 있다며?"

"예. 절간에서 취직 공부하다가요. 왜요?"

"그때 무술 스님이 취직시켜 주겠다고 했다며?"

"내가 그런 말도 했어요?"

"했지."

미적지근하던 샤워 물이 시원해졌다. ……털어놓지 말자. 일단 조용히 지켜보자.

"아, 그랬어요? 그 스님, 자기가 주먹들 세계에서 두목으로 놀았다는 거예요. 취직이 정 안 되면 속세에 자기 꼬붕들한테 저를 소개시켜 주겠대요. 나, 원 참. 완전 땡초였지. 술 담배 다 하고."

"주중에는 고도리, 주말에는 오입질."

이정곤은 둘째, 셋째 손가락 사이에 엄지를 끼운 주먹을 내밀었다. 에이. 김범오는 이정곤의 손등을 차악! 쳐냈다. 손등의 물 튀는 소리가 요란하게 났다.

"그런데, 왜 그런 말 하는 거예요?"

"너 몸 보니까, 등짝에 용 문신이라도 하나 하면 주먹 세계에서 우뚝 서겠다 싶어서. 왜 우리 회사가 자주 쓰는 조폭들 많잖아. 성림건설 행동대원들……."

"아이, 선배, 자꾸 그런 말하지 마요. 그러잖아도, 정리해고니 뭐니 뒤숭숭한 얘기들이 퍼지는데……. 자꾸 그러면 나 현장 가서 등짐 질지도 몰라."

"건설업이 그렇게 좋냐? 나가면 등짐 지게? 우리 회사는 안 자른다는 거 아냐."

"이유가 뭡니까?"

"어? 표정 봐라. 안 자른다니까, 불만이네."

"자꾸 장난 말고."

"회장 뜻이라는 거 아냐? 원성일 회장! 가족 경영!"

"한보 무너지고, 기아 주저앉고, 대우 흔들리고. 회사가 하루 스무 군데씩 도산하고……."

"실직자가 하루에 만 명씩 거리로 쏟아지는데 왜 안 자르느냐?"

이정곤의 목소리가 샤워장에 쩌렁쩌렁 울려 퍼졌다. 그러나 곧 낮고 은밀한 말투로 변했다.

"……구조조정을 하면 어디부터 칼을 대겠냐?"

이정곤의 눈길이 김범오의 눈동자 속으로 들어왔다가 샤워실 바깥으로 향했다. 김범오가 나지막하게 말했다.

"자회사들이 재무구조가 안 좋으니까…… 먼저 칼을 대겠지요."

"자회사들이 누구 거냐……?"

"……이명자 이사장이나, 제연 씨 게 많지……."

김범오는 불안해졌다. 발설해선 안 될 금기를 내뱉은 기분이었다. 이정곤이 말했다.

"그래서 두 사람이 구조조정에 반발하고 있는 거야. 하지만 이제 원직수 사장이 칼을 휘두를 거야."

"혼자만 휘두를까요?"

"아니, 이명자 이사장이나 제연 씨 측에서도 휘두를 수 있지. 잘못하면 원직수 사장이 베일 수도 있어. 정말 치명적으로……."

둘은 번갈아 가며 샤워실 바깥을 내다봤다. 아무도 없었다.

"성림건설은 모기업이라고, 자르지 않을 수도 있을까요?"

"사실은 누가 하든, 자를 거야."

"아, 걱정되네요. 그럼 지금 무슨 비디오로 찍고, 컴퓨터에 입력해 넣는 게 다 자르기 전에 기초 조사 하는 거 아녜요?"

"잘 알면서……."

"아! ……그럼 난 너무 나이브하게 했네. 노자니, 『도덕경』이니 하는 소리나 늘어놨는데……."

어쩔 수 없었다. 죽은 개를 운반하는 일과는 상관없는 사람처럼 보이게끔 그는 카메라 앞에서 안간힘을 다했던 것이다.

"걱정 마. 너 잘리면 다 잘려. 넌 정말 우등생이야. 내가 알아."

"어떻게 알아요?"

"기획실 고과를 내가 다 보고 있잖냐. 네 스코어는 탄탄해!

너무 탄탄해! 내가 다 확인했어.”

김범오는 무언가 안도감을 얻은 느낌이었다.

“내가 선배보다 높나?”

“그럴 순 없지!”

이정곤은 샤워기의 끝을 김범오한테 돌린 채 수도꼭지를 세게 돌렸다. 시원한 물살이 직진해 나갔다. 쏴아! 물은 김범오의 얼굴과 가슴에서 하얗게 부서졌다.

“앗, 차가워!”

“야, 참, 나 하나 물어봐도 돼?”

“하세요.”

김범오는 손으로 얼굴을 문질렀다.

“개 말이야, 왜 네가 옮기게 됐냐?”

“예? 개요? 무슨 개요?”

김범오는 어! 하는 얼굴이 된 채 물줄기 속에서 감전된 느낌이었다.

“회장 부인 개 말이야.”

김범오의 눈이 크게 뜨였다.

“그거 어디서 들으셨어요?”

샤워장에는 물 떨어지는 소리만 적요하게 이어졌다.

“비서실에서 들었어. 거기까지만 이야기할게. 그런데 왜 네가 옮겼냐?”

“사실은 저도 잘 몰라요.”

김범오는 약간 주눅이 든 표정이었다. 그는 고개를 숙였다.

"나, 서병로 안 좋아해. 지긋지긋한 데가 있거든……."

"……."

"사장이 죽인 게 맞냐?"

"제가 가니까, 그냥 모노륨에 둘둘 말린 개만 주던데요. 벌써 죽은 걸."

"그래? 잘 끝났어?"

"…… 예……."

"아마 아무한테도 말하지 않는 게 너한테 좋을 거야."

"아…… 예……."

김범오의 목소리가 떨려 나왔다. 그의 시야에는, 내려앉은 잠자리의 꼬리처럼 힘없이 쳐진 자신의 성기가 들어왔다. 그것은 폭양 속에 시든 고추처럼 무기력해 보였다.

이정곤이 무심한 표정으로 김범오에게 타월을 던져줬다. 김범오는 타월 속에 얼굴을 묻고는 부르르 떨었다. 그의 성기의 끝을 따라 가련할 만큼 가느다란 물줄기가 똑똑똑똑 흘러 내렸다. 이 사람은 왜 날 여기로 데려왔을까…….

••17

김범오의 퇴근은 늦었다. 내등(內燈)이 꺼져 있는 연립주택의 1층 출입구로 들어서자 그는 무언가 '머리 위가 무겁다.'는 느낌을 받았다. 군대 시절과 절간에 묵을 때 발달한 직감 같은 것이었는데, 무언가 내리누르는 기운 같은 게 있었다. 2층일까? 아니 3층에……? 누군가 한 사람이 서성이고 있는 것 같았다.

302호, 그의 집 문 열쇠 구멍을 돌리려다 보니 옥상 쪽에서 누군가 캄캄한 계단을 내려왔다. 이상하지만, 그의 예감이 맞았다. 키가 크고 건장하게 보였다. 누구세요? 김범오가 묻는데도 그의 바로 앞에 서기 전까지 아무 말도 하지 않았다. 그가 내려오자 어두운 계단참이 꽉 들어차는 기분이었다.

"김범오 씨지요?"

"예에……."

김범오는 열쇠를 뽑아들었다.

"회사 일로 긴히 말씀드릴 게 있는데…… 옥상이 괜찮겠던데요……. 경치도 좋고……."

옥상으로 올라가자, 김범오는 자기 직감이 완전히 정확했던 건 아니라는 걸 알았다. 하나가 아니라 누군가 둘이 더 있었다. 한눈에 봐도 '어깨'라고 불릴 만한 체구들이었다.

"개 어딨어요? 개?"

갑자기 김범오를 둘러싼 사내들이 고개를 들이밀면서 다짜고짜 물었다.

"예? 개요……?"

분위기가 섬뜩해지자 김범오는 열쇠를 주머니에 넣고 곧바로 받아칠 준비를 했다. 그는 근육이 단련된 사람이었다. 그러나 사내가 좀 더 빨랐다. 뒤로 당겨졌던 피스톤 같은 정권(正拳)이 대번에 김범오의 아랫배로 직진해 왔다. 헉—! 김범오는 벽까지 밀리면서 상반신이 절로 수그려졌다. 숨을 탁 멎게 하는 무게와 스피드.

"개 말이야! 개!! 이 개새끼야!"

다른 사내 하나가 비닐봉지에 담아놓은 흙덩어리로 김범오의 정수리를 내리쳤다. 봉지가 터지면서, 숙인 김범오의 얼굴로 흙뭉치들이 떨어져 내렸다. 흙은 앞가슴과 목덜미, 귓바퀴 쪽으로도 밀려 들어왔다. 무언가. 이 비참함은…….

"바로 말해! 네가 죽였어? 원직수가 죽였어?"

"무슨 말씀이신지……."

"이 새끼가 정신 못 차리고."

겨우 몸을 가눈 김범오의 얼굴 한가운데로 주먹이 날아들었지만, 그는 그걸 쳐내 버렸다. 하지만 그게 그들을 더 자극한 것 같았다.

"하? 이 새끼 봐라?"

처음 김범오가 가격당했던 복막(腹膜)으로 다시 주먹이 파고들었다. 그러고는 주먹과 발, 앞과 뒤, 아래위를 가리지 않는 흉맹한 난타의 연속이었다.

"이 새끼야! 넌 죽은 개 똥구멍만도 못한 새끼야!"

"원직수가 죽였어? 네가 죽였어?"

주먹과 발길질이 날아드는 와중에도 김범오는 조건반사적으로 정권을 내뻗었다. 그것은 처음에 그의 집 문 앞에 나타난 사내의 안면에 적중됐다. 타악—! 재어놓은 작약(炸藥)을 터뜨리듯 무언가 살이 터지거나, 정확하게 쪼개지는 듯한 소리가 났다. 예상하지 못한 타격으로 사내의 안면이 완전히 젖혀졌는데, 제자리로 돌아오는 그 얼굴의 반대편을 김범오가 또 한 번 가격해 버리자 그는 피를 내쏟으며 뒤로 밀려났다. 그는 쓰러지지 않으려고 뒷걸음질치며 허우적대다가 결국 꽃밭 속으로 나자빠졌다.

그러나 거기까지가 김범오의 한계였다. 무엇보다 중과부적(衆寡不敵)이었다. 두 번에 걸친 연속 타격이 적중하고 난 뒤 김범오는 칸나와 채송화 너머로 쓰러지는 사내의 모습을 얼핏 쳐다보고 있었는데, 나머지 사내 둘이 누가 먼저랄 것도 없이 몸을 날려 김범오를 때려 눕혔다. 벽에 기대 반쯤 쓰러져 있는 김범오의 가슴과 배로 사내들의 구둣발이 날아들었다. 거기는 서너 사람의 건장한 성년이 행동반경으로 삼기에는 그다지 넓지 않은 옥상의 시멘트 물탱크 앞이었는데, 김범오에게 족격(足擊)을 가하는 그네들의 움직임은 거친 대로 그 나름의 분업(分業)과 리듬에 기초한 것이었다. 그들은 전문 싸움꾼이었던 것이다.

"그만! 그만! 그만—!"

김범오가 진이 빠지기 직전 손을 내뻗으며 남은 힘을 다해 소리쳤다. 그것은 멀지 않은 연립주택의 계단 통로를 통해 쩌렁쩌렁 울려 퍼졌다. 그러잖아도 그들의 치고받는 소리는 웬만한 주택가 주민들로 하여금 경찰에 신고하기에 충분할 만큼 소란스러운 것이었다. 사내들은 애당초 김범오를 '결딴 낼' 생각으로 찾아온 것은 아닌 듯 발길질을 멈추었다.

김범오는 이들이 누군지 대략 짐작할 만했다. 성림건설처럼 강제철거지역 등을 대상으로 무리하게 사업 확장을 해온 건설회사라면 연결 고리를 갖고 있기 마련인 주먹 조직의 한 말단(末端) 정도 되는 것 같았다. 그들 가운데 이권 배분 문제로 원직수 사장 쪽과 등졌다가 원제연 사장 쪽으로 연결된 분파 같았다.

카악—, 퉤! 사내 하나가 김범오 옆의 벽에 가래침을 내뱉었다. 그는 영 낭패를 본 것 같은 표정으로 김범오를 내려다보며 말했다.

"너도 보니 주먹하고 아주 거리가 먼 놈은 아닌 것 같다……. 우린 원래 네놈한테 손 댈 생각은 없었다……. 쉽게 생각해라, 쉽게. 누가 개를 잡았는지, 그것만 대라."

"……."

"사실 우린 다 알고 있다……."

김범오는 입가의 피를 손등으로 닦아내면서 말했다.

"다 알면서 왜……?"

"이 자식이…… 싸가지하고는……."

가래침을 뱉은 사내가 주먹을 어깨까지 쳐들었지만, 다른 사내가 재빨리 가로막았다. 김범오는 입가에 손등을 가져간 채로 주먹을 쳐든 사내를 응시했다. 꽃밭 쪽으로 쓰러졌다가 일어선 사내가 말을 이었다.

"……내일 다시 올게, 내일. ……그런데, 내일은, 처음부터 네놈한테 손댈 생각으로 찾아오는 거다. 네가 정 원한다면 누가 개를 잡았는지는 말할 필요 없다. 대신에 꼭 말해 줘야 하는 게 있다……."

"……뭔데?"

"…너희 회장 어디 있냐? 생각 잘해라…… 응. 생각 잘해……. 너, 최동건 장학생이었다며? 같은 편끼리 이러는 거 아니다……."

사내는 입술 사이로 혀끝을 내밀어 아주 작은 침을 퉤, 하면서 뱉어냈다. 한 방울도 안 될 것 같은 침이 김범오의 콧등으로 날아왔다. 최동건 장학생? 김범오가 천천히 콧등을 닦아내는 동안, 아까 가래침을 뱉었던 사내가 무언가를 품에서 꺼내 아주 빠르게 양옆으로 휘둘렀다. 높게 자란 칸나와 원추리가 무참하게 잘려나갔다.

사내는 꽃다발을 거칠게 움켜쥐더니 김범오의 턱 밑으로 들이밀었다. 노란 원추리 꽃이 몇 송이, 그리고 붉은 빛의 칸나와 하얀 칼라가 김범오의 얼굴을 완전히 가렸다. 김범오가 턱을 돌리려는 순간 무언가 차가운 것이 턱 아래에 와 닿았다. 꽃다발 속에 감춰진 칼날이었다.

"내일은 죽는다. 입 안 열면……."

사내는 김범오의 턱 아래에 가느다랗고 얕은 선을 베일 듯 말 듯 그었다. 사내가 칼을 거두는 순간 투둑, 하고 붉고 하얗고 노란 꽃들이 김범오의 발아래 흩어졌다. 그 사이로 드러난 김범오의 턱 아래에선 아주 가는 선이 붉게 물들기 시작했다.

··18

그날 밤 김범오의 마음을 더욱 심난하게 만든 것은 이정곤으로부터 걸려온 전화였다. 처음 전화벨이 울리자 김범오의 심기는 곤두설 대로 곤두서 버렸다. 그는 턱 아래에 머큐로크롬을 바르고 으흐, 으흐, 신음을 내면서 배와 허리에 파스와 안티프라민을 문지르고 있던 중이었다. 수화기를 들자 이정곤의 목소리가 화급하게 건너왔다.

"야, 너 별 일 없어?"

무언가 단정하는 것보다 더 정확하게 찔러오는 질문이었다. 김범오는 어떻게 설명해야 할지 난감했다. 칼이 그의 턱 밑을 지나간 것을 설명하려면 개를 성북동에 갖다 주다가 회장 부인한테 들켜버렸던 일까지 털어놓아야 했다. 김범오는 일단 시치미를 떼보기로 했다.

"무슨 말씀이세요?"

"………미안하다. 아까 샤워장에서 말하려고 했는데…… 이미 비서실에서는 네가 회장 부인과 마주쳤던 걸 다 알고 있더라……."

김범오는 천천히 마룻바닥에 주저앉아 버렸다. 캄캄한 절벽 아래로 추락하는 느낌이었다. 밀고자가 있다니…… 이름 하나가 유성처럼 그의 뇌리를 희미하게 가로질렀다. 홍성만, 이라는 이름 하나가. 하지만…… 아냐, 그 아저씨는 문을 닫은 채로 지프 속에 그냥 앉아 있었어. 무슨 일이 있었는지, 전혀 알지도 못하는 얼굴이었는데…… 김범오는 맥이 탁 풀리더니 현기증이 나려고 했다.

"야, 범오야……, 이제 누군가, 너한테 들이닥칠지도 몰라……. 사장이 미친 짓을 한 것 같은데…… 잘못하면 일이 아주 크게 꼬여 버리거든……."

좀 더 일찍 걸려 왔어야 할 전화였다.

"내 말 듣고 있냐?"

"…… 예……."

"너도 다칠 수 있다는 말이야……."

죽을지도 모르지요.

"…… 그래서, 전화하신 거 아니에요……."

"맞다. 지금 짐을 싸라. 일단 튀어라. 지금은 튀어야 된다."

튀어야 된다? 물정을 꿰뚫고 있는 듯한 이정곤의 말투가 무슨 자극이라도 된 건지, 갑자기 피해의식이 터진 물처럼 쇄도했다. 건너고 싶지도 않았는데, 괜히 이 물살에 떠밀려 들어가나 혼자 비명을 지르고 있는 게 아닌가. 김범오의 목소리가 높아졌다.

"튀긴 뭘 튄다는 거예요? 내가 무슨 잘못한 게 있어야, 튀지요. 저, 아직 여름휴가도 안 갔어요. 이제부터 저, 회사에서 완전 프리니까, 알아서 하라고 하세요. 완전히 정리될 때까지 절대 안 돌아올 겁니다. 분명히 말하지만, 이제부터 나한테 털끝만큼이라도 다치는 일이 생기면 그때는 원직수고, 서병로고 다 날아가는 겁니다. 가차 없이 다 터뜨릴 거고, 전부 다 날릴 겁니다."

김범오는 날카로운 얼굴이 된 채로 턱 밑에 붙인 밴드를 만지면서 이를 악물었다. 어쩌면 그가 그렇게 거칠게 폭행당했다는 것도 이정곤은 이미 다 알고 있는지도 몰랐다. 이정곤은 원직수 라인과 원제연 라인 두 쪽 다에서 일해 본 사람이었다. 이 정도까지 알고 있다면, 아마 원직수 라인에선 내 입을 막으라는 주문을 받고, 원제연 라인에선 개를 누가 죽였는지 확인해 달라는 주문을 받았겠지.

"이 사람아! 진정해! 좀 차분해지라고. 나니까 그렇게 말해도 되지만, 다른 데선 그러면 안 돼. 좀 기분을 삭여. 얼마 지나고 나면 아무 일도 아닌 게 되고 말 거야. 그러니까 그냥 어디 좀 갔다 와, 응?"

이정곤 특유의 따스한 말투였다. 잔정이 많고, 손 닿는 데까지 후배들을 챙겨주려는. 김범오는 욱 하는 마음이 속에서 치받아 오르는 걸 몇 번이고 다스려야 했다. 그는 거실의 책장에 놓인 둥근 통 속에서 깃털이 달린 다트를 꺼내 손으로 움켜쥐었다.

"좋아요. 내일 아침에 떠날게요."

"좋아. 어디로?"

이정곤은 너무 많은 걸 알려고 하고 있었다.

"그건 나중에 말씀드릴게요."

"이 사람아! 우린 같은 배야. 날 믿어! 네가 컴백할 분위기가 되면 내가 연락이라도 할 수 있어야 될 거 아냐. 한사코 거기에만 있을 테야?"

"지금 당장 생각이 안 나서 그래요."

"어허, 그러지 말고."

김범오는 길게 숨을 내쉬었다.

"……예, 도원수목원요."

"……도원수목원? 거기가 어딘데?"

"강원도 영월에 우리 회사 부지가 있잖습니까? 거기 옆에요……."

"아, 참, 전에 한 번 나한테 말한 적이 있지 않나? 휴가 때 가고 싶다고……."

"아마 그랬을 거예요……. 항상 거기로 가고 싶었으니까요……. 가끔 숨이 막혀 오면……."

"그래, 그럼 마음 푹 놓고 다녀와. 한 열흘쯤 다녀와. 그러면 오너들 갈등이 많이 정리돼 있겠지."

전화를 끊고 나자 김범오의 마음은 오히려 담담해져 있었다. 차라리 잘된 건지도 모른다. 이런 몸으로 어떻게 출근한단 말인가. 그래, 가자. 가서 산이고 들이고 돌아다니다 보면, 다른 사람들이 다 수습해 놓겠지……. 지금은 일단 떠나야 된다……. 너무 난마처럼 얽혀 있어. 그는 둥근 과녁의 한가운데를 향해 다트를 날려 보냈다. 제발 화해가 돼야 할 텐데…….
아버지도 같은 사람들끼리…….

••19

최동건이 탄 아우디가 북한산 아래 호텔 시저로 미끄러져 들어간 것은 저녁 8시쯤이었다. 보석 경매는 대리석 계단을 통해 로비에서 곧바로 갈 수 있는 2층 사파이어볼룸에서 열릴 예정이었다.

향나무와 왕버들이 울창한 호텔 정원에는 가지마다 걸어놓은 3만 개의 알전구가 빛으로 물결치고 있었다. 벌써 도착한 이들은 사파이어볼룸의 프런트 라운지에서 칵테일 미팅을 즐기고 있었다. 귀부인들이었다. 청담동과 남산의 부티크에서 마련하는 은밀한 패션쇼나 주얼리 옥션 같은 곳의 로열박스에서 자주 만나는 여자들이었다. 피부나 헤어 스타일부터 액세서리까지 한눈에 잘 가꿨다는 느낌을 줬다. 저들이 오십대 초반이라고 하면 누가 믿겠는가.

감색 에르메네질도 제냐를 입은 최동건이 계단을 올라서자 라운지의 흰 기둥 아래 소파에 앉아 있던 귀부인 몇이서 환하게 웃으며 손을 흔들었다. 주위가 약간 소란스러워질 정도였다.

그 여자들은 최동건의 다비드가 조금씩 수입하는 하이엔드 퍼니처인 치펜데일이나 새틴 우드, 재패닝을 사들이는 고객들이었다. 그레고리 펙 스타일의 최동건은 귀부인들이 좋아할 만했다. 훤칠한 키와 핸섬한 외모, 부드러운 웃음과 유연한 태도가 그랬다.

그녀들이 무얼 사러 왔냐고 묻자, 그는 싱글거리면서 "와이프 생일 선물."이라고 말했다. 귀부인들은 눈을 흘기면서 "누구는 좋겠다." "그런데 내 생일 땐 왜 선물 없었어?" "어디 사는 와이프?" "혹시 여기도 있는 거 아녜요?" 하고 말하다가 웃음을 터뜨렸다.

경매가 시작되자 최동건은 스왈로브스키 크리스털 잉꼬 한 쌍을 찍었다. 크리스털 속에 붉은 에메랄드와 푸른 사파이어를 넣어 빛깔을 살린 것이었다. 경합자가 나타났는데 여섯 번째 콜이 되자 최동건이 처음 부른 가격의 두 배가 됐다. 최동건이 거기서 정확히 두 배를 더 부르자 게임은 끝이 났다.

그는 콜을 거듭할수록 크리스털 잉꼬가 반드시 필요하다는 확신 같은 게 생겼다. 아내는 막연하게나마 그가 바람피운다는 걸 알면서도 묵인하는 것 같았다. 사이가 너무 벌어지기 전에 그는 아내의 환심을 사두고 싶었다.

귀부인 중의 하나가 그에게 속삭였다. "와이프가 속을 것 같아?" 이상한 일이었다. 그녀들이 웃을 때면 섹스어필하면서도 시원한 향수 냄새가 났다. 최동건의 하반신은 그것만으로도 강한 자극을 받았다.

그러나 그날 그 에로틱한 자극은 오래가지 않았다. 아까부터 사파이어볼룸 한쪽에 장승처럼 서 있던 사내 둘이 다가와 최동건에게 정중하게 동행을 부탁해 왔기 때문이었다.

"지금 원직수 사장님께서 기다리고 계십니다."

"제가 온 건 어떻게 아셨습니까?"

"임원 주차장에서 차를 보신 것 같습니다."

최동건은 거절할 이유를 언뜻 떠올리기 힘들어서 그들과 같이 나섰다. 하지만 이건 어쩌면 사전에 용의주도하게 준비된 면담일 수도 있었다. 경매에는 호텔 시저가 보낸 초청장을 받고서 예약한 사람들만 나올 수 있었다. 원직수 사장은 마음만 먹으면 참석자 명단을 알아낼 수 있었다.

엘리베이터가 올라가자 최동건의 속은 거칠어져 버렸다. 어처구니없는 일이었다. 회장은 어디 있는지 아무도 모르고, 회장 부인은 피투성이가 된 애완견을 보고 쓰러져 버렸는데, 나를 부르다니. 이 모든 끔찍한 짓거리들을 저지른 바로 그 배후가. 나를 '용병대장'이라고 불러온 바로 그 자가. 나를 부르다니. 그렇게 적대적으로 대해 온 나를.

그저께 홍성만인가 하는 운전사를 불러들인 게 보고가 된 건가. 아니면 어깨들의 보스한테 김범오를 다그쳐 보라고 한 게 문제가 된 건가. 하지만 그런 일들이 나와 관련이 있다는 증거가 있나? 아! 홍성만의 경우는 다르다. 나와 직접 만났다. 게다가 홍성만은 이전에 원직수의 운전사이지 않았나. 원직수가 보고를 받고 기분이 나빠졌을지 모른다. 하지만 잘한 게 하나도 없는 그가 이런 식으로 나를 불러 싸움을 걸 수가 있나?

최동건의 기분은 엘리베이터 문이 열린 뒤 프레지덴셜 스위트룸으로 가는 복도를 화사하게 밝히고 있는 꽃다발들을 보면서 바뀌었다. 천장에서부터 쇠줄에 매달려 내려온 행잉베이스들에는 우윳빛의 탐스러운 치자 꽃과 붉은 베고니아가, 벽 안쪽으로 살짝 들어간 벽감 속의 화병들에는 노란 방울 같은 알라만다와 분홍색 팔랑개비 모양의 칼랑코에가 활짝 피어 있었다. 그의 생각은 전광석화(電光石火)처럼 움직였다. 아니다! 싸움 걸려는 게 아니다! 끌어들이려는 거다! 자기편으로! 나를 회유하려는 거다. 이렇게 난데없이 기습적으로 불러들여서!

최동건은 룸으로 들어서자 오만이라고나 해야 할 적대감에 차서 원직수를 봤다. 원직수는 의외로 차분하고 예의 발랐다.

원직수는 소파에 앉으면서 시치미를 떼듯이 따뜻한 인사말을 건넸다. 그는 감정을 철저히 감추기로 한 것처럼 보였는데, 어느 결엔가 정면으로 파고들어 왔다.

"조금 전부터 고지되고 있습니다만, 내일모레 사장단 회의를 열기로 했습니다. 그룹이 흔들리고 있잖습니까. 성림 아키텍은 사실 부도났다가 살아났고. 은행들은 성림유통의 채권을 포기하라고 요구 중입니다. 성림유통은 획기적으로 부채를 갚을 만한 뚜렷한 방도도 없습니다. 본격적으로 구조조정을 해야 합니다. 그래서 늦어도 다음 달 초까지 구조조정본부를 출범시킬 겁니다. 그래서 말입니다. 그룹 내에서 신망이 제일 두터운 최 사장님께서 저를 도와주셨으면 해서 이렇게 모셨습니다……."

원직수는 두 손을 모으고 간곡하게 말했다. 하지만 최동건은 아무것도 모르는 사람처럼 물어봤다.

"구조본을 출범시킨다는 게…… 무슨 말씀이신지……."

몰라서 묻는다기보다는 넌지시 질타하는 것 같았다. "너 지금 무슨 소리하냐." 하고. 최동건이 말을 이었다.

"다음 달에는 원제연 사장님이 그룹의 실질적인 오너가 됩니다. 회장님의 뜻입니다. 그룹을 개혁하려면 원제연 사장님이 주축이 돼야 합니다. 실제 원제연 사장님도 구조본을 준비중이시고요."

최동건은 정색을 하고 도전적으로 말을 받았다. 왜 그러는지 자기도 이상하게 여겨질 만치 도도한 어투였다. 말 한 마디 한 마디 못으로 박는 것 같았다. 하지만 원직수는 크게 자극받지 않은 채 느긋하게 말했다.

"이제 용병대장, 그만 하시지요."

원직수는 두툼한 시가에 불을 붙이며 웃어 보였다. 최동건의 눈에는 그게 자기를 무시하는 것처럼 보였다.

"회장님께서 지시하고 계십니다. 제가 용병대장이 돼달라고."

원직수는 시가 연기를 후욱 뿜어냈다. 최동건을 참수라도 해버리고 싶었다. 하지만 구조본에는 당분간 그가 필요했다. 짧아도 연말까지는 반드시 그랬다. 최동건은 지금은 다비드의 사장으로 있지만 오랜 세월 그룹 최고의 재무통이었다. 숨 가쁘게 날아드는 어음들의 만기를 연장시키고, 종금사들의 미친 듯한 여신 회수를 막아내는 일, 은행 차입금들을 갖가지 회사 자산과 맞바꾸는 변칙 상계(相計), 까다로운 큰손들에게 저리의 사채를 얻어내는 그 모든 일들에 최동건이 얼굴과 손발 노릇을 해줘야 했다. 그것은 성림 아키텍의 부도를 막기 위해 일선에 나서 본 원직수가 뼈저리게 느낀 것이었다.

원직수는 최동건을 향해 잡초처럼 휘날리는 숱한 감정들을 내면의 낫을 들고 베어버렸다.

"그러면, 저를 도와주시지 않는 이유를 좀 알려주십시오. 따지려는 게 아닙니다. 제가 잘못한 게 있으면 지적해 주십사 하는 겁니다."

"글쎄, 무슨 잘못이 있었다기보다 후계는 회장님께서 정하셨잖습니까."

"회장님이라? 회장님께서? 그렇다면 3년 전 사장단 회의에서 제연이가 후계가 되도록 발의한 분이 누구십니까? 성림미래개발을 제연이한테 넘겨주자고 발의하신 분 말입니다."

최동건이었다. 그는 원직수의 눈길을 맞받다가 잠시 자기 손을 내려다봤다.

그는 27년 전 빚쟁이들한테 쫓기던 원성일 회장이 겨우 재기에 나서려던 때 성림건설로 들어왔다. 그리고 십 년 동안 돈만 셌다. 사람들은 돈 독(毒)이 무슨 말인지 잘 몰랐다. 돈에는 사람들의 손때 때문에 실제 독의 성분이 있었다. 수천 장씩 돈을 헤아리다 보면 손의 피부가 벗겨졌다. 최동건의 손가락 살갗들은 세 번, 네 번, 다섯 번 벗겨진 다음에야 겨우겨우 새

살이 돋아났다. 십 년쯤 지나서야 그의 손은 돈을 하루 종일 만져도 아무렇지 않게 됐다.

원성일 회장은 그의 살갗이 어떻게 벗겨지고, 어떻게 새살이 돋아났는지 잘 알고 있었다. 그래서 모든 것을 믿어왔고 맡겨왔다. 그런데 맏아들이 이제 그를 불경(不敬)으로 몰아붙이려는 것이다. 둘째 아들한테 경영권을 넘겨주는 데 가담했다고. 모든 게 회장의 뜻이었는데. 이 못난 장남이 나를…….

최동건은 목소리를 높여 원직수를 맞받아치기 시작했다.

"그렇다면 3년 전 사장단 회의가 있던 날 원 사장님은 어디 가셨습니까? 네덜란드에 가셨지요. 공항설계팀 만난다고요. 그런데, 정말 그러셨습니까? 공항설계팀, 만나셨습니까? 회장님은 다 알고 계십니다."

"무얼 알고 계신다는 말씀입니까?"

"코앵 만나지 않았습니까. 가브리엘라 코앵!"

가브리엘라 코앵은 원직수가 그 무렵 애인으로 삼고 있던 네덜란드의 모델이었다. 원직수는 자기와 코앵이 마리화나를 피운다는 모함이 회사 내에서 나돌았던 것을 알고 있었다.

원직수는 코앵이라는 이름을 듣자 피가 거꾸로 치솟았다. 누군가 자기 사생활을 뒷조사해 왔던 것이다. 누군가 그의 약점을 캐내 아버지한테 알리려고 안달을 하고 있었던 것이다. 아아, 나는 그것도 까마득하게 모르고 있었다니.

"그런 걸 알아내려고 도청기들을 그렇게 깔아놓았나?"

서병로가 대신 반격에 나섰다. 그의 등 뒤에는 도끼 창을 든 서양 기사의 등신대 철갑옷이 서 있었다. 최동건이 나섰다.

"자네, 도대체 지금 무슨 소리하고 있나! 그래서 훔친 사라피나 목에 도청기를 붙여서 보냈나! 자네는 절도에, 총포관리법 위반에, 도축법 위반이야!"

"당신! 말조심해. 이명자 이사장의 개가 죽었다는 말은 나도 들었어. 하지만 어떻게 죽었는지 아는 사람은 아무도 없어! 그리고 우리는 알려고 하지도 않아! 우리하고는 아무 상관도 없으니까. 대신 당신이 조폭들을 보내서 우리 직원인 김범오를 개 패듯이 팼다는 소리는 들었어. 죄 없는 사람을 왜 패나? 그렇게 하면 이명자 이사장이 당신을 좋아할 것 같나. 당신이 이명자 이사장을 옆에 끼고 그룹을 말아먹으려고 한다는 건 모두 다 알고 있어. 그룹이 그렇게 호락호락 당신 손에 들어갈 것 같아?"

"내가 그룹을 말아먹어? 자네 그런 식으로 원 사장님을 현혹하고 있나. 자네는 사라피나가 죽은 일을 딴 세상 일인 것처럼 시치미 떼는데. 기다려! 그 개가 어떻게 죽었는지 내가 낱낱이 밝혀 줄 테니까. 야비한 인간! 나는 자네가 싫어! 자네는 지금 그룹의 가신인 것처럼 거들먹거리고 있어. 하지만 자네는 가신도, 귀족도 아냐. 자네는 동기들의 열등생일 뿐이야!"

'아직 사장도 되지 못한…….'

"그래? 당신이 그렇게 잘났으면, 내가 이걸 보여 줄게. 이게 뭔지 아나? 자! 우리한테 날아온 당신 회사 다비드의 내부고발 자료들이야, 그렇게 잘난 당신이 작년에 어떻게 사기 대출을 받아냈는지 다 나와 있어! 이것뿐인 줄 알아? 당신은 이제 지옥으로 갈 거야!"

"이 버러지…… 간신 같은 인간. 사기 대출이라고! 지난해 내가 제대로 대출을 받아내지 못했으면, 캐나다로 수입 결제는 어떻게 할 수 있었나. 결제가 안 됐다면 다비드고 성림건설이고 우린 벌써 작년에 다 망했어! 당신이 그 사정을 알고나 있어?"

"다비드가 캐나다에서 사온 목재 수입 결제가 안 되면 그룹이 다 망하게 되나? 이 기업, 저 기업 모두 다 상호 지불보증으로 얽어놓은 게 누구야? 말해 봐! 누구야? 당신 아냐? 그래서 이제 구조본을 세워 그걸 뜯어고치겠다는 것 아냐. 그런데 왜 협조를 안 하겠다는 거야. 말해 봐! 여기서 누구 하날 죽여야 한다면, 당신이야? 나야?"

듣고 있던 원직수가 자리를 박차고 일어나며 소리 질렀다.

"그만! 그만! 그만!"

그는 손아귀에 쥔 오렌지를 벽을 향해 집어 던졌다.

••20

도청기 탐지 회사에서 온 보안직원들은 서병로와 부하들이 쓰고 있는 호텔 방을 빠르게 검사했다. 허우대가 크고, 비만한 스타일의 현장조장은 머리에 헤드셋을 쓰고 있었다. 수화(手

話)로 팀원들에게 지시할 때는 단호하게 독려하는 표정이었다.

'천장 환풍구와 스피커, 화재경보기부터 조사!'

팀원 하나가 A 자형 사다리에 올라서더니 환풍구에 머리를 밀어 넣어 일단 육안 검사를 했다. 이어서 그는 긴 봉 끝에 전파 감지기가 달린 '오리온'이라는 장비를 환풍구에 밀어 넣고는 신경을 곤두세워 가며 계기판의 바늘들을 쳐다봤다. 위험한 세균을 검출해 내는 방역요원이나 뇌관을 다루는 노련한 공병처럼 보였다.

다른 한쪽에서는 팀원 하나가 드라이버를 들고서 마치 고참 병장이 총기 분해하듯 서병로의 전화기를 순식간에 분해해 늘어놓았다.

서병로가 "뭐 하는 겁니까?" 하고 따지듯 말하자 그는 재빨리 손가락을 입술에 갖다대고는 주눅들어 하면서도 공손한 눈빛을 보냈다.

"전화기에 도청장치가 숨겨졌는지 봐야 하거든요."

탐지는 1시간 정도 계속됐지만 아무것도 나오지 않았다. 다행스러운 일이었다. 팀원들은 네 개의 33인치 하드 트렁크에 도합 3억 원어치의 탐지장비들을 차곡차곡 실으면서 떠날 준비를 했다. 현장조장은 입끝을 당겨 웃었다. 서병로에게 "안심하셔도 될 것 같습니다." 하고 인사했다.

"언제든 연락해 주세요. 도청기는 세균 같은 겁니다. 금세 숨어 들어오지요. 하지만 저희는 뭐든 잘 잡아내니까요……."

••21

서병로는 신경이 날카로워져 있었다. 부하들도 마찬가지였다. 도청 탐지팀까지 부른 이유도 그런 것 때문이었다.

"자, 이제 얼마 안 남았어. 마지막 전투 준비야. 어서 끝내자고."

서병로가 말했다. 그는 다중초점 안경 속에서 굵은 눈썹과 미간을 꿈틀거려 가며 서류들을 하나하나 확인해 나가고 있었다. 부하들이 밀반입해 온 적(敵)들의 서류였다. 적들은 원제연의 세력이었다. 그들은 성림유통과 무비 월드, 성림 크리에이티브와 다비드, 월드 온라인 같은 계열사들을 장악하고 있었다. 거기서 밀반입해 온 서류들은 원제연 측이 만든 계약서와 합의서, 각서, 회계자료와 거래내역 들이었다.

서병로와 회계사들은 서류들에서 조작과 불법, 분식과 허위를 찾아내고 있었다. 서병로의 눈 밑으로 거무스레한 와잠(臥蠶)이 쳐져 있었다. 피로 때문이었다.

"이걸 보시죠."

회계사 하나가 득의에 차서 서병로에게 서류들을 보여주었다.

"성림 인터내셔널이 바하마의 오일 하우스(Oil House)사에서 받은 수출입 계약서하고 선하증권입니다."

성림 인터내셔널은 사실상 원제연이 장악한 중계무역 회사였다.

"여기 빨간 동그라미는 자네가 쳐놓았나?"

"예, 한번 보시죠."

회계사는 확대경 루페를 빨간 동그라미 위에 얹어주었다. 신권 지폐처럼 미려한 박엽지로 만든 선하증권이었다. 서병로는 희귀한 곤충을 보듯 오래 관찰하더니 하나 잡아냈다는 듯이 웃었다. 빨간 동그라미 안에는 원본 선하증권을 복사하면 자동으로 나타나는 빗살무늬 은선(隱線)들이 범죄 현장의 지문처럼 살짝 떠 있었던 것이다.

"가짜 선하증권이구만. 증거 잡아낸 거 아냐? 저놈들 목줄을 하나 더 쥐게 된 거구만. 안 그래?"

"맞습니다. 혼을 내줘야 합니다. 그룹을 이런 식으로 속여왔으니까요."

••22

원직수는 아버지가 지은 호텔의 가장 꼭대기에 있는 프레지덴셜 스위트룸으로 올라갔다. 아버지가 짓고, 아직 아버지가 갖고 있는 호텔이었다. 꼭대기 층은 다른 층보다 천장이 훨씬 높아 마치 성당 같았다.

엘리베이터에서 내리면 아치형의 커다란 대리석 문이 서 있었다. 프레지덴셜 스위트룸으로 가는 성문과 같은 것이었다. 그 뒤로 복도에는 레드 카펫이 깔려 있고, 높고 하얀 기둥들이 서 있었다. 벽을 따라서는 중세의 유럽 성들처럼 쇠줄에 매달린 화분들이 있었다. 아이비와 라넌큘러스, 조팝꽃과 흰 장미들을 담은 것이었다. 복도 끝에는 헬기장으로 가는 계단과 수행원실, 그리고 그 옆이 프레지덴셜 스위트룸의 입구였다.

원직수는 이 방에 들어설 때마다 감격이 차오르는 것을 느꼈다. 이 방은 온전히 그만 한 넓이의 정교한 수공예품, 중세 유럽의 왕실을 재현한 앤티크 스타일의 커다란 오브제였다.

아버지는 20년 전 이 방이 건설되고 꾸며지던 8개월 동안 모두 100번이나 이곳을 찾았다. 미국 벡텔사의 설계사와 일본인 건축사, 프랑스 오트사의 인테리어 디자이너들을 번갈아 데리고서였다. 100번이라니! 아무도 믿지 않았다. 그러나 그때 아버지는 자기 생애에서 가장 열정적이고, 야심만만했으며, 탄탄한 체력을 갖고 있었다. 무엇보다 계모를 맞아들이기 전이었고, 원직수와는 요즘처럼 사이가 벌어지지도 않았었다.

젊은 원직수의 눈에, 완성된 방은 차라리 신성하고 거룩한 것이었다. 아버지의 일본인 친구이자 오사카 번주의 후예인 후쿠자와 히사오는 건물 보는 눈이 높기로 유명했다. 하지만 이 방 앞에서는 감탄을 금치 못했다. 러시아 예카테리나 궁전에 있는 호박(琥珀)으로 만든 방처럼 찬란하다고 했다. 인간의 호사스러움이 호박에 갇혀 영원히 정지된 것 같은 실내 절경이라고 했다.

탁 트여서 오히려 위압적이라고 해야 할 너른 거실, 기둥들 사이의 빅토리아풍 휘장들, 군데군데 할로겐등(燈)이 비추는 흰 조각들, 침상의 비단 캐노피, 토머스 치펀데일 유의 고풍스러운 마호가니 가구들, 옻칠하고 금장을 붙인 트라이포드 티테이블, 아이보리 암체어들, 금사(金絲)로 테를 두른 천장화는 피어나는 구름 속의 천사들을 그린 것이었다. 천사들은 은제 샹들리에를 천장에 매달아 놓은 쇠줄의 끝을 쥐고 있었다.

나카소네 야스히로 일본 총리가 처음 이 방에 묵었다. 그러고는 모하메드 마하티르 말레이시아 총리, 안토니오 사마란치 올림픽위원장, 축구황제 펠레, 잭 웰치 제너럴 일렉트릭 회장, 테너인 줄리아노 파바로티도 다녀갔다.

하지만 이토록 고귀하고 영화로운 방에 심혈을 쏟은 아버지는 이제 어떻게 돼버렸나. 정확한 판단조차 내릴 수 없는 폐인이 다 돼버린 것만 같다.

생각에 잠긴 원직수 곁으로 완벽한 정장 차림의 지배인이 다가와 속삭이듯 말을 걸었다.

"사장님의 선물을 받고 아버님이 얼마나 감사해하셨는지 모릅니다."

원직수는 지배인의 아버지 고희연에 한약재 선물권을 보냈었다.

"위스키를 가져올까요?"

"아니요. 내일 음악회가 있거든요."

원직수는 사람 좋은 얼굴로 웃었다. 그는 예술의 전당이나 세종문화회관에 음악을 들으러 가기 전날에는 절대 술을 입에 대지 않았다. 집에서 뱅 앤드 올룹슨을 마음먹고 켤 때도 마찬가지다. 귀의 모세혈관이 확장돼 음질을 제대로 느낄 수 없기 때문이다. 지배인은 서병로가 보낸 메모라면서 내밀고는 물러갔다.

> 오늘 밤 호텔로 당도할 계열사 사장들의 도착 시간이 정해졌습니다. 한 명씩 올려보내겠습니다.

서병로의 메모는 그렇게 시작되어 있었다. 찬탈이 오늘 밤부터 시작되는 셈이었다. 원직수는 버튼을 눌러서 창가에 쳐진 로만셰이드를 걷어 올렸다. 서쪽으로부터 장엄한 일몰(日沒)의 색조가 밀물처럼 창을 통과해 들어왔다. 그는 한 번도 눈을 깜빡이지 않은 채 그 붉은 빛에 기꺼이 자기 얼굴을 적셨다. 그것은 피 구덩이에 담갔다 들어 올린 사자의 얼굴 같았다. 그는 사이드 테이블에 놓인 쿨러에서 얼음 한 덩이를 손으로 집어 차근차근 씹었다.

••23

붉은 저물녘이 다하자 적막한 어둠이 널따란 방 안으로 들어왔다. 얼음을 다 씹은 원직수는 방에 서 있는 서양 기사의 은색 갑옷을 쳐다보고 있는데, 누구일까, 아주 영민한 목소리 하나가 그의 귀에 나직이 속삭인다. 원직수는 샹들리에를 켜고 방을 둘러보지만 아무도 보이지 않았다. 그런데 그 육성은 분명히 이어진다.

벽에서 나오는 건가, 아니 천장에서? 아냐, 아냐, 리시버를 꽂은 것처럼 귓바퀴 바로 앞에서 울리는 것 같다. 아니, 머릿속인 것 같다. 둥근 대뇌의 어딘가에 속삭이는 입술이 숨겨져 있는 것 같아.

—원직수, 너는 사장이야. 아버지한테서 막대한 자본을 물려받았어. 나는 네가 정말 부러워. 그렇게 전제적인 위치에서 인생을 시작한다는 게.

—아냐. 전혀 아냐. 자본가로 사는 거? 그렇게 유리한 점들이야말로 나를 당황스럽게 만들어. 차라리 패배해도 원점으로 돌아갈 뿐이라면 훨씬 홀가분할 텐데. 나는 성림을 키워가기 위해 모든 걸 다 걸어야 해. 내 재산, 내 인생, 그리고 내 인격까지도.

—네가 그런 집착을 다 버려버리면 아주 행복해질 텐데. 그렇지 않아? 성림을 키워가려면 너는 정말 끝없는 허들 경주를 해야 돼. 돈을 더 많이 거둬들이려는 경주 말이야. 이 세상에서 국민 행복지수가 가장 높은 나라가 어딘지 아나? 네팔이야. 거긴 1년 소득 150달러만 가지고도 사람들이 행복하게 살아. 욕심이 없으니까 살벌한 경쟁도 없는 거야. 고요하고 평화롭게 인생을 사는 것, 그게 중요하지 않나? 인생을 다시 한번 생각해 봐. 응?

—그래? 가장 행복한 사람들은 네팔에 산다고? 하지만 정작

이민을 원하는 세상 사람들은 왜 네팔 대신 미국으로 가려고 할까. 네팔 사람들은 공감을 얻지 못하는 행복을 누리고 있어. 욕심이 없으면 행복해진다고? 한두 사람은 무욕(無慾)으로 살 수 있겠지. 하지만 인류 모두가 그렇게 살 수는 없어. 나는 탈속했네, 하는 사람들이 말하는 무욕이야말로 가장 큰 이기심이야. 가진 게 없는데 뭘 물려줄 수 있겠나. 네팔 사람들이 1년에 150달러로 행복해진다고? 나도 거기에 가본 적이 있어. 고상한 시인들은 거기 가서 삶과 죽음을 잊은 채 구도하는 거지 성자들의 얼굴을 일부러 찾아다니는 것 같아. 하지만 내가 만난 네팔 사람들은 그들이 거지라고 털어놓았어. 거짓말하는 것 같지는 않았어. 다만 가난해서 불행하다고 말하는 걸 부끄러워 할 뿐이었어. 거기에 150만 달러를 들고 가봐. 1만 명한테 행복의 기초 조건을 만들어줄 수 있으니까. 1억 5000만 달러를 들고 가면 100만 명한테 그렇게 해줄 수 있는 거야.

—아냐, 아냐, 원직수. 돈은 그렇게 크게 중요하지 않아. 오히려 150달러 없이도 행복하게 사는 사람들이 많아. 인도네시아 자바나 폴리네시아 원주민 같은 사람들이야. 그 사람들은 그냥 밀림 속에서 살고 있어. 그건 자연이 만들어놓은 정원이야. 150억 달러를 주고도 만들어낼 수 없는 정원이야. 그 사람들은 그걸 누리고 있는 거라고.

—돈 없이 자연 속에서 사는 삶이라. 네가 누군지 확실히 모르겠지만, 넌 그걸 너무 이상적으로 생각하고 있는 것 같아. 자연 속에 파묻혀 산다고 하면 아마 거기 원주민들보다는 원

숭이들이 더 그럴 거야. 하지만 원숭이들이 밀림 속에서 평화롭게 살고 있나? 위계를 잡기 위해 서로 혈투를 벌이고, 암컷을 놓고서 수컷들끼리 살육전을 벌이지. 라이벌의 고환에 구멍을 내서 불알까지 빼내 버리지. 그게 자연의 상태야. 우리도 거기서 조금도 다를 바 없는 세상에서 살고 있어. 계속되는 경쟁 속에 적자가 돼야 하니까.

—그럼, 원직수, 너한테는 모두 다 잘살 수 있는 세상에 대한 꿈 같은 건 없는 건가? 끝없는 경쟁이 자연스럽고, 적자만 생존할 수 있는 세상에 우리가 살고 있다면 말이야.

—아아, 미안하지만 나한테 그런 꿈은 없어. 경쟁 속에 자연스럽게 생겨나는 조화로운 세상이 있을 뿐이야. 나는 이데올로그들이 말하는 약속의 땅을 믿지 않아. 모든 사람들이 누리는 유토피아가 정말 유토피아일 수 있는 걸까? 모든 사람들이 다 낙원에 와 있다면 거기가 정말 낙원이 될 수 있는 걸까? 사람들은 자기 행복보다, 남의 불행을 금방 눈치 채게 돼 있어. 낙오돼서 낙원에 못 들어온 사람이 하나도 없는데, 낙원에 온 사람들이 만족감을 느끼겠어? 모두 다 하는 건데 무슨 자긍심이 있겠나? 타인의 낙오는 우리 낙원의 진정한 구성 요소인 거야. 낙오가 낙원을 만드는 거지. 자궁 속에서 정충들이 모두 다 자랄 수 있다면 얼마나 좋겠어? 하지만 그렇다고 해서 산모가 한꺼번에 3억 명의 신생아를 낳을 수는 없는 법이야.

—그래서 너는 네 동생을 낙오시키려고 하나?

—아니야. 나는 이미 동생 때문에 낙오된 사람이야. 나는 그

걸 한 번 받아들였어. 하지만 아무리 봐도 제대로 적자를 뽑은 것 같지 않아서 반격에 나서기로 한 거야. 나는 있는 힘을 다 할 거야. 그래, 나는 끝없이 싸워나가야 할 운명을 타고났어. 인간이 원래 그렇듯이 말이야. 사람들은 욕구를 채운 뒤에는 무얼 해야 할지 몰라 허우적대지. 바라는 곳에 다다른 뒤에는 어디로 더 가야 할지, 길을 잃고 말아. 우리가 열정적으로 될 때는 라이벌과 싸울 때고, 사는 게 힘겨울 때야. 나는 그걸 기꺼이 계속하려는 거야. 그리고 나의 새로운 제국을 세울 거야.

—원직수, 너의 새로운 제국? 그게 뭔데?

—첨단에 선 생명공학의 제국이야. 아버지가 만들었던 제국과는 완전히 다른 나라, 새로운 동물과 식물을 만들어내는 제국이야. 이제 무슨무슨 소프트나 닷컴, 일렉트릭이나 메카닉의 시대는 정점을 지날 거야. 미래는 젠(gen)이나 셀(cell), 바이오(bio) 기업들의 거야. 성림은 코르젠을 가지고 있어. 나는 그런 미래의 가장 앞에 설 거야. 지금 이 싸움에서 다 이기고 나서 말이야.

—글쎄, 하지만 네가 그 싸움에서 과연 이길 수 있을까?

••24

주천강은 강원도 횡성군 태기산에서 발원해 사자산을 지난다. 사자산에는 석가모니 진신사리를 모신 적멸보궁이 있는

데, 바로 법흥사다.

김범오는 동서울 시외버스 터미널에서 영월의 법흥사까지 오전 내내 달려왔다. 그는 근처의 강나루 터에서 도원수목원으로 가는 배를 기다리기로 했다.

벼랑 아래 물줄기는 대낮의 볕으로 거울처럼 번쩍거리고, 여름 산은 함성을 지르듯이 푸르른 나무들로 가득했다. 지세가 험한 내륙일수록 숲은 더 크고 환했다.

법흥사에서 시오리(十五里) 남하하면 매쉴재라는 고개가 있고, 고개 옆의 까마득한 절벽 아래에는 주천강 물길이 지나가는 동굴이 있다. 천장굴(千丈窟)이다. 실제 길이는 100미터 정도지만 이름은 세 배 정도 부풀려졌다. 물길이 여길 빠져나가면 영월군 수주면 도원리로 이어진다. 도원리에는 매들이 둥지를 트고 있다는 참매봉이 있다. 매쉴재는 여기 매들이 날아다니다 잠시 쉰다는 고개다. 바로 참매봉과 능선 하나로 이어져 있다.

김범오의 턱 아래로 가볍고 선량한 여름날의 미풍이 지나갔다. 마침 그날은 생태공동체이기도 한 도원수목원을 구경하고 싶어 하는 도시 사람들을 초청한 날이었다. 수목원 개방일인 것이다. 서울서부터 같은 시외버스를 탄 예닐곱 명이 김범오와 함께 배를 기다리고 있었다.

참나무, 밤나무, 소나무가 섞여 있는 강 건너 숲에서는 딱

따구리가 나무 쪼는 소리가 울려 퍼지고 있었다.

김범오는 상처 난 얼굴로 강나루에 섰다. 주천강의 물은 대낮의 빛과 어울리고, 강안(江岸)의 풀들은 여름날 바람에 서걱거리고 있었다. 그는 물빛을 보며 잠시 시름을 놓았다가 응달진 곳으로 물러 나와 편지를 읽기 시작했다. 어젯밤 서울에서 짐을 쌀 때 찾아서 넣어둔 강신영의 편지였다. 서울을 떠나 도원수목원으로 들어간 친구였다.

범오야,

잘 지내는지 궁금하구나.

도원리에는 며칠 전 칠석(七夕)을 맞아 비가 한참 내렸다. 견우직녀가 흘리는 눈물이라던가. 더위가 한풀 꺾인 것 같고, 머잖아 이슬 부서지는 '백로(白露)'가 찾아오면, 곧 가을이 되겠지.

절기 때마다 주위의 변화를 겪으면서 드는 생각이지만 옛날 사람들은 정말 자연과 하나가 되어 살았던 것 같다. 나는 뭐랄까, 서울에서 사는 동안 새소리, 풀잎, 물소리 같은 것은 있는지 없는지 관심조차 못 가지고 살아왔더랬지.

하지만 여기 수목원으로 들어와 1년이 지나니까, 전신마취에서 깨어난 환자처럼 손끝 발끝에 자연의 감각이 돌아오고 있어. 새로 일군 텃밭에 지렁이들이 드나들면서 흙에 숨구멍 터주는 모습도 찬찬히 내려다보고, 저녁 무렵 강변에서 삽을 씻다가 서쪽으로 내려앉는 별똥별의 연약한 빛줄기도 바라본다.

쉬지 않고 강물이 흐르는 소리, 논두렁의 개구리 울음소리, 돌을 들추면 거미들이 만들어놓은 하얀 실집. 처마에는 축축한 벌집이 걸려 있고, 비가 그치면 벌집 아래로는 물방울이 매달렸다가 하나씩 하나씩 떨어지지. 방에 누워 있으면 지붕을 오가는 새의 미약한 걸음 소리, 흙벽은 여름밤이 깊어갈수록 더욱 시원해지고, 어쩌다 마당에 나가면 깊은 밤 헛간의 서늘하고 섬뜩한 느낌이 새롭다. 그리고 여치 우는 소리, 대숲에 지나가는 바람…….

모든 것들을 돈으로 환산하는 습관에 젖어온 나는 가끔, 서울에 살면서 이런 걸 체험하려면 왕복 기름 값 얼마, 콘도 빌리는 데는 얼마, 식사비는 얼마…… 하고 셈을 해보지만 그게 얼마나 부질없는 일인지 알 것 같다. 셈을 하지 않는 대신 내 눈, 코, 입, 귀와 피부 같은 오감의 기관들이 하나하나 살아나는 것 같아. 마치 마비됐던 근육이 다시 움직여지고, 기억상실 상태에서 추억들이 하나하나 되살아나듯이 말이야……. 정말 감동적인 체험이었다.

따다다다— 따다다—

김범오는 딱따구리가 나무 쪼는 소리가 들리는 강 건너로 눈을 돌렸다. 수초들 사이에서 날아오른 원앙 한 마리가 노란 궤적을 그리면서 숲 속으로 들어갔다.

김범오는 다시 편지를 읽어나갔다. 수면에서 부서지는 여름의 빛들이 그의 눈동자에 잠시 스며들었다가 빠져나갔다.

……서울 생활을 정리하고 수목원으로 들어올 무렵, 내가 생각했던 건 불가사리였어. 고려가 망해 갈 무렵 송도에 나타나서 온갖 쇠들을 먹어치웠다는 상상 동물 말이지. 코끼리 몸에 호랑이 얼굴, 말 머리에 물소 입, 사자 턱에 곰의 목, 소의 발에 기린 꼬리를 달았다는 그 생김새는 자본주의와 어우러진 별의별 물질주의를 생각나게 해.

불가사리는 애초에 밥풀로 만든 인형이었는데, 처음엔 바늘을 먹고, 다음엔 부지깽이, 도끼, 쇠 말뚝, 쇠스랑에 가마솥까지 먹어치우면서 나중에는 칼로도 창으로도 죽일 수 없는 괴물이 됐지. 돈을 먹어치우면서 커온 자본주의라는 우리 시대의 불가사리도 역시 그렇다. 아무도 가둘 수 없고, 아무도 고삐 채울 수 없는 괴력으로 충만해 가고 있는 셈이야.

그 불가사리는 세상을 통째로 자기 몸속에 빨아들이고, 그렇게 빨아들인 사람들 모두를 자기처럼 만들어버리고 있지. 우리는 불가사리의 몸속에 살고 있고, 또 하나의 작은 불가사리가 되고 있어……. 나는 더 이상 그런 불가사리가 되기 싫은 거야.

고려 말의 불가사리는 결국 새 나라가 세워지자 사라져버렸다지. 우리도 자본주의와는 다른 방식으로 살길을 찾아봐야 하는데……. 도원으로 들어온 다음에도 그게 쉽지가 않아……. 무엇보다 우리 수목원이 자본주의적인 삶의 방식에 포위돼 있기 때문이지.

농약 치는 것 하나만 해도 그렇다. 우리는 순환농법 차원에서 농약 안 친 복숭아를 키워오고 있어. 하지만 수목원 주위 사람들은 모두 농약을 치고 있지. 그러면 자연히 병충해가 줄고, 적은 힘과 적은 돈으로 우리보다 많은 복숭아를 생산하게 돼. 그걸 보면 농약 때문에 자연 자체가 병들게 되는 건 먼 미래의 일이라는 생각도 든다……. 결국 우린 당장은 가격경쟁에 뒤쳐진 복숭아를 생산하는 셈이야……. 그래서 다시 농약을 치자는 목소리도 나와…….

난파한 선원 로빈슨 크루소는 홀로 남은 태평양의 섬에서 근대 영국 사회를 모방하기 위해 갖은 애를 썼지. 하지만 우린 도리어 떠나온 자본주의 문화와는 판이한 삶을 살기 위해 머리를 싸매고 있어. 어떻게 하면 다른 삶을 살 수 있나? 어떻게 하면?

어떻게 해야 불가사리가 되지 않을 수 있나? 불가사리가?

너무 덩치 큰 고민이라서 쉽게 풀릴 것 같지 않다는 느낌이야. 우리는 지금 삶의 방식에 모험을 걸어보고 있거든. 미래에 꽃필 대안문화에 말이야.

서울의 빌딩들 아래에서 이런 이야기를 하면, 나는 아마 미쳤다는 이야기를 듣겠지. ……하지만 여기 지금 나를 둘러싸고 있는 커다랗고 오묘한 자연…… 이 자연이 내 '미친 생각'들을 보호해 주고 있어. 내 생각의 등을 토닥토닥 두드려주고 있는 거야.

범오야, 한 번 찾아와라. 와서 강물 소리와 대숲 소리를 한

번 들어봐라. 이번 여름휴가 때 말이야.

기다리고 있을게.

—너의 친구, 강신영

"배 왔다. 저 배야!"

누군가 외쳤다. 보트 한 척이 절벽 옆에 무성하게 자란 갈숲을 불쑥 헤치고 다가오고 있었다. 뱃머리에는 수목원의 강신영이 타고 있었다. 볕에 그을린 얼굴에 탄탄한 가슴이 돋보이는 체구의 그는, 무슨 영화 속의 해안경비대원처럼 의젓한 표정으로 배 위에 서서 이쪽을 향해 손을 흔들어 보였다. 그것은 모터까지 달린 배였다.

김범오는 너무 반가워서 어쩔 줄을 몰라 하며 물었다.

"이봐! 신영아! 나야! 어떻게 거기서 나타나냐?"

"어? 너, 김범오! 야! 너야말로 어떻게 거기서 나타나냐? 으하하하!"

배가 가까이 다가왔다. 강신영은 김범오한테 한 번 더 물었다.

"그런데, 너 얼굴이 그게 뭐야?"

수목원까지는 물길로 시오리쯤 미끄러져 내려가야 했다. 수목원이 물가에 자리한 데다 수주면 무릉과 도원이 크고 작은 물길을 안고 있는 땅이라 수목원 사람들은 활동 범위를 넓히기 위해 언제부턴가 보트를 쓰기 시작했다. 수주면은 물(水)이 땅을 두르고(周) 있다는 데서 나온 지명이다. 강신영의 배는 한눈에도 튼실하고 날렵하게 보이는, 잘 짜 맞춘 나무 배였다. 용골이 어른 허벅지만큼 굵직했다. 그것은 배 밑바닥 한가운데에서 이물과 고물을 잇는 나무였다.

뱃머리에는 굵고 커다란 초록색 나무를 그린 철판이 붙어 있었다. 김범오가 "이게 뭐야?" 하고 묻자 강신영이 말했다.

"우리 수목원 문장(紋章)이야."

"뭐?"

"수와캉, 이라고 불경(佛經)에 나오는 엄청 큰 나무야."

『육도집경(六度集經)』에 나오는 나무였다. 높이 4000리, 밑동 둘레가 500리, 뿌리가 800리, 다디단 열매는 두 말들이 물동이만 하고, 그늘 지름이 3000리나 된다는 나무였다.

"선생님, 어떠시니?"

"안 좋으셔."

"병이 있니?"

"노환이지."

"잘 돌봐드려야겠다."

"사실은 저기 저분이 잘 돌봐드려야 되는데……."

강신영은 등을 돌리고 선미에 앉은 여름 양복을 씁쓰레하게 쳐다봤다.

"누군데……?"

"선생님 아들……."

김범오는 흠칫 놀랐다. 넥타이 없는 여름 양복 차림에, 그

욱한 궐련향과 담배의 역한 냄새, 위스키의 달착지근한 내음이 섞여 있는 풀어진 얼굴이었다. 양복바지 바깥으로는 무언가 떨어져 나와 있었는데 김범오는 그게 카지노에서 쓰이는 칩이라는 걸 알아챘다.

엔진 소리는 푸르르릉, 나지막이 수면에 깔렸고 뱃머리가 갈라낸 좌우의 물살은 강의 양안(兩岸)으로 닿을락 말락 할 때까지 길게 빗금을 그리면서 죽죽 퍼져나갔다. 보트는 눈부신 모래톱과 갈숲, 수양버들과 풀밭, 제방과 모란 덤불을 뒤로 하면서 나아갔다. 갈숲에선 바람 지나가는 휘파람 소리와 이파리들 서걱거리는 소리, 새들이 피릿피릿거리면서 날개 치는 소리가 어울리고 있었다.

김범오는 뱃머리에 서 있었다. 빛나는 여름 구름들이 수면 위에 떠 있다가 배(船)의 아래로 쓸려 들어왔다. 그럴 때 물은 현란했다.

바람이 기나긴 선(線)이라도 이끌듯이 저 동쪽에서 날아와 서쪽으로 미끄러져 갔다. 김범오의 머리카락이 흩날렸다. 산협(山峽)의 뒤편에서 찌르레기 떼들이 나타났다. 수백 마리는 되는 것 같았다. 새 떼들이 멀리서 상공을 가로지르자 하늘의 작은 귀퉁이가 까맣게 물드는 것 같았다. 그러다 새들이 선회해서 배 쪽으로 가까이 날아오자 커다란 하늘의 그물이 배를 덮쳐 오는 것 같았다. 배가 그 아래를 빠르게 지나가고 나자 배 앞으로 커다랗고 시커먼 절벽이 나타났다. 강신영이 사람들한테 말했다.

"자, 이제 동굴로 들어갑니다. 캄캄하니까 조심하세요."

보트는 물살이 출렁대는 동굴로 미끄러져 들어갔다. 동굴의 저 반대편 끄트머리에 희미하게 빛나는 출구가 보였다. 파드다닥, 새 한 마리가 따라서 동굴 입구로 날아 들어왔다.

같이 수목원으로 찾아가려나 보다. 복숭아꽃이 벌어진 무릉도원으로.

••25

서병로가 부하들을 데리고 프레지덴셜 스위트룸으로 올라가자 원직수는 안락의자에 몸을 묻은 채 나지막하게 틀어놓은 음악을 듣고 있었다. 고귀한 목소리의 카스트라토가 비발디의 「세상엔 참 평화 없어라」를 몇 옥타브씩 오르내리며 부르고 있었다.

서병로는 원제연 파(派)를 어떻게 칠 건지 원직수에게 설명해 나갔다. 룸은 전시대책본부처럼 돼갔다. 갓등 아래로 담배연기가 흐르고, 재떨이에는 꽁초가 가득해지고, 의자 앞의 풋보드는 발을 얹은 뒤에 흐트러졌다. 빈 온더록스 잔들이 즐비해져 가고 서류들이 더미로 쌓였다.

와이셔츠 차림의 원직수는 눈을 감은 채 뒷짐을 지고 소파 뒤를 왔다 갔다 하면서 보고를 들었다. 오렌지를 벗겨 먹거나,

아바나 시가를 피우기도 했다. 그의 정신은 볼록렌즈를 통과한 광선처럼 한데로 모아졌다.

서병로는 원제연 파에 대해 집요하고도 비밀스럽게 뒷조사를 벌여왔다. 원제연과 수족들을 잇는 관절들을 도려내야 했다. 그중에서도 다비드 최동건과 연결된 관절을 끊어내고 싶어 했다.

서병로는 원직수가 최동건에 대한 적의의 불길로 타오르기를 바랐다. 서병로에게 있어 최동건은 성림건설에서 비겁한 모략을 다해 가며 사반세기 이상 경쟁하다 마침내 그를 앞질러 간 라이벌이었다. 그러나 원직수의 눈으로 보자면 최동건은 삶아버리기에는 아직 때가 이른 사냥개였다. 원직수에게는 아직도 최동건을 제 편으로 삼고 싶은 미련이 남아 있었다. 서병로는 그 미련을 끊어내고 싶었다. 그가 말했다.

"오늘 찾아낸 가짜 선하증권이 있습니다."

원제연을 겨냥한 것이지만 최동건까지도 관통할 탄환이었다.

"가짜 선하증권요?"

"원제연 사장이 은행에서 돈을 빌리려고 사기를 친 겁니다. 작년에 성림 인터내셔널이 바하마의 오일 하우스에서 정유시설을 사들이고, 그걸 러시아의 사하 에너지에 되판 걸로 나와 있습니다."

"그게 가짜군요."

"예. 오일 하우스는 서류로만 존재하는 페이퍼 컴퍼니입니다. 최동건이 만든 거지요. 오일 하우스가 뉴욕에서 무슨 정유시설을 선적했다는 건 모두 거짓말이지요. 오일 하우스가 선박회사인 퍼시픽 시갈의 배에다 정유시설을 실었다는데, 퍼시픽 시갈은 폐업한 지 몇 년이나 됐습니다. 뉴욕 항만청의 리스트에 다 나오지요. 그런데도 성림 인터내셔널은 퍼시픽 시갈이 보냈다는 선하증권을 담보로 은행에서 1000만 달러나 빌려서 오일 하우스에 보내줬지요. 달러를 빼돌린 겁니다. 거기다가 그 선하증권마저 가짜입니다."

서병로가 손가락으로 짚었다.

"퍼시픽 시갈이 예전에 만든 진짜 선하증권을 복사한 것입니다. 복사되면 나타나는 비표(秘標)들이 있지 않습니까."

"은행들이 이걸 모르고 1000만 달러나 갖다 주다니."

"알았겠지요. 그리고 리베이트를 먹었겠지요."

"최동건이 나섰을까요?"

"나섰을 겁니다, 은행 쪽으로. 이 정도 큰돈이라면 말입니다. 그리고…… 그리고……."

서병로는 멈칫멈칫하면서 원직수의 눈치를 살피다가 결심한 듯이 말했다.

"최동건에 대해서는 호텔 폐쇄회로 카메라에 잡힌 자료도 있습니다."

서병로는 최동건을 내처 밀어붙일 생각이었다. 서병로는 그간 현금카드 회사 직원들을 매수해 캐낸 게 있었다. 카드 결제 내역을 조회하자 최동건이 지난해 시저 대신 다른 호텔에서 투숙한 게 나왔고, 그와 동침한 여인이 있었는지 서병로가 직접 파악에 나섰다. 그는 나뭇가지에 매복한 살쾡이처럼 노련했다. 호텔 복도의 감시 카메라가 찍은 걸 얻어낸 것이다.

그들은 비디오를 켤 수 있는 방으로 옮겼다. 화면은 입자가 굵고 감광이 약했다. 복도는 실제보다 훨씬 어두웠고 노란 벽등(燈)들은 뿌옇게 빛났다.

화면 저편 엘리베이터가 있는 복도 끝에서 노타이 차림의 건장하고 훤칠한 사내가 유유자적하게 걸어왔다. 혼자였다. 그가 최동건이라는 게 명확해지자 원직수의 얼굴에는 경멸과 회심의 미소가 동시에 떠올랐다. 아무것도 모르는 최동건의 이마가 카메라 렌즈 쪽으로 바싹 다가와 1초가량 화면을 가득 채우더니, 문을 딴 그는 바로 룸으로 들어가 버렸다. 15분쯤 지나 한 여인이 복도 끝에서 걸어왔는데 선글라스를 끼고 있어 얼굴을 알아볼 순 없었지만 날렵하면서도 풍만한 느낌을 주는 몸매였다. 우아하게 이마 위로 올린 파마머리는 왠지 젊지 않다는 느낌을 줬지만 카메라 가까이 다가온 얼굴의 미소는 여전히 교태로운 것이었다.

"어? 아!! 악!!"

처음에 원직수는 자기 눈을 믿을 수 없었지만 저도 모르게 신음 같은 게 흘러나왔다. 아득하게 어디론가 무너지는 것 같았다. 여자가 누군지 알아본 것이다. 야릇한 만족감이 흐르던 그의 얼굴에는 방금 본 것에 대한 불신과 모멸감이 지나갔다. 테이프를 다시 돌려 보라고 말하는 그의 얼굴에 푸른 서슬 같은 게 지나갔다. 서병로는 자기가 지금 하고 있는 일이 앞으로 자기한테는 어떤 영향을 미칠지 몰라 아무 말도 못한 채 리모컨을 눌렀다.

화면 속에서 싱가포르 여자들이 입는 실크 원피스로 탱글탱글한 몸을 감싼 여인 하나가 다시금 걸어오고 있었다. 복고풍의 재키 선글라스에, 열쇠구멍이 달린 금장 장식의 루이뷔통 핸드백을 걸치고 쭉 뻗은 곧은 다리로 걸어오고 있었다.

원직수는 그녀가 누군지 한 번 더 확인하고는 말보로에 불을 붙였다. 아아, 어떻게 이럴 수가.

"꺼버릴까요."

서병로가 죄책감과도 같은 두려움 속에 말했다.

"아니요. 놔두세요."

화면은 한두 시간을 건너뛰어 여인이 최동건을 남겨둔 채 혼자 룸을 나서는 장면을 비췄다. 여자는 복도로 나서기 전에 역시 선글라스를 낀 채 문을 약간 열고는 좌우를 둘러봤다. 그리고 히프의 양쪽으로 번갈아 가며 체중을 리드미컬하게 옮기는 요염한 걸음걸이였다.

'이럴 수가……. 아무하고나 흘레붙는 이 인간 같지도 않은 여자와 아버지가 재혼했다니……. 아버지는 부하한테서도 버려지고, 이 여자한테서도 버림받았구나…….'

원직수가 의처증 환자처럼 몸을 떠는 사이 화면 저 끝으로 걸어간 여자는 엘리베이터를 타고 사라지고 있었다. 원직수의 손이 마치 칼을 쥐고 있는 것처럼 부들부들 떨렸다. 살의가 비등점 위로 치솟았다.

계모는 오십이 넘은 나이지만 불과 삼십 대 후반이나 사십 대 초반처럼 보일 만큼 젊고 관능적이었다. 그녀가 미국과 일본으로 건너가 호사스러운 성형수술을 한 뒤에 도도하고 교태스러운 얼굴로 돌아올 때마다 원직수는 막연하게 젊게 보이고 싶은 욕망 때문이라고 생각했다. 그러나 그녀에게는 주름살을 지우고, 얼굴을 손봐야 할 구체적인 이유가 있었던 것이다. 원직수의 눈앞에 침대의 하얀 시트와 달아오른 알몸을 쓸어안는 두 사람의 팔이 보였다. 팔들이……. 그는 손아귀 속의 서류들을 구겨 쥐었다.

저 팔들이 그로부터 적자(嫡子)의 자리를 빼어간 것이다.

원직수는 얼굴이 발갛게 달아오른 데다 귓바퀴의 실핏줄들이 일제히 떠올라 귀 자체가 혈액을 담아놓은 작은 주머니처럼 보였다. 그가 진정제를 찾자 서병로가 한방약인 귀천용(歸川龍)을 건네주었다. 원직수는 맵싸한 알약을 얼른 삼킨 뒤에 베르나르도 은제 주전자를 들어 물을 따랐다. 뒷머리가 터져버릴 것 같았다.

'아아, 이렇게 찬란한 아버지의 방에서 지금 내가 도대체 무얼 봤단 말인가.'

••26

사장단 회의실은 전자레인지 속의 식기들처럼 달아올랐다. 원직수가 마이크를 잡았다.

"지금 구조조정은 세상의 대세입니다. 우리 그룹도 서둘러 구조조정에 들어가지 않으면 모든 게 끝나 버리는 시점이 오고 있습니다. 이미 지금도 늦었습니다. 바로 다음 달 20일에 성림유통으로 4000억 원의 만기채가 돌아옵니다. 그런데 은행들은 만기 연장을 해줄 분위기가 아닙니다.

은행들은 성림건설이 성림유통에 대해 갖고 있는 1500억 원 채권을 포기할 경우에만 만기 연장을 고려해 보겠다고 합니다. 1500억 원 가운데 500억 원은 아예 부채 탕감하고, 1000억 원은 출자전환하라는 거지요. 은행들은 내일까지 성림건설의 입장을 최종적으로 전달받기를 바라고 있습니다.

하지만 현재 건설은 이런 요구를 받아들일 수 없는 입장입니다. 여러분도 아시다시피 성림미래개발에 이어 저희의 2대 주주라 할 윌슨 앤드 카렐이 너무 단호하기 때문입니다. 윌슨 앤드 카렐은 건설이 만일 은행의 말을 들어주면 건설 이사들을 배임 혐의로 모두 고소할 거라는 입장입니다. 주주들한테 손해 끼치는 결정을 했다는 거지요. 이사들 개인을 상대로 손해배상 청구도 한다는 겁니다.

여기 제 앞에 앉아 있는 원제연 사장은 제 아우입니다. 아우의 회사를 돕는 일을 하면 저희가 배임 혐의로 고소를 당한

다니 이런 기막힌 처지가 어디 있습니까. 사람들은 지금 "재벌 해체! 재벌 해체!" 하고 거리에서 목소리를 높이고 있습니다. 그러나 이것은 저희들한테는 재벌 해체에 앞서 피눈물이 흐르는 가족 해체입니다. 형과 아우의 정을 끊어내 버리라고 서슴없이 요구하는 것, 어서 골육상쟁에 들어가지 않고 뭐하냐고 손가락질하는 것, 이게 지금 이 살벌한 구조조정 시대의 요구입니다."

원직수가 자기가 말한 내용에 완전히 몰입해 버리자 절로 숙연하고 착잡한 어투가 묻어 나왔다. 아우인 원제연이 그의 말을 차분하게 받았다.

"원직수 사장님의 그런 뜻은 3개월 전의 이 자리에서도 전달된 바 있습니다. 사실 저희가 지난해 초까지만 해도 진일보한 공격경영이라고 봤던 것이 이제는 무리한 사업 확장으로 매도당하고 있습니다. 저희 성림유통의 채무라는 게 사실은 2년 전부터 대형 할인 마트의 지방 분점들을 세우는 일에 속도를 내면서 빚어진 것입니다. 까르푸나 월마트, 코스트코 같은 세계에서 손꼽히는 프랑스와 미국의 할인 마트들이 국내로 본격 진출하기 전에 자리 좋은 곳에 우리 성림 마트를 빠르게 세워서 기선을 잡아가자는 게 저희의 입장이었습니다. 이 과정에서 도와준 게 성림건설이고, 성림건설이 성림유통에 대해 갖고 있는 채권이란 게 대부분 매출채권, 그러니까 분점 건설비용입니다.

성림유통은 5월부터 신규 분점 개설 중지, 분점 예정지로 잡아놓은 부동산 매각, 가지고 있는 은행 예금들을 대출금과 맞바꾸는 예대상계 등을 통해 부채비율을 700퍼센트까지 낮춰 왔습니다. 현재 국내 유통업은 유독 부채율이 높으며, 평균이 907퍼센트라는 점을 감안하면 성림유통의 경우 오히려 부채율이 낮은 축입니다. 그런데도 윌슨 앤드 카렐이 성림유통을 도우려는 건설의 움직임을 박정하게 중단시키려는 데는 몇 가지 이유가 있습니다.

첫째는 윌슨 앤드 카렐은 성림 그룹 자체에 대한 애정 없이 주가 낙폭이 심한 성림건설에 적당히 투자해서 시세차익을 얻고 빠지려고 한다는 겁니다. 이 경우 건설이 유통을 도우려는 건 당연히 장애물로 비칠 겁니다. 건설의 주가가 곧장 가라앉을 테니까요. 윌슨 앤드 카렐은 지나가는 과객이라는 점을 잊어서는 안 됩니다.

둘째는 현재 캘리포니아 주 샌프란시스코에 본부를 둔 대형 할인 마트인 굿마트가 국내에 진출하려고 하고 있습니다. 윌슨 앤드 카렐은 굿마트에도 막대한 자금을 투자하고 있습니다. 윌슨 앤드 카렐은 굿마트의 국내 진출을 용이하게 하기 위해 이미 시장을 상당 부분 선점해 놓은 성림유통을 손 안 대고 흔들고 있는 겁니다.

우리는 성림건설에 조금만 더 성의를 가지고 협조해 달라고 부탁드리고 싶습니다. 현재 성림유통은 롯데에 이어 매출액 2위의 유통망을 만들어가고 있습니다. 연말까지만 버텨내면 이 어려운 시기가 오히려 도약의 발판이 될 겁니다. 성림유통의 성장

가능성이 분명한데도 성림건설이 낯도 모르는 외국 투자사의 협박에 짓눌려 지원을 안 한다면 성림유통은 물론이고 그룹의 생존마저도 불투명해질 겁니다. 성림건설이 성림유통을 도와주시기를 다시 한번 부탁드립니다."

얼굴선이 섬세한 원제연은 고개를 숙이면서 검고 짙은 눈을 한번 크게 치떠 보였다. 그 눈은 이마의 굵은 주름과 함께 맞은편의 원직수에게 도전적인 인상을 남겼다. 공손하고 정중한 말투와는 상반되는 이미지였다. 원직수는 반격에 나섰다.

"원제연 사장께서 지적하신 두 가지에 대해서 저희들도 연구해 봤습니다. 하지만 말씀의 내용과는 거리가 있다는 쪽으로 결론 났습니다.

굿마트의 한국시장 진출 건은 소문에 불과합니다. 중국 진출계획은 완성됐고, 내년 3월에 베이징과 상하이에 1, 2호점을 기공한다는 정보를 들었습니다. 하지만 한국은, 현재 소비가 극도로 위축돼서 진출 물망에도 안 올려졌다는 겁니다.

여기다 윌슨 앤드 카렐은 과객이 아닙니다. 윌슨 앤드 카렐은 환란 이후 한국 건설업의 미래에 대해 확신을 가지고 있습니다. 그러지 않고서야 새크라멘토에 있는 최첨단 바이오테크인 팬젠사와 코르젠의 합작을 지원할 수 있겠습니까. 사실 윌슨 앤드 카렐의 투자를 끌어내는 데는 제가 혼신의 힘을 다해 왔습니다. 워낙 신중한 곳이라 확신이 없었다면 쉽게 나서지 않았을 겁니다. 거긴 단순한 과객이 아닙니다."

원제연은 마주 앉은 형의 얼굴을 쳐다봤다. 형의 얼굴에는 경멸이 밴 만족스러운 빛이 지나가고 있었다. 원제연은 마이크를 잡으며 싸늘하게 웃었다. 본색을 드러내고 일전을 불사해야 할 때가 왔다고 생각했다.

"자, 윌슨 앤드 카렐이 진짜 과객인지, 성림의 친구인지, 여기서 논쟁을 하지는 않겠습니다. 하지만 굿마트의 한국 진출 움직임은 유통업에 뿌리 내린 저희가 더 정확하게 알고 있다는 걸 알아주십시오. 제가 말씀드리고픈 건 건설이 유통을 지원하지 않겠다고 하면 그 후에 어떤 일이 벌어지겠느냐는 겁니다.

우선 성림유통은 앞으로 한 달간 자금 라인을 총동원해 만기채들을 갚아갈 겁니다. 자구안들은 지금 잡혀 있습니다. 하지만 그게 실패로 돌아가면 성림유통은 부도 처리되고 법정관리가 될 겁니다. 그럴 경우 성림건설은 성림유통의 잔여 자산 가운데 일부를 자기 몫으로 가져갈 수 있을 겁니다. 성림건설의 입장에서 보면 아무 보장 없는 1000억 원의 출자전환보다 오히려 단돈 1000만 원이라도 챙기는 게 편할지 모릅니다.

한 걸음 더 나아가, 저는 대표이사로서 성림유통의 채무에 대해 개인적으로 지급보증을 해놓은 상태입니다. 저의 경우, 자산이 동결되고 보유 주식들은 은행 채권단의 손실을 메우기 위해 매각될 겁니다. 이럴 경우, 다음 달에 신주인수권이 실현될 저의 성림미래개발 BW는 어떻게 될까요? 별도의 조치가 없다면 역시 모조리 은행 채권단으로 넘어가게 됩니다. 은행 채권단이 법원 지시에 따라 BW를 경매에 내놓게 되면 성림그룹 오너십은 누구 손아귀에 들어가게 될지 아무도 모릅니다. 성림건설 오너십도 그 경매의 해일 속에 파묻혀 버립니다. 이게 지금 이 자리에 나와 계시는 사장님 여러분들이 정말 바라는 일입니까? 더욱이 여기 제 곁에 계시는 박두식 사장님은 성림미래개발을 이끌고 계십니다. 성림미래개발은 성림건설의 최대 주주입니다. 하지만 박 사장님은 원직수 사장님과 견해가 다른 것으로 알고 있습니다."

그룹 내에서 가장 나이 많은 사장인 박두식이 하얀 눈썹 아래 눈을 화등잔만 하게 뜨고서 마이크를 잡았다.

"저는 성림건설이 유통을 지원해야 한다고 봅니다. 분명하고 단호하게 말할 수 있습니다. 윌슨 앤드 카렐이 소송을 걸어오면 법정으로 가서 이기면 됩니다. 저는 그럴 수 있다고 봅니다. 성림미래개발의 현재 최대 주주는 원성일 회장님이십니다. 회장님도 아마 저와 같은 의견이실 겁니다. 성림건설은 성림유통을 지원해야 한다는 겁니다. 그나저나 원 회장님은 어디에 계십니까? 사장단 회의에 왜 회장님이 안 계신지 알 수가 없습니다. 회장님을 모셔 와서 확고한 결정을 내려야 합니다."

힘을 얻은 원제연이 맞은편의 원직수를 향해 이글거리는 눈길을 보내며 물었다.

"그렇습니다. 원직수 사장님께 여쭙고 싶습니다. 회장님은 지금 어디 계십니까?"

원제연은 마치 칼이나 탄환이라도 입에 문 것 같은 표정이었다. 원직수는 유연하게, 자신감을 갖자, 하고 다짐했다. 어차피 대세는 그에게 넘어오고 있는 것만 같았다. 사장들의 절반 이상이 어제 호텔 시저로 찾아와 충성 서약을 했던 것이다.

"이걸 봐주십시오."

원직수는 회의실 탁자 아래 서랍에 숨겨 뒀던 아버지의 친필 각서를 꺼내서 공개적으로 펴들었다. 감춰진 증오심과 야릇한 잔인함이 그의 전신에 짜릿하게 퍼져나갔다. 하드커버 속에 든 각서는 원제연의 얼굴 앞에서 펼쳐졌다.

"회장님은 현재 평창의 별장에 가 계십니다. 저를 불러들이시더니 성림미래개발에 대한 당신의 주주 의결권을 제게 양도한다는 각서를 써주셨습니다. 바로 이겁니다."

그는 각서를 더 높이 쳐들었다. 사장들의 눈이 일제히 각서를 올려다보며 둥그레졌다. 원직수는 그들의 얼굴을 한 사람 한 사람 확인했다. 경전을 손에 쥐고 단상에 우뚝 선 교주를 올려다보는 늙은 신자들……. 찬탈이 거의 성공해 가고 있었다. 원직수의 가슴속에는 복수의 가격(加擊)을 적중시켰을 때 같은 통쾌함이 퍼져나갔다. 그가 각서를 넘겨주자 원제연은 서명과 직인을 날카롭게 확인하더니 차츰 좌절과 불신이 엇갈리는 어둡고 노여운 얼굴이 돼갔다. 원직수가 승자의 얼굴이 되어 말했다.

"은행 채권단이 그룹의 경영권을 쥐게 할지 말지 하는 문제는 사실 원제연 사장의 손에 달려 있습니다. 경영권을 넘겨주지 않으려면 BW가 은행 채권단에 넘어가기 전에 신주인수권을 소각하겠다고 선언하는 겁니다. 그렇게 되면 아마 성림미래개발의 소액 주주들은 원제연 사장을 영웅으로 쳐다볼 겁니다.

원제연 사장에게 주어질 막대한 신주 물량 때문에 벌써부터 성림미래개발은 장외에서 주가 폭락을 겪고 있습니다. 만일 그렇게도 되기 힘들다면 성림미래개발이 제게 CB(전환사채)를 발행하는 방법이 있습니다. 여기에 대해서는 사장님들 대부분이 아시고 계시기 때문에 따로 설명드리지 않겠습니다."

CB 발행이란 주식으로 전환되는 사채를 성림미래개발이 원직수에게 발행하는 것을 말한다. 원제연이 BW로 얻는 215만 5000주보다 많은 주식을 원직수가 가질 수 있게끔 하는 것이었다. 은행 채권단이 원제연의 215만 5000주를 다른 곳에 넘기기 전에 원직수가 그보다 더 많은 주식을 갖게 될 경우 그룹 오너십은 여전히 원직수가 쥐고 있을 수 있었다. 아버지로부터 의결권을 양도받은 원직수가 이제 사실상 성림미래개발의 최대 주주 권한을 쥐게 됐으므로 CB 발행은 현실적으로 가능한 일이 돼버렸다.

원제연의 얼굴이 일그러지더니 자리를 박차고 일어섰다.

"이 각서는 믿을 수가 없어요! 회장님을 이 자리에 모셔 와야 합니다! 그것도 즉시요! 이건 구조조정도, 자구방안 논의도 아무것도 아닙니다. 이건 그룹 오너십을 찬탈하려는 음모고, 사기입니다. 이런 음모가 그룹을 지금 백척간두(百尺竿頭)로 몰아가고 있습니다."

다음 순간 원직수는 마치 비상계엄령이라도 내리는 듯이 단호한 목소리로 내뱉었다.

"원제연 사장! 나는 지금 회장님의 엄정한 지시를 알리고 있습니다. 어떻게 이런 자리에서 그런 막말을 할 수 있는 겁니까! 회의, 일단 중단하겠습니다. 원제연 사장은 자기가 한 말을 다시 한번 새겨보세요. 30분 후에 다시 시작하겠습니다."

••27

원직수는 사장단 회의실 옆의 작은 밀실로 원제연을 데려갔다. 서병로가 따라 들어왔다. 원직수는 평창의 별장으로 전화를 걸어 아버지와 원제연이 통화하도록 했다.

아버지는 수화기 저편에서 연신 쿨룩거리면서 "형 말을 듣도록 해라."라고만 말했다. 아버지는 성림 아키텍의 부도를 보고 원제연이 아무런 손도 쓰지 못했던 것에 대해 낙담과 좌절이 너무 컸던 것이다. 무엇보다 그는 자신이 너무도 갑작스레 쇠약해져버렸고, 원직수에게 그룹 오너십을 넘겨주지 않고 숨질 경우에 벌어질 피비린내 나는 찬탈전이 그룹을 완전히 폐허로 만들어버릴 거라는 징후들을 봤던 것이다. 아예 망해 버리는 것보다야 차라리 직수한테 넘겨줘 버리지……. 그런 체념이 어쩌면 이번 일의 실체인지도 몰랐다. 원직수는 아버지에게 무자비해 보일 만큼 강렬한 승부욕을 너무나도 노골적으로 드러내왔던 것이다.

원직수는 수화기를 든 원제연의 낯빛만 보고도 그가 아버지로부터 어떤 말을 듣고 있는지 알 것 같았다.

하지만 그 순간 원직수의 표정 역시 원제연이 두고두고 잊지 못할 만큼 뇌리에 날카롭게 각인되고 있었다. 그 얼굴은 착잡한 듯 초점 없는 눈길을 천장으로 비스듬히 보내고 있었다. 하지만 입술가로는 견딜 수 없는 뿌듯함이 번지고 있었다. 그러다 한순간 원제연의 눈동자와 마주치자 곧장 아우의 비운을 안쓰러워하는 안색이 됐다. 그때 원제연은 역력히 깨달았다. 형이 그동안 자기를 얼마나 가증스러워하고, 혐오해 왔는지를.

무심한 바깥의 빛들은 반(反) 도청 코팅 처리가 된 두꺼운 유리를 통과해 길고 비스듬하게 쏟아져 들어왔다. 래커가 칠해진 테이블은 크고 하얗게 번쩍거렸다. 원제연이 절망적으로 말했다.

"아니야! 난 어머니와 상의해야겠어. 원래 어머니는 명빈 아트 뮤지엄 이사장 자격으로 사장단 회의에 참석했었어. 게다가 오늘 회의에는 최동건 사장도 어디 갔는지 없어! 나한테는 지금 이 문제를 상의할 사람이 아무도 없단 말이야!"

도대체 최동건 사장은 이 급박한 때에 어디 가서 전화도 받지 않는단 말인가? 원제연은 가슴이라도 치고 싶은 심정이었다. 그 심정을 아는지 모르는지 원직수가 서류들을 말아서 지휘봉처럼 쥐고 말했다.

"잘 들어, 제연아. 시간이 없어. 우리는 성림유통의 채권을 포기할 건지, 말 건지 내일까지 은행 채권단에 알려줘야 돼. 너도 잘 알잖아. 윌슨 앤드 카렐도 내일 우리가 어떤 결정을 내릴 건지 귀를 세우고 있어. 너희도 이왕 이렇게 된 거, 하루라도 빨리 자구안 실행 쪽으로 들어가야 해. 우리는 시간이 없단 말이야."

"안 돼! 반드시 어머니와 상의를 해야겠어! 오늘 내로 결정만 내려주면 되는 거 아냐! 뭐가 두려워서 이렇게 서두는 거야? 뭐가 두려워서?"

"잘 들어. 아마 네 어머니한테 말을 하면, 두 가지 일이 일어날 거야. 아마 첫 번째는 평창의 아버지한테 전화를 걸어 당장 각서를 무효화하라고 말하겠지. 그리고 병실 베드에서 벌떡 일어나 여기까지 달려올 거야. 어쩌면 내 멱살을 잡을지도 모르지. 아마 틀림없이 그럴 거야. 하지만 그런다고 바뀌는 건 없어. 게다가 우리는 이미 네 어머니를 크게 봐주고 있어."

원직수가 서병로에게 눈짓했다. 서병로가 서류들을 한 장 한 장 원제연 앞에 겸손하게 펴 보이며 설명하기 시작했다.

"시민단체 가운데 공정분배실현시민연합이라는 곳이 있습니다. 여기서 지금 이명자 이사장님을 검찰에 고발하려고 준비를 마친 상태입니다.

알아보니 이유가 이렇습니다. 성림미래개발은 3년 전 원제연 사장님께 BW를 발행하면서 이유는 기업 운영자금 조달이라고 공시했습니다. 돈이 모자라서 발행한다는 거지요. 이때 원제연 사장님께서 성림미래개발에 BW 대금으로 입금해야 할 돈은 호텔 시저와 다비드가 대납했습니다. 이명자 이사장님은 본인이 이사로 계시는 호텔 시저에 BW 대금을 대납하라고 지시했습니다. 호텔 시저의 입장에서 보면 무려 40억 원이나 되는 돈을 대납했지만 나중에 원제연 사장님으로부터 돌려주겠다는 확답을 받은 것도, 담보를 제공받은 것도 아니었습니다. 그리고 이런 대납 사실조차 분식회계로 감춰버렸지요. 이건 실정법상 회사 돈에 대한 횡령입니다.

게다가 성림미래개발은 한 달쯤 뒤에 30억 원을 대여금 명목으로 호텔 시저에 돌려줬습니다. 돈이 모자라서 BW까지 발행했다는 회사가 말입니다. 기업 운영자금 조달이라는 공시는 허위였던 셈이지요. 그렇다면 애초에 BW를 발행할 필요도 없었던 셈입니다. 성림미래개발의 소액 주주들은 역시 성림미래개발에도 이사로 계시는 이명자 이사장님을 배임 혐의로 고소할 수가 있습니다. 아들의 상속을 위해서 억지 BW를 발행케 한 혐의지요.

여기 공정분배실현시민연합이 준비해 놓은 고발장입니다."

서병로는 서류들을 한 장 한 장 꺼내 놓으면서 원제연 모자의 목을 조여나갔다. 그는 한 치의 어김도 없이 원직수의 지시를 이행했다. 원직수는 뒷짐을 지고 모르는 체 쳐다보면서도 서병로로부터 맹종(盲從)의 기운 같은 것을 느꼈다.

그러나 서병로의 말을 듣고 있는 원제연의 얼굴 근육은 마치 증오의 가면을 쓴 것처럼 일그러졌다.

"뭐요? 공정분배실현시민연합? 당신들은 아마 두 가지 일을 했겠지. 우선 이런 시민연합의 벌린 주둥이들에 돈다발을 처넣고, 어머니와 나를 뒷조사한 자료들도 갖다 안겼겠지. 이, 가증스런 인간들. 나나 어머니가 다치면 당신들은 살아남을 것 같아? 어림도 없는 소리하지 마! 모조리 죽는 거야! 전부! 다! 다 말이야!"

아우는 사실 서병로가 내놓은 자료들이 거짓이라고 억지로라도 부인부터 했어야 했다. 원직수는 이성을 잃은 원제연을 냉정하게 쳐다보면서 자신에게 주어진 운명이 비로소 시작되고 있다는 걸 확신했다. 그가 만일 오너십을 뺏긴 채 홀로 주저앉았다면 그는 평생 울분을 삭이지 못하면서 마약이나 알코올 중독자로 살아갔을지도 모른다. 그러나 이제 운명은 그를 오너의 길로 다시금 초대하고 있었고, 그의 레드 카펫 위에 동생을 제물로 쓰러뜨린 것이다. 그는 이제 해체된 오케스트라를 끌어 모아 다시 선율을 만드는 지휘자가 돼야 했다. 그는 테이블 위에서 두 손을 맞잡으며 말했다.

"제연아, 잘 들어. 네가 어떻게 오해할지 모르겠다. 하지만 공정분배실현시민연합이 네 어머니를 고발하는 일은 없을 거다. 그 고발을 막기 위해서 우리가 얼마나 애간장을 태웠는지 알게 된다면 너도 방금 한 말을 부끄러워할 거야. 내가 너희 회사를 망하게 하려는 게 아니잖아. 분명히 말하지만 성림건설은 성림유통의 부채를 가장 늦게 돌려받는다. 너희들이 다른 채무를 다 갚고 난 다음에 우리 걸 갚아라. 너희 자구안이 성사되기를 진심으로 빌고, 또 빈다. 너와 난 형과 동생이야. 단지 지금 이 시대가 험악할 뿐이야."

응보(應報)가 끝났다. 원직수는 단 한 번도 웃지 않았다. 미소의 흔적도 얼굴에 담지 않았다. 그는 침착하고 근심스러운 표정을 지었다. 승리로 나아가는 자의 보호색이었다. 그는 자기가 희생양으로 만든 아우를 남겨 둔 채 그 작은 방을 도도하게 떠났다.

원제연은 빈방에서 테이블 위에 머리를 박았다. 이 위중한 때에 최동건 사장은 도대체 어디 있단 말인가. 혹시 배신이라도 저지른 건 아닐까. 살기 위해 배신을. 모습을 드러내지 않은 채 어딘가에 숨어서…….

••28

최동건이 나무수국의 산울타리로 둘러쳐진 식물원의 후원으로 들어서자 거기에는 또 다른 유리 온실이 세워져 있었다. 오각형의 격자들로 이뤄진 돔형 온실이었다. 안에 밝혀진 불빛들이 바깥으로 밀려 나와 커다란 유리 축구공 같은 전체 외형이 어둠 속에 그대로 드러나고 있었다. 그를 안내한 인부는 온실 안쪽에 손님들을 맞는 방이 있다고 말하고는 어둠 속으로 물러갔다.

온실은 덥지 않았다. 출입구와 천장 쪽의 유리 격자들은 통풍을 위해 열어놓고 있었다. 최동건이 노란 꽃이 피어난 왕자귀나무와 호랑가시나무, 흰동백나무를 지나 나비나물, 두메자운, 노랑물봉선처럼 여름에 만개하는 꽃들이 피어 있는 온실의 외진 곳으로 들어가자 커다란 유리 벽이 서 있었다. 유리 벽은 연초록빛으로 불투명하게 보이게끔 코팅이 돼 있었는데, 그 안에는 소파며 다탁을 갖춘 제법 널찍하게 조성된 손님 맞는 방이 있었다. 다탁에는 전화도 놓여 있었다.

그는 자리에 앉지 않고 전화가 걸려오기를 초조하게 기다리며 서성거렸다.

그룹 상층부에서 무언가 심각한 일이 진행되고 있다는 것을 그가 눈치 챈 것은 그저께 그가 불려갔던 호텔 시저의 프레지덴셜 스위트룸으로 오늘 밤 계열사 사장들이 하나둘 호출될 거라는 소식을 듣고서였다. 그것은 원직수 사장이 다음 날 있을 사장단 회의를 앞두고 무언가 충성 서약을 받으려 한다는 비린내를 풍겼다.

그것이 비린내 중에서도 피비린내 같다는 생각이 들자 그는 그날 저물녘부터 당황하기 시작했다. 게다가 퇴근한 원제연 사장 쪽으로는 핸드폰 연결이 되지 않았다. 단 한 차례 "여보세요."라는 목소리가 들려왔지만 곧이어 수신 불능 지역으로 들어가 버린 모양이었다. 최동건에게는 이것마저 무슨 불길한 징조처럼 여겨졌다. 아아, 이건 이상하다. 무언가가 심상찮다……. 이건, 찬탈전일지도 모른다……. 내가 모르는 사이에 아주 깊숙이 나아가 버린…….

그가 '이미 지고 있는 게임이야.' 하고 체념하자 그의 속에선 '아냐, 결정적인 카드는 회장이 쥐고 있어.' 하는 반발이 일어섰다. 그에게 희망이 보인 것은 이전에는 전혀 생각하지도 않았던 평창의 회장 별장 쪽으로 전화를 직감적으로 넣어 봤을 때였다. 전화를 받은 사람은 원직수 사장의 하명 업무를 직접 맡고 있는 사내인 것 같았는데 최동건이 다짜고짜 "거기 회장님 좀 바꿔."라고 말하자 "예, 지금 산책 중이신데요." 하고 얼떨결에 소재를 확인해 주고는 엎지른 물을 도로 담지 못해 당황해하는 눈치였다.

최동건은 이것저것 생각할 겨를도 없이 아우디를 몰고 평창 쪽으로 향했다.

경부고속도로를 타고 내려와 신갈 인터체인지에서 영동고속도로로 접어든 지 얼마 안 되어 그에게 전화가 왔다. 자신이 성림건설의 누구누구라고 지나가듯 빠르게 밝힌 사내는 평창 별장에서 회장님을 모시고 있는데 서울로 가시려고 하신다면서 혹시 내일쯤 찾아오셔서 뵙고 같이 가시면 안 되겠냐고 물어왔다. 이때만 해도 최동건은 그처럼 난데없는 제의의 배후에 대해 전혀 의심하지 않았다. 다만 그는 그러잖아도 지금 평창으로 가고 있다, 신갈 인터체인지를 막 지났다고 말했을 뿐이다. 더구나 다음 날은 사장단 회의가 열리는 바로 그날이었다. 그러자 사내는 잘됐다면서 사실 회장님께서 오늘 저녁 때 올라가려고 하시는데 지금 모시고 갈 테니, 용인의 미림식물원에서 만나자고 말해 왔다.

그것이 그날 운명의 시작이었다.

미림식물원은 그룹 계열사들의 크고 작은 행사 때 쓰일 화초나, 회장 일가와 계열사 사장들의 정원을 가꿀 때 필요한 관상수들을 돌보는 곳이었다. 최동건은 그날따라 손수 운전하면서 피로감을 느끼고 있었다. 국도 쪽으로 곧바로 좌회전하자 식물원을 볼 수 있었는데, 거기서 쉬고 싶다는 생각이 고개를 쳐들었다. 그러나 막상 도착해 보니 누군가로부터 추적당한 것만 같았고, 전화 통화며 만나자는 제의며 모든 것이 의심스러워졌다.

무엇보다 식물원이 너무도 적막했던 것이다. 인부 한 사람을 빼면 단 하나의 인기척도 없었다. 최동건이 서 있는 온실 바로 바깥에는 야외등이 켜져 있었는데 수백 마리의 하루살이들이 불빛 앞으로 마구 몰려들고 있었다. 그것이 유일한 움직임이었다. 날아다니는 궤적들이 워낙 어지러워 마치 불빛 아래 은색 실 꾸러미를 풀어놓은 것 같았다.

그는 자기 바로 앞의 화단에 화사하고 탐스럽게 피어난 어수리 꽃을 내려다봤다. 여러 송이의 흰 꽃이 우산 모양의 꽃차례를 지어 피어난 것이었는데, 나비나 벌 같은 곤충들을 많이 끌어 모으는 꽃이었다. 불현듯 그에게 8년 전인가, 9년 전 멍빈 아트 뮤지엄에서 회의를 하던 때 누군가의 발이 자기 발을 스르륵 건드리고 가던 기억이 떠올랐다. 그는 테이블 아래에서 구두를 벗고 있었는데, 역시 하이힐을 벗어버린 회장 부인의 발이 자기 발등 위로 스르륵 지나가는 것이었다. 발톱에 나란히 칠한 장밋빛 매니큐어에는 교태가 가득했다.

그러나 그는 처음에 그것을 무심하게 여겼다. 그녀가 완벽하게 시치미를 떼고 있었기 때문이었다. 하지만 곧이어 스타킹에 싸인 발이 그의 바지 끝단 안쪽으로 들어와 애완동물처럼 살갗을 문지르더니 요염하게 빠져나갔다. 그가 슬며시 웃어 보이자 그녀는 고개를 숙여 서류를 보는 체하며 미소 지었다. 그의 시선과는 조금도 마주치지 않은 채 떠오른 그녀의 웃음은 그의 몸을 한 방울도 남김없이 쥐어짜 버릴 만큼 고혹적이었다. 그때 그녀의 뒤편 회의실 창가에는 하얀 어수리 꽃이 만발해 있었다. 그것이 두 사람의 시작이었다.

회장 부인은 서양 명화들을 이해하기 위해 성경 공부를 많이 하고 있었는데 다윗 왕이 부하한테서 빼앗아 자기 후처로 삼았던 여인 밧세바에게 관심이 컸다. 다른 이유가 없었다. 밧세바보다 서열이 높았던 부인의 아들 압살롬이 아버지에 맞서 반기를 들었을 때 다윗 왕이 결국 그를 진압해 버리고 밧세바의 아들 솔로몬에게 왕위를 물려주었기 때문이었다. 이명자는 탐나는 그림을 모으는 일과 아들의 후계에 대해서는 눈부신 집념을 가진 여자였다.

최동건은 차츰 그 집념의 조력자가 될 수밖에 없었다. 그렇게 되면서도 그가 꺼려하지 않았던 이유 중의 하나는 원직수에 대한 증오심이었다.

최동건은 1970년대 후반 공화당 당적부터 최근의 민주당 당적까지 스무 개도 넘는 당적을 번갈아 가며, 혹은 동시에 가져온 사람이었다. 그것은 건설업에 종사해 온 그의 생존을 보장해 주는 신분증이었다. 건설 오더를 받아내는 일에는 정치인들에 대한 로비가 기본이었다.

그는 입사 후 자금부에서 오랫동안 돈을 만졌는데, 이때부터 당적을 가질 필요성을 절박하게 깨닫고 있었다. 그가 건설 오더를 따내는 사업부에서 일하면서부터는 사업 현장 부지의 지역구 의원이 어느 당이든 그는 늘 그 당에 소속돼 있었다. 쓸개를 빼놓아야 할 일도 많았지만 그가 천부적으로 가진 사교성과 인간미가 많은 걸 극복하게 했다. 그러면서 그는 자금과 수주 어느 쪽도 자신 있는 다음 세대의 성림건설 사장으로 자라났다. 주위에서도 그를 '다음번 사장'으로 인정해 주고 있었다.

그러나 원직수는 그렇지 않았다. 그는 최동건의 다음 순번을 기다려 취임해도 될 사장직에 너무 서둘러 오르려고 했다. 서른아홉 살의 원직수가 한번 성림건설의 사장이 되고 나자 그 다음부터 최동건에게는 평생을 바쳐 일해 온 일터의 사령탑이 될 기회가 봉쇄된 것처럼 여겨졌다. 그는 이사실이 있는 사옥 21층 복도 끝의 어두운 비상계단 입구가 막혀 있어 더 이상 올라갈 수 없게 된 것을 보면서 1년 동안 끊었던 담배를 다시 피웠다. 그는 담배를 다 피우기도 전에 걸려온 전화로 다비드 사장에 선임됐다는 소식을 듣고는 주섬주섬 짐을 쌌다.

그리고 때가 오자 본격적으로 반기를 쳐들었다. 그는 자기 품속에 들어와 맨살을 맞댄 여인이 원직수로부터 얼마나 상처받으며 살아왔는지 고백하는 것을 들으면서 몸도 정서도 완벽하게 그녀에게 이입할 수 있었다. 거역하는 것, 거기에는 농밀하게 숨겨진 쾌감이 있었다.

3년 전 그는 자기가 직접 나서서 왕 홀을 빼앗아 버린 원직수의 열패감에 찬 얼굴을 직시하면서 쾌감을 느꼈지만 철저하게 무표정으로 일관했다. 패자를 조롱하지 않았지만 위로하지도 않았다. 냉담하게 대했지만 예의까지 잃은 것은 아니었다. 그는 원직수가 주체하지 못한 분노와 좌절감으로 저 스스로 시커멓게 내폭(內爆)해 가기를 바랐다. 그러나 원직수는 죽지 않았을 뿐 아니라 서서히 소생하기까지 했다. 그리고 불시에 엄청난 괴력으로 그를 향해 내습해 오고 있었다.

언제부턴가 최동건은 느낄 수 있었다. 무언가 그를 향해 이를 사리문 거대하고 음습한 적대감이 발톱을 세운 익룡처럼 그의 등 뒤로 끊임없이 날아오고 있다는 것을. 지금 이 순간에도 마찬가지였다.

갑자기 저 건너 식물원 본청 주차장으로 차바퀴가 굴러 들어오다가 엔진이 꺼지는 기척이 들려왔다. 컹, 컹! 개 소리가 들려오더니 쉿! 발을 탁, 탁, 구르며 개에게 겁을 주는 듯한 소리도 들려왔다.

잠시 뒤에는 유리 온실의 다탁 위에서 전화벨이 울렸다. 부우— 부우— 최동건이 수화기를 든 건 벨 소리가 불과 두 번 울렸을 때였다.

—최동건 사장님이십니까.

“예, 접니다.”

—혼자 오셨습니까?

"예, 저 혼잡니다."

—잘 오셨습니다.

"회장님은 오셨습니까?"

—지금 거기로 가겠습니다.

회장님이 오셨다는 말씀입니까? 하고 물으려는 순간 전화가 끊겼다. 귓전에 남은 것은 생명력이 느껴지지 않을 만큼 낮고 메마른 남자의 음울한 음색이었다. 그리고 2분이나 3분쯤 지났을 때 온실 내의 조명등들이 일제히 꺼져버리자 최동건은 자기가 사실은 쫓기는 표적이었으며, 이제는 여기에 갇혀버렸다는 사실을 알아차렸다. 그 생각은 서서히 떠오른 게 아니라 살별처럼 확 지나가면서 머릿속을 횃불처럼 밝혔다.

온실 안은 어두컴컴했지만 바깥의 야외등은 꺼지지 않았다. 야외등의 조명을 받은 온실 격자의 그림자가 그의 몸 위에 구불구불 드리워지자 그의 신체의 부피와 생명력이 겨우겨우 드러났다. 그가 바싹 긴장하고 있는데 슈욱— 하고 저편에서 온실 정문이 열리더니, 구두 굽 소리가 들려왔다. 최동건은 작은 화분을 던져버릴 생각으로 손에 든 채 "누구요?" 하고 소리쳤다. 아무도 대답하지 않은 대신 구두 굽 소리만 일방적으로 가까워 왔다.

공포에 휩싸인 최동건이 전의(戰意)를 상실한 것은 누군가 참으로 압도적인 체구를 갖춘 사내가 어두운 그늘에 싸여 연초록색 유리 벽의 출입구에 모습을 드러냈을 때였다. 그와 마주 선 순간 고급 가구업체 다비드의 사장이자 1남 1녀의 아버지인 쉰네 살의 최동건은 자기가 곧 죽을 것이라는 걸 알았다. 그는 갑자기 아무런 잡념과 피로도 느끼지 못했으며 머릿속이 공포 하나만으로 깨끗하게 씻겨진 느낌을 받았다.

공격은 왼쪽에서부터 시작됐다. 그가 화분을 들어 던지려던 참이었는데 사내는 순식간에 그를 감쌀 수 있을 만큼 가까이 접근했다. 칼날이 그의 몸을 꿰뚫기 직전에 최동건은 본능적으로 뒤로 물러나며 몸을 움츠렸다. 그 바람에 그의 팔꿈치에 맞아 유리 벽이 박살났다.

유리 벽은 커다란 끼워 맞추기 퍼즐처럼 산산이 금이 갔다. 유리 벽이 부서져 내리지 않은 것은 원래 무색인 유리를 연초록으로 코팅한 테이프 때문이었다. 조각조각 금이 간 유리 벽은 잠자리 날개나, 세포막으로 가득한 피부의 그물 같은 모양을 수백 배 확대해 놓은 것 같았다. 무수하게 금이 간 결절부들에선 하얗게 빛이 반사됐는데, 유리 벽은 어찌 보면 깨지기 전보다 훨씬 더 아름다워 보였다.

그러나 숨 돌릴 새도 없이 솟구친 피가 유리 벽에 시뻘겋게 끼얹어졌다. 마치 찢어진 붉은 천이 유리 벽에 날아와 걸린 것 같았다.

최동건은 칼날을 막기 위해 두 손을 내밀었지만 칼은 두 손의 검지 첫 마디들을 베어버린 채 거침없이 직진했다. 그는 손가락이 베인 손으로, 자기 배를 뚫고 들어온 칼을 거의 무의식 상태에서 붙잡았다. 살아야 했고, 그렇게 하면 살지도 모른다는 생각이 들었다. 그러나 칼이 빠져나오는 순간 지옥의 불길에 달궈진 철선이 그의 살과 마찰하는 것 같은 통증이 지나갔다. 불화살 같았다.

최동건은 이제 그의 목숨이 3, 4초 혹은 그보다 더 짧은 순간만 남았다는 것을 알게 됐다. 그의 맏아들이 어린 시절 기저귀에 싸놓았던 오줌에서 나던 지린내가 생각났다. 짧은 순간, 그는 간절해졌다. 아무리 역하고 더러운 것이더라도 그게 그의 삶의 한 부분이라면 한 번만 더 겪어보고 싶었다. 그는 몸서리쳤다. 난도질당하는 육체의 고통 때문이 아니었다. 삶이, 돌아올 수 없는 저 다리의 건너편이 그리워서였다.

그러나 마지막 순간은 이미 가속이 붙은 열차처럼 달려 나갔다. 비명이 이어졌고, 그의 몸에서 튀어 나간 핏물이 꽃들을 무참하게 적셨다. 물매화와 어수리의 활짝 핀 흰 꽃들, 두메양귀비와 노랑물봉선의 나비 같은 이파리, 나리잔대의 보라색 꽃봉오리들이 붉은 타월처럼 날아간 핏물의 세례를 받았다. 여기저기 초록색 이파리들에는 핏방울들이 마치 징검다리처럼 열을 지어 떨어졌다.

그의 몸에서 칼이 빠져나오자 그의 눈꺼풀이 내려왔다. 흰자위만이 초승달처럼 가느다랗게 보이더니, 기어코 안구가 돌아갔다.

거친 호흡과 단말마의 신음이 모두 끝났을 때 온실에는 비린내 나는 적막이 찾아왔다.

홀로 남은 사내는 비료용 대형 비닐 주머니에 핏물 젖은 꽃들을 모조리 꺾어서 집어넣었다. 그는 타월로 유리 벽을 닦고 칼을 말아서 비닐 주머니에 던져 넣었다. 사내는 어느 결엔가 자기 목에서 뜯겨져 나간 로킷(金盒)이 유리 벽 아래에 떨어져 있는 것을 찾아내고는 말없이 주워 들었다.

제 3 부 나무의 공화국

나무의 공화국

••29

낙원을 가리키는 이름들은 대개 실재하는 곳이 아니다. 유토피아, 아카디아, 엘리시온, 엘도라도, 샹그리라……. 모두가 다 그렇다. 그러나 강원도의 무릉도원은 실재 지명이다. 행정지도에는 강원도 영월군 수주면 무릉리와 도원리로 나온다. 군부정권 시절에 고문 후유증으로 요절한 시인 박정만은 이곳을 한 번 찾은 적이 있었던지 일찍이 이런 시편을 남겼다.

강원도 영월에서 문성개 쪽으로 몇 마장쯤인가 들어가면 무릉도원이라는 곳이 있다. 무릉이라는 마을과 도원이라는 마을이 한 한 마장쯤 격해 있는데, 구불구불한 산굽이를 타고 깎아지른 듯한 절벽 아래로 맑은 시냇물이 흐르고, 그 냇물 속으로는 가을 강의 단풍들이 어지러운 색동저고리처럼 깃을 펴고 있었다. 아, 나는 살고 싶다. 저 강물 속으로, 푸른 치마를 뒤집어쓰고 뛰어들고 싶다.

—「저 강물 속으로」

중국 동진(東晋) 때의 시인 도연명은 산문 「도화원기(桃花源記)」에서 무릉 땅 도원에 있었던 이상향에 대해 썼다. 도연명이 「도화원기」를 쓴 지 1200년 후에 조선 명종 때의 시인인 봉래(蓬萊) 양사언(1517~1584)은 이 이상향의 이름을 중국 도원에서 1만 리나 떨어진 강원도 영월로 가져왔다.

그는 평창과 강릉, 철원과 회양 같은 강원도 곳곳의 부사(府使)나 군수를 지내면서 그 절경들을 시로 읊어왔는데, 어느 해 봄 한 철에는 자기가 다스리지도 않는 강원도 영월군으로 들어섰다. 거기서 그는 지금의 수주면 요선암에 이르렀는데, 푸른 물이 크게 굽이 지어 사행(蛇行)하고 있고, 그 곁에 사람 옆 얼굴을 닮은 시커먼 바위가 적송(赤松)들을 이고 우뚝 서 있었다. 바로 요선암이었다. 양사언은 깎아내린 듯한 그 바위 아래 주천강을 굽어보다가 낙화한 복사꽃잎 수천 송이가 연붉은빛으로 강을 덮은 채 흘러 내려오는 장관을 보게 됐다.

"오호, 이 봄날에 이토록 화사한 꽃잎들이라니. 여기가 바로 무릉도원이구나."

그는 몇 날 며칠을 술과 시흥(詩興) 속에 파묻혀 지냈다.

양사언이라는 당대 최고 시인의 감탄을 전해 들은 후대의 영월군수가 이를 자기 고을의 지명으로 삼게 했다.

"이 얼마나 좋은가! 무릉과 도원을 다스리는 수령이라니!"

이것이 지금까지 알려진 무릉도원이라는 지명의 유래다.

그런데 양사언이 요선암 위에 세워진 누각, 요선정의 처마 한모퉁이에 현판을 남겼다는 이야기는 들어본 적이 있는지. 그 편액에는 '학 한 마리 바위에 앉아 도원을 내려보네(一鶴着岩望桃源)'라는 구절이 쓰여 있었다. 그 학은 바로 안평대군의 넋이 깃든 날개를 접고 요선암에 앉았던 새다.

안평대군(1418~1453)은 명필이었던 양사언이 늘 그 필체에 옷깃을 여미곤 했던 선대의 또 다른 명필이었다. 안평대군은 도연명의 「도화원기」에 얼마나 빠져 있었던지 어느 날 잠자리에 누웠다가 도원을 꿈속에서 볼 수 있게 됐다. 그는 말을 타고 찾아간 '북쪽에 있는 골짜기' 도원의 풍경을 글로 적어놓았다. 화가 안견이 그의 꿈 이야기를 듣고 그린 그림 「몽유도원도」의 화기(畫記)에 이 글이 쓰여 있다.

산벼랑이 울뚝불뚝하고, 나무숲이 빽빽했다. 시냇물은 돌고 돌아 거의 백 굽이로 휘어지니 사람을 홀리게 한다. 그 골짜기에 들어가니 마을은 넓고 트여서 2, 3리는 될 듯하며, 사방의 산이 바람벽처럼 치솟고, 앞 시내에 조각배가 있어 물결을 따라 오락가락하고 있다.

그 조각배는 아마 도연명 시절의 어부 황도진이 놓아둔 것인지도 모른다. 하지만 안평대군이 꿈에 보았다는 풍경 전체는 바로 박정만이 시에서 읊었던 무릉도원의 모습 그대로인 것이다.

안평대군은 꿈속에 골짜기의 마을로 들어가자 도연명의 「도화원기」와는 완연히 다른 풍경이 나타나는 데에 놀랐다. 푸른 대숲과 소담한 초가집이 있었지만 성긴 싸리문은 반쯤 닫혀 있고 무른 흙담은 무너져 가고 있었다.

"이럴 수가……. 소도, 말도, 개도, 닭도, 심지어 사람마저 보이지 않는다니."

비잠주복(飛潛走伏)이 하나도 보이지 않는, 참으로 소슬한 풍경이었다. 하지만 안평대군은 오솔해하면서도 외로운 줄은 몰랐다. 그는 꿈결에 혼자가 아니라 박팽년, 신숙주, 최항 세 사람과 함께 그곳에 들렀기 때문이었다. 그는 그들 셋과 사귐이 특히 두터웠다.

안평대군은 조카인 홍위(弘暐)가 일곱 살 되던 해에 그와 같은 꿈을 꾸게 됐다. 그는 병약한 큰형님인 문종이 쓰러지면 어리디어린 조카인 홍위가 대를 이어야 하는 처지를 늘 염려했다. 그는 꿈에 도원경을 보고 난 다음에 '대궐에서 왕사에 종사하고 있는데 어찌 꿈이 산림에 이르렀는가.' 하고 스스로에게 물었다. 그는 늘 마음이 편치 않았고, 어디론가 산속 깊이 들어가고 싶었던 무의식이 있었던 것이다. 그는 야심에 찬 둘째 형 수양대군이 홍위의 자리를 노리는 데 대해 늘 맞서 왔다. 결국 홍위가 열두 살 나이로 임금 자리에 오르고, 이듬해 삼촌인 수양대군이 왕위 찬탈의 음모를 시작할 때 안평대군은 가장 먼저 죽을 사람 가운데 하나로 손꼽혔다. 그는 결국 서해의 강화도를 거쳐 교동도로 귀양을 갔다가 끝내 수양대군이 보낸 사약을 마시고 서른다섯 살의 나이로 목숨을 다한다. 수양대군은 어려서부터 그와 함께 자라온 혈육이었다.

교동도에는 거북이나 학, 신선의 이름을 빌려온 명승이 있었는데, 안평대군은 무학리(舞鶴里)의 벌판에서 지는 해를 바라보고 있다가 검은 약이 든 사발을 가져온 사자(使者)들과 만나게 됐다.

·

그와 함께 도원을 돌아보고 온 이들의 운명은 어떻게 됐을까. 박팽년은 그와 운명을 함께했다. 그뿐 아니라 아버지, 동생, 아들 셋까지 참살당했다.

신숙주와 최항은 달랐다. 수양대군의 편에 서서, 안평대군이 반역을 도모했다고 몰아세운 '계유정난'에 가담했다. 안평대군이 그들과 함께 꿈속에서 무릉도원을 본 지 불과 6년 뒤의 일이었다. 둘은 수양대군의 오른팔과 왼팔이 되어 승승장구했으니, 신숙주는 영의정으로까지 올랐고, 최항은 이조판서가 되었다.

홍위는 영월군 청령포로 유배 갔다가 숨진 뒤에 훨씬 세월이 지나 단종으로 복위되었다. 장릉(莊陵)이라 불리는 그의 무덤은 영월군 영월읍에 마련됐다.

양사언은 영월을 지날 때마다 몸 아끼지 않고 어린 조카를 보호하려 했던 안평대군을 떠올렸고, 끝내 비감하게 숨져 간 단종을 생각했다. 그는 결국 서해 교동도의 벌판에서 하얀 학이 되어 승천한 안평대군의 혼백을, 단종의 넋이 남아 있는 영월의 무릉도원으로 모셔오려 했던 것이다.

••30

수목원 한가운데는 도화관, 손님들이 머무는 하얀 집이 있다. 해가 지고, 달이 뜨고, 별이 뜨고, 동이 다시 터올 때까지 이 하얀 집 주위에서는 새 우는 소리가 끊길 듯 말 듯한 이어 부르기처럼 계속된다. 강원도에 사는 새들의 밤 노래 징검다리다.

저물녘 불그스레한 해거름이 물에 비치면 꼬마물떼새들이 삐요— 삐요— 삐삐요— 노래하면서 모래톱을 박차고 날아오른다. 이어 어스름이 내릴 때 제멋에 겨워 목소리를 높이는 건 흑갈색 쏙독새다. 도화관 뒤뜰의 밤나무에서 검은 눈동자를 반짝이면서 쏙독— 쏙독— 쏙독— 울다가 그쳤다가 다시 울다가 그친다.

쏙독거림이 서서히 미약해져 갈 무렵 숲의 보다 깊은 곳에서는 전혀 다른 음색이 선명하면서도 경쾌하게 나타난다. 귓바퀴에 손바닥을 소라처럼 말아 쥐고 들어보면 바로 뻐꾸기라는 걸 알 수 있다. 수컷과 암컷이 번갈아 가며 우는데 수컷은 뻐꾹 뻐꾹 곽 곽 곽— 하고 울고, 암컷은, 삐 삐 삐— 삐— 하고 운다.

그러고는 언덕의 고욤나무 위에 날개를 접은 부엉이가 숲에 고인 어둠을 한껏 들이마셨다가 내쉰다. 부우— 부우— 부우— 부우— 부엉이의 허파에서 오랜만에 나온 어둠은 아주 컴컴하다. 덩어리 지어 잔잔히 떠다니는 그 어둠을 출렁거리게 만드는 것은 올빼미의 서늘한 울음소리다. 표범처럼 세로 얼룩무늬가 그려진 올빼미는 쿡— 쿠국 쿡— 쿡— 쿠국 쿡— 하고 운다.

날이 희부윰해지면 리기다소나무가 도화관의 벽을 부비고, 그 높은 가지에선 빨간 머리에 아기 주먹만 한 상모솔새가 아침 노래를 한다. 쎄쎄쎄쎄— 쎄쎄쎄— 그 아래에서 휘파람새들이 노래를 이어받는다. 피리리 피릭— 피리리 피릭— 오렌지 빛 입속이 다 드러나게끔 주둥이를 벌려 노래한다.

그러다 날이 환하게 밝아지면 리기다소나무가 맡는 일은 관현악 공연장과 비슷해진다. 가지마다 한 무리씩 날아와 앉은 휘파람새가 피릭피릭— 피릭피릭— 무지개가 핀 소리의 물보라를 흩뿌려 대면 리기다소나무는 바람에 춤추듯이 흔들흔들, 흔들거린다.

저물기 시작하는 여름 하늘 위로 비오리들이 날아올랐다.

검은머리와 하얀 배. 파다다닥, 날개 터는 미약한 소리가 수면을 타고 이편의 김범오 쪽으로 건너왔다. 물의 거죽에는 비오리들이 매달고 다니던 물(水)의 하얀 꼬리들만이 남아 있었다.

김범오는 섶나무와 솔가지로 만든 긴 섶 다리 위에 서서 물과 숲이 어우러진 수목원을 둘러봤다. 수목원에서 하루를 보내고 나자 그는 푸근해졌다. 밤새 잠든 그의 귓전을 희미하게 두드리던 새소리들이 기분 좋은 잔향으로 그의 귓바퀴를 맴돌고 있었다. 그는 오후 늦게 말을 탔다. 주천강을 가로지르는 섶 다리를 지나 벌판을 내달렸다. 벌판은 경북의 하회마을이나 영월의 청령포, 선암마을처럼 강이 한 바퀴 감싸고 도는 물돌이 벌(野)이었다. 김범오는 어디서든 물을 따라 달렸다.

처음에 강신영이 말을 타러 가자고 했을 때 김범오는 슬며시 웃었다. 농담이라고 여겼기 때문이다. 말이란 승마장에서만 타는 게 아닌가. 하지만 막상 여름 풀들이 자란 들판에서 정말 말을 달리기 시작하자 욱신거렸던 몸의 통증들이 휘발유처럼 날아가 버리는 것만 같았다. 그는 나중에 얼굴을 강에 씻으면서 봤다. 얼룩이 지워지듯 그새 얼굴의 상처가 씻겨 나가고 없었다. 그렇다, 여기로 잘 왔다. 마음이 쾌활해지면 몸도 씩씩해지는 거다.

물가의 풀잎에는 개구리 한 마리가 하얀 배를 불룩거리며 앙증맞게 숨을 쉬었다. 수면에 하늘이 펼쳐지고 그의 얼굴이 일렁거렸다. 그는 그을린 자기 얼굴을 한참 들여다봤다. 그 얼굴은 차츰 하얗게, 새하얗게 변하더니, 달걀형의 고운 얼굴로 바뀌어갔다. 여자의 얼굴이었다. 김범오는 물속에 손을 넣어 그 얼굴을 퍼 담았다. 그는 두 손에 담긴 얼굴을 향해 낮게 읊조렸다.

세연아. 강세연. 너 지금 어디 있니.

그는 그 얼굴의 입술에 긴 숨결을 불어넣더니 말없이 자기 얼굴을 담갔다. 그의 손바닥에 담긴 물은 살아 있는 투명한 생물의 신비로운 손처럼 그의 얼굴을 시원하고 매끄럽게 쓰다듬고, 적시고, 타고 내렸다. 그는 손에 남은 다디단 강물을 한 방울도 남김없이 과육을 베어 물듯 들이마셨다. 물은 그의 혀 아래 잠시 고여 입 안을 식히더니 식도를 타고 내려가 김범오 그 자신이 되었다.

••31

강세연은 옥상으로 올라온 후 자기 눈앞에 펼쳐진 정원이 한 폭의 민화 같다는 생각을 했다.

'음, 됐어! 찾았어! 내가 찾던 거야.'

아마추어들이 자기 손으로 직접 가꾼 옥상정원. 정성이 밴 소박한 화초분(花草盆)의 세계로 한 걸음 들어온 느낌이었다. 그녀는 카메라와 렌즈로 가득한 가방을 메고 있었지만 전혀 무겁지가 않았다.

초등학생 꼬마는 옥상정원을 자랑스러워하는 빛이 역력했다.

"나비도 날아와요. 잠자리도요. 산 까치도요."

정말 옥상의 풀밭에는 쇠비름, 질경이, 씀바귀, 개망초, 엉겅퀴 같은 눈에 익은 풀들이 솟아 나와 있었다. 그 위로 잠자리들이 8월 오후의 뙤약볕 아래 날개를 빛내며 날아다니고 있었다.

"그런데요, 우리 옥상 이름이 뭔지 아세요?"

"옥상에 이름도 붙여줬어?"

"누리예요."

"누리?"

"예, 누리요. 우리 아저씨가요, 302호 아저씨가요, 붙여줬어요. 아저씨가요, 누리는요, 온 세상이래요. 모든 게 살고 있는 세상이래요."

"멋진 아저씨구나."

"얼마나 멋진데요, 특공부대를 나와서요, 근육이요, 장난 아니에요."

평상 아래서 노란 삽살개가 나와 초등학생의 손등을 핥았다.

"얘가 왜 이러는지 아세요? 얘 이름도 누리예요. 얘는요, 아주 여기서 살아요. 있잖아요, 우리 형이요, 누리가요, 누리를요, 누리는 거래요."

"누리가 누리를 누려?"

"예에, 누리요!"

"후훗."

"왜요?"

"우리 집에도 누리가 있었어. 아주 예쁜 개였어. 지금은 죽었지만."

"우리도요. 이, 이, 있잖아요, 이전에는 우리요, 우리, 라는 개가 있었어요. 그런데 몇 달, 몇 달 전에 나이가 들어서 주, 주, 죽었어요. 특공부대 아저씨, 아저씨가 안고 가서 뒷산에 묻어줬어요."

"우리? 정말?"

"예에! 우리!"

강세연의 눈이 둥그레졌다.

"우리 집에도 지금 우리가 있어! 물론 아버님 집이지만 말이야."

"우리, 우리는 집도 없이 굶고 다니는, 가, 가, 가엾은 개였어요. 특공부대 아저씨가 여기로 데려와서 얼마나 잘 보살펴줬는데……."

아이는 삽살개의 머리를 다정스레 쓰다듬었다.

강세연은 이런 옥상정원을 찾기 위해 다음, 네이버, 야후를 샅샅이 뒤졌다. 1월에 그녀의 두 번째 직장인 종금사가 환란으로 문을 닫자 진로를 완전히 선회해서 새로 얻은 직장이 인테리어 잡지인 《엘 루이》였다. '옥상정원'은 《엘 루이》의 9월 호 특집이었다.

누리라는 옥상정원은 사진으로만 봐도 상당히 넓고 아름다운 곳이었다. 강세연은 초등학생 하나가 연립주택 위에 만들어진 정원을 학교 홈페이지에 소개한 걸 보고서 와아— 탄성을 질렀다. 홈페이지에 나와 있는 옥상의 동쪽에는 흰 칸나가 탐스러운 화단이 만들어져 있었다. 붉은 벽돌의 긴 화단이었다. 그 화단 모서리부터 옥상 현관 위까지 연결된 쇠줄에는 빨간 덩굴장미들이 립스틱 자국처럼 허공에 찍혀 있었다.

강세연은 곧장 메일을 띄웠지만 답이 오질 않았다.

(*^-^*) 정말 예쁜 옥상정원이군요. 구경 한 번 하게 해주세요~

꼭 연락주세요.^^;; 기다리고 있을게요, 꼭~요~ m(_ _)m

(@@) 언제 답장 올지 기다리다 눈이 퉁퉁 부었답니다. 흑흑~ T.T

답신 메일은 마감이 임박해지자 포기하는 마음으로 컴퓨터를 열어보았던 그제 저녁에야 들어왔다.

^_~ 아~미안요, 누나~ 방학이어서요,

~~ 할머니 집에 갔다가요,

;;; 감기에 걸려서요. _(+_+)_ 너무 아파서요,

_(z_z)_ 잠만 자다 어제 왔어요.

~M~ 메일을 보니까요, (!0!) 아, 놀랐어요.

누나가 3통이나 ~M~ 보내셨는데요,

나는 아직 답장도 못하고요,,,

^^;; 넘너무 미안해서요,,,

제 대신 사과하는 천사를 보내드릴게요. 0=:)+

강세연은 '유진(Eugene)'이라고 부르는 하얀 코란도를 몰고 정릉동 북한산 아래쪽의 연립주택을 찾아 나섰다. 그녀의 코란도 운전석 눈앞에는 미국의 사진작가 유진 스미스가 손을 잡고 빛을 향해 걸어가고 있는 어린 아들과 딸을 찍은 흑백 사진「파라다이스 가든으로의 산책」이 붙어 있었다.

강세연이 길가에 기다리고 선 초등학생을 보고 내리자 아이는 저도 모르게 얼굴이 환하게 펴지는 것 같았다. 그녀는 눈부시게 하얀 코튼 셔츠의 아랫자락을 매듭으로 묶고, 흰 물이 든 청바지로 늘씬한 몸매를 자신 있게 드러내고 있었다. 지나가던 청년 몇몇이 힐끗 그녀를 쳐다보더니, 아주 고개를 돌려서 걸어가며 시선을 떼지 못했다. 그녀가 싱긋 웃어 보이자 초등학생은 아주 감동을 한 것 같은 표정이 되었다. 초등학생은 아직 남자라고 하기엔 너무 어려 중성에 가까웠는데도 그녀를 보자 가슴이 두근거리면서 머릿속에 아직 한 번도 떠올려 본 적이 없는 이모티콘이 만들어졌다. 남자와 여자 아이의 이모티콘이.

//// ((((

@ ˙)*(˙ @

옥상 가운데에는 나비와 잠자리, 풀씨가 날아다니는 상추밭과 풀밭, 모래밭, 웅덩이가 있었다. 옥상의 북쪽 난간을 따라서는 수십 개의 크고 작은 진흙빛 장독들이 일가(一家)처럼 놓여 있고, 남쪽 난간을 따라서는 수백 개의 붉은 벽돌들을 촘촘하고 비스듬하게 세워 화단을 조성해 놓았다. 거기 수영, 비수리, 을싸리 같은 여러해살이풀들이 자라고 있었다. 평상 위로는 차양이 쳐져 있었는데, 차양에서 콘크리트 물탱크까지 쳐놓은 쇠줄에는 파르스름한 조롱박들이 수백 개나 매달려 있었다.

정원의 동쪽으로 가자 인터넷에 나왔던 덩굴장미는 낙화해버렸고, 채송화, 백일홍, 칸나 같은 붉은 꽃들과 달리아, 칼라 같은 흰 꽃들이 기념촬영을 하는 자매들처럼 피어 있었다. 정원의 서쪽에는 선인장을 심은 화분이 가득했다. 쥐꼬리, 성게, 비단모란, 대통령 같은 이름이 붙은 갖가지 선인장들이 있었다. 그리고 넝쿨을 따라 일제히 벙글어진 수백 송이의 나팔꽃들이 눈에 띄었다.

강세연은 검고 튼튼한 니콘 FM2를 꺼내 나팔꽃 앞에서 조리개를 빠르게 조절했다. 정말 반듯하게 오각형을 이룬 꽃이었다. 찰칵! 보랏빛에 둘러싸인 흰 별이 꽃잎 속에 있었다. 찰칵! 그 한가운데 하얗디하얀 암술과 수술 때문에 나팔 꽃봉오리는 마치 자연이 만든 필라멘트와 알전구처럼 보였다. 찰칵!

그녀의 눈앞으로 즐거운 광경들이 환상처럼 떠올랐다. 토요일 저녁에 옥상정원에 기다란 나무 식탁을 올려놓고 빨갛고 하얀 체크무늬 식탁보를 깔아놓는 것이다. 거기 스파게티와 피자, 구운 바비큐를 가득 올려놓고 이렇게 멋진 옥상정원을 만든 사람들과 밤새워 이야기하고 싶었다. 하하거리는 소리, 깔깔거리는 소리, 강세연은 잔에 찬 이슬이 맺힌 맥주 생각이 나서 침이 꼴깍, 목 아래로 넘어갔다.

가장 중요한 사진은 역시 정원의 전경을 보여줄 수 있는 조감이어야 했다. 그녀는 사다리를 타고 서쪽 현관 꼭대기에 올라섰다. 바람에 머리카락이 비스듬하게 날렸다. 좀 더 좋은 뷰를 확보하려고 현관 꼭대기의 가장자리로 아슬아슬해질 만큼 나아갔다. 동쪽 백일홍부터 서쪽 선인장까지, 북쪽 장독부터 남쪽 풀잎들까지, 파인더에 모두 넣은 다음 노란 나비가 화면에 살짝 나타났을 때 찰칵! 셔터를 눌렀다.

"무슨 놈의 단자함에 세대별 번호도 없냐……."

"옛날 연립주택이니까……. 302호면…… 아마 이걸 거야."

"김범오인지, 뭔지 하는 새끼는 도대체 집에도 안 오고 뭐 하는 걸까?"

"아예 도망갔을 수도 있어. 하지만 오늘쯤은 들어올지도 모르지."

검정 레이밴을 머리 위로 올린 키 큰 사내가 단자함 뚜껑을 붙잡은 채 작업용 손거울인 스틱 미러로 어깨 뒤를 슬그머니 비춰봤다. 그들은 동쪽의 옥상 현관 안쪽에서 작업하고 있었다.

"기분 더럽네. 저기 저 여잔 도대체 누구야?"

레이밴은 미러를 보면서 미간을 찌푸렸다.

"카메라로 찍고 있지?"

그는 자기 허리에 찬 카메라를 손으로 만져봤다.

"여기 한번 봐봐."

"뭐야? 이거? 기분 더럽네. 아예 저기 현관 꼭대기에서 여길 촬영해?"

챙모자를 쓴 비둔한 사내가 초소형 도청기 집게가 302호 꼭지를 제대로 물고 있는 것을 슬쩍 확인한 뒤에 단자함 뚜껑을 천천히 덮었다. 이렇게 공들인 작업이 다 뭐란 말인가. 저기 저 여자가 우릴 탐지하고 있는 거라면 이건 말짱 황이 돼버린 셈이다.

"한번 붙잡아서 족쳐봐?"

레이밴은 생수 병 속의 물을 모래밭 위에 확 뿌렸다. 그러고는 일부러 소리 나게끔 강세연 쪽으로 병을 던져 올렸다. 촤아아악— 생수 병이 옥상 현관 꼭대기의 시멘트 바닥을 한 바퀴 돌면서 남은 물을 흩뿌렸다. 강세연은 발목까지 젖었다. 그녀는 낯선 사내들의 거칠고 무례한 접근에 화가 치밀었지만 돌연한 두려움이 무엇보다 앞섰다. 대낮이었고, 워낙 노출된 곳이라 가학적인 폭력을 받을 것 같지는 않았다. 하지만 아무도 모르는 일이었다. 무엇보다 왜 이러는지 전혀 짐작이 가지 않았다. 카메라와 렌즈가 든 가방을 빼앗길까 봐 걱정이 되기도 했다.

"왜 이러세요?"

"아가씨, 왜 우리 허락도 없이 촬영을 하고 그래?"

"아저씨들 찍은 적 없는데요?"

"하? 웃기고 자빠졌네. 아까 찍는 거 다 봤는데."

"아뇨. 아저씨들 찍은 적 없어요."

강세연은 냉담한 표정으로 내려다봤다. 레이밴은 드물게 보는 미인의 그 쌀쌀한 표정에 묘한 매력을 느꼈다. 그는 목젖이 분명히 오르내릴 만큼 침을 꿀꺽, 삼켰다.

"일단 이리 내려오슈. 우리가 올라가면 아가씨가 싫겠지?"

그녀는 내려가면서, 사다리를 붙잡고 선 초등학생의 눈 속에 불안과 작은 울분이 들어차고 있는 걸 보았다.

"너희 누나냐?"

초등학생이 입을 꾹 다문 채 고개를 신경질적으로 흔들었다.

"필름 좀 줘보시지."

레이밴이 야비하게 웃으면서 강세연에게 바싹 다가섰다.

"촬영이 안 끝나서, 뽑아낼 수가 없어요."

"내가 뽑아볼게. 카메라 이리 줘봐."

"도대체 누구세요?"

"나? 톰 크루즈."

챙모자가 불쑥 끼어들었다. 초등학생은 챙모자의 비둔한 체구 아래 서서 울기 직전의 표정이 돼갔다. 레이밴이 강세연의 뺨에 슬쩍 손을 대며 말했다.

"예쁜데……. 뭐 하러 여기서 사진까지 찍으시나?"

그가 다 알 만하다는 표정을 지었다. 그 순간 강세연의 팔이 어깨를 중심으로 커다랗고 세차게 반원을 그렸다. 손바닥으로 차가운 물의 수면을 내리치는 듯한 소리가 터져 나왔다. 사내의 검정 레이밴이 날아가면서 사내가 뒤로 물러설 만큼 얼굴이 돌아갔다.

"어! 이년이!"

사내가 레이밴을 주워 들면서 강세연 쪽으로 몸을 돌리려는 순간 초등학생의 비명이 터져 나왔다.

"누리야—! 물어—!"

누가 들어도 겁에 질려 있는 목소리였다. 하지만 사진 찍는 누나를 구해 내려는 용기, 그 자체였다. 처음 보는 누나는 목련보다 예뻤다.

그러잖아도 이빨을 드러내고 있던 개가 일직선을 긋듯이 달려와서 뒤에서부터 레이벤의 허벅지를 조금의 주저도 없이 물어뜯어 버렸다.

"아악—!"

"아니, 이 개새끼가!"

챙모자가 오른발을 치켜들고 개를 밟으려 하자, 누리는 곧바로 그의 뒤로 돌아가 왼쪽 종아리를 물어뜯었다.

강세연은 계단을 몇 칸씩 건너뛰며 날듯이 내려갔다. 초등학생이 자기 집인 301호 문을 재빨리 열어젖혔다. 두 사람은 등 뒤로 문을 닫을 때까지 모든 동작을 마치 하나로 연결된 움직임처럼 순식간에 해치워 버렸다.

"아…… 안녕하세요?"

강세연은 놀라서 부엌에서 나오는 초등학생의 어머니를 향해 인사했다. 컹! 컹! 개 짖는 소리가 계단 통로에 쩌렁쩌렁 울려 퍼졌다. 2층인가, 1층에서 현관문 여는 소리가 나더니 남자 주민이 무슨 일인지 궁금해하며 옥상으로 가는 기척이 났다. 강세연이 겨우 가슴을 가라앉혀 가며 말했다.

"매일 저렇게 나타나면 큰일이구나."

"…… 아뇨…… 괜찮아요. 요기 맞은편에 용감한 아저씨가 살거든요."

"그래도, 무서워서, 여긴 다시 못 올 것 같아."

••32

강세연은 1966년 9월 28일 강원도 정선에서 태어났다.

그녀의 원래 이름은 태어나고 나서 두 달 후에나 지어졌는데 할아버지의 오랜 바람을 담고 있었다. 다음엔 네 남동생이 태어나게 해라, 후남(姜後男)아.

그녀가 태어나기 전날, 그러니까 그해 9월의 마지막 화요일 오후에 그녀의 아버지는 연장을 들고 오래된 집의 지붕 위로 올라가 용마루를 고치다가 군용 수송기가 지나간 자리에서 낙하산들이 떨어져 내리는 광경을 올려다봤다. 밀짚모자를 벗어든 아버지는 강원도의 능선들을 스칠 듯 타고 내려오는 낙하산병들을 바라보며 왠지 모를 해방감을 느꼈다. 농부였던 아버지는 하늘에서 무언가가 내려오는 것은 하여튼 좋은 일이라고 생각했다.

땅거미가 질 무렵 아버지가 지붕을 손질하고 내려오자 어머니는 진통을 시작했다. 어머니는 아홉 시간 후에야 그녀를 분만했다. 우주의 비로자나불이 사바세계로 내려 보내준 작고 어여쁜 보살. 불교 신자였던 어머니는 그녀의 탯줄을 금목걸이처럼 곱게 은박지에 싸서 친정어머니로부터 물려받은 오동나무 자개장 깊숙이 보관해 왔다.

강세연이 그 탯줄을 처음 본 것은 1974년 그녀가 서울의 백부에게 양녀 가기로 결정됐던 날이었다. 암으로 자기 삶에 시한이 그어졌다는 사실을 알고 있었던 어머니는 딸을 안방으로 불러 은박지를 손에 쥐어주었다. 강세연의 아버지는 그녀가 여섯 살 나던 해 오랜만에 내린 빗줄기에 모내기를 하러 산골짜기 천수답을 향해 가던 길에 산사태를 만나 숨졌다. 서울에서 인조비단 공장을 운영하던 백부는 그녀를 양딸로 받아들이면서 강세연이라고 새로 이름을 지어줬다.

백부에게는 원래 딸이 하나 있었다. 후남이 태어나기 넉 달 전쯤에 얻은 딸이었다. 백부는 서울에 살고 있었지만 유아 사망율이 높았던 옛날 관습대로 신생아가 반년 넘게 큰 탈 없이 자라는 것을 보고는 고향 사는 아우한테 아기의 출생증명서를 발송했다. 본적지인 정선군청의 호적에 올려달라고 부탁한 것이다. 후남의 아버지는 형님 딸의 출생 신고를 하는 김에 자기 딸의 출생신고도 같이하기로 했다.

이래서 후남의 호적에는 원래 생일 대신 아버지가 정선군청으로 찾아간 12월 1일이 생일로 적혔다. 후남의 사촌 언니도 이날이 생일이 됐지만 출생신고를 한 후에 알 수 없는 열에 시달리다가 눈 오는 겨울날 아침 이부자리에서 잠자듯이 숨졌다. 백부는 친딸의 죽음을 생각할 때마다 가슴이 미어지는 듯했지만 양녀로 맞아들인 후남의 생일이 원래 자기 딸의 생일과 같다는 것을 까닭 모를 위안 삼아 차츰 후남을 친딸처럼 생각하기 시작했다.

강세연이 스물여덟 살 되던 1993년 1월 겨울 밤, 그녀는 서울 허리우드극장에서 나오다가 별점을 보게 됐다. 거기에는 에스키모의 이글루처럼 생긴 반원형의 하얀 천막집들이 안에서부터 불을 밝힌 채 탑골공원 담장을 따라 늘어서 있었다. 천막들에는 사주, 궁합, 진학, 결혼, 택일 같은 글자가 씌어 있었다.

강세연을 맞은 여자 점쟁이는 반들반들한 뉴똥 스카프로 머리를 감싸고, 술이 주렁주렁한 숄을 어깨에 두르고 있었다. 강세연이 생일을 말하자 점쟁이는 가스 불 심지를 키워놓고 점을 보더니 밀담처럼 소곤거렸다.

"9월이라면 아가씨는 천칭자리입니다. 약하거나 주눅 든 사람을 어루만져 주고, 으스대거나 혼자만 아는 사람들을 무시하지요. 자기 내면의 균형을 잡으려는 저울 같은 성격입니다."

강세연은 그날 난생 처음 점을 봤다. 전에는 반신반의해 왔기 때문이다. 하지만 그 점쟁이한테는 놀라운 데가 있었다. 독심술사처럼 눈길이 강렬해지더니 우선 강세연이 돈 세는 일을 한다는 것부터 알아맞혔다. 강세연은 그때 성림건설의 자금부에서 일하고 있었다. 강세연은 자기 일이 전혀 맞지 않는다고 생각했지만 점쟁이가 그렇게 맞히자 착잡해졌다.

점쟁이는 자미두수까지 본다고 했다. 점쟁이는 탁자 위에 놓인 중국식 별자리 두루마리를 폈다. 한가운데 자미성이 있고, 사방으로 뻗어나간 굵은 직선들이 동심원들을 만나고 있었다. 이들이 만나서 만드는 칸에는 갖가지 한자가 촘촘하게 적혀 있었다. 옛날 중국의 항해도 같아 보였다.

"이날 새벽 4시면 인시(寅時)고. 수성과 목성이 마주보는 시에 나셨네요. 아가씨는 아직 결혼을 안 했죠? 아마 올해 진정한 짝을 처음 만날 겁니다. 목성의 기운을 타고난 사람입니다. 씩씩하고 자상하고 겸손하지요. 아가씨가 정신을 바짝 안 차리면 서로 못 알아보고 스쳐 가겠네요. 그래도 한 번은 더 만나겠지만.

그 사람과 사귀게 되면 편한 동반자가 되세요. 아무 맹세도 하지 마세요. 섣부르게 맹세하면 아가씨는 고독하게 될 겁니다. 사실 사랑에는 맹세가 필요 없답니다."

점쟁이는 강세연이 오래잖아 만난다는 진정한 짝에 대해 좀 더 자세히 알려줬다. 하지만 강세연이 소녀 시절 초경을 겪은 날 외할머니가 해줬던 말과 너무 비슷해서 슬며시 웃음이 비어져 나왔다.

"아가씨의 짝은 온갖 꽃나무들이 사는 밀림 같은 데에 살고 있을 겁니다. 호랑이처럼 씩씩하고 믿음직한 청년이지요."

강세연은 열두 살 나던 해 여름방학을 맞아 내려간 생모의 친가에서 초경을 겪었다. 외할머니는 피가 페튜니아 꽃처럼 빨갛게 묻어 있던 모시 이불을 빨아서 뒤뜰에 널더니 미열이 오른 채 이불 속에 누워 있던 강세연의 이마에 손을 얹고 말했다.

"내가 말이다. 오늘 새벽에 꿈을 꿨는데. 꽃대궐 같은 데서 너랑 네 신랑이 만나고 있지 뭐냐. 호랑이처럼 씩씩하고 잘생긴 신랑이더라. 네 신랑이 빨간 꽃을 꺾어서 네 머리에다 꽂아 주더라. 너도 헌헌장부 같은 신랑을 만나면 이제 네 엄마처럼 아기를 낳을 수 있게 된 거란다……."

강세연은 얼굴이 발갛게 달아오른 채로 이불을 귓불까지 끌어 올려놓고 그 이야기를 들었다. 그녀는 어느 결엔가 잠이 들었고 저녁 무렵이 되자 이마에서는 미열이 씻은 듯이 사라졌다.

그녀는 여고에 다니면서는 외할머니가 정말 그런 꿈을 꿨다기보다 그런 이야기를 꾸며내 초경의 의미를 알려주려 했다고 생각했다. 어린 그녀는 외할머니의 동화 같은 이야기를 통해 자기 앞에 놓인 혼례의 뜻과 출산의 운명을 어렴풋이 깨달았던 것이다.

그러나 대학 시절 외할머니마저 숨지고 나자, 이미 이승을 떠난 어머니의 어머니가 딸의 딸에게 남긴 그 같은 말들은 행복을 비는 하나의 단단한 유증(遺贈)이 되어 그녀의 가슴에 자리 잡았다. 얘야, 얘야, 빨간 꽃을 꺾어 네 머리에 꽂아줄 씩씩한 신랑을 만나거라.

강세연은 외할머니의 말이 생각날 때마다 눈부신 구름들이 피어오르는 푸른 하늘을 올려다보곤 했다.

강세연은 탑골공원 옆에서 점을 본 지 넉 달 후에 반려가 될 수도 있을 사람을 아무렇지도 않게 만나고 말았다. 5월 일요일 오후, 레몬을 담근 아이스티처럼 상큼하던 날씨였다. 하늘에서 투명한 고리를 지어 내려온 봄 햇살이 쟁강쟁강 부딪혀가며 화단과 가로수, 분수대와 학교 운동장에 화사하게 쏟아지고 있었다.

강세연은 그날 남산 하얏트 호텔 근처의 커다란 카페를 찾아갔다. 아버지가 멤버십 헬스클럽에서 만난 외과 전문의와 이야기하다가 서로의 아들과 딸이 만나보게끔 주선한 것이었다.

그녀는 그날 아침 짧은 머리에 살짝 웨이브를 주고, 연분홍색 립스틱을 칠했다. 하늘색 귀고리를 달고, 그 색깔보다 좀 더 짙은 원피스를 입었는데, 은색 메탈이 박힌 벨트를 맸다. 스커트 자락 아래로는 다리의 근사한 곡선이 드러났다. 거기에 미색 샌들을 신었다.

강세연이 카페의 회전문을 통과하는 짧은 순간, 기억의 장난일까, 숄을 두른 점쟁이의 말이 떠올랐다.

아가씨는 올해 진정한 짝을 만날 겁니다. 호랑이처럼 씩씩하고 믿음직한 청년이지요.

카페에는 커피 향과 그릇 부딪치는 소리가 오갔고, 저쪽 유리 벽으로는 한강이 내다보였다. 빰이 발그레해서 소녀처럼 보이는 웨이트리스가 강세연을 보면서 생긋 웃었다.

"약속하신 분 있으세요?"

"예, 김병호 씨요."

그 카페는 일요일이면 맞선 보는 데로 상당히 알려져 있었다. 웨이트리스는 강세연이 왜 거기 찾아왔는지 한눈에 알아본 것이다.

웨이트리스는 창가에 혼자 앉은 남자 곁으로 강세연을 데려가더니 "손님, 여기예요." 인사하고는 돌아갔다. 시원해 보이는 남자였다. 큰 키에 짙은 색 정장이 잘 어울렸다. 어깨가 넓고 탄탄해 보였고, 군살 없는 얼굴에는 선들이 굵었다. 그는 일어서서 강세연에게 "안녕하세요." 하고 웃더니 자기 이름을 말했다. 흰 이가 고르고, 하늘색 넥타이의 우아한 매듭이 눈에 들어왔다. 그가 말했다.

"그런데…… 어떻게…… 혼자 오셨나요? ……사장님은요?"

"네? 사장님요?"

남자는 잠시 말이 없다가 다시 물었다.

"인 앤드 아웃에서 오신 게 아닌가요? 인테리어 하는."

금방 상황이 파악됐다. 강세연은 당황한 대로 유쾌해졌다. 남자도 재미있다는 표정이었다. 강세연이 손을 들어 보이자 아까 그 웨이트리스가 뭔가 알아챈 듯이 쭈뼛쭈뼛 다가왔다. 그녀가 커다란 메모판을 보면서 말했다.

"죄송합니다, 손님. 김범오 손님이시죠?"

"물론입니다."

"인 앤드 아웃의 최 사장님을 만나기로 하셨고요."

"안 만나도 됩니다……. 이렇게 멋진 분이 오셨는데."

강세연의 얼굴에 웃음이 떠올랐다. 웨이트리스가 그녀에게 말했다.

"손님, 죄송해서 어쩌지요. 안내를 잘못해 드린 것 같은데요. 자리를 새로 마련해 드릴게요."

강세연은 소파에서 일어서면서 웃음을 머금은 채 김범오에게 눈인사를 했다. 그녀는 알아차렸다. 방금 자기 안에서 붉은 들장미가 급속도로 피어오르다가 채 만개를 못하고 멎어버렸다는 것을. 어느새 그녀는 이 남자가 오늘 만날 바로 그 남자였다면 하고 아쉬워하고 있었다.

그녀는 멀찌감치 떨어진 곳으로 옮겨 가 자리를 바꿔 앉게 됐다. 그녀는 비 갠 날 높은 나무 잎새에 얹혀 있던 물방울이 툭— 하고 아주 땅바닥으로 떨어져 부서지는 것을 느꼈다.

15분쯤 뒤에 시계를 들여다보면서 회전문으로 급히 들어서는 남자가 보였다. 무스 바른 머리를 뒤로 빗어 넘긴 남자였다. 강세연은 그가 웨이트리스한테 무언가 빠르게 물은 후 자기 자리로 오는 것을 봤다. 하지만 강세연의 눈길은 자리를 옮겨 간 그 사람, 김범오에게 가 있었다.

'저 사람도 내가 마음에 들었을까?'

강세연이 다음 날 아침 회사 엘리베이터에서 도무지 생각하지도 못했던 김범오를 다시 보게 됐을 때 그녀는 확 펴지는 놀라움과 미심쩍음, 그리고 파드득거리는 설렘을 한꺼번에 안게 됐다. 성림건설 사옥에 입주한 갖가지 회사 직원들이 뒤섞인 채로 꽉 차 있는 엘리베이터에 오른 순간 삐익— 하는 소리와 함께 안내 목소리가 나왔다.

"정원 초과이오니 나중에 타신 분은 내려주시기 바랍니다."

"세연 씨, 당첨이야."

누군가의 목소리에 얼굴이 달아올라 멈칫거리고 있는데, 순간적으로 그녀 옆에 섰던 남자가 대신 내려섰다. 아아, 그런데, 닫히는 엘리베이터 문틈으로 웃음을 머금고 있는 표정은 어제 봤던 바로 그 얼굴이 아닌가. 이럴 수가.

김범오가 그녀의 내선번호를 알아낸 것은 금방이었다. 종이컵 커피를 뽑아 든 그녀가 자리에 앉아 컴퓨터를 켜자 걸려 온 전화에서 그의 목소리가 흘러나왔다.

"안녕하세요? 서울 시내를 다 뒤져서 여기까지 찾아왔답니다."

강세연의 아버지가 세운 세명 레이온은 인조비단을 만드는 큰 작업장을 갖고 있었는데 직원들 가운데 유독가스 환자가 자꾸 발생하자 순식간에 파산의 길을 갔다. 일간지들은 문제를 제기했고, 노동부에선 조사를 나왔다. 물건들을 납기 내로 못 만들어냈고, 은행들은 돈을 빌려주지 않고, 구매자들은 떨어져 나가버렸다.

강세연은 성림건설이 폐쇄된 아버지의 공장 부지를 헐값에 사들이는 공작을 개시했다는 걸 알지 못했다. 시커멓게 그을린 텅 빈 공장 건물 주위로 잡초들만 듬성듬성 나 있고, 높다란 굴뚝이 을씨년스러워 보이던 부지였다.

성림건설의 태스크포스 팀이 했던 일은 정당한 값을 제시하려는 구매자들에게 공장 부지의 단점을 부풀려 말하거나, 재력 있는 라이벌 입찰자들에게 겁을 주는 일이었다. 김범오가 나중에 해명한 걸 들어보면, 그는 이 일을 하는 태스크포스 팀에 차출돼서 단순 사무를 지원해 주고 있었다. 거기 팀장은 부지를 될수록 싸게 구매하라는 회사 차원의 지시를 흑색선전과 협박까지 끌어들여서 과잉 수행하고 있었다. 그는 갈수록 신이 나는 듯 보였는데 평소엔 도무지 생각지도 못했던 성격이 드러나는 것만 같았다.

김범오는 처음엔 세명 레이온이 무얼 하는 덴지, 거기 오너가 누구인지 알지도 못했다. 강세연은 그와 만나면서 아버지에 대해 그렇게까지 상세하게 말한 적이 없었다. 그러던 어느 토요일 오후에 파산한 그 회사 오너가 태스크포스 팀의 구로 사무실로 쳐들어왔다. 자기 딸이 일하고 있는 성림건설이 이런 짓을 저지를 줄 몰랐다며, 팀장의 멱살을 쥐고 흔들었다. 김범오가 놀란 눈으로 쳐다보자 그는 뜻밖에도 강세연의 아버지였다. 깎지 않은 수염과 거칠거칠해진 피부 때문에 낯설어 보이긴 해도 강세연의 사진학과 석사 학위 졸업식장에서 인사했던 바로 그 얼굴이었다. 그는 사람들 틈에 섞여 있던 김범오를 알아보더니 탄식을 하듯이 말했다.

"자네가 이럴 줄이야."

그녀의 아버지가 젊은 직원들에게 떠밀리다시피 해서 돌아간 다음 끓어오른 김범오는 사무실을 뒤집어 버렸고, 결국 태스크포스 팀에서 물러나야 했다. 하지만 한번 하락한 공장 부지 값은 회복되지 않았고, 강세연의 아버지는 노여움을 풀지 않았다. "그 자식? 절대 안 돼!" 강세연과 김범오가 쌓아놓은 모든 게 마른 모래처럼 버석거리더니 무너지기 시작했다. 강세연은 알았다. 김범오는 자신감이 없어서 그녀를 피한 게 아니었다. 그는 미안했던 것이다.

그러나 쓸쓸하고 고단하던 그 무렵의 그녀에게 훨씬 집요하고 활기차게 다가서던 남자가 있었다. 바로 남산의 그 카페에서 만났던 그 남자, 김병호였다.

강세연은 스물아홉 살 되던 해 그와 결혼했고, 이듬해 헤어졌다.

••33

김범오의 눈에 들어온 것은 유리 상자 속에 익살스럽게 넣어 놓은 '아기 자연'의 풍경이었다. 도화관 1층의 작은 전시관 가운데에 올려진 '상자 정원'은 그랬다. 그를 거기 데려간 이는 김산이었다. 도원수목원을 세우고, 키운 사람이었다.

처음 김범오는 자기가 만든 옥상정원 이야기를 들려주었다. 김산의 집에서였다. 지치고 어두워 보이던 김산의 안색이 확 밝아졌다. 나에게 관심이 커졌구나. 김범오는 생각했다. 김산은 눈 아래 그늘이 있었다. 입술은 한일자, 턱이 컸다. 옥상정원 이야기를 들으면서 얼굴 가장자리로 주름들을 확 밀어내며 웃었다. 사람들을 통쾌하게 만드는 표정이었다.

"이건 뭐, 미니어처네요. 그런데 정말 제법 오래된 것 같은데요."

"뭐, 미니어처?"

다시 웃는 김산의 얼굴에 흰 소(牛)가 겹쳐 보였다.

"내가 소학교 때 이걸 처음 만들었네. 보통 '하코니와(箱庭)' 라고 부르지. 일본 문화니까. 하지만 어릴 땐 그런 걸 안 따졌어. 즐겁게 잘 만들었지."

그것은 닥나무 섬유와 물에 갠 한지, 개흙과 모래, 잔자갈, 잘게 썬 나무와 가느다란 구리선 들을 재료로 쓴 것이었다. 산과 물줄기, 골짜기와 절벽, 노루목과 바위, 매 둥지와 토끼굴, 대숲과 솔숲, 작은 집 들이 만들어져 있었다.

김산은 유리 뚜껑을 직접 벗겨 냈다. 분재(盆栽)가 '아기 자연' 을 빙 둘러싸고 있었는데, 그 사이를 갈라놓은 벽이 없어진 셈이었다. '상자 정원' 은 훨씬 커 보였고, 실물감을 띠게 됐다. 육십 년이나 된 '상자 정원' 위에는 얼 같은 게 자기 부피를 갖고 서려 있었다. 군데군데 고색창연한 광택이 있었다. 능선은 산정(山頂)에서 시작해서 등성이와 골짜기를 거쳐 개울까지 물처럼 흘러내리고 있었다. 사람을 감싸 안은 듯한 곡선. 푸른색 도료를 바른 산의 표면 위에 남겨진 결들이 보였다. 섬세하고 오래된 것, 어린 김산의 지문이었다. 그런데 그는 왜 나한테 이런 걸 보여주는 걸까? 김범오의 눈동자는 물음을 담고 있었다.

"자네는 나보다 큰 '상자 정원'을 만들고 있네."

"제가요? 이런 건 처음 보는데요."

"옥상에 정원을 만든다며?"

"아? 예! 그건 그렇지요. 숨통이 좀 트일까 싶어서요."

"이웃에서 좋아하겠네. 그렇게 쉴 데를 만들어주니."

"그런 사람도 있고, 심드렁한 사람도 있습니다. 어디까지나 흉내지요. 자연의 흉내. 아파트 사람들 주말 농장 같은 겁니다. 희망을 이루기보단 흉내 내면서 스스로 속이는 거지요."

"하하, 꼭 그렇지만은 않아. 너무 심하게 말하지 말게."

김산은 손으로 가슴을 눌렀다. 아픈 건지, 습관인지 애매했다.

"언제까지 이러고 살 수 있을까요?"

"정말 자네는 두 세계 사이에 사는 것 같네. 하지만 자네만 할 때 나는 이 '상자 정원'을 가진 걸로 만족했네. 언젠가는 이걸 강산 어딘가에 실현시킬 거야, 그런 꿈만 가지고도 배가 불렀지. 자네의 '상자 정원'은 그때의 내 것보다 한 천 배는 커. 내 나이쯤 됐을 땐 어떻게 될까. 여기보다 천 배는 큰 숲을 가꾸고 있을지도 모르지."

"그러면 얼마나 좋겠습니까?"

김범오의 얼굴이 펴졌다. 어제까지 남아 있던 멍이 없어진 얼굴이었다.

"그런데, '두 세계 사이'라니요?"

"그거야, 자네가 일하는 테헤란로하고 도원리 사이, 성림하고 수목원, 원성일 씨하고 나 사이, 뭐, 그런 거겠지?"

"예? 원, 성일 씨요……?"

"그렇게 부르면 되나? 자네가?"

"아, 회장님요? 아시는 거예요?"

"자네 회사 부지하고 우리 수목원하고 맞닿아 있네. 왜 그렇다고 생각하나?"

"아, 참, 그런데, 그런 건, 한 번도 생각해 본 적이 없는데요."

김산은 다시 웃었다. 짧고 흰 수염이 소금이 뿌려진 것처럼 반짝거렸다. 그는 그렇게 웃고만 말 것 같았다. 김범오는 그에게 바싹 다가섰다. 선정적인 호기심이 인 건지도 몰랐다. 자신의 갑작스러운 불운에 대해 뜻밖의 단서를 잡을지 모른다는 집착일지도 몰랐다. 그는 물었다. 저기 주위봉 일대가 왜 우리 회사 부지인지, 그게 왜 수목원과 맞닿아 있는지.

"저는 여기서 앞으로 어떻게 살지 결단을 내릴 것 같습니다. 몇 년 전에 회사 부지를 견학 왔다가 신영이를 만났습니다. 그래서 지금 제가 여기 온 겁니다. 그러니, 말씀 좀 해주십시오.”

김산은 노경에 접어들수록 이런 청년들을 좋아하게 됐다. 자기 인생을 갈구하는. 그는 적막한 방에서 느릿느릿 말했다.

“나는 해방되던 해부터 서울서 고등학교 선생으로 일했네. 재동에 하숙집이 있었지. 퇴근하면 방 안에서 제일 높은 선반을 보았네. ‘상자 정원’이 놓여 있었지. 나무들이 빽빽한 수목원을 가진다는 것. 돈이 없는 나한텐, 그런 ‘상자 정원’으로 만족해야 하는 꿈이었지.

전쟁 나던 해 나는 제자와 그 아이 어머니만 남아 있는 집에 가끔 들러 보살펴 주었네. 제자는 아팠고, 어머니가 따라 남았지. 어느 날 밤에 붉은 완장을 찬 청년들이 그 집에 찾아왔어. 그 아이 어머니를 마당에 쓰러뜨리고는 ‘반동’이라고 고함을 쳤지. 횃불 밝히고, 죽창 든 기세가 금방 무슨 사단을 낼 것 같았네. 내가 들어보니, 그 집이 해방 전에 미쓰코시 백화점에 입점해서 큰돈을 번 게 문제였어. 이웃들한테 박정하게 군 것도 있었고. 모자는 파리한 혈색으로 흙바닥에 내팽개쳐져 있었는데, 나는 그들을 가로막고 힘든 변호를 했네. 죽창들 뒤에 선 간부들 가운데는 내가 오래전부터 알고 지내던 고보 동창도 있었지. 결국 그 모자는 아슬아슬하게 살아났는데. 전쟁이 끝나고 부산에서 돌아온 아버지가 학교로 나를 찾아왔어. 뭔가 보답을 하고 싶다는 것이었지. 그때 나는 사실 관념적인 백면서생이었네. 그냥 생각해 보겠다고 하고 돌려보냈네. 그렇게 찾아와 준 것만 해도 기뻤지.

그러다 학교를 졸업한 그 아들까지 찾아와 "생각해 보셨어요." 하고 묻고 간 뒤에 나는 진지해졌네. 1년 후에 그 집에 들어가 부탁을 했지. 화초담과 솟을대문이 있던 큰집이었어. 너무나 오래전부터 품어와 녹이 슬려는 꿈이 있다고. 수목원을 만들고 싶은데, 임야 살 돈이 필요하다고. 반드시 갚아드리겠다고. 그분은 나를 보더니, 자기 산이 여럿 있으니, 하나를 고르면 빌려주겠다고 했네.

나는 그 산들을 여럿 보러 다녔지만, 마음에 드는 게 없었네. 그러다 결국 여길 찾아내고는 아주 좋아했지. 그분은 이 산들을 사들여 빌려주었네. 그분 맏아들이 바로 원성일 씨였지. 그런데 내게 빌려주는 조건이 있었어. 5년을 줄 테니 수목원만으로 자립할 성과를 보이라고. 그분은 내가 교단에 계속 서길 원했지. 거기다 나는 그때 처자가 있었네. 그리고 여기 산들이 워낙 황폐해서 그분은 그다지 낙관적이지 않았던 거야. 나는 부담을 드리기 싫어 가장 값이 싼 임야를 골랐었고."

그러나 김산은 이 산들에 믿는 바가 있었다. 이 산들은 겹산이었다. 산들이 계곡 양편으로 갈빗대처럼 겹겹이 펴져 있었다. 그는 언젠가부터 백면서생에서 깨어나기 시작했다. 돈을 이곳저곳 골고루 투자하듯 수종(樹種)도 다채롭게 구성해야 했다. 돌발 위기에 맞서려면 그래야 했다. 한 가지 나무에만 가해지는 병충해 같은 위기에 맞서려면. 그러려면 다양한 나무들이 살게끔 동서남북으로 바라보는 산들이 모여 있는 곳이 좋았다. 그게 겹산이었다. 게다가 주천강 건너편 물돌이 벌까지 덧붙여 얻게 됐다. 잘 가꾸면 이만 한 경관이 없을 것 같았다.

나무 심는 일은 처음부터 악전고투였다. 전쟁의 불길이 지난 데다, 땔감 구하는 남벌로 남은 게 없었다. 군데군데 포탄 껍질과 불발탄, 지뢰가 있었다. 농한기인 겨울에는 인부들을 사들여 잡목들을 베어내고 3, 4월에는 나무 심는 작업을 5년 동안 했다. 나무를 벨 전동 톱도, 실어 나를 트랙터도, 도와주는 산림조합도 없었다. 톱으로 베고 길을 내면 낡은 지엠씨(GMC) 트럭이 산으로 올라왔다. 연기가 화통에서 기차처럼 솟는 차였다. 장마 오기 전에는 횃불을 들고 나무 심은 곳을 밤새워 밟았다.

김산은 우선 낙엽송과 잣나무 같은 장육림(長育林)을 키웠다. 야심적인 일이었다. 30년 이상 안 키우면 벌채 허가가 안 나기 때문이다. 30년은 아무 돈도 거둬들일 수 없었다. 그는 장육림 주변에 편백나무, 전나무와 삼나무 숲을 조성했다. 이들 사이사이에 느티나무, 은행나무, 떡갈나무, 백양나무, 느릅나무, 오리나무, 밤나무의 작은 숲을 만들었다. 큰 나무만을 심으면 사이에 노는 땅이 너무 많았다. 느티나무 옆에는 좀 작은 산사나무를, 그 옆에는 참중, 두릅, 작약을 심었다.

"그런데 나를 도와준 건 복숭아나무들이었네. 강가의 밭과 물돌이 벌에 복사밭을 만들었지. 열매 딸 때 사다리 안 타도 되게 일부러 키를 낮춰 놓았고. 모두 5000그루를 심었네. 그분은 5년째 되던 해 4월에 수목원을 찾아왔네. 그러고는 그 거대하고 비옥한 연분홍빛에 홀려버리고 말았네."

"어떻게 그렇게 잘 가꾸셨습니까?"

"홍만선의 『산림경제(山林經濟)』를 읽었거든. 복숭아 씨를 황토로 싸 발랐다가 심으면 싹이 힘차게 솟고 과실도 풍성해진다고 쓰여 있지."

"그런데 주위봉은 어떻게 회사 부지가 됐습니까?"

"그때 원성일 씨도 여길 함께 왔었네. 복숭아밭에 홀려버리긴 그 사람도 마찬가지였어. 게다가 우리 수목원에 나무가 들어찰수록 옆의 주위봉과 소리봉, 전호산, 칠보산 모두 울창해져 갔네. 씨앗들은 날아가니까. 결국 그 사람이 그때 그 일대를 다 사들였네."

"돈은 갚으신 겁니까?"

"그런 것 같나?"

"안 그러면 여기도 회사 부지가 됐을 것 아닙니까?"

"그 뒤로도 고생을 많이 했네. 팽나무는 높은 데 심으면 안 되지. 가시오가피는 양지를 피해야 하고. 뼈아픈 실패들을 했지. 공부를 하고, 또 하고. 최적지에 최적수(樹)를 심기로 했네. 동쪽 산에는 물박달·말채, 서쪽에는 가시오가피, 북쪽에는 산벚나무, 남쪽에는 두릅·오가피를 심었어. 이게 다 잘 자라주어서 빚을 갚게 됐네. 그분은 돌아가시고, 원성일 씨한테. 아마 1970년이었을 거야. 나무들은 볕과 물과 바람에 상상 이상으로 민감하지. 원하는 곳에 심어줘야 타고난 대로 자란다네."

김산이 그 다음 김범오를 데려간 곳은 '상자 정원'과는 정 반대의 풍경 속이었다. 도화관 바로 아래에 포플러와 플라타너스가 빙 둘러진 널따란 빈 터가 있었다. 그 아래 복숭아와 채마들을 기르는 긴 밭들이 있었고, 더 아래에는 갈숲이 있는 강가였다. 밭고랑 저 끝편에는 둔덕이 있었다. 강으로 비스듬히 내려간 비탈을 잠시 정지시킨 둔덕이었다. 거기에 식물의 공룡이라고 할 만한 게 서 있었다.

"이게 수와캉 은행나무군요. 신영이가 수목원 문장이라고 했습니다."

"수와캉에 비교할 수는 없지. 높이가 4000리, 그늘 지름이 3000리, 열매가 두 말들이 물동이 크기라는데."

"그래도 만만찮은데요. 높이가 30미터도 넘을 것 같습니다."

김범오는 얼굴을 뒤로 젖힌 채 나뭇가지들을 올려다보면서 뒷걸음질 쳤다. 한참 걸어도 끝이 보이지 않았다. 너무 길게 뻗어 나온 가지들을 쇠기둥 네댓 개가 받치고 있을 정도였다. '상자 정원'과 그나마 닮은 게 있다면 김범오의 발아래 쑥, 클로버, 패랭이, 엄지공주풀, 아기똥풀, 박새싹 같은 풀들이 자라고 있다는 점이었다. 손가락만 한 풀들이 발 디딜 틈도 없이. 김범오는 무릎을 꿇고 고개를 아주 숙여 눈높이를 그것들만큼 낮춰 보았다. 오순도순 살고 있는 식물들의 소인국이 보였다.

"내가 처음 여기 왔을 때는 온 강산이 새카맣게 타버린 상태였지. 주위에 숨통을 틔워 준 게 이 나무였네. 아주 옛날 여기에는 민가들이 있었겠지. 이 나무는 마을 당목(堂木)이었을 거야. 그네도 뛰고, 씨름도 하던 데 말이야."

김산은 모피처럼 이끼가 잔뜩 돋아난 은행나무 껍질을 쓰다듬었다. 벌레들을 찾아 무질서하게 찍어놓은 딱따구리의 구멍들이 보였다. 껍질을 길게 스치다 정지한 흰 새똥도. 김산이 말했다.

"상여가 나갈 때도 여기서 고별제를 지냈겠지."

저 너머 날아가는 제비가 보였다. 김산의 어깨 뒤로 여름 하늘이 푸르렀다.

"내가 혹시 죽으면 자네가 내 유분(遺粉)을 여기 뿌려주겠나?"

김산과 눈이 마주치자 김범오는 알 수 있었다. 이 사람은 나를 좋아하고 있구나.

"선생님, 오래 사셔야지요."

김범오도 나무껍질에 손을 얹었다. 은행잎들이 새순처럼 돋아 나와 있었다.

"그래야지, 하지만 나도 이제 곧 여든이네. 믿어지나?"

"네 번째 스무 살이네요."

김산은 다시 웃었다. 주름을 활짝 밀어내는 웃음이었다. 이 청년이 좋았다.

"아냐. 나는 한 번도 못 겪어본 여든 살이 되는 것도 좋아. 그 다음도 그냥 받아들이겠어."

매미가 울었다. 긴 여운이 주위를 텅 비우는 듯 한낮은 더 고요해지고, 무더워졌다.

"그리고 이건 내가 김범오 씨한테 주는 거야."

오래되고 누런 대봉투였다. 나무를 베다 잘렸는지, 김산의 왼손 중지 끝마디가 없었다.

"이게 뭡니까?"

김산은 김범오를 봤다. 쾌활하고, 순수한. 자꾸 과거의 어떤 날이 떠오르게 하는.

"자네 아까 빛이 새 나오는 통로에 대해 말했었지?"

"예. 수목원 보트 타고 천장굴 빠져나왔던 거요."

"나도 젊었을 때 그런 희망이 있었네. 캄캄한 여기를 다 빠져나가면 저기 쌀알만 한 빛이 새 나오는 저 환하고 너른 곳으로 갈 수 있을 거라고."

나직하게 부는 바람이 있었다. 여름의 은행잎들이 낮은 가지에서 흔들렸다.

"그런 이야기들을 내가 써놓은 거야. 자네가 꼭 읽어주었으면 좋겠어."

••34

아버지의 이름은 김산이었다. 아버지가 사는 집은 수목원의 언덕 위에 있었다. 나무 계단들은 검은 기름이 침묵처럼 칠해져 하오의 남은 열기를 머금고 있었다. 계단들을 다 올라가자 작은 야자수처럼 여름마다 벌어지는 파초의 연두색 이파리가 환하게 눈에 들어왔다. 호흡이 가빠진 것은 계단을 올랐기 때문만은 아니었다. 김성효는 기침을 했지만 인기척이 없었다. 아버지가 집을 비운 것이다. 파초를 둘러싼 대숲에도 저무는 일몰이 있었다. 댓잎들 사이 작은 그늘까지 붉은빛으로 물들었지만 어둠이 금세 내려오지는 않았다.

김성효가 집 안으로 들어서자 익숙한 아버지의 냄새가 확 끼쳐왔다. 친숙하고 자애로우면서도 서늘하고 삼엄한. 김성효는 그 기묘한 느낌의 아버지를 이전에도 앞으로도 결코 이해할 수 없으리라고 생각했다. 그것은 처음에는 단념이었지만 어느 결엔가 무시돼 버렸다. 그는 공증 서류가 어디 있는지 알 것 같았다. 찾기 어려운 곳에 숨겨진 게 아니었다. 사물함 앞으로 가 위에서부터 하나, 둘, 셋, 네 번째 서랍을 열었을 때 겉장이 두꺼운 낡은 책들과 함께 서류 봉투들이 나타났다. 봉투들의 내용을 확인하는 동안 장지문의 띠살들이 그의 얼굴에 새카만 줄 그림자를 드리웠다. 김성효는 자기 날개가 벌써 오래전에 꺾여 버리고 어딘가에 갇힌 것만 같았다.

그가 아버지의 붉고 네모난 인감도장이 찍힌 변호사의 공증 서류를 찾아낸 것은 오래 걸리지 않아서였다. 거기에는 아버지 김산의 유언이 육필로 쓰여 있었다. 내가 숨지고 나면 아들 김성효와 수목원 회원들이 재산을 5대5로 나눠 가져라. 그러려면 김성효와 수목원 회원들이 조합을 새로 소집해야 한다.

조합에 수목원과 부속 자산들을 유증한다. 그런 내용이었다. 서류 다음 장 가운데 간인이 찍혀 있었고, 스크린에 흐르는 엔딩 크레디트처럼 재산 내역이 소상하게 쓰여 있었다.

김성효는 그걸 소각시켜 버리고 싶었다. 예전부터 그랬고, 지금은 더 강하게. 그러면 그는 이미 아버지의 인감도장이 찍힌 빈 서류에 새로운 유언을 타이핑해 넣을 수 있었다. 김성효에게 모든 걸 물려준다고.

그는 아버지가 쓴 유언 내용을 세 달 전에 처음 알게 됐다. 강변에 복숭아꽃이 피어오르는 눈부신 5월이었다. 하지만 그는 둥지에서 밀려난 알이 돼 있었다. 휘파람새의 알. 뻐꾸기가 슬쩍 자기 알을 탁란(托卵)한 대신 휘파람새의 둥지에서 하나 물어 내다 버린 알. 그는 누가 나를 밀어냈는지 생각하면서 봄을 다 보냈다. 누가 아버지 몰래 뻐꾸기 알들을 가져왔나? 원래 내 것이었던 이 수목원에.

김성효가 여전히 유언장을 손에 쥐고 있을 때 장지문을 열고 들어선 이는 김산이었다. 그는 손으로 입을 막으며 마른기침을 했고 어깨를 들썩거렸다. 아들은 닷새 동안 수목원을 떠났다가 그제 낮에 돌아왔다. 부드러운 아바나 시가 냄새가 났다. 도박할 때 피우는 것이었다. 김산은 아들에게 아무 말도 않고 손을 내밀어 유언장을 돌려받았다. 그리고 주의 줄 때나 하는 낮은 목소리로 물었다.

"너 산사 밭에 심은 게 뭐냐."

흰 꽃들이 지고 난 산사나무 밭 뒤에는 붉은 양귀비꽃들이 피어 있었다. 유곽의 색시들이 입는 난한 저고리들처럼 보였다. 김산은 뜨거운 물을 지고 가 양귀비꽃들 위에다 뿌려버렸다.

"왜 다 죽이셨습니까? 약으로도 해먹는 건데."

김성효는 십 년 전에 숨을 거둔 어머니가 생각났다. 어린 김성효가 거위배를 앓거나 설사 때문에 고생을 하면 어머니는 양귀비꽃이 진 뒤에 생긴 아편 열매에 생채기를 냈다. 거기서 흘러나오는 액즙을 말려 굳힌 뒤에 아들에게 먹이면 배앓이가 씻은 듯이 사라졌다. 하지만 김성효는 몸이 괜찮을 때도 그걸 몰래 먹다가 저도 모르게 서서히 중독이 돼버렸다.

"우유부단하면 안 된다. 이제 끊어내야 한다."

김성효는 한참 동안 아무 말도 못하다가 자기 팔뚝을 걷어 보였다. 거기에는 옆으로 가지가 활짝 뻗어나간 느티나무 같은 푸른 반점이 있었다. 아버지의 팔뚝에도 그렇게 똑같이 푸르게 어룽진 점이 있었다.

"아버지. 어떻게 피는 물려주시고, 산은 안 물려주십니까?"

"내가 너한테 왜 산을 안 물려준다는 거야? 저 사람들하고 나눠서 물려받으라는 거지."

김산은 뭔가 묵지근한 게 얹힌 것 같아 가슴을 눌렀다.

"저 사람들을 어떻게 믿습니까? 저 사람들이 우리하고 피 한 방울이라도 섞여 있습니까? 지난번에 그렇게 크게 당하고서도 모르세요?"

수목원을 거쳐 간 사람들 중에는 6년 전에 유한회사 형태이던 수목원의 소유 지분을 조작해 주인인 김산을 몰아내려고 흉계를 꾸몄던 이들도 있었다. 그때는 김산의 위기일 뿐 아니라, 수목원 전체가 다른 용도로 넘어갈 뻔했던 위기였다.

"하지만 너 혼자 여길 꾸려가는 건 아주 힘들다. 이십 년 가까이 같이 일해 온 사람들도 있는데 너 혼자 다 물려받는다면 서운한 마음이 어떻게 안 생기겠냐. 게다가 산에 주인이 어디 있고, 숲에 임자가 어디 있어?"

그렇다. 숲과 바람, 개울과 풀밭, 꽃과 새들이 어떻게 누구 한 사람 게 될 수 있나. 김산이 늘 해오던 말이었다. 아버지가 그렇게 말할 때마다 김성효는 내밀하게 낙담해 왔다. 김성효는 지금의 회원들이 수목원으로 찾아오기 훨씬 전부터, 여덟 아홉 살 때부터 아버지가 밝힌 횃불 아래서 밤을 새워 고사리 손으로 나무를 심었던 것이다. 큰비가 오고 나면 벌어진 땅을 일부러 다지고, 큰 눈이 지나가면 가지 위에 쌓인 상고대를 일삼아 거둬 내렸다.

"아버지. 산이나 숲에 임자가 없는데 왜 저 사람들이 수목원에 자기 지분을 가지려고 하겠습니까. 이미 저 사람들은 우리 수목원에 들어와서 제 몫을 가져가지 않았습니까. 살림 키우고, 식구 늘리고, 자연도 누리고. 저 사람들은 기대도 안 할 텐데 왜 넘치는 대우를 하시려는 겁니까."

"왜 저 사람들한테 기대하는 게 없겠냐. 단지 그게 한 번도 허용이 안 됐으니까 헛된 기대를 말자고 생각하는 거지. 봐라. 왕조 시대에는 부왕이 세자한테 나라 물려주는 게 당연했다.

하지만 지금 그런 일이 벌어지면 용인이 되겠냐. 언젠가는 사회적인 재산들도 마찬가지가 될 거다. 내가 너를 배제하는 게 아냐. 수목원에 공이 있는 사람들이 있다. 그 사람들하고 함께 가지라는 거지. 너를 위해서도 필요한 거야. 네가 그걸 인정하면 저 사람들은 너를 믿고 기댈 거다."

김성효는 갑자기 무기력해지는 걸 느꼈다. 재산 중에 사회적인 게 있고, 그걸 물려주지 않는 때가 온다니. 자기가 어쩌지도 못하는 생각의 피안(彼岸)에 아버지는 서 있었다. 김성효의 발밑으로 천 길 낭떠러지가 가파르고, 아버지는 저 너머의 절벽에 서 있었다. 그는 간단하게 말하고 싶었다. 저는 다 알고 있습니다. 아버지는 대단한 사람이 되고 싶은 게 아닙니까. 저 사람들 머리 위에서 예수나 부처처럼 영원히 번쩍거리는. 하지만 그는 그렇게 대드는 대신 조용히 떨면서 "마음대로 하세요." 하고 아버지의 집을 나왔을 뿐이었다.

아직 식지 않은 나무 계단들의 역청이 그의 발밑에 쩍쩍 붙었다가 떨어졌다. 계단 옆의 풀 속에서 쓰르라미 우는 소리, 멀지 않은 숲에서 새가 울었다. 그는 다시는 이 계단을 올라오지 않겠다고 생각했다.

아들이 나가고 나자 김산은 죽음이 아주 가까이 와 있다는 것을 느꼈다. 그가 평생 태엽을 감아주었던 회중시계는 오늘 아침부터 움직이지 않았다. 그는 일흔여덟 살이었다.

사람들은 죽는 날을 모른다고 알고 있다. 하지만 정말 그런

가. 그는 방 안에 서서 씁쓰름하게 웃었다. 가만히 앉은 기러기도 어부가 기심(機心)을 갖고 다가가면 날아가 버린다. 죽음의 사자가 다가오면 사람들이 그 기심을 왜 못 알아채겠냐. 단지 사람들은 날아가 버리지 못할 뿐이다.

••35

김범오는 아침 일찍 도화관을 나섰다. 강신영, 박도엽과 조림지로 가기 위해서였다. 꼬리를 세운 검은 청설모가 그들 앞을 빠르게 가로질러 길가의 전나무로 올라갔다. 그들은 김산과 같이 갈 생각이었는데, 그는 벌써 저편에서 태영이와 함께 걸어오고 있었다. 챙이 둘러진 등산모에 면 셔츠, 작업복 바지 차림이었다.

김산은 김범오가 언제 봐도 늠름하다고 생각했다. 김범오는 흰색 폴로 면 티에 청바지를 입고 있었다. 김산은 한눈에 그가 큰 일꾼감이라고 생각했다. 박도엽은 중키에 살집이 있었다. 캐나다에서 경영대학원을 다니다가 환란 때문에 캐나다 달러로 바꾼 학비가 불어나자 귀국한 이였다. 그는 캐나다에서 공동체들을 견학했는데 충북에 새로운 공동체를 세우기 전에 앞선 공동체인 도원수목원에서 이것저것 배워보고 싶다고 찾아왔다.

태영이는 지난해 김산이 서울에서 데려온 고아 소년이었다. 올해 열다섯 살이었는데 어릴 때 귓병을 앓아서 소리를 못 들었다. 말을 할 수 있었지만 수화를 자주 썼다. 서울에선 또래 사이에서 모진 따돌림을 당했는데 수목원에 와서는 얼굴이 무척 밝아졌다. 김산이 잘 보살펴 준 것이다.

김범오가 언덕 위의 편백나무 숲으로 들어서자 주위가 어두워지면서 기온조차 서늘해졌다. 푸드득— 꿩 날아가는 소리와 함께 산비둘기들도 무리 지어 올랐다. 편백나무들은 하나하나 궁궐의 기둥처럼 우람하고 곧았다. 올려다보자 삼엄한 수직의 위용이 가득했다. 넓은 잎들을 매단 칡과 등나무 넝쿨들이 편백나무들을 그물이나 나선처럼 휘감은 곳들도 있었다. 빛은, 축축 쳐진 가지들에 막혀 제대로 내려오지도 못했다. 광선들이 부서지는 숲의 꼭대기에서는 참매 두 마리가 여름 바람을 타고 환하게 선회하고 있는 모습이 보였다.

농원이 내려다보이는 언덕의 풀밭으로 나오자 강신영이 말했다.

"저기 아래 도화관이 우리 수목원의 중심이야. 다들 알다시피 미혼 멤버들이나 잠깐 들른 연수자들이 생활하는 기숙사야. 라운지에 모여 공연이나 연극을 하거나, 영화도 보고. 결혼한 분들은 여기저기 흩어진 단독 주택들에 살아. 미혼 멤버들은 도화관 식당에서 밥을 먹는데, 점심때는 기혼 멤버들도 저기서 식사하니까, 모두 만나게 되는 거야."

"그런데 재산은 어떻게 나누고 있지?"

김범오가 물었다.

"물론 각자 자기 재산을 갖고 있어. 트랙터나 전동 톱 같은 기계들은 모두 함께 쓰지만. 땅은 전부 김산 선생님이 각자한테 나눠주고 있고. 돈을 안 받고 빌려주고 있단 뜻이야. 거기서 나온 개인 생산물은 일단 수목원에서 사들이지. 그런 다음에 바깥에 내다 팔거나 수목원 안에서 다른 사람들한테 팔아서 쓰게 해. 하지만 함께 작업해서 생산한 건 힘쓴 정도에 따라 나눠 갖지."

"힘쓴 정도에 따라 나눠 가진다? 어려운데."

"어렵지. 불만들이 나와. 하지만 많지 않아. 결국 이렇게 하는 게 좋다는 생각들이야."

강신영이 코뮌(공동체)과 코뮤니티(협동체)를 조화시키려 한다고 설명하자 김범오는 씁쓸하게 웃었다. 대학 시절 열정을 쏟았던 사회주의 이론들이 생각났다. 강신영은 아직 이상주의를 안고 있었다. 그게 차갑지 않고 따스하고, 과격하지 않고 온화한 것이면 좋겠는데.

박도엽이 수목원에서 하는 사업에는 어떤 게 있는지 물었다. 강신영은 재미난 사업과 중요한 사업, 어떤 것부터 듣고 싶으냐고 물었다. 박도엽은 재미난 사업이라고 말했다.

"갈라파고스라는 브랜드로 어린이용 집짓기 세트를 만드는 분이 계십니다. 들어보셨어요? 궁전이며 동물원, 테마공원에 교회당, 기차역, 학교, 병원까지 별의별 걸 다 만들지요. 저기 목재소하고 페인트칠하는 착색장이 보이시죠? 가까이 가면 깎은 나무 향기가 훅 하고 끼쳐오지요. 우리 수목원에서 가장 미래가 밝은 사업이 아마 갈라파고스일 거예요.

가구 만드는 분도 계시지요. 옛날 우리 가구 본을 떠서 현대적으로 디자인하는 건데요. 농도 장도 모두 조선시대 것처럼 근사합니다. 장지문이나 꽃살무늬 창틀을 만들기도 하지요. 그런 걸로 문이나 창이 아니라 다기(茶器) 놓는 티 테이블로 만들기도 하는데 정말 아름답습니다. 하지만 수목원에서 가장 소중한 사업은 이겁니다. 바로 이거요."

강신영이 손톱마다 흙물이 든 커다란 손을 들어 사방에 울창하게 들어찬 숲을 가리켰다. 광활한 숲이었다. 그가 편백나무 잔가지를 흔들자 진한 나무 향기가 아침 공기를 타고 취해버릴 정도로 밀려들어 왔다. 삐삣 삐삣 삐삐삐삐— 츳쯔 츳쯔 츠츠츠츠— 갑자기 쇠박새들이 사람들의 앞뒤 가지에서 날아올랐다. 새들이 솟아오르는 곳의 흰 구름은 저 높고 푸른 산 너머에서 끝없이 새로 생겨나는 것만 같았다.

김범오는 환하게 밝아진 얼굴로 김산을 봤다. 그는 대봉투 속에 든 김산의 글 다섯 편을 지난 밤 다 읽었다. 김산이 만년필로 직접 쓴 글들이었다. 노자와 도연명, 양사언과 안평대군, 중국의 무릉도원과 인도의 마이트레야가 나오는 이야기들이었다. 김산의 눈은 쑥색 등산모의 챙 아래에서 웃고 있었다. 그는 가끔 습관적으로 가슴을 눌렀다. 이번에 수목원을 찾아온 사람들은 어제 저녁 강신영한테서 숲을 일궈낸 김산의 일대기를 들었다. 저 멀리 청각의 한계지점에서 들릴락 말락 들려오는 새소리가 있었다. 김범오는 그 희미한 소리에 귀를 기울이다 보니 이제서야 자신이 자연과 교신하고 있다는 생각이 들었다.

편백나무 사이로 난 길을 따라 좀 더 올라가 보니 메타세콰이어들의 숲이 나왔다. 서양의 낙우송(落羽松)이라는 나무들이었다. 3000년 이상 자라고, 세상에서 가장 높게 자라는 것이었다. 김산은 원했다. 그 큰 나무들이 자기가 세운 자연공동체를 지켜주는 풍치림(風致林)이 되기를. 1미터나 되는 직경에 높이가 30미터는 족히 될 만한 5000그루의 우람한 거목들 곁을 지나자 마치 수목원의 수호신들이 서 있는 것만 같았다.

누군가 잡목을 치다 남겨둔 A 자형 사다리가 메타세콰이어의 숲 속에 남아 있었다. 그 사다리 쪽으로 걸어간 김범오는 신전의 기둥들처럼 거대한 이 나무들 사이에서 지금까지는 상상조차 못 했던 해방감을 느꼈다.

그의 정신은 마치 어린 나무가 햇살과 비와 바람을 맛보며 쑥쑥 자라오르듯이 단번에 메타세콰이어의 꼭대기만큼 커 올랐다. 그의 시선은 거목들의 우듬지만 한 높이로 새처럼 떠올라 나무의 공화국, 자연의 신전들을 내려다보고 있었다.

그는 대학을 마친 뒤에 취직 준비를 하면서 산사들을 돌아다니며 보냈던 즐거운 시간들을 떠올렸다. 가야산 해인사의 지족암은, 가파른 산 중턱을 깎아서 법당과 객승들이 머무는 숙사를 마련한 곳이었다. 오동나무의 큰 이파리나 사향노루가 잠드는 바위틈처럼 자연의 한 부분 같기만 한 곳이었다. 바람이 불면 숙사 바로 앞의 감나무 이파리들 서걱거리는 소리가 여름밤을 은하처럼 깊숙하게 만들곤 했다. 강신영은 김범오와 둘이서 자연스레 앞장을 서게 되자 그에게 슬며시 물어보았다.

"여기 어때?"

"정말 황홀하지."

강신영은 좀 진지해졌다.

"너 회사 그만두고 싶은 마음 없어?"

"모르겠어. 다들 안 잘리려고 기를 쓰는 판에."

"왜, 캐나다나 뉴질랜드로 가서 살겠다고 했잖아. 해안 절벽이나 구름 섬 같은 데서."

"그랬었지. 회사 다니다보면 치약 인간이 될 것 같아서."

"치약 인간?"

"꾹 짜서 나올 때까지 쓰고 빈 튜브는 버리잖아."

"칫솔 인간이 더 정확하겠다."

"그게 뭔데?"

"사람 입속을 닦다가 다 해지면 운동화 안창 닦잖아."

"요즘은 안창도 닦아주는 기계가 세탁소에 나와서 칫솔도 쓸 일이 없어!"

"그럼, 여길 와! 여긴 치약 인간도, 칫솔 인간도 없어. 정말 즐겁게 살 수 있다. 네가 할 일이 많아. 정말 많아."

"알아. 그런데 아직 확신이 안 서. 여기가 바로 평생을 보낼 덴지."

"너 정말 생각을 많이 하는구나. 겉으론 안 그런 거 같은데.

그럼 평생 지금처럼 살 거냐? 회사 다니면서. 그렇게 뭔가 찾기만 하다가 평생이 가도 좋냐?"

"이렇게 좋은 델 너무 쉽게 찾은 거 아닌가, 그런 생각이 들어. 실감이 안 가니까."

"사실 꼭 그렇지만도 않아. 이런 숲들은 조금만 안 돌봐 주면 들어가지도 못할 정도로 잡목들이 커버려. 매일 톱하고 사다리 들고 잡목이든 가지든 베어줘야 돼. 한 달 동안 전기톱을 세 개나 바꾼 적도 있어. 내 등산화 봐봐. 재작년에 산 거다. 10년은 된 거 같지?"

"그 정도 가지고 뭘. 그게 무슨 걱정이야? 이 나무 향기 좀 맡아봐. 여긴 누가 뭐래도 낙원이야."

"그런데?"

"낙원 같은 덴 천신만고 끝에 가잖아. 정글 끝까지 가든지, 난파해서 도달하든지."

그렇게 해서 야자수 우거진 파라다이스 같은 곳으로 갔다고 해도 혼자라면 대체 무슨 의미가 있단 말인가. 김범오는 생각했다. 이제라도 강세연을 만나면 모든 게 바뀔 것 같았다. 그의 얼굴 표정 하나부터 운명의 섬세한 부분까지. 그러나 강세연과의 관계가 그릇처럼 던져져 깨져버린 데에는 김범오 자신의 과오가 있었다. 강신영은 김범오가 어떤 자괴감과 무력감에 시달리는지, 잘 알지 못한 채 웃음을 머금으며 그의 어깨를 싸안았다.

"그럼 고생 좀 더 하고 와라."

김범오의 얼굴은 여전히 밝아지지 않았다. 강신영이 덧붙였다.

"왜 그래? 농담이야."

"그래, 알아."

어느 결엔가 김범오는 푸르스름한 그늘이 퍼져 있는 메타세콰이어의 숲 가운데서 공기로 부조해 놓은 듯한 여자의 얼굴, 산소로 만든 홀로그램처럼 분명한 강세연의 얼굴을 보고 있었다. 그는 수목원에 온 다음부터는 무슨 생각을 해도 결국 강세연에게 귀결된다는 걸 알아차렸다. 그러나 그 다음에 그가 할 수 있는 일이 없어 침울해지는 느낌이었다. 강신영이 그런 그의 등을 두드리며 갑자기 말했다.

"힘을 내, 김범오! 네 뒤에 바로 날다람쥐가 있어. 봐! 날아! 날아간다고!"

••36

김산은 편백나무 숲의 입구에서 젊은이들과 헤어졌다. 그가 먼저 언덕을 내려오기로 하자 태영이가 곁을 따라왔다.

김산은 자신과 수목원이 마치 구약에 나오는 나이 든 노아와 짝 지은 짐승들로 가득한 배처럼 세월의 물살 위를 아슬아슬하게 떠내려 왔다고 생각했다. 이 수목원을 다음 세대의 근사한 자연공동체로 바꿔놓을 수 있는 이들이 바로 저 젊은이들이었다. 그는 강원도의 여름 하늘 위로 근심이라곤 하나 없이 기적처럼 피어오르는 구름들을 올려다봤다. 눈(雪) 쌓인 고원처럼 빛나는 그 구름 어디엔가 꿈의 마을이 자리 잡고 있을 것만 같았다.

그렇게만, 된다면, 그렇게만…… 된다면…….

그는 울창한 메타세쿼이어의 그늘 아래서 가쁜 숨을 몰아쉬며 태영이의 손을 꼭 잡았다. 그는 다시 생각했다. 오늘 숨질지도 모른다고. 그런 비관은 주변의 사소한 일들에서 전조(前兆)를 찾아내는 영민한 사람 특유의 집착과 관련 있었다. 그는 자기 일을 가장 잘 아는 사람은 바로 자기라고 생각하는 사람이었다.

누군가 언덕 길 저 아래에서 손을 들어 태영이를 불렀다.

"태영아! 이것 좀 같이 들자!"

"어서 가보거라."

태영이가 구르듯이 아래로 달려가고 나자 김산은 마을에서 멀지 않은 해바라기 밭으로 들어섰다. 해바라기 밭 가에는 떡갈나무 둥치가 가련하게 넘어가 있었다. 나흘 전에 몰아닥친 비바람에 뿌리가 뽑힌 것이다. 흙냄새가 물씬 풍겼다. 그는 힘이 풀린 채로 주저앉아 흙무더기 바깥으로 드러난 뿌리의 서늘한 가닥들을 하나하나 어루만져 보았다.

김범오는 편백나무 숲의 오솔길 저 끄트머리에서 누군가 불쑥 나타나서 다가오는 걸 봤다. 김산의 아들, 김성효였다. 김범오는 번쩍 쳐든 손을 흔들었다. 김범오는 아까부터 머릿속이 헹군 것처럼 맑아진 느낌이었다. 무언가 시원한 바람과 보드라운 깃털 같은 게 날아와 살갗을 스치는 것처럼 기분이 좋아졌다. 하지만 가까이 다가온 김성효는 삭막한 낯빛으로 그들을 한번 보더니 "아버님 못 보셨어요?" 하고 물을 뿐이었다. 강신영이 "태영이하고 먼저 내려가셨어요. 좀 쉬었다 가세요." 하고 말하자, 김성효는 "그래야 되겠다. 뵙기 힘드네." 하면서 희미하게 웃으며 너럭바위에 앉았다.

"그래서요? 해리슨 포드가 나오는 「위트니스」를 봤는데요?"

박도엽은 김성효로부터 고개를 거두면서 김범오에게 하던 말을 계속해 보라고 재촉했다.

"보니까, 거기서 해리슨 포드가 여자를 만나는 마을이 아미시예요. 18세기식으로 사는 데지요. 자동차도 없고, 마차를 타고. 남자들은 검은 옷에, 중절모, 턱수염을 기르고. 여자들은 앞치마와, 머리에 흰색 케이프를 두르고. 그런 마을이 진짜 있다는 걸 한참 뒤에 알았습니다. 펜실베이니아 주 랭카스터에."

강신영이 말했다.

"제임스 미치너가 쓴 소설에도 그 마을이 나오는데. 뭔가 당기는 데가 있나 보지?"

"사실은 용인 민속촌 같은 덴데."

김범오였다.

박도엽이 슬며시 웃으면서 손으로 얼굴을 비비더니 말했다.

"사실 저는 거기 가봤어요. 필라델피아에서 차로 두 시간 걸리는데. 영화에 나왔는지는 모르고. 아미시에서도 남쪽 끝에 있는 슈트라스버그로요. 밀밭, 옥수수 밭이 끝도 없고, 사일로가 서 있고, 퇴비 냄새가 풀풀 나고. 아주 밀레의 「만종」 속에 들어간 것 같데요."

"너는 트윈 오크스에 가봤지?"

강신영이 김범오를 보면서 말했다.

"네가 가보라고 했잖아."

그것은 3년 전 여름휴가 때의 일이었다. 워싱턴의 댈러스 공항과 버스로 지나간 리치먼드 시가지가 김범오의 머릿속에 확 떠올랐다. 그는 그 무렵 어딘가 완전히 다른 곳으로 떠나보고 싶다고 했는데 마침 강신영이 편지를 보내 와 미국 공동체 700군데의 명단 중에 트윈 오크스를 가리켰다.

김범오는 리치먼드를 지나 루이지애나의 샬럿스빌이라는 곳에 내리자마자 그 널따란 들판 위에 트윈 오크스의 방문객이 자기 말고도 둘이나 더 있다는 걸 알게 됐다. 둘 다 키가 크고 선글라스를 낀 프랑스 여자였다. 치마바지 큐로트를 입은 쪽이 줄리에트 프라디에, 다리에 달라붙는 시가레트 팬츠를 입은 쪽이 카트린 코벨라에르였다.

셋 다 책들이 빽빽한 타차이관(館) 2층에 한 방씩 잡게 됐는데, 테킬라를 마시며 이야기하다 보니 두 여자 다 트윈 오크스에 대해 김범오보다 아는 게 훨씬 많았다. 주로 트윈 오크스의 내력에 관한 것들이었다.

링컨 대통령 시절 하버드 대학을 나와서 숲 속에 홀로 은둔한 자연주의자인 헨리 데이비드 소로가 있다. 소로가 매사추세츠 주 콩코드의 월든 호수 근처 숲에 살면서 쓴 글이 『월든』이다. 심리학자 버스 스키너는 100년쯤 뒤에 그걸 읽고 감화받아서 상상 속의 숲 속 마을을 그린 후속편을 쓰기까지 했다. 『월든Ⅱ』라는 소설이다. 캐트 킨캐이드란 여성 자연주의자가 그 후속편을 읽고 감동 받았다. 그녀는 1967년 아예 트윈 오크스라는 공동체를 직접 세워버렸다. 아까 마을 입구에 서 있던 떡갈나무 두 그루를 따서 만든 이름이다. 킨캐이드한테는 남자들을 잘 다루는 카리스마가 있다. 나중에 청년들을 이끌고 미국에 에이콘, 호주에 이스트 윈드라는 또 다른 공동체까지 세웠다.

김범오는 거기서 보낸 일주일을 그곳 오나이더관(館)의 환등기가 머릿속으로 한 장면 한 장면 쏘아주는 느낌이었다.

"…… 좋은 데였어……. 누구든지 일주일에 마흔다섯 시간 일하는데. 오디오 시스템이 잘 돼서 늘 음악 들으면서 일하고. 곳곳에 티피(인디언 천막)가 있어서 혼자 생각할 수도 있지. 지케이(ZK)라는 식당이 재미있었는데, 입구 옆 게시판에 저녁마다 사람들 부르는 초대장들이 즐비한 거야. 해가 저물면 고기 굽는 파티, 영화나 연극 보는 자리, 음악회나 낭송회가 여기저기서 열리지. 주말에는 카누 타는 사람, 피크닉 가는 사람들이 다양하게 여가를 즐겼지. 나는 말도 타봤어. 소설이나 잡지가 쌔고 쌘 오나이더관으로 가서 시간 가는 줄 모르고 책에 빠져도 보고. 물론 나는 영어가 잘 안 돼서 좋은 줄도 몰랐지만. 거기다 태양열 집열판에, 하수 시스템이 잘 돼서 자기네들끼리 에코 빌리지라고 자랑하지."

"프랑스 아가씨들하고는 잘해 봤어?"

"뭘?"

"'작업' 말이야."

"우린 같이 일한 적도 몇 번 있어. 그리고 그 아가씨 중에…… 코벨라에르는 나중에 거기에 정착했어."

"예뻤어?"

김범오의 눈동자 앞에는 겨우 이름만이 어렴풋하게 떠오르는 코벨라에르 대신 기억의 낙관처럼 공기 중에 찍히는 한 여인의 얼굴이 또렷하게 재생되고 있었다. 강세연이었다. 그것은 보이지 않는 선(線)으로 그려진 얼굴일 뿐이었는데도 청각으로도, 후각으로도 감지할 수 있을 것처럼 선명했다.

"죽여줬지."

"같이 살지……."

"그래서, 후회하고 있어."

박도엽이 인도의 오로빌에 가본 적이 있다고 하자, 곁에 앉아 듣고 있던 김성효가 희미하면서도 쓸쓸하게 웃었다.

박도엽은 4년 전 1월의 쾌청한 날 인도의 하늘 위를 날았다. 서쪽으로는 시커먼 데칸 고원, 동쪽으로는 시퍼런 벵골 만이 내려다보이더니, 첸나이 공항에서 해변길로 세 시간을 달리자 야자수들이 휘어져 있는 바닷가 마을 퐁디셰리가 나왔다. 오로빌은 거기서도 차로 한 시간 걸리는 곳에서 모습을 드러냈다.

오로빌은 아침의 마을이라는 뜻이었다. 1968년 인도 철학자 스리 오로벵도와 프랑스의 여성 철학자 미라 알파사가 함께 세운 곳이다. 두 사람은 추종자들과 함께 그해 124개국에서 가져온 흙과 인도 각지의 흙을 섞어 오로빌 한가운데 묻은 다음 대리석으로 덮으면서 마을 조성을 시작했다. 그 흙 위로는 금빛으로 찬란한 마티리 만디르 명상홀이 세워졌다.

오로빌은 시뻘건 황무지를 울창한 숲으로 바꿔놓은 곳이다. 비행접시처럼 생긴 아주 스타일리시하고 모던한 건물이 있는가 하면 코코넛 이파리로 만들어서 비가 새고 뱀이 들어오는 초가집도 있었다. 프랑스, 독일, 미국, 러시아는 물론이고 인도, 한국 사람들까지 모두 1700명이 살았다.

꿈 같은 곳이었다. 총칼 든 군인 경찰이 없는 곳, 일을 강요하지 않는 곳, 하지만 아무도 게으름 피우지 않는 곳, 정치가가 없는 곳, 편견과 차별이 없는 곳, 주요한 일들은 모든 주민들이 합심해서 결정하는 곳, 이웃들과는 가족만큼 온갖 잔정들을 나누면서 사는 곳이었다. 컴퓨터 소프트웨어를 개발하는 곳, 태양열을 쓰고 풍차와 수차가 돌아가고, 벽돌이나 옷, 인형 만드는 공장, 야채도 기르고 돼지도 키우는 농장,

화가들과 연주자들이 직접 와서 가르치는 학교, 깨끗한 병원과 큰 도서관, 조용한 요가 센터에 비디오, CD 대여점까지 있는 곳이었다.

박도엽은 열기로 얼굴까지 달아오른 채 "내가 정말 만들고 싶은 딱 그런 공동체."라고 말했다. 울긋불긋한 그 수많은 화분들을 바깥에다 내놓은 집들, 염소 떼들이 지나가는 흙길 위를 스쿠터로 지나갈 때 불어오던 시원한 바람과 웃통을 벗은 채 말 타고 지나가던 러시아 소년들, 종려나무 옆에 세워진 하얀 여자 조각과 벽들마다 그려진 나체 그림들, 저물녘 연꽃이 떠 있는 연못 위의 다리를 지나가면 온몸을 어루만져 주던 마사지사들이 넝쿨로 만든 흔들의자에 앉아 속살거리고 있던 목조 주택. 도이업(도엽)! 어서 와!……도이업! 어서 와!

박도엽은 살다가 힘들 때는 가끔 꿈에 오로빌로 들어가 스쿠터를 타고 숲을 쌩쌩 지나다니곤 한다고 말했다. 그러면 어떤 때는 개운해진 채로, 어떤 때는 눈물이 흥건해진 채로 깨어나기도 했다고 말했다.

하지만 박도엽이 발 담근 그 같은 향수는 어느 결엔가 일어선 김성효가 씁쓰레하게 떠올린 몇 가지 기억으로 세면대의 물살처럼 빠져나갔다.

김성효는 "오로빌은 나도 가서 1년 넘게 살았지요. 박도엽 씨는 얼마나 계셨습니까?" 하고 묻는 것으로 시작했다.

"두 달 있었습니다."

"좀 더 계시면서 차근차근 들여다봤으면 좋았을 텐데. 총칼

든 군인 경찰이 없다는 말씀은 맞아요. 하지만 거기서도 살인 같은 큰일이 벌어져요. 그러면 제 힘으로 치안을 지킬 수 없으니까 근처 퐁디셰리 경찰에 전화를 걸지요. 그건 인도 공권력이에요.

일을 강요하는 사람이 없다는 건 틀린 말이에요. 거긴 정식 거주자가 되려면 적게는 2년 동안 대가 없이 일해야 돼요. 이것저것 트집 잡아서 4년 동안 일 시키는 경우도 봤어요. 게으름 피우는 사람이 없다는 건 맞아요. 하지만 다들 하루 일하는 시간이 겨우 다섯 시간이에요. 그것으로는 아무리 일해도 쌓아둘 결실이 없어요."

"그래도 사는 데 부족한 게 없던데요. 욕심 안 내는 게 중요하지 않습니까?"

"부족한 게 없다? 하하. 아까 스쿠터 얘길 하시던데, 흙길 위로 달릴 때 얼마나 울퉁불퉁하고 먼지가 많이 났는지 기억 안 나세요? 남자들은 어떨지 몰라도, 여자들은 질색을 하지요. 길을 손보는 사람이 없으니까 그래요. 태양열이나 풍차, 수차로 뭘 하는진 모르겠는데, 내가 제일 고생했던 건 밤마다 불빛이 워낙 약해서 책을 읽을 수가 없었던 거예요."

"그런데 도서관은 안 어둡던데요. 게다가 거기서 사는 방식을 잘못 이해하신 것 같습니다. 무엇보다 사람들이 밤늦게까지 책 읽을 필요를 못 느끼니까요. 하루 다섯 시간 일하는 건 수십 년 동안 일하면서 내린 결론입니다. 초기엔 그것보다 훨씬 열심히 일했지요. 개척자가 돼야 했으니까. 하지만 그렇게 더운 데선 매일 열 시간씩 일할 순 없어요. 사람들이 쓰러져 나가니까요. 마더(미라 알파사)가 내린 결론이에요."

"글쎄요, 내가 알기론 그런 이유 때문에 다섯 시간씩 일하는 건 아닌데요. 거긴 가진 돈은 적지만 일에서 빨리 은퇴하고 싶은 각국의 아웃사이더들이 모여드는 데예요. 프랑스나 독일에선 적은 돈이지만 오로빌에 가져와 쓰면 큰돈이 되지요. 인도인 파출부들은 부르는 돈이 얼마 안 되니까요. 물가도 싸고. 거기 은행에서 하는 제일 중요한 일은 오로빌에 와 있는 서양 사람들을 위해서 유럽이나 미국 은행에서 이자를 송금 받는 일이에요. 그 이자로 사람들은 하루 다섯 시간만 일해도 되는 거지요."

"좀 편견이 있으신 것 같습니다. 오로빌 사람들도 경제적인 선택을 할 수 있는 것 아닙니까. 나이가 들면 돈 굴리는 지혜가 늘어나는데 그걸 완전히 머릿속에서 비워 버릴 수 있습니까?"

"오로빌이 외부에 손 내밀고, 기대는 만큼 공동체로서 자긍심도 독창성도 사그라질 수밖에 없어요. 거긴 지금 일찍 늙어 버린 유럽인들의 싸고 편한 휴양지이지 제대로 된 공동체로서는 미래가 없어요. 그 사람들이 거길 자자손손 머물 곳으로 생각하는 줄 알아요? 다들 자기가 주인이라곤 생각 안 해요."

"주인이라고 생각하지 않는다고요? 거긴 정치인이 없습니다. 가보셨으니까 아실 것 아닙니까? 투표도 없습니다. 소수가 묵살돼 버리니까요. 전부 모여서 격론에 격론을 거듭한 다음에 결정합니다. 다들 열정적이지요. 그리고 저는 거기서 아들,

손자까지 함께 사는 사람들 여럿 봤습니다."

"그럼 그 사람들은 왜 몇십 년 동안 아들, 손자들을 가르칠 제대로 된 학교 하나 안 만듭니까? 학교 건물만 있으면 뭐하고, 화가나 음악가들이 가르치면 뭐합니까? 졸업해도 외부에서 학력을 인정하지 않는데요. 그러면 시험공부를 따로 해야 합니다. 그리고 토론 말인데요, 격론에 격론을 거듭해도 해답이 안 나오면 어떡합니까? 마더가 한 말 찾아보지 않습니까? 마더가 신격화돼 있지요. 집집마다 사진이 붙어 있고, 심지어는 재봉틀에다가도 붙여 놓았지요. 보통, '마더 말에 따라서' 하고 결론 내리는 건 억지들이 많아요. 마더가 살아 있을 때도 '마더 말에 따라서' 하고 제 멋대로 결론 내리는 사람들이 나왔어요. 투표가 아니면서 소수를 묵살하는 방식이 그런 거죠. 거기다 정치가들을 뽑지 않는 건 거기 사람들이 너무 시간이 많아서예요. 온갖 일들에 직접 나서는 거지요. 그 사람들 취미가 뭔지 아세요? 이웃들 가십 이야기예요."

강신영이 물었다.

"그럼, 형님이 보시기에 거긴 왜 그렇게 돼버린 것 같습니까?"

김성효는 강신영한테 한 발짝 다가서더니 눈을 똑바로 쳐다보면서 말했다.

"주인이 없기 때문이지. 어느 한 사람도 진정한 주인이 아니기 때문이야! 거긴 오로빌을 떠날 때면 집이고 농장이고 다 들 내놓아야 돼. 그러면 자기 집을 누가 고치겠나. 자기 농장을 누가 보살피겠어. 주인이 없다면."

김산은 해바라기들 사이로 난 길 위에 줄지어 떨어진 검은 나뭇잎들을 보았다. 여름 동안 태양 아래서 그을린 이파리들은 8월 중순 비를 맞고 나면 시커멓게 변했다. 검은 이파리들은 무슨 길의 표지처럼 해바라기 밭 너머로 이어지고 있었다.

김산은 해바라기들 사이에 잠시 앉았다.

그는 2월에 사자산을 찾아갔다가 40년 전 그가 도원리에 처음 자리 잡았을 때 법흥사의 먼발치에 심어놓았던 배롱나무가 죽어 있는 것을 보았다. 키 큰 소나무 가지에서 쏟아진 적설이 배롱나무의 둥치를 꺾어버렸던 것이다. 늦여름마다 피는 빨간 백일홍이 어여뻤던 나무였다. 진작 소나무 가지를 쳤어야 했는데.

그는 5월에 매쉴재에 올라갔다가 자신이 쉬곤 하던 노루목의 참나무가 번개에 맞아 시커멓게 타버린 것을 봤다. 이제는 잎도 틔울 수 없고 그늘도 드리울 수 없게 돼버렸다.

6월에는 메타세콰이어 숲에 살던 오색딱따구리가 죽었다. 그 달 하순에는 16년 동안 써온 마을의 지프가 폐차됐다. 나흘 전에는 해바라기 밭의 떡갈나무가 비바람에 뿌리째 뽑혀버렸다. 사자산에서 매쉴재, 해바라기 밭까지. 그의 가까이로 무언가가 찾아오고 있었다. 어제 아침에는 바로 그의 머리맡에 놓여있던 회중시계까지.

그는 풀 위에 몸을 눕혔다. 어떤 통증 같은 게 오는지 가슴이 저릿해 왔다. 왼쪽 팔 아래로 아주 날카로운 고통이 부젓가락을 댄 것처럼 지나갔다. 그러나 등 쪽으로는 대지의 가녀린 이파리들이 와 닿았다가 슬며시 드러눕는 느낌이 전해져 왔다. 어쩌면 그의 생애에 마지막으로 겪어보는 부드러움일지도 몰랐다.

그는 이제 어디론가 먼 곳으로 갈 것이라고 생각했다. 알 수 없는 어떤 자애로운 인력(引力)이 자기한테 와서 미치고 있다고. 그리고 자기를 데려가고 있다고, 그는 생각했다.

처음에 그 인력은 그로부터 세상의 모양을 데려갔다. 그가 올려다본 곳에는 키가 2미터도 넘는 높다랗고 둥그런 해바라기들이 있었다. 그러나 그 꽃들은 상세한 형태를 잃어버린 채 흔들리는 노란빛의 무늬처럼 눈에 어른거리기만 할 뿐이었다. 그는 가슴 위에 회중시계를 놓고 두 손을 그 위에 얹었다.

샛노란…… 정말 노오란 꽃. 백 송이, 천 송이도 넘는 해바라기들 위로 종다리가 날아올랐다. 삐비욧, 삐욧— 자애로운 인력은 두 번째로 그로부터 소리를 데려갔다. 그는 어느 한순간부터 종다리 소리를 들을 수가 없었다. 이끼 낀 우물 속으로 깊이 잠겨버린 듯이 웅— 하는 소리만 들려올 뿐이었다.

오전의 태양이 둥그런 꽃부리(花冠) 뒤에서 나타났다. 태양이 아주 높은 저 위에서 하얗게 한 번 번쩍였다가 꽃받침 뒤로 사라져버렸다. 김산은 그 일출(日出)이 자기 눈을 일순 부시도록 찌른 것 같았다. 그러나 이제는 그런 통증마저도 다시 한번 겪어봤으면 하는 바람이 간절하게 일었다. 이제 그는 끝으로 가고 있는 것이다. 꼭, 빛의 통로를 찾아서 가게. 그는 청년에게 기원하고 있었다. 노란 꽃들 사이로 눈이 시리도록 새파란 여름 하늘이 보였다. 처음이었다. 만개한 해바라기 아래 누워 여름 하늘을 올려다보기는. 이렇게 아름다울 수가 있을까. 이렇게 아름다울 수가.

김산을 찾아 헤매던 태영이는 두 시간쯤 지난 뒤에야 지친 얼굴로 해바라기 밭을 헤치고 들어갔다. 해바라기의 꽃대(花軸)들이 만들고 있는 수백 개의 가느다란 수직선 아래로 모든 힘을 풀어내 놓고 누운 몸 하나가 보였다. 김산이었다. 호랑나비가 가슴팍에 앉았다가 날아오르고 있었다. 할아, 할아버지……. 높게 매달린 해바라기가 김산의 얼굴에 평온한 그늘을 드리우고 있었다. 해바라기 꽃은 정말 컸다.

태영이는 할아버지가 숨을 거뒀을지도 모른다고 생각했다. 태영이는 여태까지 시신을 본 적이 한 번도 없었다. 그러나 태영이는 아무런 두려움이나 망설임도 없이 할아버지의 손을 꼭 붙잡았다. 사방으로 골이 파이고, 주름 진 손, 그리고 이제는 온기를 잃어버린 손이었다. 한때 태영이를 거둬준 그 손은, 세상의 소리를 듣지 못하는 귀머거리 소년이 서럽고 고단할 때 말없이 다가와 붙잡아 주던 그 손은, 이제 미약한 열기마저도 갖고 있지 못했다.

김산의 가슴 위에는 은회색의 둥그런 회중시계가 놓여 있었다. 백합 줄기에 둘러싸인 여신 미네르바가 긴 치마를 늘어뜨리며 하늘로 올라가는 모습이 새겨져 있었다. 태영이는 바늘이 움직이지 않는 회중시계에 눈물을 하염없이 떨어뜨렸다. 잠시 뒤에 김범오가 해바라기들을 헤치며 태영이 쪽으로 들어왔다.

••37

강세연이 새로 온 사장으로부터 호출을 받았던 때는 잡지사 사옥 뒤편의 잔디밭에서 적포도주를 잔뜩 묻힌 붓으로 사과와 앵두에 붉은 윤기를 바르고 있던 때였다. 촬영을 하기 전에 요리들을 실제보다 훨씬 더 맛깔스럽게 보이려는 작업이었다. 곧바로 그녀는 맥주잔에 소금을 뿌려 탐스러운 흰 거품도 만들어냈다. 《엘 루이》 다음 호의 요리 특집에 나오는 주말 야외 식탁을 찍기 위해서였다.

그녀는 이런 촬영 트릭들을 재밌어 하다가도 불현듯 착잡해지곤 했다. 그녀가 정작 원하는 촬영지는 이런 손바닥만 한 테이블이 아니었다. 구름 그림자가 도도하게 지나가는 거대한 계곡과 대평원, 징검다리처럼 떠 있는 섬들 사이로 은빛 태양이 번뜩이는 해협, 장엄한 흰색 능선들이 춤추듯 오르내리는 설산(雪山) 같은 곳이었다.

그녀가 니콘 FM2를 내려놓고 건물의 사장실을 올려다보자 사진대학원 시절부터 그녀를 알고 지내온 남자 선배가 손날로 목 베는 시늉을 하면서 말했다.

"새 사장, 사람들 못 잘라서 안달이라니까. 조심해."

"들었어요. 괜히 시비라면서요?"

"잡지마다 편집장들이 따로 있는데, 왜 기자들을 사장실로 막 바로 불러들이나?"

강세연이 사장실로 들어섰을 때 사십대 후반의 사장은 푸른 와이셔츠에 멜빵바지 차림으로 골프채를 잡고 있었다. 황갈색 털이 짧게 일어선 샴고양이가 옆에 앉아 있었다. 삼각형 얼굴에 귀가 뾰족, 몸통은 늘씬, 허리와 네 발이 긴 고양이였다. 그는 오른쪽 장갑을 벗더니 강세연의 손을 깊숙하게 끌어 잡고 악수를 했다.

"나는 요즘 퍼팅이 잘 안 돼요. 구멍에 넣는 거 있죠. 그래서 이렇게 틈틈이 쳐요……."

사장의 입가로 야릇한 웃음이 떠올랐다. 그는 허리를 숙이더니 윤이 도는 샴고양이를 안아 올렸다.

"…… 우린, 골프를 못하면 일이 풀리지 않으니까. 난 그래도 잘 쳐온 편이에요. 시작하고 반년도 안 돼 싱글이 됐으니까. 강세연 씨도 싱글이죠?"

사장은 다시 야릇하게 웃었다. 샴고양이가 사장의 품속에서 고개를 들더니 강세연을 들여다보며 꼬리가 치켜 올라간 눈을 투명하고 파랗게 빛냈다. 강세연은 이럴 때 자신이, 예, 저도 싱글이에요, 하고 교태를 떨 수 있다면 하고 생각했다. 싱글이에요……. 그러나 그녀는 사장의 가발 가락들을 붙들고 있는 하얗고 촘촘한 모발 망과 거기 그물눈마다 엉켜 있을 땀방울, 그 아래 두뇌에서 끓고 있을 욕망을 생각했다. 그녀는 고의적으로, 말없이 어색하게 사장을 쳐다보면서 "저는 아직 골프를 칠 줄 몰라서요." 하고 말했다. 그런 그녀의 침착하고 자연스러운 표정이 사장한테는 냉담한 외면이나, 은근한 비웃음을 떠올리게 할 수도 있었다. 하지만 그녀는 그런 건 상관하지 않기로 했다. 벌써 오래전부터.

사장은 한동안 말이 없더니 벽에 붙여놓은 열여섯 종의 잡지 새 표지들을 바라봤다. 새 잡지들의 마감이 코앞이었다. 그는 자기 데스크에서 사진 한 장을 집어 들었다.

"아, 강세연 씨, 이 사진 어디서 찍었어요?"

"정릉동입니다. 국민대에서 북한산 가는 길에 있는."

"연립주택이죠?"

그녀가 "예" 하고 말하자 사장은 갑자기 "이런 데서 《엘 루이》를 사보겠어요?" 라고 내뱉으며 양쪽 멜빵을 번갈아 툭, 툭 튀겼다.

사장은 계속 말했다.

"확실한 독자를 잡아야 살 수 있습니다. 광고주들이 확실하게 좋아할 만한 기사와 사진을 내보내야 합니다. 이런 서민주택 옥상에서 채송화나 봉선화 키우는 이야기를 재미있어 할 사람 있겠어요?"

강세연은 말문이 콱 막혔다. 그것은 나름대로 서울 중산층의 주거 문화를 스타일리시하게 보여주는 사진이고 기사였다.

하지만 사장은 이미 결론을 내린 채 말하고 있었다. 사장의 품에서 풀려난 샴고양이는 사장 데스크를 가로질러 수족관으로 갔다. 끝이 검은 꼬리를 채찍처럼 세우고 있었다. 캬—옹! 고양이가 수족관 벽에 몸을 맞대고 일어서서는 가무잡잡한 발끝에서 어느 결엔가 솟아나온 긴 발톱으로 물속을 살벌하게 휘저었다. 둥그런 물고기들이 순식간에 수족관 바닥으로 흩어졌다. 사자나 호랑이, 표범이 왜 고양잇과에 들어 있는지 알 것 같았다.

"잡지, 더 이상 나이브하게 만들면 안 됩니다. 우리가 누구한테 어필할 거냐, 거기에 절대 충실한 지면을 만들어야 합니다. 절대! 이런 연립주택 꽃밭, 아무도 안 봅니다! 무엇보다, 광고할 제품, 무슨무슨 상품들과 전혀 매치가 안 되잖아요. 거름 냄새가 안 나나요?"

사장은 콧잔등을 찡그리며 강세연을 똑바로 쳐다봤다. 거름 냄새……. 강세연은 사장을 향해 알 수 없는 승부욕 같은 것을 느꼈다. 그러나 그녀는 시치미 떼듯이 분노를 감추며 사장의 눈을 들여다봤다.

새 사장이 강세연의 잡지사로 온 후에 많은 것들이 변했다. 소박한 서민들의 이야기를 담아온 월간 《씨앗》, 평범한 소년 소녀들의 이야기를 실어온 월간 《아름다운 생각》이 폐간됐다. 대신 미국 누드걸들의 사진들이 실리는 《맨》과 중상류층들을 위한 《엘 루이》가 만들어졌다. 강세연처럼 《씨앗》에서 곧장

《엘 루이》로 강제 이식된 사람들한테는 당분간의 이앙기(移秧期)가 필요한 것처럼 보였다. 그러나 회사는 그것을 용납하지 않는 분위기였다. 즉각 해. 아니면, 나가.

그렇다. 마음에 들지 않는 사람들은 회사를 나가면 된다. 싸늘하게 먼지바람 몰아치는 환란 후의 황무지로.

새 사장이 온 뒤로 바뀐 게 또 있다. 사옥 엘리베이터 문 닫히는 속도가 빨라졌다. 실제 손목시계를 풀어서 빼 들고 재본 사람들도 있었다.

"2초 빨라졌어."

하지만 겨우 그 2초가 사람들을 그토록 긴장시키고 급하게 만들 줄은 아무도 몰랐다. 단순히 엘리베이터 문 닫히는 속도만 빨라진 게 아니라, 출근해서 그 문 앞에 선 사람들이 하루를 시작하는 템포 자체가 빨라져버렸다.

여기에 사원별 아이디(ID) 카드가 새로 발급되고, 그것으로 각 층의 문을 여닫게 만들었다. 사장은 일단 겉으로는 "아무나 출입할 수 없게끔 보안용으로 열쇠까지 겸하게 만들었다."고 설명했다. 그러나 아이디 카드를 사용해야 하는 출퇴근과 외출하는 시간은 은밀하게 잡지사 내의 컴퓨터에 기록됐다. 그 다음 날 부서장들에게는 직속 부하들의 출퇴근 시간이 이메일로 몰래 전달됐다.

직원들이 출근해서 노트북을 켠 시각과 끈 시각, 게임이나 채팅 사이트, 주식거래 사이트 등에 접속한 시간도 체크돼서 간부들에게만 이메일로 전달됐다. 월요일 오전 출근할 때마다 이메일로 지난주의 고과 평점이 직원들 본인한테 전달되도록 해놓기도 했다.

누군가 직원들한테 일반 전화를 걸었는데 받지 않으면 자동적으로 직원의 핸드폰으로 연결되게 해놓기도 했다. 강세연과 직장 동료들은 출근 전에도, 퇴근 후에도 컨베이어 작업대에 앉아 있는 기분이 들었다. 아마 화이트칼라들이 대부분 이런 느낌이겠지.

일단 회사에 출근한 직원들은 회사가 제공한 이메일 계정만을 사용하게 해놓았다. 더군다나 이런 메일은 회사가 임의대로 열람할 수 있었다. 이미 나온 미국 판례에 따른다면 가능하다고 했다. 그러나 회사가 사원들의 이메일을 감시한다는 말은 임원회의 때 슬쩍 나왔다는 소문만 돌 뿐 실제 인트라넷에 공지되거나, 간부들을 통해서 직원들한테 직접 알려진 적은 한 번도 없었다.

"그게 무슨 말이야? 누가 우리 메일을 봐도 아무 말도 못 한단 말이야?"

"사무실마다 폐쇄회로 카메라 놓는다는 말 있으니까, 그냥 조용히 해."

숨이 막히는지, 한참 바닥에서 맴돌던 빨간 열대어 하나가 수족관의 수면 위로 다시금 올라와 주둥이를 살짝 벌렸다. 샴고양이는 그대로 점프하며 물고기의 주둥이를 향해 발톱을 내리쳤다, 철썩! 물이 수족관의 내벽으로 뿌려졌다.

그러나 빨간 열대어는 아슬아슬하게 발톱을 피해서 다시 물

아래로 내려갔다. 강세연은 휴우— 한숨을 내쉬었다.

사장이 눈을 가늘게 뜬 샴고양이를 안고 사무실을 왔다 갔다 하면서 말했다.

"원래 이 수족관 가운데에는 유리판이 벽처럼 가로놓여 있었어요. 물고기들이 건너편으로 오가지 못했지요. 그런데 내가 지난주에 그 유리판을 빼버렸어요. 그러고 나서 수족관을 잘 살펴봤어요. 물고기들이 건너편으로 왔다 갔다 할까?

천만에요! 물고기들은 절대 왔다 갔다 하지 않아요. 보이지 않는 유리판을 존중하니까요. 이건 어떤 수족관에서도 마찬가지예요.

우리 직원들도 그래야 합니다. 보이지 않는 룰을 존중해야 합니다. 구매력을 가진 기사를 써라! 시장에서 통하는 기사를 써라! 사장의 방침에 따르는 지면을 만들어야 합니다. 그게 룰이니까요."

강세연은 씁쓰레한 표정이 되고 말았다. 기껏 물고기란 말인가, 우리가. 유리 벽이 빠져나갔는지도 모르고 헤엄치던 곳만 왔다 갔다 하는. 사장은 무릎에 앉은 고양이를 손바닥으로 정성껏 쓸어주더니 갑자기 불쾌한 표정이 되어 덧붙였다.

"거름 냄새 나는 기사는 시장에서 통하지 않아요."

강세연의 속에서 무언가 뜨거운 것이 장전되는 느낌이었다. 그녀는 불현듯 "사장님, 원성일 회장님 아시죠?" 하고 물었다. 사장은 강세연을 쳐다보지도 않은 채로 아무런 말 없이 고개만 느릿느릿 끄덕였다. 강세연의 잡지사는 성림 아파트 입주자들에게 《우먼스 라이프》와 《하우스》를 매달 3만 부 이상씩 성림건설의 부담으로 나눠주고 있었다.

"원성일 회장님은 매주 금요일 성림건설 사옥에 있는 옥상 정원으로 올라가셨어요. 어떤 날은 바지를 걷어붙이고 맨발로 걸어 다니시기도 하셨어요. 우리 잡지사가 성림 그룹의 사외보를 만들기로 계약을 따내던 날도 그러셨지요. 우리 잡지사 간부들은 옥상정원으로 올라가서 같이 바지를 걷어붙이고 억새가 솟은 풀밭에서 도장을 받아냈지요."

아아, 그 옥상정원을 만들기 시작한 사람은 김범오였지. 자기 책상 위에도 작은 화분들과 백리향이 자라는 상자를 갖다 놓았으니까. 그 사람이 거름 냄새, 라는 말을 들었다면 어떤 표정 하고 있을까. 나처럼 이렇게 치받고 있을까.

"강세연 씨는 어떻게 그렇게 잘 알지요?"

"그때 그 옥상에 있었으니까요. 저는 그때 성림건설 직원이었거든요."

사장은 이마에 주름이 잡힐 만큼 눈을 크게 떴다. 강세연은 일부러 놀란 듯한 표정을 짓는 사장의 얼굴에서 까닭 모를 모멸감을 느꼈다. 그녀는 차분하게 덧붙였다.

"그때 거기서 거름 냄새가 난다고 말한 분은 한 분도 안 계셨어요. 원성일 회장님을 포함해서 말이지요."

강세연은 어쩌면 자신이 지금 김범오를 위해 항변하고 있는지도 모른다고 생각했다. 비서실에 있던 그가 최동건 이사에게 제안해서 옥상정원을 만들었던 것이다. 아아, 그의 얼굴이, 흰

이를 드러내고 웃는 그을린 그 얼굴이 그녀의 눈앞에 또렷하게 나타났다. 손으로 쓰다듬을 수 있을 것처럼 또렷하게.

강세연은 성림건설을 나와서 두 번째 직장으로 다니던 종금사가 지난해 말 문을 닫게 되자 오히려 해방감을 맛봤다. 그녀는 타의에 의한 그 같은 실업(失業)이 자기 생애의 극적인 전환점이 될 수도 있다는 사실을 퍼뜩 깨달았다.

그녀는 대학교 1학년 때부터 햇수로 13년 동안 사진 촬영을 익혀 왔다. 그중에는 2년간의 대학원 사진학과 야간 클래스도 포함돼 있었다.

그래, 포토그래퍼가 되자! 그녀는 불현듯 자기가 태어난 강원도의 산천이 자신의 뷰파인더 속에 다시금 들어오고 있는 걸 느낄 수 있었다. 시커멓게 물이끼가 낀 개울가 바위, 수초들을 흔들며 내려가는 물살과 울긋불긋하게 떨어져 내린 단풍잎들이 맴돌다 가는 여울목. 키 큰 밤나무와 바람에 날리는 햇살과 물수제비 뜨듯 날렵하게 오르내리는 새들.

이 모든 것들이 그녀의 몸속으로 들어와 붉고 푸르고 노란 기운들을 기둥처럼 일으켜 세웠다가 소용돌이치곤 했다. 전문 포토그래퍼! 그녀는 가끔 현기증이 이는 걸 느꼈고, 그것의 실체는 모험에 대한 동경이었다. 내게, 서른이 넘은 내게 아직 그런 동경이 남아 있다니.

그녀는 스물넷부터 서른두 살까지 9년 동안이나 자기 희망과는 다른 길을 걸어왔다. 돈 다루는 일이 그녀에게 맞지 않는다는 사실은 그녀 스스로 오래전부터 알고 있었다. 단지 열아홉 살 시절의 그녀는 아버지가 실용적인 학과를 권해서 경영학과를 지망했고 4년 후 대학 성적이 우수한 학생들에게 주어지는 추천 채용 기회를 뿌리치지 않았기 때문에 성림 그룹으로 들어갔던 것이다. 당시에 성림 그룹은 더 없이 유망해 보였지만, 그곳이 그녀에게 할당한 일은 자금 업무였다.

그녀는 종금사가 문을 닫은 후에 우선 자기가 포토그래퍼로서의 길을 출발했다는 사실을 아버지한테 분명히 보여주고 싶었다. 그래서 비정규직 기자라는 좋지 않은 조건을 무릅쓰고 열여섯 종이나 되는 잡지들을 펴내는 이 토털 매거진 그룹으로 들어온 것이었다.

그녀는 나중에 여행지의 풍속이나 자연, 연출하지 않은 인물들을 담는 전문 포토그래퍼로서 독립하고 싶었다. 힘든 일이었지만 4, 5년만 전력으로 매달리면 무언가가 나타날 것 같았다. 그녀는 《내셔널 지오그래픽》이나 《지오(GEO)》 같은 잡지에 사진을 싣고 싶었다. 아니 꽤 오랜 세월이 흐른 다음에는 세계적인 매그넘 회원이 될지도 모르잖는가. 그녀는 마치 정신의 끊어진 힘줄이 다시금 이어진 것처럼 자신의 동경 앞에서 몸을 부르르 떨었다.

그러나 그날 그녀가 사무실로 돌아와 편집장한테서 통보받은 것은 이런 말이었다.

"옥상정원 기사, 다음 호에서 빠진대."

사십 대 초반의 여자 편집장은 힘이 없어 하는 강세연을 깊숙하게 끌어안으며 속삭였다.

"사장이 아직 뭘 모르고 있는 거니까 이해해. 계속 저러면 내가 먼저 사표 쓸게. 우리 다음에 그 옥상에 한번 찾아가서 맥주 한잔 하자. 난 참 좋더라, 얘."

강세연은 창가에 오래 머물러 있다가 날이 완전히 저물고 나자 퇴근하려고 유진에 올라탔다. 그녀가 통풍을 위해 짧은 시간 내려놓았던 차창을 다시금 꽉 올려 닫자 그녀의 내부 어딘가도 완벽하게 밀폐되는 느낌이었다.

그녀는 갑자기 알 것 같았다. 왜 그녀가 정릉동의 그 옥상 정원을 찾아간 것인지. 아! …… 보름 전 그녀는 다음 호 아이템인 '옥상정원'을 생각해 내 찾고 있었다. 하지만 그녀의 무의식은 눈먼 장님처럼 낯선 통로를 손으로 더듬고 있었다. 그 어떤 옥상정원을 어딘가에서 또 만들고 있을 그 남자를 찾아서. 김범오를 만날지도 모른다는 생각에. 누군가 그녀에게 귀띔해 주었던 것이다. 김범오가 동작동 아파트를 팔고 정릉으로 갔다는 말을.

그녀는 어두운 강바닥을 헤엄쳐 물살을 거슬러 오르려는 송어 한 마리가 된 것 같았다. 한 번 헤어진 사람들은 다시 만날 수 없는 걸까. 우리가 차갑게 식은 채로 드러누운 나무 관(棺) 위에 흙비가 쏟아져 내려오는 마지막 날까지. 만날 수 없는 걸까.

그녀는 이를 사리물고 조용히 엑셀러레이터를 밟았다. 차는 곧바로 움직였다.

주차장에서 끼익— 하는 소리가 나자 사장실의 고양이가 베란다로 나왔다. 코란도의 둥그스름한 헤드라이트 불빛이 고양이의 시야에 들어왔다. 그 불빛은 원래 있던 자리에서 신속하게 뒤로 빠지더니 거침없이 크게 한 바퀴 회전했다. 그러고는 곧바로 하얀 지프의 빨간 미등(尾燈)이 어둠 속에 드러났다. 그것은 캄캄한 밤길 저쪽으로 외롭고 희미하게 멀어져갔다.

나옹— 나옹—

제4부 황금 저수지

P A R A D I S E   G A R D E N

황금 저수지

··38

중국에는 『도화원기』에 나오는 '무릉도원'이 바로 여기라고 자처하는 데가 예부터 스물이 넘는다. 찾아가 보면 정말 그럴 듯하게 꾸며놓았다. 관광객들을 끌어들여 큰돈을 만져보려고 최근에 바짝 신경을 써서 꾸민 것들이다.

하지만 호남성(湖南省) 무릉(武陵)의 도화원(桃花源)은 말 그대로 진정한 무릉도원이다. 1400년 전 진나라 때 살았다는 진(秦)씨, 고(高)씨, 언(鄢)씨의 부락이 남아 있는 것이다. 당시 가옥들을 대나무로 재현해 놓긴 했지만 행정지명부터 무릉 땅 도화원이다.

내가 여길 찾아가 본 건 1994년 여름이다. 나는 젊은 시절 상해에 머물렀던 적이 있는데 객수를 함께 달랬던 막역지우로 진태호가 있었다. 내가 호남성 주주(株州)에 사는 그에게 편지를 보내 무릉도원을 이야기하자 일흔이 넘은 그는 오래잖아 '김산, 자네가 김산 맞나?' 하고 시작하는 감격에 찬 답장을 보내왔다.

나와 그가 주주에서 출발해서 북쪽으로 두 시간가량 달리자 오래된 도읍인 장사(長沙)가 보였다. 이백(李白)이 반란죄로 끌려가다 읊은 「매화락(梅花落)」에 나오는 곳이다. '장사 향해 귀양 가는 길'로 시작하여 '황학루 가운데 피리 소리 흐르고/강변 성(城)에선 오월 매화 지고 있네'로 끝나는 시다.

장사 근처에도 무릉도원이 있어 호객꾼들이 우리 손을 잡아끌었다. 하지만 내 친구는 곧장 장사의 시가지가 보이는 언덕에 올라갔는데 눈길에는 만감이 엇갈렸다.

"내가 무릉도원을 찾아낸 건 1938년이었네. 중일전쟁이 한창이었고, 나는 여기 살고 있었어. 일본군이 장사로 쳐들어오려니까 장개석이 초토화 작전을 썼지. 시가지를 불 질러 닷새 밤낮 동안 불에 탔네. 일본군은 여유 있게 200리 바깥에다 진을 치고, 가끔 정찰기를 날려서 투항 전단을 뿌렸지. 우리는 그게 폭탄이 아닐까 조마조마해서 상공을 올려다보곤 했네. 그때 내가 결국 보따리를 싸서 달아나던 길에 우연히 찾아낸 게 바로 무릉도원 입구였지."

그를 더욱 옛 기억 속으로 가라앉게 만든 것은 가는 길에 한참이나 호안(湖岸)이 내다보이던 동정호(洞庭湖)였다. 양자강 물로 채운 경기도만 한 호수였는데, 당나라 현종 때 시인 맹호연(孟浩然)이 읊었던 시도 있다. 내가 "푸른 하늘 내려와 물속에 잠기고" 하고 외우자, 그는 "물결 일면 악양성(城)을 흔들어버릴 것 같네" 하고 받았다.

장사에서 여섯 시간 달리자 도원이 나왔다. 내 친구는 차에서 내려 길을 올라가면서 진정한 도원에만 있다는 세 가지를 말해 주었다.

첫째가 네모난 대나무, 방죽(方竹)이다. 도원 바깥에다 심으면 다시 둥글어진다. 둘째가 입속에 품으면 넋이 나갈 만큼 감미로운 도원 차(茶)다. 역시 도원 바깥에다 심으면 열매를 맺지 않는다. 셋째가 복숭아꽃이다. 도원의 동쪽과 서쪽에 피어 있는데 열매는 동쪽에서만 맺힌다.[1)]

나와 내 친구가 30분가량 산비탈을 올라가자 바위 더미 가운데에 두 사람 정도 나란히 걸을 수 있는 구멍이 나타났다. 오른편에는 뿌리를 드러낸 적송(赤松)이 있고, 왼편에는 '진나라 사람의 옛날 동굴(秦人古洞)'이라고 붉게 새겨진 큰 돌이 있었다.

"여기다!"

"거긴 가짜야. 관광용이라고."

하긴 『도화원기』에는 '한 몸 움직이기도 어려울 만큼 좁은

---

1) 언론인 이규태 선생(1933~2006)이 1966년 이곳을 다녀온 후 밝힌 내용이다.

입구'라고 쓰여 있지 않은가. 게다가 터널이라고 해야 할 그 구멍에는 형광등까지 켜져 있었다. 좀 더 들어가자 나무문이 못질된 채 폐쇄돼 있는 게 아닌가.

"자네가 찾았다는 입구는 어디 있나?"

"따라와. 나밖에 몰라."

내 친구는 앞장을 섰다. 무릉의 역대 수령들은 도원에 아무나 들지 못하도록 높은 방벽을 둘렀는데 친구는 방벽들 대신 천연의 바위들이 둘러진 곳을 손으로 계속 더듬었다. 바위에는 담쟁이덩굴이 빽빽했다. 하지만 친구는 한 시간이 지나도 옛날의 그 입구를 못 찾아냈다.

"이상한데. 이쯤 있던 상수리나무 가지들을 헤치고 가면 바위틈에서 좁다란 입구가 나왔는데. 담쟁이로 덮인 구멍이."

상수리나무들은 모두 베어진 것 같았다.

"마지막으로 언제 거기로 갔는데?"

"스물아홉 살 때. 그런데 왜 안 보이지? 누가 막아버렸나?"

나는 그를 달랬다.

"안개가 정말 짙네. 여름이라서 그런가? 호수 때문인가? 내일 아침엔 찾겠지."

친구는 한참 말이 없다가 비탈을 다 내려왔을 때에야 입을 열었다.

"내일도 못 찾을 것 같네."

"이 사람아, 여기까지 왔는데. 우린 이제 일흔이 넘었어. 지금 못 찾으면 영원히 다시 못 가는 거야."

"아냐. 그래도 못 찾을 것 같아."

내가 왜냐고 묻자 친구는 한참 생각하다가 답했다.

"내가 스물아홉 살 때는 45년 전이네. 3년 전에 예쁜 아내와 결혼했고, 귀여운 맏딸과 아들을 얻은 때였지. 그때의 그 탁 트인 시야와 예민한 촉감, 무언가 신비스러운 것이 내 앞에 남아 있다는 기대가 이제 내겐 없어. 전쟁의 불길에서 벗어나야 한다는 열아홉 살 때의 절박감마저도."

그리고 한참 후에 이렇게 덧붙였다.

"무엇보다 세상에 낙원이 없다는 걸 한평생 절감한 후이니."

우리는 아무 말도 못 한 채 도원의 방벽을 따라 오랫동안 걸었다. 세상에 낙원이 없다는 걸 한평생 절감했다니. 문화대혁명과 중국 사회주의 건설은 그에게 무얼 남겼나. 우리는 건강한 편이었지만 흰머리와 주름을 감출 수 없는 칠순이었다.

우리가 도원 입구를 끝내 찾아낸 것은 그 말없는 산책을 20분가량 더 하고 나서였다.

"여기서 뭘 하고 있습니까?"

붉은 견장의 공안(公安)이 우리 앞을 가로막았다. 여기서 뭘 하고 있냐니? 그래, 대체 나는 여기서 뭘 하고 있나? 평생 내가 나한테 해온 질문이었다. 나는 갑자기 콧등이 시큰해졌다. 나는 무릉도원의 입구를 찾고 있다고 비감하게 말했다.

키가 큰 공안은 갑자기 환하게 웃었다.

"그러면 저기 저 모퉁이를 돌아가시면 됩니다."

"거기 뭐가 있습니까?"

"새로 공사한 입구가 있습니다."

"공사요?"

"예. 이전 입구가 산중턱인 데다 좁았어요. 방벽을 헐고 새로 대문을 냈지요."

내 친구는 어처구니없다는 표정으로 모퉁이를 돌았다. 과연 거기에는 대형 트럭 두 대가 동시에 오갈 수 있는 대로가 뻥, 하고 소리라도 낼 것처럼 널따랗게 뚫려 있었다. 친구는 허탈해져서 울듯이 말했다.

"무릉도원 입구는 아무도 못 알아보는 굴 같은 건데. 통로 끝에서 겨우 빛이 새어 들어오는 덴데."

아스팔트 길에선 기념품을 손에 쥔 관광객들이 수십 명씩 무리 지어 나오고 있었다. 저 멀리서 빨갛고 노랗고 하얀 폭죽들이 터져 올랐다. 무릉도원의 불꽃놀이라니. 누가 낙원의 완성을 축하하고 있나. 우리는 할 말을 잃었다. 하지만 뒤따라온 사진사는 달랐다.

"멋있지요? 한 장 찍으시지요. 무릉도원인데."

••39

해발 1466미터의 강원도 영월군 주위봉[2]은 인적미답의 천연

2) 실제로는 두위봉이다.

림으로 가득했다. 바위들과 쓰러진 고목 위에 피어난 이끼들은 푸르다 못해 시커멨다. 새 둥지들이 혹처럼 얹힌 나뭇가지들 위로는 칡넝쿨들이 어지럽게 얽혀 있었다.

숲의 우점종(優占種)을 이루고 있는 아름드리 전나무들이 솟아올라 있었는데 신전의 돌기둥처럼 보였다. 100년도 넘은 신갈나무의 굵은 몸통에는 시커먼 구멍이 나 있었는데 부엉이가 눈을 반쯤 뜬 채 졸고 있어 섬뜩하기까지 했다. 숲의 지붕으로는 오후의 햇살마저도 쉽게 새어 들어오지 못했다.

다른 일행보다 훨씬 앞선 마이클 맥나마라는 다래덩굴과 가시덤불 들을 손도끼로 척척, 쳐내면서 앞으로 나아갔다. 그는 강원도의 이 아시아형 원시림이 생명공학의 원료로 가득한 보고(寶庫)일 가능성이 있다고 말했다.

원직수는 그와 함께 이 원시림 어딘가에 숨어 있을 엘도라도로 가고야 말겠다고 다짐했다. 엘도라도는 원래 아마존 강의 발원지에 있다는 곳이다. 발아래에는 돌이 구르는 천 길 낭떠러지가 있고, 흰 거품을 앞세운 급류들을 건너야 나오는 땅, 찌는 더위와 폭우를 참아내고, 뒤에서 덮치는 보아 뱀부터 조용히 스며드는 콜레라 바이러스까지 이겨내야 나오는 곳, 하지만 흙을 쥐면 절반은 금가루가 나온다는 바로 그 엘도라도로……. 원직수는 나흘 전 미국으로 전화 걸어 그룹 오너십을 장악했다고 맥나마라에게 제일 먼저 통지했다.

주위봉의 밀림은 한증막 같았다. 이미 러닝과 흰 티는 땀으로 흠뻑 젖어 짜낼 수도 있을 정도였다. 원직수는 축축하게 늘어진 러닝이 등에 척, 들러붙는 감촉이 너무도 그닐거려 못 견딜 지경이었다. 벌써 겨드랑이와 목덜미에는 날벌레들이 물어뜯어 발갛게 달아오른 곳들도 있었다. 그러나 그는 그 모든 걸 이겨낼 작정이었다. 그는 젖은 러닝을 손으로 집어 살갗에서 척— 떼내면서 다짐했다. 그룹을 회생시키기 위해서라면 영혼이라도…… 팔아치운다, 라고.

맥나마라가 숲 저편에서 멈춰 서더니 갑자기 손을 들어 올렸다. 원직수는 그를 향해 걸음을 서둘렀다. 그가 미끌거리며 걸은 길은 인적(人跡)이라기보다는 짐승들이 낸 길이었다. 사람들이 발을 내디딜 때마다 벌레들은 일제히 울음을 멈췄다. 후끈 달아오른 숲은 정지한 적막강산이 됐다.

맥나마라는 회갈색 껍질의 두툼하고 키 작은 나무를 가리키며 수종이 무엇인지 물었다. 한국인 식물학자가 원직수의 뒤를 얼른 따라오더니, 왕가시오갈피나무라고 말했다. 약재나 토속주로 쓰이는 오갈피와 사촌인 나무였다. 맥나마라가 말했다.

“나는 이걸 처음 봐. 정말 동양적인 나무야. 환상적이야.”

그는 얼마 전 긴잎이팝나무를 봤을 때도 이렇게 들떠 있었다. 그는 왕가시오갈피나무의 열매와 이파리들을 확대경으로 한 번 살펴본 뒤 허리춤의 유리병에 집어넣었다.

“레너드! 이걸 잘 봐! 이건 그냥 열매나 이파리가 아냐. 모두 다 엘도라도로 가는 티켓이야.”

레너드(Lennard)는 원직수의 영어 이름이었다. 굳이 말하자면 미국식 미들 네임이었다. 직수 레너드 원(Jick-Su Lennard Won), 그게 그의 풀 네임이었다.

맥나마라는 마흔두 살이었다. 날렵한 윤곽과 광대뼈가 두드러져 왠지 안토니오나 가르시아 같은 남유럽 쪽 사람들의 이름이 걸맞을 것 같은 얼굴이었다.

그는 지난해 제야에 뉴욕에서 원직수와 처음 만났을 때 마이클(Michael)이라는 자기 이름에 대해 설명해 주었다. 프랑스에선 미셸(Michel), 러시아에선 미하일(Mikhail), 미국에선 간략하게 마이크(Mike)라고 불린다는 것이었다. 원직수는 '마이클'이 한글 성경에는 '미카엘'이라고 쓰여 있다고 말했다. 맥나마라는 "미카엘?" 하고 발음해 보더니 크게 웃었다. 무슨 아프리카 원주민 이름처럼 들린다는 말이었다. "핫하하하! 미카엘."

그렇다…… 미카엘. 그것이 마이클의 귀에 무엇으로 들려도 상관없었다. 원직수는 마이클이 자기를 위한 대천사 미카엘이 돼주기를 바랐다. 큰 날개를 펴고 성림을 다시금 날아오르게 해줄 대천사가 돼주기를.

맥나마라는 미국 캘리포니아 주 새크라멘토에 있는 생명공학 회사인 팬젠의 재료개발 부문 사장이었다. 그러나 그는 시쳇말로 '사장 같지 않았다'. 그는 땅에 떨어진 열매를 직접 주워다가 확대경으로 살펴보거나 유리병 속의 시약(試藥)으로 직접 테스트를 해보곤 했다. 그는 생명공학으로 돈을 벌려고 나선 벤처 기업가라기보다는 사실 동식물 채집, 특히 식물 채집 전문가에 가까웠다.

그는 실로 세계의 곳곳을, 다채로운 식물들이 안정적인 극상(極上)을 이룬 곳이라면 모조리 찾아다닌 사람이었다. 중미의 코스타리카부터 아프리카의 자이레, 베넹까지. 알래스카만의 로건 산부터 호주의 퀸즐랜드까지. 위도의 남북과 경도의 동서를 가리지 않고.

그의 목적은 분명했다. 새로운 시대의 황금광, 생명공학적 노다지를 채굴하는 것이었다. 그는 미국 농무성 국립수목원과 머크사 약제개발원의 상임연구원을 거쳐 팬젠사로 옮겼다. 옮기고 나서 맨 처음 한 일은 카메룬의 숲 속을 찾아간 것이었다. 그곳에서 발견한 작은 벌레인 바구미를 가지고 말레이시아 기름야자들의 꽃가루를 저절로 옮기게 해 해마다 1억 달러 이상의 노동경비를 절감시켰다. 말레이시아 기름야자들의 꽃가루는 거의 움직이지 않아 이전에는 사람들이 일일이 손으로 옮겨 수분(受粉)시켰던 것이다. 이 같은 대가로 팬젠사가 연간 받는 로열티는 1000만 달러나 됐다.

그는 마다가스카르의 열대림에서는 '밍카'라는 식물을 찾아내 미국으로 가져왔는데, 제약사 릴리엘리에 팔았다. 릴리엘리

---

3) 실제로는 미국 제약사 엘리릴리가 마다가스카르의 열대림에서 자라는 식물 빙카를 가져와 백혈병과 호지킨병에 효험이 있는 약을 만들었다.

는 결국 밍카로 백혈병과 호지킨병에 효험이 있는 약을 만들었다.[3] 그가 아프리카 베넹에서 가져간 풀을 사들인 제약사는 항암제를 만들었고, 오스트레일리아 퀸즐랜드에서 챙긴 나뭇잎을 구매한 제약사는 피임약을 만들었다. 멕시코에서 가져간 알감자를 사들인 제약사는 피부약을, 브루나이에서 발견한 꽃잎 가루를 구입한 연구소는 위조지폐 방지 염료를 만들었다.

그가 사장으로 몸담고 있는 팬젠사의 개발 부문은 생명공학으로 무언가 새로운 것을 만들어내기보다는 생명공학 기법을 가하면 무언가 돈이 될 만한 식물이나 동물들을 채집, 알선해 주는 데 치중하는 파트였다.

맥나마라는 어제처럼 등산모와 선글라스에 주머니가 많은 등산조끼 차림이었다. 시약(試藥) 유리병들이 매달린 채집용 벨트를 차고 있었다. 등에는 접었다가 높은 가지 끝까지 뻗을 수 있는 플라스틱 인조(人造) 팔을 메고 있었다. '리모트 핸드(Remote hand)'라는 것이었다.

그동안 성림건설의 대외협력 이사인 조상회가 그와 미국인 과학자들의 안내를 맡아 회사가 사둔 숲이 있는 곳들을 돌아다녔다. 춘천과 화천, 홍천과 횡성, 부안과 무주, 울진 등이었다. 그러나 오늘은 원직수가 끼어야 했다. 맥나마라의 채집이 절정에 달하는 날이기 때문이었다. 그것은 어쩌면 산짐승을 잡아내는 살육이라고도 할 수 있었다.

멀리서, 저 멀리서 헬리콥터 소리가 차츰차츰 강하게 울려

왔다.

타타타타— 타타타—

••40

빽빽한 나무 사이로 손바닥만 하던 하늘이 차츰 넓어졌다. 원직수의 일행은 마침내 상수리나무의 우듬지 위에 탁 트인 여름 하늘을 봤다. 계곡이 벌어진 곳에 다다른 것이다.

길이가 10리에 달하는 협천(狹天)계곡이었다. 이곳에는 사람이 다녀가지 않은 원시림이 만들어져 있었다. 계곡 이쪽과 저쪽에는 구상나무, 노각나무, 팥배나무, 물푸레나무, 광나무, 만리화, 털개회, 회양목처럼 키 다르고, 잎 다른 나무들이 저마다 군락을 이뤄 밀생하고 있었다. 그러나 가파르게 깎인 절벽들이 나무들의 바다를 족히 100미터는 될 것 같은 깊이로 갈라놓고 있었다.

벼랑 저 아래 물 흐르는 곳 주변에는 두견새 우는 소리가 쿄옷쿄옷 쿄쿄쿄오 멧새의 구애(求愛)하는 소리가 삐삣 찌찌 추츳츠으 하고 희미하고 외롭게 이어지고 있었다.

맥나마라와 주로 동물 채집에 치중하는 팬젠의 개발담당 디렉터인 데이비드 브로델이 어느 쪽이 먼저랄 것도 없이 망원경을 빼들고 계곡을 살피기 시작했다.

타타타타 타타타 헬리콥터 소리가 점점 가까워지고 있었다.

그들이 이곳에 살고 있다는 주위봉 산양에게 처음 관심을 갖게 된 것은 5월 성림건설의 초청을 받고 한국에 들어왔던 때였다. 맥나마라와 브로델은 서울 제기동의 경동시장과 대구 남성로의 약전골목을 집중적으로 돌아봤다. 이들은 성림이 보낸 통역자와 함께 한약재와 민간요법에 쓰이는 식물들을 차곡차곡 채집했다.

보름이 걸린 채집이 끝날 무렵 성림건설의 기획실 직원들은 이들을 춘천으로 데려가 숯불에 구운 산양 갈비를 대접했다. 그 음식점은 성림건설이 가진 주위봉 산양들을 한두 마리 어렵사리 밀렵해 귀빈들에게 내놓는 곳이었는데, 브로델이 이 맛에 완전히 빠져버렸다. 뼈에서 잘 발라낸 고기 안팎에 칼집을 내서 양념장이 잘 배어들게 한 다음 배즙을 골고루 발라 구운 고기였다.

그런데 브로델은 다음 요리에 더 큰 호기심을 가졌다. 주인은 시식(試食)용으로 마늘을 다져 넣은 야생 산양의 생간을 내놓았다. 그는 "다 먹고 나면 여자들 서넛은 하룻밤에 기절시킨다."고 호언했다. 반들거리는 윤기가 침을 삼키게 하는 생간이었다.

잘 그을린 탄탄한 몸매의 브로델은 이 말을 듣고 생간을 먹어치운 다음 어떻게 했는지 "인체 효능 시험까지 거쳤는데 정말 대단하더라." 하고 감탄했다. 그는 비아그라 버금갈 강정제를 만들 수 있겠다는 희망에 부풀어 있었다.

원직수는 그들을 도와야 했다. 맡고 싶은 향에 코를 댈 수 있도록, 원하는 걸 먹을 수 있도록, 만지고 싶은 걸 움켜쥘 수 있도록. 그들을 따라 황금도시로 들어서려면, 정말 그래야 했다.

맥나마라와 브로델은 6월에도 입국했다. 산양들을 잡으려고 사냥꾼까지 동원했지만 닷새 작업한 뒤에 포기하고 말았다. 산양들이 워낙 영리하고 담대했기 때문이다. 동굴과 절벽 틈새 길 같은 숨겨진 통로(corridor)와 은신처(hide)들을 너무도 잘 이용했다.

그러나 이번에는 달랐다. 그동안 만반의 준비를 해왔기 때문이다.

UH-15 헬기가 어느 결엔가 계곡 상공까지 날아와 체공하고 있었다. 타타, 거리는 프로펠러 소음이 계곡 전체를 뒤흔들 것처럼 울려 퍼졌다. 계곡 아래서 노래하던 뻐꾸기 메아리가 어느 순간 사라졌다. 사람들이 헤드셋을 쓰기 시작했다. 10분 아니 20분, 오래잖아 헬기로부터 무전이 왔다.

"서쪽 계곡 10시 방향, '플래그(flag)' 찾았습니다. 오버."

플래그는 무리를 이끄는 야생동물의 우두머리를 말하는 것이다.

주위봉의 산양 플래그는 영악한 데다 과감하기까지 했다. 『시튼 동물기』의 이리 왕 로보 같은 놈이었다. 그러나 이놈도 추적이 시작되고 한 시간 정도 지나자 결국 사냥꾼들에게 포위되고 말았다. 하지만 절벽 아래서 마취총을 겨냥하고 선 젊은 사냥꾼들을 도도하게 내려다보더니 불길에 휩싸인 유성처럼 그들을 향해 뛰어내렸다. 사냥꾼들이 혼비백산해서 엎드리자 플래그는 그들의 등 위를 날아갔다. 포위망이 뚫려 버리자 나머지 산양 가족들도 모조리 달아나고 말았다.

브로델은 그래도 낙담하는 기색이 없었다. 산양들은 십리 백리 달아나는 법이 없었다. 활동구역을 험준한 바위 절벽 일대로 국한해 놓고 그 안에서 옮겨 다니는 습관이 있었다. 브로델은 지난 며칠 사냥꾼들과 함께 협천계곡 일대를 돌아다녔다. 통로와 은신처들에 미리 초음파 발진기를 매설해 놓았다. 리모컨 조종이 가능한 것이었다. 산양들은 초음파가 발생하면 진저리를 치면서 발걸음을 돌리게 마련이었다.

봉우리 위에서 빙빙 선회하던 헬기가 한순간 골짜기 아래쪽으로 맹렬하게 미끄러져 내려왔다. 신갈나무 숲 속에 숨어 있던 산양 떼들을 다시 한번 압박하려는 것이었다. 매가 먹이를 향해 일직선으로 쭉 곧게 내리꽂히는 것 같았다.

"산양들이 도망간다! 도망가. 산꼭대기로!"

절벽 끄트머리에서 눈을 망원경에 갖다 댄 조상회가 다급하게 외쳤다.

헬기가 압박하자 산양들은 아래로 가는 대신 능선을 따라 산 위로 질주했다. 계곡 아래로 향하던 헬기는 방향을 바꿔 날아올랐다. 회전날개는 거세게 하향풍을 만들어냈다. 신갈나무와 소나무, 참나무, 키 큰 풀잎들이 휘청휘청 기울어지며 큰 파도를 일으켰다.

줄지은 산양들은 수직바위들을 사다리처럼 날렵하게 타고 올랐다. 산봉우리의 8부 되는 곳 바위들이었다. 산양들은 왼쪽에서 오른쪽, 오른쪽에서 왼쪽으로 지그재그로 점프했는데, 보기 전엔 믿어지지 않는 광경이었다. 산양들의 몸 사이로 역광(逆光)이 부서졌다. 원직수는 망원경 속의 그 역광에 눈이 부셨다. 저럴 수가! 어떻게, 저럴 수가!

그때까지도 산양을 못 잡을 거란 생각은 들지 않았다. 그러나 황금도시는 쉽게 갈 수 있는 데가 아니었다.

원직수가 망원경을 내리자 무언가 서늘한 것이 발목을 감돌았다. 내려다보자, 허리띠만 한 갈색 뱀이 발목을 거쳐 종아리로 올라오고 있었다. 그가 느낀 서늘한 감촉은 막연한 게 아니라 뱀의 싸늘한 체온 때문이었다.

뱀은 순식간에 그의 얼굴까지 튀어 오를 것 같았다. 그가 비명조차 못 지르고 놀라 내려다보는 사이, 뱀은 허벅지까지 감아 올랐다. 허헙! 그가 탄식 같은 비명을 지르는 순간 장갑 낀 손 하나가 뱀의 대가리 아래를 움켜쥐었다. 브로델이었다.

뱀이 아가리를 벌리고 독니를 보였지만, 브로델은 너무도 능숙한 전문가였다. 그는 다른 손으로 뱀의 몸통을 움켜쥐고 원직수한테서 떼어냈다. 뱀은 그의 두 손 사이에서 몸을 탈탈, 털면서 저항했다. 잔 비늘들이 기분 나쁘게 흩뿌려졌다. 브로델은 원직수를 향해 씨익, 웃어 보이더니 뱀을 절벽 아래로 던져버렸다.

뱀은 자그마한 그림자처럼 떨어졌다. 원직수의 팔에는 소름이 돋고 있었다. 속이 메슥거리면서 뭔가 게워 올리고 싶었다. 그러나 그는 이 모든 전율과 고통을 이겨낼 작정이었다.

그는 반드시 도달해야 했다. 움켜쥔 금가루의 빛으로 얼굴이 번들거릴 곳으로……. 환란으로 비틀거리는 성림에 나아갈 길을 제시할 수 있는 곳으로.

저 위에서 헬기가 산을 거슬러 올라갔다. 회전날개가 폭발하듯 돌아가는 소리가 숲을 뒤흔들었다. 웬만한 산짐승들은 그 소리만으로도 기가 죽어 꼼짝 못할 정도였다.

헬기는 산양들이 타고 오른 절벽으로 바싹 다가섰다가 어느 순간 텀블링하듯 하늘 위로 솟구쳤다. 헬기 그림자가 절벽의 산양 무리 위로 시커멓게 드리워졌다. 그러나 바로 그 순간 산양들은 뒤에 서 있던 것부터 망원경의 시야에서 가뭇없이 사라져버렸다. 순식간이었다.

"뭐야? 어떻게 됐나?"

원직수가 헤드셋 마이크로 헬기에다 급하게 물었다. 몇 차례 물었지만 응답이 없었다. 브로델이 다급하게 리모컨을 눌렀다. 위잉 위잉 하는 초음파 소리가 방금 산양들이 사라진 곳 근처에서 나오는 것 같았다.

헬기는 다시 계곡 아래로 내려왔다. 절벽 근처에서는 무전이 안 되기 때문이다. 프로펠러의 하향풍은 강력했다. 아직 물들지 않은 단풍잎과 은행잎, 시퍼런 상수리나무 이파리 같은 것들이 숲 위로 솟구쳐 올랐다. 날벌레들도 섞여 있었다. 그것들은 천천히 소용돌이치며 흩어져 갔다. 챙모자 바깥으로 나온 원직수의 머리카락도 흩날렸다.

"어떻게 됐나? 대답해라, 헬기."

원직수가 모자를 누르며 말했다. 회전날개 타타— 거리는 소리와 지직거리는 소음들에 뒤섞인 채로 무언가 헬기에서 말소리가 전해져 왔지만 알아들을 수 없었다. 원직수는 뭐라고? 하고 몇 번씩이나 되물었다. 응답이 왔다.

"모두 다 절벽 반대쪽으로 뛰어내렸습니다."

"뛰어내려? 절벽을?"

"예, 그렇습니다."

"그래서?"

"달아나 버렸습니다. 두 마리만 절벽 아래 남아 있습니다."

"안 움직여?"

"예, 한 마리는 주저앉았고요, 플래그가 곁에 있습니다."

"플래그가? ……오케이! 우리는 그놈들 쪽으로 움직인다."

맥나마라가 말했다. 브로델과 원직수 일행은 그를 따라 달리듯 올라갔다.

바위 절벽으로 향하던 원직수 일행이 일제히 발을 멈춘 것은 계곡 아래에서 능란하게 산을 타고 올라온 등산화 차림 사내들에게 추월당했을 때였다. 군살 없이 탄탄해 보이는 30대 초반 청년들이었다. 원직수 일행을 한번 둘러보더니 곧바로 눈매가 날카로워졌다. 무슨 일을 하고 있는지 다 안다는 인상. 이사인 조상회가 나서서 멧돼지 사냥 중이라고 설명했다.

"멧돼지는 이렇게 높은 데서 잡는 게 아닙니다. 수렵 허가는 받으셨습니까?"

조상회를 믿지 못하는 눈길이었다.

"그러는 당신들은 누굽니까?"

"도원수목원 회원들입니다. 여기 계곡 끝나는 곳에 있습니다."

"여긴 우리 산입니다. 간섭 말고 내려가시오."

"소유자라도 수렵 허가는 받으셔야 합니다. 동물들이 놀라서 우리 숲으로 쏟아져 들어오고 있단 말이에요."

사실이었다. 청년들은 전나무들을 간벌(間伐)한 수풀 앞에서 김산의 유분을 골고루 뿌리고 있었다. 숲의 삼엄한 정적을 깨고 갑자기 계곡 깊숙한 곳에서부터 헬기 소리가 한참 들려오더니 난데없이 열 마리도 넘는 하늘다람쥐가 전나무들의 저 높은 가지들을 징검다리처럼 치면서 날아왔다. 꾸르르륵—갹—! 놀라서 비명들을 터뜨렸다. 날개처럼 펼친 하늘다람쥐의 커다란 비막들이 시야 위에서 급하게 미끄러지고 있었다. 하늘다람쥐들이 지나간 곳에서 나뭇잎과 도토리와 잔가지들이 비처럼 떨어져 내렸다. 헬기가 무슨 짓거리를 벌이고 있는 것이다.

조상회는 배낭 속의 수렵 허가서를 급하게 펼쳐서, 보라는 듯이 청년들의 눈앞에 들이댔다. 청년들이 무표정하게 읽더니 말했다.

"멧돼지는 훨씬 아래쪽에 삽니다. 내려가서 찾아보시는 게 나을 겁니다. 흙탕물 목욕한 데나, 몸을 비벼댄 나무, 똥 싸놓은 곳 말이지요."

"우리도 알고 있소."

"그런데요?"

어이없게 만드는 청년들이었다.

"우리가 우리 숲에서 정식으로 허가받고 하는 일에 당신들이 왜 이 난리야!"

"멧돼지 잡는데 헬기까지 뜨는 걸 처음 봐서 하는 말입니다! 외국인까지 왔군요. 도대체 여기서 뭐 합니까? 진짜 뭐 하는 거냐고요?"

맥나마라와 브로델은 저 위에서 망원경으로 보고 있었다. 원직수 사장이 학자들과 마주 보고 땀을 닦다가 조상회를 날카롭게 한번 쳐다봤다. 키 큰 경호원이 원군이나 되는 듯이 조상회의 뒤편으로 와 섰다. 조상회가 청년들한테 말했다.

"그만 하쇼! 저분들은 모두 도와주러 온 분들이오. 당신들, 내려가 당신 할 일들이나 하쇼!"

"여기 숲은 우리 숲과 하나나 마찬가집니다. 우린 지금 여러분 때문에 우리 할 일을 중단하고 온 겁니다. 우리 수목원은 지금 장례 중입니다. 숲에서 유분을 뿌려드리고 있습니다."

그러고 보니 청년들은 가슴에 조장(弔章)을 달고 흰 셔츠에 검은 바지 차림이었다. 청년들이 다시 다그쳤다.

"설마 지금 산양 사냥하고 있는 건 아니지요?"

"아니, 이 사람들이! 수렵 허가서를 봐놓고도 이런 소리하고 있어! 당신들 원하는 게 뭐야! 빨리 가서 장례나 끝내!"

조상회는 들고 있던 수렵용 총으로 청년들을 밀쳐냈다. 청년들이 두 손으로 막아내자 개머리판으로 내리쳤다. 청년들은 서너 걸음 아래로 재빨리 물러섰다.

"당장 꺼져! 장례식 하다가 이런 식으로 따지러 오는 사람 처음 보겠네! 원하는 게 있나 본데, 우리한텐 그런 거 안 통해! 절대 안 통해!"

청년들은 분노와 경멸에 찬 표정이 되더니 내려갔다.

"지켜보겠습니다."

한 시간이 지났을까. 원직수와 맥나마라, 브로델 일행은 숨이 턱 끝까지 차오를 만큼 서둘러 봉우리 절벽의 반대편으로 돌아갔다. 무슨 수목원의 새파란 청년들 위협 때문에 이토록 오래 준비해 온 일을 중단한다는 건 생각할 수 없었다. 조상회는 "뭘 좀 뜯어내려고 온 겁니다." 하고 일축했다. 그것으로 끝이었다.

과연 절벽 반대편에는 보통 산양보다 몸집이 1배 반가량은 더 커 보이는 플래그가 너럭바위에 서 있었다. 원직수가 보기에 절벽의 높이는 20미터에 가까웠다. 저걸 그대로 뛰어내리다니! 저놈들은 오늘이 생사의 갈림길이고, 운명의 날이라는 걸 알고 있구나.

브로델이 눈을 가늘게 뜨고 하늘로 신호를 보냈다. 봉우리 위에 떠 있던 UH-15가 서서히 내려왔다.

"던져!"

브로델이 말을 끝내자마자 헬기에서 커다란 그물이 손아귀처럼 활짝 펼쳐지며 내려왔다. 하지만 실패였다. 그물은 플래그를 살짝 빗나가 가녀이 플래그의 머리를 덮었을 뿐이었다. 플래그는 아무 동요도 없이 슬쩍 고개를 숙여 그물을 빠져 나왔다. 담대하고 영리한 놈이었다. 그물은 너럭바위에서 미끄러져 내려왔다.

그런데 이상한 건 플래그였다. 저를 노리는 줄 충분히 알만 한 데도 전혀 움직이려 들지 않았다. 불과 한두 시간 전까지 보여줬던 그 신기에 가까운 점프와 바위 타기라면 벌써 사람들의 시야에서 사라지고 남았을 텐데. 해질 때까지만 그렇게 달아난다면 살 수도 있을 텐데.

"지친 건가?"

그럴 수도 있었다. 동물들 중에는 지프나 헬기의 추적에 지쳐 염통이 터져버리는 놈들도 있었다.

"아냐. 암컷 때문이야. 암컷이 다친 거야. 저기 플래그의 암컷이."

맥나마라가 자르듯이 말했다.

"맞아. 아까 플래그를 따라다니던 암컷 다리가 부러진 거야."

브로델이었다. 원직수는 망원경을 들었다. 바위에 주저앉은 암컷은 플래그에 가려 눈에 들어오지 않았다. 그러나 플래그가 고개 숙여 암컷을 쓰다듬어주고 있다는 것은 알 수 있었다.

그물이 빗나가 이젠 지상 생포에 나서야 했다. 그들은 몸을 숨겨가며 너럭바위 건너편 억새풀 밭으로 올라가야 했다. 가는 길에 부서진 돌들이 널린 비탈이 있었다.
"어잇!"
원직수가 미끄러졌다. 너덜겅의 비탈은 가팔랐다. 넘어진 원직수는 먼지를 일으키며 빠르게 떠내려갔다.
"사장님!"
뒤에 바싹 따라가던 키 큰 경호원이 몸을 날리다시피 그의 팔을 아슬아슬하게 낚아챘다.
"고맙네."
원직수는 아찔했다. 돌들이 먼지를 일으키며 우르르르, 저 아래로 밀려 내려갔다. 천길만길이 발아래 있었다.

사람들이 억새풀을 헤치고 너럭바위 쪽을 보자 암컷은 시름에 싸여 플래그를 올려다보고 있었다. 플래그는 벌써 오래전부터 이편을 겨눠보고 있었다. 플래그는 사람들의 시선으로부터 암컷 앞을 가려주었다. 당당하고 대범한 놈이었다.
"내가 직접 쏘고 싶소."
원직수가 브로델을 쳐다보았다. 자청의 의미는 분명치 않았다. 이번 사냥에 확실하게 동참해서 브로델에게 부담을 안기려는 건지, 돌 비탈에서 실족한 부끄러움을 만회하려는 건지. 브로델은 둘 다라고 생각했다.
"쉬운 일은 아닌데."
맥나마라가 말했다.
"할 수 있소. 우리 영빈관 사슴 박제도 내가 잡은 거요."

경호원이 총을 건네자 브로델이 마취탄을 장전했다.

원직수는 방아쇠에 손을 걸었다. 새소리가 돌연히 멎고 적막강산이 됐다. 한국 산양은 32밀리 조준경에 확 빨려 들어왔다. 당겨서 보니 사자 같은 얼굴이었다. 예리하게 번득이는 뿔 아래에는 장식 같은 주름이 잡혀 있고, 부릅뜬 눈망울과 하얀 갈기에는 위엄이 서려 있었다. 겨냥되고 있다는 걸 알면서도, 혼자 달아날 수 없는 현실을 직시하는 눈동자. 마지막 용자(勇姿)를 갖춘 것이었다. 원직수는 손가락을 끌어들였다.

탕—!

산양은 잠시 흔들렸지만 여전히 그대로였다.

"빗나갔나?"

"다시 쏘시죠."

산양은 한 번 더 기회를 주겠다는 듯이 그대로 서 있었다. 원직수는 좀 부끄러웠다. 브로델이 그에게 새 마취탄을 건넸다. 그가 장전하는 도중에 무언가 이상한 기운이 쿵— 하고 지나가는 것 같았다. 얼른 조준경을 눈에 대자 산양이 뒤늦게 쓰러져 있는 게 보였다. 약 기운이나 충격에 지독하게 강한 놈이었다. 원직수는 잠시 착잡했다. 무언가 뭉클한 것이 그의 가슴을 쳤다. 그가 브로델에게 말했다.

"안 쓰러지면 백 발이라도 쏘려고 했어."

"고마워. 하지만 마취탄은 세 발밖에 없어."

브로델은 유머러스하게 웃으며 어깨를 으쓱했다. 원직수는 맥나마라와 브로델의 손을 맞잡았다. 그는 포획이 금지된 천

연기념물을 생포한 것이다. 그는 생각했다.

너희들을 위해 있는 힘을 다했어. 실정법까지 어기고 피를 손에 묻혀가며. 이제는 너희들이 나를 도와줄 차례야. 황금도시에 다다를 때까지.

••41

김산의 하얀 유분은 도원을 둘러싼 숲과 계곡마다 뿌려졌다. 김범오는 수와캉 은행나무 앞에서 흰 가루를 뿌렸는데 그의 손끝을 떠난 가루들은 개울에 던져진 이불 홑청처럼 나뭇가지 사이로, 그늘 아래의 풀밭으로, 활짝 그리고 신속하게 퍼져나갔다. 선생님, 이제 편하게 잠드세요. 한 줌의 흰 가루들은 나무의 굵은 겉껍질이 만든 홈 속으로 들어갔다가 조금씩 날아올랐다. 지난해 열린 은행 몇 알이 숨어 있는 틈새였다. 연노란 잎들이 무성한 나뭇가지들 사이에서나, 갈대와 부들골풀이 자란 저기 물가에서 문득문득 김산의 얼굴이 신비스럽게 나타나는 것만 같았다.

다음 날 김범오는 수목원의 마을이 보이지 않는 서북쪽 계곡으로 올라갔다. 강신영, 태영이와 함께 길을 나섰다. 산양들을 찾아보기 위해서였다. 어제 전나무 숲 속으로 들어갔던 박유일과 형선호는 산양 밀렵꾼들을 봤다고 말했다.

강신영은 조붓한 짐승들의 길로 들어서자 세심한 눈으로 살펴보기 시작했다. 아가위나무의 벗겨진 겉껍질은 산양들이 뿔을 비벼댄 흔적이었다. 조릿대나 솔송나무 관중이 잘린 것은 산양들이 주린 배를 채운 자국이었다. 산양들의 똥은 1센티미터 크기의 동그란 것이었다. 손가락으로 집은 것 같은 모양이었다. 강신영은 그런 흔적들을 하나하나 집요하게 찾아냈다.

그들이 계곡의 서쪽 능선 위로 올라설 무렵 앞서 가던 태영이가 놀란 표정으로 손짓을 했다.

"저 봐요!"

산양들의 무리가 주천강가로 내려와 고개를 내려뜨리고 목을 축이고 있었다. 스무 마리는 됨직한 산양들이 지는 해의 긴 햇살을 받아가며 모래밭에 길게 늘어서 있었다. 능선 너머의 탁 트인 공간에서 그렇게 찾던 산양 무리를 마침내 목도한다는 것은 통쾌한 일이었다. 하지만 강신영은 금세 무언가 잘못됐다는 걸 알아차렸다.

"많이 다쳤어. 저기 봐! 저놈 발목에서 피가 씻겨 내려오고 있잖아."

산양들은 지친 모습이 역력했다. 네댓 마리가 다리를 절고 있었다. 물을 먼저 마신 산양들은 황혼을 안고 모래밭에 그대로 주저앉아 버렸다. 혓바닥으로 발목을 핥는 짐승들의 머리 위로 저녁을 몰고 오는 짙은 구름의 그림자가 지나갔다.

처음에 김범오는 남겨진 자기 운명 가운데 그 짐승들이 무얼 의미하는지 전혀 알아채지 못했다. 강신영이 말하는 것을 듣고만 있었다.

"저건…… 쫓겨난 거야. 여긴 산양들이 내려오는 데가 아냐. 어제 틀림없이 밀렵이 있었어. 나쁜 사람들! 장례하는 틈을 타서 산을 마구 털어간 거야."

아아! 바로 그때 김범오의 속에서 탄성이 터져 나왔다. 무언가가 번득거리며 머릿속으로 지나갔다. 그의 목소리가 높아졌다.

"헬기가 떴대?"

"얼마나 낮게 떴는지 난리였다는 거야. 외국 사람들도 있었다던데."

강신영이었다.

그러면 분명하다! 맥나마라다! 아니면 브로델이다! 김범오는 한때 그들을 영접한 적이 있었다. 그들은 5월에 조상회 이사와 함께 회사가 사둔 숲들을 돌아다녔다. 그리고 이제 다시 돌아와 주위봉 일대에서 산양 사냥에 나선 것이다! 주위봉은 회사가 가진 게 아닌가!

김범오의 머릿속은 태양계의 행성들처럼 빠르고 어김없이 자전에 공전을 더하고 있었다. 맥나마라를 다시 불러들일 수 있는 사람은 원직수 사장이다! 사장단 특별회의가 끝난 다음에도 성림건설과 팬젠의 합자사업이 무난하게 진행되고 있는 것이다! 그렇다면…… 윌슨 앤드 카렐이 원직수 사장의 합자계획을 인정한 거다. 원직수 사장이 성림유통을 끊어낸 거다! 원직수 사장이 이긴 거다! 원직수 사장이 오너십을 쥐게 된 거야. 이럴 수가! 내가 살아나게 됐어! 내가! 내가 살아나게 됐어!

강신영은 김범오의 생각을 알지 못한 채 동물들을 함부로 잡으면 안 된다고 말하고 있었다.

"한번은 상류에서 덫에 걸린 수달을 봤어. 덫을 끊어내려고 연장들을 가지고 다시 찾아가 봤는데. 발을 끊어내고 달아나 버린 거야. 믿어지니? 발을 끊어내고! 자유란 게 뭔지. 동물들한테도 생명 같은 거야."

그것은 강신영의 혼잣말 같은 것이었다. 김범오는 강신영이 그토록 분개하고 안타까워하는 사실에서—산양들이 사냥 당한 사실에서— 자기가 살 길이 열린 것을 보고 있었다. 김범오는 실직자가 돼서 거리로 팽개쳐질지도 모른다는 공포감에서 벗어나게 됐다. 돈이 없어 쩔쩔매는 어머니와 아버지를 좌절에 빠뜨리지도 않을 것이다. 어쩌면 출세의 길이 열릴지도 모른다. 그는 강신영이 분노하는 이유들이 소소하게 여겨졌다. 자신이 성림건설에서 거쳐온 거대하고 급박한 사실들을 되돌아보자 강신영에 대해 까닭 모를 우월감 같은 것을 느끼게 됐다. 그는 그걸 혼자 숨기고 있었다. 강신영의 순수함에 몰래 칼자국 같은 것이라도 낸 것 같은 기분이었다.

그러나 김범오에게는 금세 죄책감 같은 게 떠올랐다. 지난 엿새간 강신영과 함께 나눈 정서적 일체감 같은 것이 얼마나 큰 위안이 됐는지 생각하면서부터였다. 불과 사나흘 전에 김산 선생님이 보시는 앞에서 뭐라고 말했나. 여기서 새 인생을 살고 싶다고. 나는 이곳이 마음에 든다고. 김산 선생님은 얼마나 큰 숲을 일궈놓으셨나. 농원 사람들은 그 숲을 어떻게 보호하고 있나. 그 숲에는 얼마나 많은 산짐승들이 자유롭게 살고 있나. 김범오는 방금 전까지 자기 속에서 강신영을 무시했던 사실들을 다 털어놓고 사죄하고 싶은 마음이 생겨났다.

그러나 다음 순간 자신의 급한 단정에 대한 경계심이 송두리째 일어섰다. 내 목숨을 위협하던 그 사람들은 달아났을까? 그 사람들은 누가 보낸 걸까? 이명자 이사장이나 원제연 사장은 내 존재를 알고 있는 걸까? 모든 위기가 사라졌다면 이정곤 선배는 왜 연락이 없나? 내가 얼마나 참담한 심정으로 여기 와 있는지 누구보다 잘 알 사람이. 무언가 잘못된 게 아닐까? 성림건설과는 상관없이 팬젠이 주위봉에서 독자적으로 작업한 게 아닐까? 그럴지도 모른다. 아니, 팬젠과의 합자를 원제연 사장이 승계한 게 아닐까? 원직수 사장이 퇴출되고 원제연 사장이 오너십을 완전하게 움켜쥔 게 아닐까. 그럴지도, 그럴지도 모른다.

아냐! 아냐! 그건 절대 아니야!

그렇다면 무슨 일이 일어난 걸까?

아직 아무 일도 일어나지 않은 거야. 그 헬기는 팬젠이건 성림건설이건 아무런 상관도 없는 거야. 그러니까 아무런 연락이 없는 거지. 나는 그냥 산양 몇 마리가 목 축이러 내려온 걸 가지고 내 멋대로 의미를 부풀리고 있는 거야. 눈에 보이는 모든 걸 나하고 관련된 걸로만 생각하다니. 유치한 사춘기도 아니면서.

김범오는 아무도 모르게 자기 속에서만 타오르고 있는 갈등 때문에 금세 지쳐가고 있었다. 그는 강신영과 태영이 옆에 앉아 무릎 사이에 얼굴을 파묻었다. 그는 죄스러웠다. 강신영은 말없이 강가를 바라보고 있었다.

산양들은 한 마리도 남김없이 모래밭에 주저앉아 고개를 처들고 있었다. 서녘에서부터 짙어진 낙조가 주천강에도 찾아와 물과 모래톱을 벌겋게 물들이고 있었다.

••42

필리핀 해의 코발트색 망망대해 위로 늦은 오후의 구름이 히말라야처럼 높았다. 원직수는 선글라스를 낀 채 잔디밭에 맨발로 서서 거대한 자메이카산 용설란의 매끄러운 잎사귀들을 어루만져 보고 있었다. 코르젠이 시작하는 이번 사업에서 아주 큰돈을 모을 것만 같았다. 맥나마라와 브로델은 함께 비행기를 타고 왔다. 투자자들은 그 사실만으로도 많은 걸 금세 이해했다. 합자사 팬젠이라는 브랜드는 막강했다.

호텔 라조르의 해안 정원에는 야자수들이 반쯤 드러누워 있었다. 둥그스름한 열매들을 깃털 같은 겹잎 속에 품고 있었다. 12년 전 이 호텔을 지으면서 사이판에서 바지선으로 날라온 나무들이었다. 이 호텔의 해안 정원은 미국 자치령인 북 마리아나 제도의 가장 남쪽 섬인 로타 섬에서도 가장 남쪽에 있었다. 사이판까지는 비행기로 20분 거리였다.

날이 오래잖아 저물 것처럼 보이자 바다로 나갔던 사내들과 여인들이 하나둘씩 해변으로 돌아오고 있었다. 수경(水鏡)과 스노클러들을 이마 위로 걷어 올린 채로……. 네 사람, 그리고 호텔 방에 다섯, 모두 아홉 명이었다. 도쿄, 싱가포르, 타이베이, 홍콩……. 온 곳은 서로 달랐지만 모두들 투자자였다. 세 명은 원직수의 뉴욕 오닐 대학 동창이었다.

잔디밭의 야외 샤워장에 랜턴이 켜졌다. 구릿빛 피부의 원주민 남자 하인들이 널따란 흰 타월을 절반으로 접어 팔에 걸고 대기 중이었다. 해럴드 오(Ohr)가 썰물에서 빠져나오면서 호텔 쪽 누군가에게 손을 흔들었다. 그러나 원직수한테는 일부러 시선을 주지 않았다.

"이제 준비해야지."

브로델이 원직수 옆에서 활짝 웃음을 머금으며 말했다. 그들은 투자자들을 끌어들이는 프레젠테이션을 앞두고 있었다. 브로델도 일이 아주 잘될 것 같나 보다. 원직수는 침목 계단을 밟으면서 식당으로 올라갔다. 완만한 곡선을 이룬 계단 좌우는 비탈 정원이었다. 선인장과 서양협죽도, 목부용과 석류, 올리브나무가 선선한 여름날의 무역풍을 맞고 있었다. 바람에선 라벤더 향기가 났다. 코끝에 그 향이 닿는 순간 원직수는 조용히 끓어오르는 투지를 느꼈다. 때가 오고 있었다.

라조르 윙(wing) 끄트머리의 식당은 태평양이 정면에서 내려다보이는 오션 프런트(ocean front)였다. 호텔의 모든 객실들이 그랬다. 비탈 아래 말발굽 모양의 해변에는 어둠이 내려앉고 있었다. 하나둘 켜진 랜턴들이 나란히 선 불빛의 동그라미로 종려수와 모래밭을 비췄다. 프레젠테이션은 만찬과 함께 열릴 예정이었다. 식당 2층 로즈관에서였다.

성대한 만찬이었다. 바다제비의 끈적끈적한 침으로 만든 노란빛 제비집이 나왔다. 흰 버섯과 그걸 동시에 입 안에 넣는 맛은 요염하고도 청순했다.

“피피 섬에서 가져온 제비집이야. 레오나르도 디카프리오가 거기서 「비치」를 찍었다지.”

브로델의 말이었다. 그는 여전히 식욕이 좋았다. 원직수와 함께 이 자리의 공동 초청자가 됐다는 걸 기뻐하고 있었다.

레몬을 뿌린 연갈색 철갑상어알들도 있었다. 그것들은 연분홍 게살 위에서 반짝거렸다. 브로델은 알들을 금 스푼으로 떠서 한 입 머금었다. 토독토독 씹어가며 아주 흡족한 표정이 됐다. 그는 홍콩에서 온 크리스틴 진〔金〕을 마주 보며 돔페리뇽이 담긴 잔을 들어 올렸다. 그녀한테서는 짙은 장미향이 흘렀다. 스팀 목욕을 했나 보다. 그녀는 원직수의 뉴욕 오닐 대학 비즈니스 스쿨 후배였다. 서른아홉인 데도 기품이 있었고 미인이었다.

브로델은 냅킨으로 입가를 훔치고 일어섰다.

“신사 숙녀 여러분, 지금부터 프레젠테이션을 시작하겠습니다. 잠깐 불을 끄겠습니다. 키스를 참아왔다면 마음껏 하십시오."

자리에서 웃음이 출렁거렸다. 하지만 샹들리에 불이 나가자 모두 서쪽 벽에서 나는 소리에 귀를 기울였다. 스크린이 올라가고 벽에 매입된 수족관이 어둠 속에 찬란하고 갑작스레 나타났다. 우아하고 커다란 자태는 중세 궁정에 걸린 왕실 미술품 같았다.

"여러분, 빌트인(Built-in) 아쿠아리움(Aquarium)입니다."

가로 3.6미터, 세로 2.7미터, 두께가 0.3미터나 되는 것이었다. 공장에서 찍어내는 최대형 10호 수족관보다 열두 배나 컸다. 원래 아쿠아리움은 물의 공간이라는 뜻인데, 그 뜻이 퍼뜩와 닿게 하는 것이었다. 브로델이 말했다.

"벽에 들어가니 공간이 크게 절약됩니다."

로버트 손은 와인 잔을 입에 댄 채 눈길을 떼지 못했고, 크리스틴 진은 기도하듯 포갠 손을 입술에 갖다 댔다.

아쿠아리움에는 흰 산호가 가득했다. 눈이 온 자작나무 숲 같았다. 설경(雪景) 사이로 수십 마리의 붉은 소드테일들이 떼로 오갔다. 큼직한 에인절피시들은 은빛 지느러미를 판탈롱 바지처럼 흔들었다. 고혹적인 열대어들이 수초들 사이를 댄스 플로어처럼 헤치고 나갔다. 파라다이스 피시, 카디널테트라, 플레티, 시클라, 펄다니오, 디스커스, 아나바스……. 빨강, 파랑, 노랑……. 색(色)의 군무였다. 헤어졌다 모여드는 비경(秘境)은 상쾌하면서도 장려했다. 작은 물보라들이 쉬지 않고 떠올랐다. 수은의 실타래처럼 투명한 물보라들이었다.

"하이엔드한테 인기일 것 같아."

크리스틴 진이었다. 하이엔드는 최상류 고객을 말하는 것이었다. 해럴드 오는 대수롭잖게 말했다.

"뉴욕 롱아일랜드의 사우스 햄튼에서 저런 거 봤어. 벌써 몇 년 전 일이야."

그는 늘 시니컬했다.

원직수는 브로델과 맥나마라한테 눈길을 보냈다.

'내가 나서서 설명할 땐 것 같아.'

'맞아. 어서.'

브로델이 고개를 끄덕였다.

"나도 상해의 포동(浦東)에서 이런 게 있는 집을 봤어요. 하지만 우리 건 아주 센 시장성을 가졌습니다. 벽에 넣어버리니까요. 아니 벽 그 자체이지요. 우리 아쿠아리움은 초강력 앨리슨 글래스를 쓰니까 가능한 겁니다. 앨리슨 글래스는 특수 아크릴 패널의 일종입니다. 웨스팅하우스 재료개발부에서 떨어져 나온 앨리슨 그룹이 만들었습니다. 내가 포동에서 본 건 물 3000리터를 가두는 데 두께 8센티미터의 패널을 썼습니다. 우리 건 물 2900리터에 8밀리미터 두께입니다.

앨리슨 글래스는 효용이 막대합니다. 하지만 그걸 읽어내는 사업가들이 없었어요. 저희가 6월에 아시아 판권을 사들였지요. 앨리슨 글래스는 픽업트럭이 지나가도 안 부서집니다. 안 믿어지겠지만 사실이 그렇습니다. 미 항공우주국이 곧 스페이스셔틀 재료로 채택할 겁니다. 우리가 기술 채택 제안서를 보냈거든요.

앨리슨 글래스의 값은 통유리 값의 세 배입니다. 그냥 집 유리로 쓰기에는 비싸지요. 하지만 효용을 생각해 내기 나름입니다. 아파트를 지을 때 거실 벽 삼아 앨리슨 글래스를 쓰면 어떨까요? 중산층들은 공간을 아까워합니다. 아파트 한 채마다 기본으로 큰 아쿠아리움을 들여 놓아주면 얼마나 좋아할까요? 문제는 그런 유행을 만드는 거지요. 고급스러우면서 폭발적으로. 가능할 겁니다. 나이키나 워크맨처럼 말입니다.

번쩍거리는 명사들의 집에 아쿠아리움이 휘황하게 들어선 걸 중산층이 보면 끌려올 겁니다. 워싱턴의 포토맥, 캘리포니아의 팰러앨토, 도쿄의 시로가네다이〔白金臺〕와 세타가야〔世田谷〕, 서울의 한남동과 성북동 같은 데 말이지요. 뉴욕의 사우스 햄튼도 물론입니다. 텔레비전에 나오고 가수들의 집에 이런 게 있으면 중산층은 대번에 끌려옵니다. 장담할 수 있습니다. 이제 투자할 마음이 드십니까?"

크리스틴 진이 쌔액— 입술을 당겨 웃었다. 참 탐스러운 뺨이었다. 원직수가 마주 보며 미소를 머금었다.

해럴드 오는 비스듬하게 앉은 채로 시니컬하게 웃었다. 그의 한국 이름은 오세준이라고 했다. 원직수와는 비즈니스 스쿨에 같이 다닐 때도 라이벌이었다. 경영대학원 본관인 슐레진저관과 도서관인 오코너(O' connor)관에서 마주칠 때마다 눈길이 번득였다.

제너럴모터스와 포드, 볼보, 피아트, 도요타의 마케팅 워크

숍에서는 다시 안 볼 적수가 될 뻔했다. 오가 리서치 자료를 5000페이지도 넘게 대출한 다음 한 달 넘게 반납을 안 한 것이다. 원직수는 결국 그의 맨션으로 찾아가 험한 말싸움을 하고 뺏다시피 받아왔다. 잊혔나 싶었는데 그런 기억들이 다시 떠올랐다.

해럴드 오는 윗몸을 뒤로 크게 젖히면서 말했다.

"열대어들이 너무 평범해요. 아까 저 앞에서 스노클링할 때 봤던 열대어 수준도 안 돼요."

당연한 말이었다. 어찌 보면 브로델이 기다려온 지적이었다. 그가 일어났다.

"샹들리에 불이 어느 결엔가 켜졌습니다. 다시 끌게요. 내가 누구와 키스 하나 잘 보십시오."

불이 꺼지자 사람들이 진지해지고 시계 야광이 선명해졌다. 바셰론 콘스탄틴과 모리스 라크로와, 불가리와 피아제, 파텍 필립과 카르티에……. 프레젠테이션이 아니라 무슨 명품 시계들을 전시하는 곳 같았다.

그런데 시계 야광보다 훨씬 굵은 불빛들이 캄캄한 레스토랑 바닥에서 하나둘 떠올랐다. 싱가포르에서 온 토머스 애너하임은 어이없어 했다.

"이거 뭐야? 바닥이 유리였잖아."

정확히 말하자면 아크릴 패널이었다. 바닥에 나타난 불빛들은 불과 5분도 안 돼 3000개를 넘어서더니 이곳저곳을 빙글빙글 누비면서 춤을 췄다. 빛을 내는 물고기들, 발광어(發光魚)였다. 바닥이 마루처럼 보이게끔 액정(液晶)으로 나왕목 무늬를 띄워놓았던 게 사라지자 발아래의 수족관이 더욱 선명해졌다.

바닥 물은 꽤 깊어 보였다. 붓으로 푸른 물감을 수천 번 찍어낸 캔버스 같았다. 물 전체가 비늘 같은 흰색과 푸른색으로 꿈틀거렸다.

3000마리일까. 아니 4000마리? 물속에서 발광어들이 갑자기 화살처럼 날아갔다. 동(東)에서 서(西)로 연발 사격되는 것처럼 앞다퉈 나갔다. 브로델이 설명했다. 향이 강한 그래뉼(顆粒) 타입의 먹이들을 연발로 쏘아댄 거라고.

"아! 그래? 그거 아이디어인데."

아까부터 정신이 빠져나간 사람처럼 자주 감탄사를 터뜨려 온 애너하임이 입을 벌리고 놀라워했다. 이번에는 발광어들이 아주 빠르게 남(南)에서 북(北)으로 직진해 갔다. 빛나는 물고기들의 급류였다. 브로델이 상어를 떠올리게 만드는 냄새와 음향, 전기 신호를 만들어낸 것이라고 말했다. 남쪽 벽에서 물고기들한테 충격을 가하듯이 물속으로 내쏜 것이라고.

애너하임이 박수를 치자 곧이어 객석에서 갈채가 터져 나왔다. 유리 바닥은 샹들리에 불빛과 발광어들의 군무로 신비스러울 지경이었다. 샹들리에가 다시 켜지자 브로델이 말했다.

"지금 보는 건 원래 발광어가 아닙니다. 그냥 열대어들이지요. 유전공학적으로 개조해서 발광어가 된 겁니다. 발광어들의 유전정보를 따내서 주입한 거지요. 사용된 발광어로는 가시줄상어도 있고, 반딧불게르치도 있습니다. 발광비늘치나 축구공고기, 휘프노즈(Whip nose) 같은 것도 있고요.

이런 발광어들은 바다 속에서도 골짜기에 삽니다. 수압이 끔찍할 정도로 높지요. 보통 열대어들을 이런 데 갖다 놓으면 몸이 터져버립니다. 거꾸로 해도 사고가 납니다. 바다 깊은 데 사는 발광어들을 수족관에 둬도 몸이 터진다는 겁니다. 발광어들의 부레는 높은 수압에 맞춰져 있지요. 그래서 수족관에 갖다 놓으면 공기가 부레로 마구 쏟아져 들어오는 겁니다. 이렇기 때문에 발광어들을 곧바로 수족관에 넣는 게 불가능합니다. 수족관의 열대어들한테 빛을 내라고 억지로 시킬 수 없는 것과 마찬가집니다.

하지만 열대어와 발광어의 유전정보를 섞으면 모든 게 가능해지지요. 낮에는 컬러풀한 지느러미를 흔들고, 밤에는 눈부신 빛을 만드는 열대어가 수족관에 나타나는 겁니다. 저기 저 굵은 에인절피시는 혼자서도 발광물질을 만들어냅니다. 루시페린이라는 겁니다.

이렇게 바뀐 열대어들을 데코 피시(deco-fish)라고 부릅니다. 아직 정식 이름은 아니지요. 장식용이란 뜻에서 우리가 지은 겁니다. 앞으로 장난감 같은 열대어도 만들 생각입니다. 핑크색 하트 모양의 풍선 베개처럼 생긴 카리브해파리를 떠올려 보십시오. 크리스마스나 발렌타인데이 선물로 이것보다 더 환상적인 게 있을까요. 우리는 이걸 토이 피시(toy-fish)라고 부르지요. 원하시는 분들께는 저희들이 특송해 드릴 수도 있습니다.

팬젠이 이 모든 일들을 뒷받침합니다. 성림의 코르젠과 특약을 맺었습니다. 팬젠은 코르젠에 기술이전을 할 겁니다. 유전자를 바꾼 새 열대어들도 넘길 겁니다.

남은 건 빌트인 아쿠아리움이 아주 신나게 유행을 타는 겁니다. 현재 아시아는 경제적으로 힘듭니다. 하지만 극복해 낼 테지요. 모두들 그렇게 생각하고 있듯이, 오래 걸리지 않을 겁니다. 이럴 때 준비해야 합니다.

경기가 좋아지면 빌트인 아쿠아리움 사업을 일단 한국에서 시작할 겁니다. 프랜차이즈를 세워서 전국 체인을 만들 겁니다. 물고기들이 사는 메인 댐을 경기도나 강원도에 세워서 공급 원천으로 삼을 겁니다. 여기에선 궁극적으로 10억 마리를 키울 겁니다. 저수량은 1억 리터 이상이 되겠지요. 한국에서 200만 가구에 최소한 가구당 500마리를 공급할 겁니다.

이럴 때 투자해야 합니다. 우리 집에 애완견이 있는데 이름이 '백만장자' 입니다. 이 강아지를 이제 코르젠에 갖다 놓고 키우려고 합니다. 아마 내년에는 '억만장자' 가 되어 있겠지요."

설명이 끝나자 아홉 사람의 투자자들한테서 갖가지 질문들이 쏟아졌다. 해럴드 오가 특히 끈질기고 날카로웠다.

"아쿠아리움을 유지하는 데는 수온이 가장 중요합니다. 화려한 열대어일수록 수온이 높은 데서 삽니다. 수온이 낮으면 열대어들은 식욕이 마구 떨어지지요. 아직 세계 최고 생명공학자라도 낮은 수온에서 열대어가 살게는 못 만듭니다. 얼음을 써서 불을 피우겠다는 것과 같으니까요.

저수량 1억 리터짜리 메인 댐을 세우겠다고 했지요. 크지 않은 겁니다. 1억 리터면 10만 톤이니까요. 하지만 물 10만 톤을 365일 25도씨로 맞춰야 합니다. 열대어 개발비보다 수온 맞추는 비용이 더 들 겁니다. 안 그렇습니까?"

원직수가 설명에 나섰다.

"잘 지적했습니다. 거기엔 태양열을 이용할 겁니다. 강원도는 땡볕이 내리쬐는 곳이니까요. 그리고 이건 하이테크 산업입니다. 정부가 감세 지원을 해줄 겁니다. 연료비 정도는 상쇄할 수 있겠지요."

"정부가 얼마나 오랫동안 세금을 줄여줄까요? 3년? 5년? 아마 그 정도일 겁니다. 태양열은 한국에선 쓰기 힘들어요. 사철이 뚜렷하고 눈비가 많지 않아요? 태양열 발전에 아주 불리하지요. 강원도도 마찬가집니다. 얼마나 실효를 거두겠습니까? 태양열을 이용하더라도 관건은 축전기술입니다. 물 10만 톤을 365일 데울 만한 전기를 축전시킨다? 현재 그런 기술이 나와 있습니까?"

"1억 리터— 10억 마리가 되는 건 10년 후쯤입니다. 사업은 그 100분의 1 규모로 2년 뒤부터 시작합니다. 그 정도 축전기술은 일본의 요코미스〔橫光〕에서 이미 나왔습니다. 2년 뒤에는 더 상용화될 겁니다. 현재 요코미스 쪽에 컨택하고 있습니다."

"미국이나 독일, 일본에 있는 팬젠의 경쟁사들도 빛을 내쏘게끔 개조한 열대어들을 만들어낼 겁니다. 그걸 바로 이런 데서 기를 거라는 생각을 해보지는 않았습니까? 북 마리아나제도나 수마트라, 카리브해의 따뜻한 물에서 말입니다. 그러면 이점이 있지요. 막대한 수온 유지비는 안 치러도 되니까. 거기에 북 마리아나제도 같은 곳에서 기르면 '열대 원산'이라는 프리미엄이 붙습니다. 코르젠은 한국의 경기도나 강원도에서 키우겠다고요? 그러면 코르젠이 과연 세계시장에서 경쟁력을 갖출 수 있을까요?"

"사실은 여기서 키우는 것도 진지하게 고려 중입니다. 하지만 일단 한국시장을 봅시다. 한국까지 열대어들을 가져오는 운송료는 어떻게 합니까?"

"크게 안 비쌉니다. 열대어들은 비행기보다 화물선으로 옮기는 게 낫습니다. 시장은 한국이나 일본보단 중국이 더 크고. 북 마리아나에서 중국으로 갈 경우 한국이나 일본에서보다 접근성이 훨씬 좋지요. 게다가 비행기로 나른다고 하면 북 마리아나에서 한국까지 온다고 해도 세 시간 반밖에 걸리지 않아요. 비행기 운임은 갈수록 내려가고 있고. 코르젠이 정말 경쟁력을 갖출 수 있습니까? 그렇게 생각합니까?"

원직수는 제대로 대답을 할 수 없었다. 화가 물처럼 끓어올랐지만 뭐라 할 말도 없었다. 그는 자기 테이블에 앉아 있는 브로델을 쳐다봤다. 브로델은 굴 소스로 간을 한 흰죽에서 노란 샤스핀을 집어 먹으려던 참이었다. 그러나 그 역시 머릿속이 휑하니 비어버린 것 같았다. 흰죽 묻은 숟가락을 쥔 채 무슨 말을 해야 할지 생각만 하고 있었다.

••43

원직수는 사장실의 일인용 소파에 앉아 어머니의 초상을 올이 섬세한 테헤란 타월로 닦고 또 닦았다. 묵주를 돌리듯이 염결한 마음으로. 타원형의 사진틀 속에 든 유리를 한 번 훔칠 때마다 나이 든 여자의 선량한 웃음이 정지된 채로 타월 아래로 들어갔다가 다시 나왔다. 그럴 때마다 원직수는 현재를 거슬러 올라 과거의 집 안에서 만났던 빛과 냄새, 얼굴과 목소리들이 타월 아래에서 되살아나다가 고집도 탐욕도 없는 채로 사라지는 모습을 봤다.

그의 맞은편 소파에선 조상회와 이정곤이 왕릉 앞뜰의 작은 석물들처럼 가만히 앉아 있다가 사장실 비서들이 김범오의 자기소개 동영상을 프로젝션으로 프레젠테이션하기 시작하자 고개를 들었다. 불그스레한 화면 속의 김범오는 루쉰과 노자에 대해 말하고 있었다.

"……『도덕경』은…… '도를 말로 하면 이미 도가 아니다.'로 시작하고, '성인의 도는 무언가 해내되 다투지 않는다.'로 끝나는 글입니다. 알 듯 모를 듯 커다랗고 오묘한 이야기들이 나오자 관리들은 꾸벅꾸벅 졸게 되지요……."

"정말 졸 것 같군. 꾸벅꾸벅 말이야."

서병로가 팔짱을 낀 채 나지막하게 야유를 하듯이 내뱉었다. 조상회와 이정곤이 사장실로 찾아와 김범오를 코르젠 창설 멤버로 스카우트해야 한다고 머리를 조아리며 조언했을 때 서병로가 처음 보인 반응은 김범오의 동영상을 보자는 것이었다. 보름 전에 사원들 모두가 촬영했던 바로 이 동영상을 말하는 것이었다.

"……저 역시 『도덕경』은 쉽게 알아들을 수 있는 말들이 아니라고 생각합니다. 하지만 여기 나오는 '화광동진'이나 '대교약졸' 같은 말들이 너무 좋아서 『도덕경』을 가르쳐줄 선생님을 찾아보았습니다. 화광동진은 제 빛을 감추고 세속과 어울려라, 라는 뜻입니다. 대교약졸은 진정으로 커다란 기술은 서투른 듯 보인다, 그런 뜻이죠. 둘 다 재주가 뛰어난 사람들한테는 겸손해지라고 말하고, 저처럼 모자란 사람들한테는 힘을 주는 말들입니다……."

서병로는 눈살을 찌푸리면서 고개를 몇 번 가로저었다. 사장실 안에서 화면을 응시하고 있는 사람들한테 보내는 저 혼자만의 무슨 사인 같았다. 원직수는 타원형 액자를 무릎 위에 세웠는데, 비서들은 사장이 계란 모양의 얼굴 윤곽부터 어머니와 아주 닮았다는 걸 알았다. 원직수는 무표정하면서 차분했지만 가끔 야성(野性) 같은 날카로운 기색이 얼굴에 지나가곤 했다. 그가 어머니의 초상을 탁자에 내려놓을 때 유리 한 모퉁이가 사금파리처럼 빛을 내쏘았다.

"김범오라는 저 친구 할 말이 겨우 저거란 말인가……? 지금 기업이 바라는 스타일이 뭔지 잘 모르는 것 같은데……. 경쟁력, 독창성, 돌파력, 필요한 건 그런 건데 제 빛을 감추고 세속과 어울리라니……. 저 친구는 도대체 무얼 생각하는 거지?"

원직수의 말에 조상회와 이정곤은 몸 둘 바를 몰랐다. 도대체 김범오는 왜 저런 이야기를 했을까. 사실 그들은 처음 사장실로 들어서서 김범오를 과장으로 승진 발령시켜 코르젠 창립 멤버로 써야 한다고 건의했던 것이다. 김범오가 워낙 뛰어나게 일을 잘하는 데다 총 맞은 사라피나 처리를 놓고 보인 충성심, 그리고 사라피나를 처리하면서 성림유통 쪽으로부터 당한 고초들을 감안한다면 중용할 만하다고 사심 없는 표정으로 말했다. 그러나 원직수는 어머니의 이마 위로 입김을 길게 불어넣을 뿐이었다. 그리고 말했다.

"도대체 어떤 사람이기에 두 분 신임을 그렇게 얻었어요?"

조상회는 그제야 왼쪽의 소파에 앉아 있던 서병로가 눈썹 사이를 찌푸리면서 갸웃하는 걸 곁눈질했다. 사나운 용심을 삭이는 듯한 그 표정에는 뭔가 자기가 납득하기 힘든 걸 조상회와 이정곤이 꺼내 놓고 있다고 말하는 듯한 분위기가 있었다.

게다가 원직수의 얼굴 또한 좋지 않았다. 사실 그는 로타섬에서 제대로 결실을 거두지 못한 채 돌아와서 속이 은박지처럼 구겨져 있었다. 누군가 사무치게 탄식하는 듯한 소리가 그의 몸속에서 덫에 걸린 짐승의 신음처럼 솟아 나왔다. 아아, 내가 해럴드 오를 왜 불렀을까? 그런 친구한테 터무니없이 옛정이나 자비를 바라다니, 내가 바보가 됐던 걸까? 아니, 그런 고리채 사업가의 집안에다 자랑하고 싶었던 거야. 이제 최첨단의 생명공학을 우리 그룹의 주력 사업으로 앞세우고 있다고. 아아, 나는 얼마나 방심하고 자만했던 건가. 여러 가지 감정들이 목을 다투어 빼고는 원직수의 귓속에다 말을 걸어왔다. 그는 칼을 세운 것처럼 두 손바닥을 얼굴 앞에 맞대고는 미간에 신경을 곤두세웠다. 화면 속의 김범오가 아주 특이한 이야기들을 하고 있었다.

"……그 수목원 옆에 있는 회룡포는 하회마을이나 청령포처럼 물줄기가 땅 하나를 휘휘 휘감아 섬처럼 만들어놓은 물돌이 벌(野)입니다. 한번 들러보면 보통 땅이 아니라는 느낌이 듭니다. 빙 돌아가는 물줄기는 이상하게 수온이 높답니다. 온수에 손을 담근 느낌이지요. 신기할 정도랍니다.

게다가 이 수목원은 단순히 과수원이나 목장이 아닙니다. 뭔가 대안적인 미래 삶을 제시하려는 공동체지요……."

원직수가 리모컨으로 동영상을 정지시키면서 물었다.

"아주 재밌는 이야기를 하는 친구네요. 그런데 일을 뛰어나게 잘해 왔다? 그래 지금 이 친구가 있다는 데가 도원수목원이라는 뎁니까?"

"예! 사장님. 원제연 사장한테서 죽이겠다는 위협을 받고 피신했습니다."

이정곤이 원제연에 대해 적개심과 피해의식이 엇갈린 표정으로 말했다. 원직수는 이미 생각이 정리된 얼굴이었다.

"개 한 마리 제대로 갖다 놨으면 아무 일 없는 거 아니었습니까……. 덩치 크고, 특공부대까지 나왔다는 친구가 그런 일 하나 제대로 못 해냅니까? 서병로 이사가 고르고 골라서 보냈다고 하던데."

이정곤은 고개를 숙인 채로 눈을 둥그렇게 떴다. 송구스러워서 얼굴을 들 수가 없었다.

"죄송합니다, 사장님."

원직수는 그를 외면하면서 조상회를 쳐다봤다.

"이 부장이 죄송해할 필요는 없는 거 아닙니까? 조 이사, 지난주에 우리가 주위봉에 갔을 때 부딪혔던 친구들이 혹시?"

"아…… 예…… 도원수목원……. 정말 거기 있다고 했습니다."

조상회는 긴장해서 피가 몰리는지 뺨을 마구 비비고 싶은 심정이었다.

"제가 이전에 지도를 보여드리면서 보고 드린 일도 있는데."

서병로가 조심스레 말했다.

"뭐와 관련된 일이었지요?"

"맥나마라가 채집 지역을 우리 주위봉 부지 너머로 확장할 수 있으면 좋겠다고 해서……."

"아, 참, 그런 일이 있었지요. 맞아요. 그때 지도까지 같이 보면서."

"예, 맞습니다."

서병로의 진지한 얼굴을 바라보면서 원직수는 뜻밖의 소득을 얻었다는 표정을 지었다. 직원들의 정보를 최대한 데이터베이스화하니까, 이런 게 나온 거야. 직원들한테서 최대한 패컬티(faculty)를 끌어내려고 시간과 돈을 투자하니까……. 그러니까 그때 우리한테 호통 치던 젊은 애들하고 저기 저 김범오라는 애가 지금 같은 곳에 있다는 건가. 도원수목원에.

거긴 아버지가 건설업에 뛰어들었던 초기에 강이 휘감아 도는 땅이 재물도 휘감는 길지(吉地)라는 걸 알고 주위봉 아래쪽의 물돌이 벌을 사들이려고 했던 곳이었다. 아버지는 한때 할아버지와 사업을 같이했던 사람이 이미 사들인 땅이라서 웃돈을 크게 주려고 했지만 그는 수목원을 할 거라면서 거절했다고 전해 들은 적이 있었다. 원직수는 두 손을 기도하듯이 깍지 끼더니 한참 생각에 잠겼다.

"좋아요. 좋아. 그런데 김범오라는 저 친구를 코르젠으로 불러들이기 전에 몇 가지 작업을 시켜야겠어요. 저 친구가 저기 수목원 근처의 수온이 높다고 했는데 정말 그런 건지, 그러면 과연 어느 정도인지, 작업팀 보내서 확인하세요. 물론 코르젠 사업 때문에 그러는 겁니다. 매집되는지도 알아보고."

매집이란 건설 목표 지역의 부동산 조각들을 하나하나 사들이는 것이다.

"즉시 연락하겠습니다."

조상회가 고개를 조아리면서 말했다. 원직수는 해럴드 오가 닦아세우던 기억 때문에 착잡해졌는지 말하다 말고 잠시 아랫입술을 깨물었다.

"저런 데가 있다는 얘기를 지나가는 길에만 들었어도 그때 몇 마디 받아쳐 주는 건데. 수온 높은 저수지가 바로 대안이니까."

원직수는 소파에서 일어나 뒷짐을 진 채 창가로 걸어가더니 사장실을 돌아다녔다. 그는 갑자기 활기와 투지를 되찾은 것처럼 얼굴이 밝아졌다. 고개를 숙인 것도 무슨 착잡한 일이 있어서가 아니라 갑자기 아이디어들이 떠올라 정리할 필요가 있어서였다. 그가 말했다.

"게다가 열대어들을 키우려면 아예 워터 파크를 짓는 게 나아요. 수중 공원 말입니다. 앨리슨 글래스는 휘어질 수 있거든요. 열대어들이 뿌려진 물속에 구불구불한 유리 통로와 계단을 만드는 거지요. 그리고 호수 바닥에 유리 방들을 만드는 겁니다. 에스키모의 이글루처럼 둥근 방들을 만들어놓고 천장을 유리로 대는 겁니다. 아니면 아예 물거품처럼 투명한 방으로 만들어버릴 수도 있지요."

"정말 좋은 아이디어입니다."

조상회와 이정곤이 긴장이 가신 채 눈을 둥그렇게 뜬 얼굴로 말했다. 원직수의 상상력이 공작 날개처럼 화려하게 펴지고 있었다. 아마 예산을 생각하지 않고 상상만 하기 때문이리라. 원직수가 확실하게 자신감을 찾은 것 같은 어투로 말을 계속했다.

"우린 그런 워터 파크에 들르는 걸 상류층의 바로미터로 만들어야 됩니다. 워터 파크에서 열대어들을 쇼핑하고, 집에 들여놓은 빌트인 아쿠아리움에서 키우고. 그게 상류사회의 기본 문화가 돼야 됩니다. 휴가 때면 워터 이글루에서 하룻밤 보내는 거. 그걸 루이뷔통이나 페라가모처럼 만들어야 됩니다. 그러면 중산층은 자연히 따라옵니다."

원직수는 초상을 벽에 직접 걸었다. 그의 얼굴에는 바람 부는 벼랑 끝에 서 있다가 누군가 수호천사의 도움으로 날아오르는 듯한 상쾌함과 기대감이 떠오르고 있었다. 그가 액자 뒤의 석류 조각 구멍 속에 못 머리를 집어넣는 동안 서병로가 그를 대신하듯이 말했다.

"김범오 씨한테 확실하게 알아보라고 하세요. 지금까지 이 친구 일해 온 건 시원찮았어요. 내가 보기엔 그래요. 벌은 꿀이면서 침이에요. 그런데 이 친군 침이기만 했어요. 쏘인 데가 아직 화끈거려요. 이번에는 분명하게 꿀을 내놓으라고 하세요."

조상회와 이정곤은 결의를 다진 것처럼 얼굴이 굳어졌다. 원직수가 들여다보는 액자의 길고 둥근 유리 위로 그 얼굴들이 번쩍거리면서 비춰졌다.

••44

조상회가 데려온 코르젠의 젊은 연구원들은 검고 미끈미끈한 콘웰 방수복(防水服)을 입고 강물 속으로 들어가 작업 중이었다.

주천강 물은 맑고 싱그러웠다. 저 북쪽 태기산의 가파른 골짜기에 놓인 자갈들을 적시면서 흘러내리기 시작한 물길은 급락과 서행, 직진과 사행을 거듭하면서 매쉽재 아래의 천장굴을 지난다. 굴을 막 빠져나온 물살은 동과 서에 직벽처럼 일어선 산협 사이를 따라 강바닥을 파내듯이 깊게 흐른다. 멀지 않은 동쪽의 도원수목원 앞을 지날 즈음에는 비옥한 퇴적토들을 슬쩍 부려놓는다. 그러고선 홀가분해지고 더욱 투명해진 물의 몸(肉)은 바로 수목원 건너편의 물돌이 벌인 회룡포를 둥그스름하게 한 번 휘감은 다음 남하하는 것이다.

회룡포는 직경 2킬로미터의 둥근 방패와 비슷한 모양이었다. 마치 바다를 향해 툭 튀어나온 반도처럼 주천강으로 둘러싸여 있었다. 회룡포 북서쪽에는 강을 가로막는 병목 부분이 있었다. 주천강이 여길 오래 깎아 나가면 물돌이 벌도 결국 강물 가운데의 섬인 하중도(河中島)가 될 수밖에 없었다. 회룡포의 안쪽에는 목조 주택 두 채를 안은 새파란 솔숲이 모여 있었다. 그 둘레는 비행장을 만들면 좋을 것처럼 탁 트인 공간이었다. 말들을 방목하는 풀밭, 드넓은 옥수수 밭이 보였다. 갯가에는 갈대와 골풀들이 마구 자란 개펄과 너른 모래톱이 있어서 낮에는 갈매기까지 보였다.

조상회가 망원경을 눈에 댄 채 모래톱들을 따라가자 저기 병목의 북쪽, 강이 깊어진 곳에서 멱을 감고 있는 김범오와 아이의 모습이 물풀들 사이로 보였다.

토니 양은 럭비공처럼 수면에 떠 있는 노란 플로트들을 잡아 거기 매달린 캠벨 수온계와 산화계 막대들을 집어 올렸다. 중국계 미국인인 그는 두 달 전부터 코르젠의 연구원으로 일하고 있었다. 유리 막대 끝에서 물이 뚝뚝 떨어졌다. 섭씨 24도. 천장굴을 통과하지 않은 주천강 저 상류 쪽 온도는 14도. 물돌이 벌을 거쳐간 저 하류 쪽은 17도였다. 이곳 수온이 상류나 하류에 비해 훨씬 높은 것이다. 이 수역(水域)의 산성도는 평균 PH 6.1 열대어들이 살기엔 최적이었다.

토니 양은 방수가 되는 콘웰 녹음기에 입을 바짝 대고 "이십사 점 육일(24.61)." 하고 속삭였다. 그는 조엘 해리스를 향해 손가락으로 동그라미를 만들어 보였다.

"정말 좋은 물이다. 열대어들이 미쳐버릴 거야."

"벌써 날뛰고 있어. 디스커스와 구피, 세일핀을 풀어 넣었는데 거의 날아가고 있어. 디스커스는 놀다가 하품까지 한다."

해리스는 왜 벌써 열대어들을 물에 풀었을까. 그는 명백히 선임 연구원인 토니 양의 지시를 기다리지 않는 때가 종종 있었다. 그것 때문에 목소리를 높일 때도 있었지만 오늘은 그렇게까지 할 기분이 아니었다. 디스커스가 물속에서 하품까지 하다니. 열대어들이 살기에는 최고라는 신호였다. 토니 양은 모른 체하면서 말했다.

"여긴 태국이나 베트남의 얕은 바다 같다."

"내 생각도 그래. 하지만 물은 훨씬 깨끗하지."

물은 그들의 가슴 아래를 지나갔다. 빛으로 엮은 그물 같은 것이 물의 속살에 섞여들어 쉬지 않고 일렁거렸다. 증발하듯 영롱하게 부서지는 광채도 있었다. 토니 양과 해리스는 잠시 그들이 맡은 작업의 현실적인 성격을 잊어버린 채 물이 추는 왈츠의 환상적인 아름다움에 빠져버렸다.

조상회는 연구원들과 떨어져서 도원수목원 북서쪽의 숲 속을 조심스레 돌아다니고 있었다. 얼마 전 김범오가 산양들과 조우했던 능선과 멀리 떨어지지 않은 곳이었다. 둘러보니, 참 잘 만들어놓은 조림지였다. 삐삐삐비, 삐삐삐비— 강원도의 깊은 숲에서 울려 퍼지는 핸드폰 소리는 유난히 요란했다. 다복솔 가지에 앉아 있던 멧새들이 푸르르, 날아올랐다. 해리스였다. 그는 조사한 내용을 건조하게 설명했다.

"바닥 모래의 75퍼센트가량이 직경 5밀리미터 수준, 왕사다. 수초들로는 님파에아 스텔레이트, 히그르필라 스트릭타가 많고 호토니아 인플라타도 떠다닌다. 아주 맑다는 뜻이다. 질소나 인은 제로. 부영양화가 없다. 상류에 광산도 없고, 강변의 타운(도원수목원)이 하수를 아주 잘 처리해 온 것 같다."

조상회는 흥분할 것 같았다. 이렇게 쉽다니. 원직수 사장이 찾던 바로 그 물을 벌써 손에 넣게 된 것 아닌가. 저기 저 아래에 댐을 지어 수심(水深)만 확보해 놓으면 된다. 앨리슨 글래스로 물속에 호텔을 지어놓으면 별처럼 많은 10억 마리 열대어가 바깥으로 헤엄쳐 다니는 물의 제국(帝國), 사장이 원하는 물의 나라가 건설되는 것이다. 사장의 희망을 채워주면 조상회도 가망이 있었다. 코르젠의 사장이 될 수도 있는 것이다. 그는 어떻게 해서든지 사장이 한번 되어보고 싶었다. 그도 성림건설 사장실에 난 비밀의 통로를 따라 내려가 미립자들이 번쩍거리며 쏟아져 내려오는 황금 모래시계를 하사받고 싶었다. 그리고 운전사가 딸린 검은 에쿠스 등받이에 의젓하고 근엄하게 기대고 싶었다. 조상회의 목소리가 높아졌다.

"그, 그, 그러면 물이 왜 그렇게 따뜻한가?"

"글쎄. 잘 모르겠지만 아마 상당히 환상적인 이유일 것 같다. 오리건 주 바다 속의 블랙 스모커(Black smoker)가 생각난다."

"블랙 스모커? 그게 뭔가?"

"잠깐. 누군가 배를 타고 우리한테 접근해 오고 있다."

"누구?"

"젊은 애들인데."

"조심해라."

조상회는 이전에 해리스와 같이 평창군 미탄면 마하리로 가서 수생식물들을 조사하다가 동네 사람들한테 멱살을 잡힌 채 내동댕이쳐지기도 했다. 수상한 짓 하지 말라는 것이었다.

수면은 번쩍, 거울처럼 큰 빛을 반사하고 보트는 물 위에 치솟은 뭉게구름을 헤치고 미끄러져 왔다. 보트 위의 사람들이 해리스에게 간단한 영어로 물어왔다.

"도와줄 일이 없나?"

"고맙다. 하지만 우린 이제 돌아간다."

해리스는 강둑길에 세워둔 스테이션 왜건을 턱으로 가리켰다.

"너희들은 외국에서 온 것 같은데. 저 기구들로는 뭘 하는 건지 물어봐도 되나?"

노란 플로트들을 말하는 것이었다. 해리스는 이마 위의 선글라스를 내려 쓰더니 씨익 웃었다.

"여기 우리가 헤엄치고 있으니 물고기들은 비켜 가시오, 하는 뜻이다."

김범오는 물돌이 벌의 북쪽인 용천배기로 가 있었다. 천장굴을 통과해서 협곡을 직진해 온 급류는 여기서 깊은 수심을 만들었다. 강물이 물길을 막고 있는 물돌이 벌의 절벽을 깨지 못하고 사행하게 되자 강바닥의 흙을 조금씩 파내온 것이다.

강은 순간순간 빛과 그림자, 양달과 응달의 여러 요소들을 빚어 갖가지 물의 농담(農談)을 보여주었다. 빛과 하늘과 구름이 어우러져 신비롭게 아롱거리는 환상이 수면 위에 떠 있었다.

모래톱은 늦여름의 따뜻한 햇빛을 받고 있었다. 수면 아래로는 피라미와 송사리, 버들치와 빙어가 지나갔다. 물속에 바람이라도 지나가는 것처럼 수중의 수초들이 수평으로 나란히 흔들렸다.

좀 더 깊은 강심(江心)에서는 시퍼런 물이 잘 닦은 거울처럼 너무나 선명하게 강산을 비추고 있어서 수면 위를 걸을 수도 있을 것만 같았다. 물속에는 일월산과 참매봉과 창천산의 봉우리와 비스듬한 골짜기, 빛이 부서지는 숲들이 들어앉아 있었다.

가까운 숲을 비추고 있는 수면을 가만히 지켜보면, 울긋불긋한 여름 꽃과 열매, 물들기 직전에 더더욱 푸른 잎사귀들이 하나하나 셀 수 있을 만큼 선명하게 떠 있었다. 물이 얼마나 깨끗한지, 새카만 가지 위의 새들이 용천배기의 수면 위에 앉아서 두리번거렸다. 지저귀는 노랫소리가 바로 그 물속에서 솟아 나오고 있었다. 물 타래를 거슬러 헤엄치던 어미 숭어가 모감주나무의 노란 꽃잎 속에서 얼굴을 내밀었다. 작은 빙어

한 마리가 수면 위로 펄쩍 뛰어올랐다가 빨갛게 벌어진 석류 안으로 지느러미를 흔들며 사라져갔다. 김범오는 넋을 잃고 그런 모습을 바라봤다.

오오, 새와 물고기, 꽃과 수초가 함께 사는 물의 고을이여.

김범오는 이렇게 아름다운 도원수목원을 이제 곧 떠나야 하는 것이다. 마치 전혀 다른 세계로 옮겨 가듯 다시 서울로. 태영이는 못내 아쉽다는 낯빛이었다. 아까 큰 차를 타고 온 외국인들을 김범오와 함께 만났을 때부터 자꾸 그의 얼굴을 올려다봤다.

김범오는 태영이와 함께 물안경을 끼고 용천배기로 잠수해 들어가기로 했다. 그의 마음은 이제 깃털처럼 가벼워져 있었다. 아침부터 이정곤과 조상회가 차례차례 그에게 전화를 걸어와 원직수 사장이 그룹의 전권을 거의 장악했다고 알려 왔다. 이제는 사실상 그룹 회장직을 승계할 날만 남았다고. 원제연은 사장단 회의에서 한 번 호되게 꺽여버린 데다 최측근인 최동건마저 달아났는지, 행방불명인지 소식마저 끊겨 거의 망연자실한 상태라고. 하지만 김범오는 그런 일이 있은 지 벌써 일주일도 더 지났으며, 사장이 이미 로타 섬에서 코르젠 투자 설명회까지 가졌다는 걸 알고는 이정곤에게 날카롭게 신경질을 냈다. 그걸 이제 와서 알려주느냐는 것이었다.

이정곤이 대답했다.

"야, 인마. 나는 그동안 입에서 단내가 다 날 만큼 뛰어다녔어. 넌 그냥 아무 생각 없이 휴가나 보내면 되지 그 좋은 데

가서도 어쩔까, 걱정만 하고 있었냐? 어휴, 팔자다, 팔자!”

이어서 전화를 걸어온 조상희는 부탁을 하나 해왔다.

“여름 다 지나가는데. 코르젠 연구원들이 강원도 물맛 좀 보자 하니까. 네가 안내 좀 해줘라.”

김범오의 눈앞에 보이는 것은 다섯 길은 될 것 같은 깊숙한 물의 대궐이었다. 태영이는 잠수해 들어갔다가 용천배기의 바닥에서 무언가가 솟아 나오는 것만 같고, 그게 얼굴을 스치는 것 같자 왠지 무서워졌다. 그 아이는 무척 헤엄을 잘 쳤지만, 곧장 물가의 바위 위로 도로 올라갔다. 김범오만 바닥까지 쑥 내려갔다. 태영이의 눈에는 김범오의 몸의 곡선들이 잔상처럼 어른거렸다. 잘 태운 갈색 피부와 근육과 힘줄이 아름답게 어우러진 몸이었다. 활처럼 벌어진 큰 어깨와 탄탄하고 무늬 진 아랫배, 말 같은 등과 굵은 허벅지가 눈에 어른거렸다.

김범오는 용천배기의 바닥까지 쑥 내려가 발을 딛고 고개를 쳐들었다. 머리 위의 물속에는 커다란 소용돌이가 일고 있었다. 물고기들의 소용돌이였다. 자세히 보자 아주 반듯하게 생긴 물고기들이었다. 납자루인가. 아마 그럴 거다. 수많은 물고기들이 거대한 용수철처럼 물속을 빙글빙글 휘감으며 수면으로 올라가고 있었다. 1000마리도 넘는 무리가 날줄과 씨줄처럼 갈마들며 은빛 나선을 만들고 있었다. 이럴 때 납자루들은 1000마리의 작은 물고기가 아니라 커다란 한 마리의 물고기 같았다. 고기들이 빙글빙글 말려 올라가는 원무(圓舞)의 한가운데로 오후의 햇살이 신전의 기둥처럼 쏟아져 들어왔다. 꽃씨 때문이었다. 물고기들은 물 위로 차례차례 솟구치며, 수면에 떨어진 꽃씨들을 향해 입을 벌렸다.

김범오는 납자루 떼가 만든 나선 가운데로 슬쩍 들어가 보았다. 갑자기 그의 몸은 수직 상승하는 따스한 물살에 떠밀린 채 물고기들이 만든 통로를 따라 수면을 향해 쏜살같이 솟구쳐 올라갔다.

"아!"

수면 바깥으로 나와 긴 날숨을 내뱉던 그는 무언가 용천배기의 비밀을 알게 된 것 같았다. 그가 다시 다섯 길 물속으로 헤엄쳐 들어가자 그 많던 납자루 떼의 나선은 저기 저 옆으로 흩어지고 없었다.

수경에 비친 강바닥에는 물살에 마모돼 모 하나 없이 둥글어진 바위들이 고대의 유적들처럼 엎드려 있었다. 갈색으로 변색된 수천 장의 낙엽들과 붉은 단풍잎들, 부러진 나뭇가지들이 바위들 위를 수북이 덮고 있었다. 처음에 김범오는 바위 위의 낙엽들을 보고 유선형의 어떤 납작한 물고기 떼가 정지해 있는 게 아닌가 생각했다. 그러나 그것들은 바위들 사이에서 수은처럼 투명한 물거품들이 뿜어져 나오는 기세에 가끔 휘말려서 힘없이 수직으로 떠오르곤 했다. 김범오는 그 물살이 어디서 나오는지 알아볼 수 있었다. 바위들 사이에 괴물의 벌린 주둥이처럼 다소 섬뜩한 느낌을 주는 크고 깊은 구멍이 있었다.

"하상(河床) 온천이다!"

거기서 따스한 물줄기가 분수처럼 솟구치고 있었다. 그는 놀라워서 물안경 속에서 눈을 치켜뜬 채 한동안 움직이지를 못했다. 스쿠버 다이빙을 하다가 컴컴한 폐선 속에서 살아 있는 사람을 만난 것만 같았다.

••45

김범오는 수목원의 젊은이들로 거의 둘러싸이다시피 한 채 토의실의 한가운데에 피의자처럼 앉아 있었다. 밤이 이슥해져 가고 있었지만 그는 신경이 곤두설 대로 곤두서 있었다.

토의실은 방문자들을 위한 방이 복도 양쪽으로 죽 늘어선 도화관 2층 끄트머리에 있었다. 토의실이라곤 하지만 소파와 냉장고가 작은 다탁을 둘러싸고 놓여 있는 휴게실 같은 곳이었다. 지붕으로는 별들을 볼 수 있도록 만들어놓은 천창(天窓)도 있고, 벽 삼아 낸 통유리창 밖으로는 은행나무 잔가지가 보였다.

하지만 사실상 문초하기 위해서 찾아왔다고 할 수 있는 수목원 젊은이들이 들어오면서부터 문을 안으로 잠가버려 김범오는 불쾌하면서도 봉인된 병 속에 갇힌 것처럼 갑갑해졌다.

찾아온 이들은 수목원의 운영 간사인 조성일, 주위봉의 사냥꾼들과 마주쳤던 박유일과 형선호, 그리고 강신영이었다.

박유일이 말했다.

"나는 멀리서 보고 그냥 한국 사람들인 줄 알았어. 보트를 타고 가보니까 영어를 쓰더라고. 나머지 한 사람은 한눈에도 미국 사람 같았고."

그는 주위봉에 이어 주천강에서도 낯설고 이상한 외지 사람들을 만난 것이다.

"그 사람들, 누구입니까? 김범오 씨가 안내해 줬다고 하던데."

조성일이었다.

"저희 회사와 협력관계에 있는 연구원들입니다. 저도 개인적으로 아는 건 아니고."

김범오의 머릿속은 분해된 텔레비전 회로처럼 복잡했다. 그는 조상회가 아무 일도 아닌 것처럼 연구원들의 안내를 부탁하는 바람에 별 생각 없이 나섰던 것이었다. 그러나 정작 연구원들이 세심하게 실행한 것은 수질과 수온 조사였다. 그들이 찾아온 궁극적인 목적은 분명했다. 이 일대가 열대어들을 풀어놓을 워터 파크 후보지가 될 만한가, 그걸 확인하기 위해서였다. 연구원들이 돌아간 뒤에 조상회가 전화를 걸어와 그런 목적을 털어놓자 김범오는 전기가 저릿하고 지나가는 것처럼 놀랐다. 김범오는 도원수목원을 찾아오기 전에는 회사에서 워터 파크를 만든다는 계획에 대해 한 번도 들어본 적이 없었다. 그는 회사에서 그저 뜬금없이 한번 더듬이를 뻗쳐보는 생소한 아이디어 중 하나라고만 생각했다. 하지만 아무리 그래도 그렇지. 내가 지금 어떻게 그걸 수목원의 이 친구들한테 그대로 털어놓는단 말인가.

조상회는 전화에다 대고 "강원도의 물맛을 보려고 한다."면서 조사 내용을 흐릿하게 둘러댄 데 대해서는 사과조차 하지 않았다. 하기야 그가 왜 그러겠는가. 그는 김범오의 직무에 관한 한 생사여탈권을 쥐고 있는 이사 가운데 한 사람이 아닌가. 조상회는 천연덕스럽게 늘어놓았다.

"이상하게 물 온도가 높다고, 네가 동영상 사원록에다 그렇게 설명해 놓았잖아. 그러지 않았어? 사장이 아니었으면 우리도 그걸 몰랐을 거야. 그런데 사장이 그걸 직접 봤어. 사장이 말했다고. 유망하면 매집 가능성까지 알아보라고 말이야. 그런데 결과가 이렇게 좋게 나온 걸 어떡해. 사장한테 보고 안 할 수도 없고. ……그래서, 네가 매집 가능성까지 좀 알아봐 줬으면 하는데……. 무슨 말인지 알겠지? 거의 매집으로 가져가야 될 분위기야."

조상회는 김범오에게 거기서 며칠 더 머무르라고 말했다. 김범오는 머리카락이 곤두설 것 같았다. 조상회는 진도를 너무 앞질러 나가고 있었다. 자기 자신은 맡은 일을 전광석화처럼 해치우고 있다고 생각할 것이다. 전광석화…… 원성일 회장이 젊은 시절부터 늘 해온 한 말이다. 김범오는 매집 가능성이라는 이야기가 나오자 조상회한테 완전히 당했구나, 하는 생각이 들었다. 성림건설 같은 곳에서의 매집이란 때로 수단 방법을 가리지 않는 무자비한 상황을 가리키는 것이었다. 그것은 현재 주민들을 살던 곳에서 몰아내는 것이었다. 김범오는 쓴 약이라도 삼킨 것처럼 거무죽죽한 자책감이 몰려드는 것을 느꼈다.

'아, 아…… 이런…… 그때 동영상에 왜 그런 말까지 했을까. 미친놈도 아니면서……! 이런 망할……! 말할 필요가…… 하나도 없었는데……. 아……! 아……! 내가…… 어떻게 된 게 아니었을까!'

워낙 쫓기는 마음이다 보니 그랬을 수 있다는 생각이 들었다. 동영상 녹화가 시작되던 그 순간까지도 이명자 이사장이나 원제연 사장이 나중에 화면을 보고 나를 알아보면 어떻게 하나 걱정하고 있었던 것이다. 원직수 사장이 그걸 볼 거라는 생각은 전혀 안 했다. 그러나 이제 와 생각해 보니 동영상 사원록을 만들라고 지시할 만한 사람은 원직수 사장밖에 없었다. 그는 어릴 때부터 비디오 녹화하는 걸 아주 좋아해 온 사람이다. 비서실에서 근무하면서 그런 사실을 분명히 알고 있지 않았나. 김범오는 자기가 한 바보짓이 미워서 미칠 지경이었다. 그는 혼잣말 같은 탄식을 몇 번이고 되풀이했다.

"아아! 이놈의 인생은 꼬일 대로 꼬여서 풀릴 기미가 안 보이네!"

조상회와 이정곤은 김범오와 한솥밥을 먹어온 회사 선배에서 이제는 김범오에게 코뚜레를 걸어서 토지 매집까지 몰아댈 감독관이 돼갈 참이었다. 이정곤의 심경은 모르지만 조상회만은 분명했다. 드물게 어수룩한 데도 있지만, 기본적으로 노회하고 집요한 사람이었다. 어떻게 보면 조상회는 자기가 맡은 일에 충실할 뿐이었다. 김범오는 피신자로 도원수목원의 품에 들어갔다가 어느 결엔가 이 수목원을 강제로 접수하는 편을 위해 첩자가 될 수도 있었다. 그는 누군가 하소연할 사람이라도 있으면 싶어, 가슴을 치며 한숨을 내쉬고 싶었다. 이제부터라도 입 조심하자. 그는 자기가 찾아낸 하상 온천에 대해서는 회사에 가서 입도 벙끗하지 않을 작정이었다.

"그런데, 그 미국 연구원들이 여기는 왜 온 겁니까? 그건 아실 거 아닙니까?"

형선호가 김범오의 얼굴을 후벼 팔 듯이 노려보면서 피아노의 높은 건반을 두드리듯 또박또박 말했다. 그는 스테이션 왜건의 아래에 찍혀 있던 코르젠이라는 브랜드를 보고 나서 어딘가로 알아본 다음에 그게 성림건설 계열사라는 것까지 파악한 사람이었다. 김범오는 자기가 이미 의심받고 있다는 걸 분명히 깨달을 수 있었다. 그는 거짓말을 하지는 않기로 했다.

"수질 조사를 했다고 들었습니다."

"강원도 물이 깨끗한 건 다들 압니다. 그런데 왜 느닷없이 외국인들이 여기까지 들어와서 수질 조사를 하느냐는 거지요? 여기 들어와 있는 김형이 무슨 역할을 한 게 있으면 탁 까놓고 말씀하시라는 겁니다."

"아마 연구자료 삼아 하는 걸 겁니다. 자세한 게 필요하시면 제가 회사로 돌아간 다음에 알아봐서 세세하게 알려드리겠습니다."

기대에 못 미치는 이야기가 나오자 형선호는 못마땅한 표정이었다.

“분명히 그렇게 해주셔야 합니다.”

“물론입니다.”

“그런데 코르젠은 무슨 일을 하는 뎁니까?”

“글쎄, 저도 처음 듣는 회사입니다.”

코르젠은 그룹의 차세대 생명공학 회사였다. 김범오는 자기가 언젠가는 거짓말의 대가를 치르게 될 거라고 생각했다.

“회사입니까? 연구소 같은 데가 아니고?”

“글쎄, 그것도 한번 알아봐야겠습니다.”

김범오가 잇달아서 막연한 이야기만 늘어놓자 형선호의 불신은 더욱 차올랐다.

“그럼 뭘 보고 그 사람들을 여기로 안내했습니까? 저번에 주위봉으로 헬기까지 동원해서 사냥하던 사람들이 있었다는 말은 들으셨지요?”

“죄송합니다.”

“그때 헬기를 끌고 온 사람들하고 코르젠인가 하는 사람들하고는 아무 관계도 없는 겁니까?”

조성일이 말했다. 강신영과 형선호, 박유일은 심각해질 대로 심각해진 채 핏기가 싹 가신 얼굴로 김범오를 응시하고 있었다.

“거기에도 외국인이 있었다고 했잖아요?”

조성일이 덧붙였다. 모두들 냉랭하게 김범오를 관찰하고 있었다. 김범오의 가슴이 두근거리기 시작했다. 헬기를 끌고 온 사람들은 맥나마라와 브로델, 그리고 원직수 사장이 분명할 거다. 박유일과 형선호는 헬기에서 성림건설과 관련된 무슨 표지를 보고 왔을지도 모른다. 거기다가 주위봉의 협천계곡 일대를 소유한 건 성림건설로 돼 있지 않은가. 지금 이 사람들은 성림건설과 코르젠의 관계에 대해 이미 많은 걸 알고 있는지도 모른다. 알아본 걸 감춘 채 나를 시험해 보고 있는지도 모른다. 김범오는 불안과 가책 같은 것이 뒤섞여 몹시 그닐거렸다. 강신영이 그런 그를 들여다보더니 문책하듯이 물었다.

"너 여기 처음 올 때는 휴가 받아서 왔다고 했지?"

"여름휴가로 왔지."

김범오는 주춤거리는 목소리였다.

"그런데 너 지금 보름도 넘게 머물고 있지?"

"그렇지."

"무슨 휴가가 그렇게 기냐? 요즘 회사에서 이런 게 용인되냐?"

강렬한 의심의 눈초리들이 화살처럼 날아들었다. 강신영은 날카로웠다.

"너무 지쳐 있어서 좀 더 쉬고 싶다고 했어."

"너 전에는 회사에서 얼마 안 있어 구조조정 들어갈 것 같다고, 걱정된다고 하지 않았냐? 그런데도 그런 청을 넣을 수 있어?"

강신영이 차분하게 말했다. 김범오는 폭로라고나 해야 할 강신영의 그런 매정한 지적이 나오자 자존심이 크게 상했다. 고립감에 둘러싸여 버리는 것 같았고, 노여움이 일었다. 강신영은 마치 김범오와 자신이 원래부터 절친했다는 사실이 자기 발목을 잡지 않도록 이 자리에서 과감하게 치고 나오는 것 같았다. 수목원 회원들로부터 결백을 인정받고 싶어 하는 눈치였다. 그러나 김범오 자신이 솔직하지 않았던 건 사실이다. 그가 아무리 사실들을 가려버리고 싶어도 상대들은 바보가 아니었다. 김범오는 빨리 이 상황에서 벗어나고 싶었다.

"나, 김산 선생님이 돌아가시기 이틀 전에 저기 수와캉 나무 아래로 가서 '여기 내 유분을 뿌려달라.'는 말을 들은 사람이야. 그분이 60년 전에 만드신 하코니와도 함께 보고. 선생님께서 나한테 주신 육필 원고, 너도 봤잖아? 그런데 내가 선생님의 흰 가루를 손에 움켜쥔 게 며칠 지났다고, 그렇게 욕보이는 짓거리들을 하겠냐?"

김범오는 누명을 쓴 듯한 분기가 이는 것 같았고, 이것저것 물밀듯이 쏟아내 버리고 싶었다.

"그래, 그럼 내일이라도 당장 짐을 싸서 나가면 될 게 아냐! 그러잖아도 내일 복귀해야 한다고 말을 했잖아. 내가 지금 여기 수목원에 약탈이라도 하러 온 사람이냐? 내가 무슨 여기 보물 창고 있는 데라도 정탐하려고 온 사람이야? 도대체 왜들 그러는 거야? 연구원들이 나타나서 여기 수질 검사라도 해가면 무슨 난리가 나는 거야? 내가 보기엔 아무 일도 아닌 걸 가지고. 내가 회사로 복귀하면 상세하게 알아봐 주겠다고 하지 않아?"

반응은 두 갈래로 갈라졌다. 강신영과 조성일은 앉은 채로 더 할 말이 있으면 들어주겠다는 듯이 차분한 태도를 보였다. 박유일과 형선호는 다소 당황한 눈치로 김범오를 붙잡았다.

"왜 이러십니까. 저희들이 다른 뜻이 있어서가 아니고……."

"알고 있습니다. 저도 이해합니다."

김범오한테 금방 직감이 왔다. 오늘 밤에 김범오한테 무언가 추궁할 필요가 있다고 문제를 제기한 사람들은 아마 박유일과 형선호인 것 같았다. 강신영이 박유일의 말을 대신 이었다.

"너도 알다시피 지금 수목원은 중대한 고비를 맞고 있어. 소유권 이전 문제 말이야. 김산 선생님께서 돌아가셨으니까. 외부에서 부동산을 노리거나, 어떤 다른 목적으로 접근해 오는 불순한 사람들이 있을 수도 있어. 공동체 생활을 오래 해본 사람들은 공동체가 꾼들한테 어이없이 넘어가 버린 일들을 한두 차례 겪어봤을 거야. 너한테는 나중에 상세하게 들려주지.

거기다 네가 이해해야 할 일이 있어. 여기 수목원은 서울처럼 큰일이 하루에도 몇 번씩 터져 나와서 뭔가를 바꿔버리고 그러는 데가 아냐. 김산 선생님이 돌아가신 데다가 알지 못할 헬리콥터까지 동원돼서 큰 사냥이 벌어졌어. 거기다 방문 목적도 불분명한 외국 사람들이 각종 장비들을 가지고 이 깊은 곳까지 찾아왔어. 바로 네 안내를 받아가면서 말이야. 그러면 당연히 사람들의 관심이 너한테 쏠리고 네가 뭔가를 설명해 주기를 바라게 되지. 네가 그렇게 반발하는 걸 이해 못하는 게 아냐. 너무 몰아댄 것 같아 미안하기도 하고. 내가 너라도 그렇게 열을 받을 것 같아. 하지만 우리 반응을 이해해야 할 사람은 바로 너야. 네가 이해해야 돼. 이번 보름 동안 우리가 얼마나 즐겁게 지냈냐. 네가 김산 선생님 돌아가시기 전에 찾아뵌 것도 큰일을 한 거고."

강신영이 진심이 담긴 목소리로 김범오를 깊게 들여다보며 말했다. 사려 깊은 얼굴이었다. 김범오는 강신영이 자신을 매몰차게 몰아붙였던 것은 어쩌면 당연한 일이었는지도 모른다는 생각을 했다. 그는 착잡한 안색으로 말했다.

"알았어. 화를 낸 건 미안해. 하지만 내일 아침에 떠나야겠어. 나도 회사에 가서 무슨 일인지 빨리 물어봐야 할 것 같아."

그는 시치미를 떼고 시름에 빠진 듯한 표정으로 거짓말을 했다. 날카로운 죄책감이 그의 가슴속을 창날처럼 후벼 팠다. 하지만 그걸 알아보는 사람은 아무도 없었다. 그럴듯한 이중성을 능란하게 숨길 수 있다는 것. 그게 김범오를 더욱 괴롭게 했다.

••46

밤이 되자 원주의 새 고속버스 터미널 주변은 휘황해졌다. 김범오가 조상회와 이정곤을 따라 들어간 룸살롱은 아늑하면서도 제법 고급스러웠다. 폭탄주가 몇 순배 돌고 나자 조상회가 옆에 앉은 아가씨의 원피스 속으로 과감하게 손을 넣어 젖가슴을 주물럭거리더니 말했다.

“매집 정보 보고 말이야. 몇 번 써보지 않았나? 첫째! 타깃이 된 부동산의 소개와 장점, 단점! 둘째 소유주 파악! 소유주가 여럿일 경우 소유주들 간의 친분이나 역학관계 파악! 그리고 그 다음은 네가 말해 줘라.”

조상회가 고개를 숙이고 있는 이정곤한테 말하고는 아가씨의 입술을 물어뜯을 것처럼 거칠게 입을 맞췄다. “어머! 왜 이러시나?” 아가씨가 가볍게 앙탈을 부리더니 붕어처럼 입술을 모은 조상회의 입에 고기포를 넣어주었다. 조상회는 이미 취한 게 분명했다. 이정곤은 착잡하게 김범오를 바라보다가 조상회가 “아, 뭘 하고 있어?” 하고 채근하자 설명해 나갔다.

“현 소유주가 애초에 매입했을 때의 부동산 가액, 그리고 현재 시세, 최대한 낮춰서 매집할 수 있는 목표가, 매집 장애물들, 장애물 제거방법, 소유주들의 약점 및 단점, 이용 방안, 매집 저항이 있을 경우 동원할 수 있는 인맥…….”

김범오가 말을 가로막았다.

“그만하세요! 지금 저한테 도원수목원을 매집할 보고서를 쓰라는 말씀이세요? 거기가 저한테 어떤 덴지는 이 선배한테도 말씀드렸잖아요? 거긴 저한테 마음속의 고향 같은 곳이에요. 이번처럼 괴로울 땐 하나 있는 탈출구가 되고요. 도대체 왜 이러세요? 거기다 저 오늘 오후에 짐 싸들고 거기서 나와버렸잖아요. 이제 저도 서울로 돌아가야죠. 언제까지 회사를 빠질 수는 없잖습니까."

"뭐? 야—! 내가 분명히 별도 지시가 있을 때까지 거기 있으라고 했잖아! 너희 부장한테도 다 설명을 해놨는데."

조상회가 고함을 질렀다.

"왜 나왔어? 반발하는 거야?"

"수목원 사람들이 본격적으로 저를 의심하기 시작했어요. 어젯밤에 한 시간도 넘게 추궁당했단 말입니다. 거기 있는 사람들은 하나같이 저보다 똑똑한 사람들이에요. 벌써 이상한 감을 잡고 있습니다."

"네가 다 털어놓은 거 아냐?"

이정곤이 온더록스 잔을 기울이며 착잡하게 물었다.

"털어놓기는요. 제가 왜 그럽니까? 차마 입이 떨어지지 않아서 그러지도 못했어요. 저는 매집을 알아보라는 지시가 너무 갑작스러워서 도무지 현실감이 없습니다. 이제, 제발, 그만 접으세요. 거기는 사들일 수 있는 데가 아닙니다. 될 데 같으면 제가 벌써 나선다고 했지요. 제발 손을 떼십시오."

조상회가 말했다.

"안 돼, 이 자식이! 이게 지금 우리가 시키는 일이냐? 사장님이 지시한 일이야. 너 이 자식아, 우리가 사장님 찾아가서 너한테 코르젠 과장 시켜줘야 한다고 직언을 했어. 사브리난지, 뭔지, 그 개새끼 한 마리 옮긴 후에 네가 얼마나 고초를 당했는지도 다 말씀드렸어. 이 부장, 내가 거짓말하고 있나?"

"아닙니다."

"사장님은 김범오, 널 중용하실 거야. 그런데 지금 이게 무슨 말이야? 네가 지금 우리 꼴을 얼마나 우스꽝스럽게 만들려는 거야? 엉?

생각 잘해, 이놈아! 너 지금 출세 타임이 찾아온 거야. 확, 날아오를 수 있는 거라고! 십 년 가야 이런 때 잘 안 와, 이놈아! 그리고! 우린 같이 살아야 돼! 너나 나나 이정곤이나 다 코르젠으로 가게 돼 있어! 우린 이제 운명 공동체라고! 정신 똑바로 차려! 정신!

그리고! 무슨 농원인지 뭔지, 누가 당장 거길 매집한다고 했냐? 누가 당장 거기 사는 네 친구들인가 하는 놈들 내쫓는다고 했냐? 후보지 중에 하나니까 매집 정보 보고나 우선 올려보라는 거 아냐? 거기 저항이 세면 다른 곳으로 갈 수도 있는 거고! 하지만 보고는 해야 될 거 아냐! 보고는! 왜 그렇게 고집이 세! 고집이! 너! 독불장군처럼 놀 거야? 내 앞에서!"

조상회는 몸을 꼿꼿이 세운 채 삿대질을 해가며 고함을 질렀다. 그는 목울대를 오르락내리락거리며 온더록스 한 잔을 금방 비워버렸다.

"오빠, 흥분하지 마세요."

아가씨가 그의 입을 닦아줬다.

"모르면 가만있어, 이년아!"

조상회가 소리를 버럭 질렀다. 그는 가슴이 답답한지 빈 온더록스 잔을 테이블에 몇 번 찍은 다음 맞은편의 김범오를 손가락으로 가리키면서 말했다.

"너 인마! 잘 들어둬! 지금 구조조정 작업이 진행 중이야! 너도 모른다고는 안 할 거야. 최우선 척도가 조직에 대한 충성심이야! 나는 그동안 널 예쁘게 봐왔어! 몸 안 아끼고 일한다고 생각했기 때문이야! 너 그때 말했었지! 취직이 안 돼서 수십 번도 넘게 입사 시험 쳤다고! 기적적으로 받아들여 준 게 성림건설이라고! 그러면 인마! 네 인생의 은인이나 마찬가진데, 충성을 다해야 할 거 아냐! 명령에 죽고, 명령에 살아야지, 어디 지금 하기 싫니, 마니, 하고 자빠졌어! 우리가 설마 하니 친구들 배반하라고 네 등 떠밀겠어? 너 날 그런 식으로 봤어? 봐서, 인마, 정 매집 들어가야겠다, 할 수 없다, 그러면 최고가로 보상해 주면 될 거 아냐, 응, 설마 하니 우리가 수목원을 통째로 물속에 빠뜨리겠냐? 나도 봤지만, 그만한 마을 꾸리고 살 데가 그 근처에 한두 군데냐. 우리 회사 땅만 해도, 쌔고 쌨다, 인마!

너, 느슨하게 생각할 때가 아냐. 너 턱도 아닌 고집 부리면서 버티면, 바로 날아가는 거야. 너는 지금 천당 끄트머리에서 있어, 한 발 뒤로 가면 지옥이야, 인마!"

조상회는 서슬이 퍼랬다. 그는 취하기도 했지만 평소에 위로 굽신거리고 아래로 유들유들하게 굴던 야릇한 균형감 같은 것을 완전히 잃어버린 상태였다. 그는 지난 몇 달 동안 맥나마라와 브로델을 위해 강산의 곳곳을 돌아다니면서 애매한 앞잡이 노릇을 한다는 자괴감을 떨어뜨려 버리려고 무진 애를 썼다. 거기에 갖은 수모와 죽을 고비까지 넘기기도 했다. 열목어들이 산다는 양구군 두타연을 찾아가던 길에는 동란 때 심어 놓았다는 지뢰가 터져 말 그대로 황천길로 갈 뻔했다. 지금도 가끔 한갓진 산등성이를 오를 때면 콰광— 난데없는 폭음이 환청(幻聽)처럼 들려와 몸서리를 치곤 했다. 태백산을 넘는 도중에는 운전사가 졸다가 커브 길을 잘못 돌아 랜드 크루저 앞바퀴가 절벽 바깥으로 나가기도 했다. 운전석에서 무게중심을 조금만 잘못 잡았더라면 그대로 수직낙하할 뻔했던 순간이었다. 조상회는 어떡하든 그 파란 많은 시간들을 보상받고 싶었다. 어쩌면 자기가 코르젠의 사장이 될지도 모른다는 기대감에 부풀어 있었다. 그런데 지금 그 문턱에서 전혀 생각지도 않은 김범오의 저항과 맞부딪히게 된 것이다.

조상회가 보기에 지금 김범오의 심사는 두 가지였다. 하나는 오래전부터 자기와 친분이 있던 수목원이 매집망에 걸릴지 모른다는 데 대한 반발이었다. 건설업을 하면서 가끔 겪게 되는 일이었다. 그 경우 회사가 절대 필요로 한다면 당사자는 선택을 해야 했고, 대부분 조직의 지시에 따르는 쪽이었다. 그게 살길이기 때문이었다.

두 번째 가능성이 있는 김범오의 심사는 자기 몸값을 올리려는 것이었다. 김범오는 지금 철저하게 연기하고 있었다. 어차피 수목원 부동산 매집 결정이 떨어지면 김범오는 거기 나서게 돼 있었다. 아마 그럴 것이다. 그 전에 자기의 심적인 피해를 상사들에게 분명히 전달해서 나중에 얻을 몫을 확실하게 챙겨두려는 것이다. 거기다 김범오는 원직수가 죽인 개를 직접 거둬서 처리했다는 '궂은 일의 공신'으로서도 이미 지분을 갖고 있었다. 영악하고 계산적인 신세대였다.

그렇게 안 봤는데, 나쁜 자식.

조상회는 불쾌해진 얼굴로 양팔을 소파 위로 쫙 펼친 채 험악한 눈길이 되어 김범오를 노려봤다.

김범오 옆의 아가씨가 침통한 얼굴로 고개 숙인 그를 쳐다보더니 말했다.

"이 오빠 울고 있다!"

"우는 거 아닙니다."

김범오가 고개를 들었다.

"조 이사님, 저도 매집 정보 보고 여러 번 써봤습니다. 성사도 여러 차례 해봤고요. 그런데 이번 건은 아닙니다. 거기 수목원은 철저하게 뭉쳐 있는 뎁니다. 자연주의와 아나키즘으로 똘똘 뭉쳐 있습니다……."

"뭐? 뭐 키즘?"

"아나키즘입니다. 저를 가르쳐주신 김산 선생님이라는 분께서 벌써 사십 년 전부터 터전을 잡은 뎁니다. 주변에 숲들, 나무들 수억 그루를 모두 수목원 사람들이 조림하고 가꿔왔습니다. 거기를 자기들만의 나라로 만들려고 하고 있습니다. 신념으로 단단하게 뭉쳐 있기 때문에 깨고 들어갈 틈이 없습니다. 거기를 대신할 만한 조건 좋은 데라면 제가 내일부터라도 찾아보겠습니다."

"광신도 집단 같은 거 아냐?"

"아닙니다."

"김산이라고 했나?"

조상회가 입에 문 담배를 오르락내리락거리며 물었다.

김범오는 아차, 했다. 소유주에 대해서 벌써 하나를 알려준 것이다. 지금은 겨우 매집 정보 보고 작성 수준이지만, 우연찮게 얼마 전에 김산 선생님께서 돌아가신 게 알려진다면 다짜고짜 엄청난 매집 공격이 가해질 수도 있었다. 아—! 그는 거짓말로 무언가를 둘러대려고 했지만 퍼뜩 떠오르는 게 없는데다 여기저기서 거짓말할 궁리를 하고 있는 자신이 한정 없이 비참한 존재가 돼버린 것 같아 입을 다물었다. 옆에 앉은 이정곤은 취했는지 눈을 감은 채 그를 전혀 도와주지 않고 있었다. 어쩌면 그가 조상회를 거들어주지 않고 있는 것만 해도 고마워해야 할 판이었다. 김범오는 "김산이라고 했나."라는 조상회의 질문에 한참 후에야 "예." 하고 무언가 결심한 듯한 표정으로 고개 들며 대답했다. 무언의 저항이라도 하는 것 같았다. 그때 곧바로 아가씨들의 비명이 터져 나왔다.

"아—악! 오빠 안돼!"

조상회는 곧바로 긴 맥주병을 집어서 테이블을 가로질러 던졌다. 퍽! 하는 소리가 김범오의 뒤에서 터져 나오더니 갈색병이 산산이 부서졌다. 김범오와는 상당히 떨어진 벽에 맞은 걸로 봐서는 일부러 조준한 것 같지가 않았다. 조상회의 목소리에는 어떤 서글픔과 분노 같은 게 뒤섞여 있었다. 꽤 절박하게 꼬여든 상황에다가 취기가 부풀린 감정의 팽창 때문이었다. 그는 아까와는 완전히 다르게 말했다.

"너 이 자식아! 정신 똑바로 차려! 이제 다음 주부터 구조조정이야! 인마! 그거 안 되면 너도 잘리고, 나도 잘리는 거야! 너도 길바닥에 나앉고 나도 길바닥에 나앉는 거야! 올해 일흔여덟 되는 우리 어머니 업고, 대학 가야 되는 딸 둘 손에 잡고, 어디 가야 되겠나? 엉? 내가 어딜 가야 되겠나?"

김범오는 어찌 해야 할지 모르는 고통과 죄책감으로 울고라도 싶은 심정이었다.

"차라리 저를 내리찍으십시오."

그는 이마를 테이블에 몇 번이고 쾅! 쾅! 소리 나게 찍었다.

••47

김범오는 서울의 집으로 돌아오자 다트들을 집어 던졌다. 한가운데를 겨냥했지만 하나 같이 빗나갔다. 팔굽혀펴기를 하자 어깻죽지와 옆구리, 배의 근육들을 타고 상쾌한 고통이 퍼져 나갔다. 혼미했던 낱낱의 생각들이 한 가닥으로 모여오는 듯 했다.

내가 이 실팍한 몸을 정말 소유하고 있는 게 맞는 걸까. 알 수가 없다. 몸이 이렇게 튼튼해 봐야 무슨 소용인지. 내가 원하는 결정을 하나도 내릴 수가 없는데. 사실은 내 마음대로 이 몸을 발 하나 팔 하나 움직일 수가 없는데.

흔들리는 그의 마음 깊은 곳에서 아주 영민한 목소리 하나가 나직이 속삭였다.

—이봐, 너는 이걸 위기라고 생각하나.

—나를 믿는 사람들을 저버려야 하니까요. 수목원 사람들을요.

—한가한 생각하고 있군. 넌 지금 이럴 때가 아냐. 내가 너라면 이걸 절호의 기회라고 생각하겠다. 최대의 공신이 될 기회인 거야! 그 땅을 얻으려고 사장까지도 나설 참이야. 네가 해결하면, 넌 사장의 오른팔이 되는 거야. 네가 알고 있는 수학 문제가 시험에 나온 거야. 시험 직전에 본 문제가. 너는 도리어 그 땅이야말로 사들여야 하는 최고의 땅이라고 설명해야 돼! 알겠나?

—하상 온천까지도?

—물론이지! 그걸 찾아냈다고 당당하게 말하는 거야! 가슴을 쭉 펴고! 자랑스럽게!

—성공하려면 신의도, 배신도 가릴 필요가 없나요?

—무슨 소리야? 신의라니? 한편에 대한 신의는 다른 편에 대한 배신이야. 수목원 사람들만 너를 믿는 사람들이고, 사회적 약자인가? 조상회 이사나 이정곤 부장은 너를 안 믿고, 철인 28호야? 옳은 것? 그른 것? 그런 걸 따지는 사람이 세상에 어디 있나? 가진 건 하나도 없고, 머릿속에 먹물만 뿌려놓은 학삐리들만 그걸 따질 뿐이야. 바보들이지. 대의명분을 지키

라고 말하는 사람? 전부 다 거짓말하는 거야. 이렇게 해야 합니다, 저렇게 해야 합니다, 그러면서 남들을 부려먹으려는 거지. 인간들은 모두 자기 이익을 위해 살 뿐이야! 신의 같은 소리, 하지도 마!

—제가 자기 이익보다 중요한 게 있다고 믿는다면요?

—그래? 사람들은 네 뒤에서 비웃을 거야. 네 앞에선 너를 모르는 체할 거야.

—그래도 제가 끝까지 신의를 간직한다면요?

—넌 비참한 희생양이 될 거야. 네 손에는 이익이라곤 쌀 한 톨도 안 남겠지. 싸늘하게 조롱당하는 명분만이 죽은 쥐처럼 놓일 거야. 알아둬! 네가 수목원 친구들을 보호하려는 걸 장하다고 할 사람은 하나도 없어! 벌써부터 널 씹는 사람들만 생겨나고 있어. 몸값 올리려고 계속 튕긴다고.

—그래요……?

—네가 계속 거부한다고, 이번 일이 그냥 접어지는 게 아냐.

—그러면요?

—너는 회사에서 용서할 수 없는 배신자가 될 뿐이야. 조상회 이사와 싸웠다며? 네가 옳은 걸 위해 상관과 싸웠다고 생각해 주는 회사 사람은 아무도 없어. 회사가 너를 배신자로 몰아대지 않으면 어떻게 되겠어? 조상회와 같은 사람들이 비겁하고 악한 존재가 돼버리겠지. 회사가 그런 상황을 용납할 것 같아? 너만을 위해서? 회사가 널 옳다고 해줄 것 같아?

—그렇진 않겠죠.

—넌 회사에서 모가지가 잘려버린 다음에도 내몰리고 또 내몰릴 거야. 저 잘난 놈! 사이코! 히스테리! 고문관! 또라이! 곰바우! 별종! 길바닥에 쓰러진 네 몸뚱어리 위로 갖가지 이름표들이 떨어져 내리겠지. 모두 다 너를 손가락질할 거야. 네가 억울해서 자살한다 해도, 슬퍼해 줄 사람은 아무도 없어. 너는 그냥 회사를 배신한 뒤에 자괴감 때문에 자살한 걸로 치부될 뿐이야. 개죽음이 되는 거지. 혹시 너를 위해 한 번 눈물을 찔끔 흘린 사람도 닭이 홰를 치고 나면 모든 걸 잊어버릴걸. 하얗게 말이야.

—아아, 그래요, 제 손으로 배신할 수 있기는 합니다만.

—그런데?

—죄 지은 뒤에 찾아오는 양심의 가책이 너무 무섭고 괴로워요. 저는 옳은 일을 하려는 게 아닙니다. 가책받는 일을 안 하고 싶을 뿐이에요.

—김범오! 많이 물러섰군. 하지만 아직까지 넌 바보야! 바보! 마음을 단단히 먹어! 이렇게 골치 아픈 선택이 세상에서 너한테만 일어나는 게 아냐. 우리 사는 곳 여기저기서 하루 수천, 수만 번씩 일어나고 있어. 그러니까 여길 세상이라고 하는 거야. 진흙탕! 알아?

자, 내가 이제 살아가는 데 피가 되고 살이 될 지혜의 시를 너한테 하나 주겠어. 이제부터라도 이걸 외우고, 또 외워! 마음에 새기고, 또 새겨!

비겁하다는 것, 그건 적자생존에서 살아날 우성형질
정의롭다는 것, 그건 자기 주제를 모르는 히스테리
배신한다는 것, 그건 힘의 원리를 꿰뚫은 현실감각
의리 있다는 것, 그건 기꺼이 버림받겠다는 자포자기

··48

처음에 김범오는 자기가 지금 경찰서에 수사라도 받으러 가는 건가 하고 생각했다. 입을 다문 채 묵묵하게 그를 데려가던 사내들은 용산의 성림유통 앞에서 차를 세웠다.

유통 사옥은 유리와 세라믹으로 외벽을 만든 크고 모던한 건물이었는데, 층마다 불을 대낮처럼 켜놓고 있었다. 은행 채권의 만기가 임박한 것이다. 유리 벽 안에서 노타이 차림의 직원들이 어디론가 급히 전화를 걸고 있거나, 서류를 쥔 채 스탠딩 회의를 하는 모습들이 보였다.

둥근 위성 안테나를 지붕에 올린 방송사 밴들이 두 대, 세 대 주차장으로 달려 들어왔다. 급히 내린 이엔지(ENG) 카메라맨들이 사옥의 야경을 촬영하고 있었다. 붉은 스카프를 맨 여기자가 마이크를 들고 현관 계단 앞에서 뉴스 보도를 녹화하는 모습도 보였다.

"대규모 채권 만기를 앞둔 성림유통이 비상경영 체제로 들어갔습니다."

김범오가 탄 에쿠스는 에어컨을 켜두기 위해 시동을 걸고 있었는데, 그 때문인지 과민해서인지 그는 시야가 미세하게 흔들리고 있는 걸 느꼈다. 그를 이렇게 납치하듯 데려가는 사람은 이명자와 원제연이었다. 모두가 다 죽느냐 사느냐, 기로에 서 있는 것이다.

어깨가 딱 벌어진 사내가 무슨 지시를 받았는지, 긴장한 채 돌아오자 에쿠스는 곧장 성림유통을 빠져나가 서울역과 시청, 청와대와 세검정을 거쳐 달려 나갔다.

김범오는 차가 어디로 가고 있는지 알 것 같았다.

그가 퇴근할 무렵 이정곤이 다가와 이명자 이사장이 만나고 싶어 한다고 낮은 목소리로 간결하게 전달했다. 이정곤이 원직수 사장과 얼굴을 맞댈 만큼 가깝다고 해서 이명자 이사장으로부터 그런 이야기를 가져온 게 놀랄 만한 일은 아니었다. 이정곤은 뛰어나다는 걸 인정받은 뒤에는 제 뜻과는 상관없는 인사 명령에 따라 최동건과 서병로의 휘하를 왔다 갔다 하면서 일했던 것이다. 최동건은 상무로 진급하고 나자 그를 임원 비서실로 불러들여 일하게 했다. 김범오가 이정곤과 처음으로 함께 일했던 게 바로 그때였다.

최동건은 프랑스나 이탈리아로 여행을 갔다 오면 꼭 사 들고 오는 선물이 있었다. 그 선물은 로즈레드의 화려한 포장지에 싸서 이명자에게 전달되곤 했는데, 주로 김범오가 갖다 주는 일을 했다. 그 포장지 속에 든 것은 배가 부른 양(羊)의 자궁에서 강제로 끄집어 낸 태아의 생세포로 만든 화장품이었다. '네상스 드 포' 라고 했다. 목련 꽃봉오리 같은 은빛 용기를 열면 명주실처럼 반짝이는, 젖으로 빚은 것 같은 희고 풍부한 크림이 담겨 있었다. 김범오는 그걸 가져갔던 미술관으로 지금 가고 있었다. 바로 명빈 아트 뮤지엄이었다. 에쿠스는 숲으로 둘러싸인 호텔을 지나자마자 유턴한 뒤에 가파른 오르막길로 들어섰다.

거기에는 '신진 작가 공모' 라고 쓰인 플래카드가 걸려 있었다. 유리 외벽에 격자 구조를 댄 투명한 육면체의 큰 미술관, 항온항습이 되는 귀중품 존안 별관이 차창 옆으로 지나갔다. 차는 미술관에서 멈추지 않고 한참 더 직진하더니 좌우 두 번씩 꺾고 나서 정지했다.

장미덩굴을 본뜬 우아한 철제 대문은 원격으로 열렸다. 김범오는 뒷자리에 같이 앉아 있던 두 사내와 함께 차에서 내렸다. 키 작은 정원수의 긴 통로를 다 지나가자 확 트인 앞뜰이 나타났다. 돌로 만든 모던한 조각들이 널려 있었다. 성림유통과 명빈 아트 뮤지엄이 영빈관으로 쓰는 안가였다. 흙 속에 파묻힌 조명등들이 부드럽게 솟아오른 잔디들을 싱싱하게 드러내고 있었다.

조명등들은 연못 속에도 잠겨 있었다. 연못 옆에는 처마 끝이 날아갈 듯 한껏 올라간 화려한 파빌리온이 있었는데, 그 아래에는 오래된 자동차가 세워져 있었다. 보라색 컨버터블인 란치아 람다 1923년산이었다. 지붕 없는 지프처럼 생겼는데,

헤드라이트들이 게 눈처럼 본네트 위에 올라와 있고, 얇은 타이어에는 살이 촘촘하게 박혀 있었다.

실내는 적막했다. 김범오는 기다란 마호가니 식탁에 혼자 앉아 있었다. 이명자 이사장이 나타나면 무슨 말을 할까. 죽은 사라피나를 갖다 놓은 걸 사과 받으려고 이렇게 부르지는 않았겠지. 이제 말할 때 티끌만큼도 실수해선 안 된다, 절대. 그런데, 그런데, 내가 왜 이 고생을 해야 하나. 오너 일가의 양쪽을 무기력하게 오가면서, 아, 아. 소태처럼 씁쓸한 번민과 자기 연민이 모래밭을 적시는 밀물처럼 밀려오고 있었다.

그때였다. 무언가 입체감이 없는 그림 같은 것이 빠르게 미끄러지듯 식당 안으로 달려 들어왔다. 김범오는 처음에는 턱을 괸 채 물끄러미 내려다보기만 했다. 하지만 그의 의식이 방금 스쳐간 이미지의 잔상을 잠시 조합해 보았는데, 놀랍게도 그가 주검을 안았던 바로 그 사라피나가 아닌가. 어? 이럴 수가, 사라피나가 다시 살아나다니.

영리해 보이는 눈빛, 날렵하고 세련된 턱, 경쾌하고 우아한 체형, 흐트러졌던 털들은 누군가의 손질을 받아 비단처럼 번득거렸다. 목둘레의 갈기는 고귀한 황금빛으로 채색돼 있었다.

이명자는 그가 제대로 놀랄 시간이나 예의를 갖춰 정중하게 인사할 여유조차 주지 않은 채 식당으로 들어섰다.

"그건 프랭키예요."

사라피나의 새끼였다.

"용인의 미림식물원에서 찾아낸 거예요. 김범오 씨가 거기 버렸어요?"

미림식물원이라니? 이 개가 왜 거기 있었단 말인가.

"예? 버리다니요? 아, 아닙니다. 저는 잘 모르는 일입니다."

"모르는 일입니다? 프랭키의 어미를 죽여 놓고도 그렇게 말할 수 있나요?"

김범오는 눈앞에서 순백의 섬광이 소리 없이 작열하는 걸 본 것 같았다. 이명자의 시선이 파고들듯이 날아왔다. 가로막는 것은 모조리 기화시켜 버릴 듯이 타오르는 눈길이었다. 김범오는 무엇부터 말해야 할지 목이 콱 메어왔다. 몸이 순식간에 결빙된 것 같았다. 정신의 근육을 움직여야 하는데. 지금까지 한 번도 제대로 써본 적이 없는 그 근육을 써야 하는데. 그는 마음이 가라앉기를 기다려 이야기했다.

"이사장님, 절대 제가 죽이지 않았습니다."

"운전하는 홍성만 씨가 다 털어놨어요. 김범오 씨가 죽였다고. 그런데 그게 거짓말이란 건가요?"

"거짓말입니다. 분명합니다."

"무슨 말이에요! 김범오 씨가 그날 날 보지 않았어! 내가 쓰러지는 걸 보고도 그냥 달아났잖아! 왜 그랬어요? 김범오 씨가 안 죽였다고? 그럼 왜 그랬단 말이야?"

김범오는 지금 벼랑 끝에 서서 아스라한 협곡을 내려다보고 있는 것 같았다. 이명자는 금세 그를 위기로 몰아가고 있었다. 그녀는 생각보다 위압적이었고 가학적이었다. 그녀가 요구하는 건 분명했다. 원직수라는 이름을 부르라는 것이었다. 그러나 김범오는 밀고자가 되기는 싫었다. 하지만 어떻게 해야 밀고를 하지 않을 수 있나? 거짓말하지 않으면서. 그는 눈앞이 어두워지는 것 같았다. 그때 누군가가 말했다.

"지금 당장 이야기 안 해도 돼요."

원제연이었다. 어느 틈엔가 식당 입구에 와서 문설주에 기대서 있었다. 그 관용이 더 무서웠다. 지금 내놓으라곤 안 한다, 하지만 여유를 주면 모든 걸 다 털어놓아야 한다. 그렇게 말하는 목소리였다. 원제연은 서 있는 수행 비서들에게 턱짓으로 거실에 가서 기다리라고 하고는, 김범오에게 앉기를 권했다. 프랭키는 곧바로 원제연의 다리 밑으로 미끄러져 들어갔는데, 그것이 자꾸 머리를 들이밀자 원제연은 손가락으로 고운 반죽을 빚듯이 목덜미를 쓰다듬었다. 그러는 동안 원제연과 이명자는 김범오에 대한 프랭키의 반응을 눈여겨보고 있었다. 프랭키가 김범오에게 아무런 적의나 반감을 보이지 않는 건 생각 밖이었다. 이 영리한 왕실 콜리견의 후손은 영국에서 건너온 조련사한테 한 살 때부터 질리도록 훈련을 받아왔다. 그런데 자기를 납치하고 유기한 장본인이 바로 옆으로 찾아왔는데도 이렇게 가만히 있을 수가 있나? 김범오는 우리가 생각해 왔던 그런 파렴치한 짓은 하지 않은 것이다.

그러는 동안 김범오는 전혀 다른 의문에 빠져 있었다. 평창에 있던 개가 어떻게 용인까지 달려갈 수 있단 말인가. 그것도 그룹 산하의 미림식물원까지. 미림식물원에서 찾아냈다는 게 정말이란 말인가. 왜 하필 거기란 말인가.

원제연은 최동건이 자기를 배신했다는 생각에 어금니를 물었었다. 오너십을 찬탈당할 위기가 분명한데도 그는 끝까지 나타나지 않았다. 어딘가 몸을 피했다가 내가 확실히 폐위당하고 나면 무대 어느 편에선가 커튼을 슬쩍 걷어 올리며 나타나겠지. 원직수가 만든 무대 어느 편에선가.

원제연은 우직하고 직선적인 성림미래개발의 박두식 사장에게 구해 달라고 손을 내밀었다. 박두식은 최동건에 대해 생각하는 바가 달랐다.

"어딘가 유폐돼 있거나, 납치돼 있을 겁니다."

어머니도 생각이 같았다. 까닭을 알 순 없지만 어머니는 거의 맹신에 가까운 표정을 지으면서 결코 최동건이 배반하지 않았을 거라고 확신했다. 그러나 날짜가 훌쩍 지나도 최동건으로부터 전화 한 통 없자 미심쩍어하고 노여워하는 기색이 역력했다. 어떤 때는 뒤뜰의 흔들의자에 앉아 있다가도 얼굴이 달아오른 채 분해서 눈물을 떨어뜨리곤 했다. 어머니가 최동건 사장을 어느 결에 저렇게까지 신임했단 말인가. 원제연은 소매로 눈가를 훔치는 어머니를 바라보다가 자기 역시 유학에서 돌아온 뒤 그를 정말 든든한 후원자로 여겼던 걸 상기하곤 했다.

박두식이 자기 부하들을 비롯해 직계 라인을 총동원해 판도를 분석한 결과 나온 것은 역시 총수 원성일을 붙잡아야 한다는 것이었다.

"회장님을 설득하셔야 합니다. 원직수 사장 역시 성림미래개발의 BW를 발행하려 하고 있습니다. 가능한 일입니다. 회장님의 위임장까지 쥐고 있으니까요. 게다가 회장님의 신임을 받아온 최동건 사장도 없지 않습니까. 원직수 사장은 산더미 같은 주식을 헐값에 손에 쥐겠지요. 그러면 승패가 분명히 갈립니다. 성림미래개발은 사장인 저를 밀어내고 성림건설의 손을 들 겁니다. 그러면 성림건설은 결코 유통의 빚을 탕감해 주지 않습니다. 유통이 빚 갚을 돈을 마련하려고 새로 내놓을 주식도 사들이지 않습니다. 그러면 모든 게 끝납니다."

내일모레 칠순을 앞둔 박두식은 낮고도 쉰 목소리로 결연하게 말했다. 흰 눈썹 아래 눈동자가 천천히 움직이면서 부엉이처럼 번득거렸다. 원제연은 자기가 성림유통의 등기이사임을 한시도 잊은 적이 없었다. 회사가 침몰하면 개인 재산의 1원 한푼까지 모두 털어내야 하는 존재였다. 이런 존재에게는 위기가 닥치면 중간 지점이 없었다. 죽느냐, 사느냐만 있을 뿐이었다. 살려면 죽여야 했다. 그는 박두식을 보면서 비감하게 고개를 끄덕였다. 박두식이 말을 이었다.

"회장님께 간절하게 말씀드려야 합니다. 회장님은 아마 지난해 성림 아키텍이 부도나려고 했을 때 원직수 사장이 나댄 걸 가지고 오래전에 거둬들였던 신뢰를 다시 보여주시는 것 같습니다. 원직수 사장이 아키텍을 구했다? 사실은 그렇지 않습니다. 성림 아키텍 사장 김택수는 내가 키운 놈입니다. 제

회사 부도낼 놈 아닙니다. 원리금 반환 계획서 들고 명동 사채 시장 바닥을 미친놈처럼 뛰어서 해결해 냈습니다. 재무이사, 자금부장 데리고 밤낮 없이 뛴 겁니다. 원리금 반환 계획서는 내가 보증 서준 겁니다. 돈 빌려준 로열 캐피털은 원직수 사장을 만난 다음에 대부를 결정한 게 아닙니다. 내 전화 받고 결정한 겁니다. 거기 진짜 오너가 박일남입니다. 박일남은 지금 큰손이 됐지만 옛날에 엎드려 살 때는 우리 성림건설 통해서 돈 벌었습니다. 도요타니 미쓰비시니 우리가 주는 일본 채권을 싸게 받고 달러로 바꿔주면서 말입니다.

이젠 회장님도 사실 원직수 사장이 숟가락만 얹었다는 걸 알고 계실 겁니다. 제가 기회될 때마다 진상이 그렇다는 걸 알려드렸으니까요.

회장님을 만나서 그저께 원직수 사장 입에서 BW 이야기 나온 걸 거절하시라고 말씀드리세요. 위임장도 가져오라고 해서 태워버리라고 하십시오. 그러고 나서 성림미래개발이 움직여야 합니다. 건설이 결국 유통을 돕게 해야 합니다. 그러면 무슨 윌슨 앤드 카렐이 고소한다고요? 맘대로 하라고 하세요. 거긴 굿마트의 대주주입니다. 성림유통의 적이에요. 자기들도 재판 가면 이긴다고 생각 안 할 겁니다. 하지만 무엇보다 원직수 사장부터 윌슨 앤드 카렐이 고소한다는 걸 핑계 삼아 유통을 지원 안 하려고 들지 않습니까. 이런 걸 회장님께 말씀드려야 합니다. 원직수 사장이 가망 없다는 걸 분명하게 보여줘야 합니다."

"어떻게 말입니까? 회장님은 이미 형한테 무조건 위임 각서를 써줄 만큼 신뢰하고 있는데요."

"사실이 그렇지 않다는 것 아닙니까. 비오는 날 몸도 성치 않은 분을 참모라고는 하나도 없는 평창으로까지 모셔갔지요. 그리고 총으로 개를 잡고 공포 분위기 속에서 회장님께 위임장을 쓰시라고 강압했다는 거 아닙니까. 그게 어디 아버님한테 할 짓입니까. 그게 할 짓이냐고요!"

박두식은 흥분해서 얼굴을 일그러뜨렸다.

"저는 사라피나가 어떻게 죽었는지 잘 모릅니다. 원직수 사장이 총으로 쏘았다는 건 처음 듣는 말입니다. 저한테 온 건 이미 피투성이가 된 뒤였습니다. 모노륨에 둘둘 말려 있었습니다."

김범오가 말했다. 그렇다. 우연이 아니었더라면 내가 총으로 쏘는 그 장면을 어떻게 볼 수 있었단 말인가. 나는 그걸 못 볼 수도 있었던 거다. 나는 거짓말하는 게 아니다.

김범오가 뭔가 잡아떼고 있다고 생각하자 이명자는 눈이 활활 타오르는 것 같았다. 이놈은 필요 이상으로 결연하게 말하고 있어. 눈도 손도 거의 움직이지 않고 있어. 거짓말을 하고 있는 거야. 원제연이 물었다.

"그러면 죽은 사라피나는 어디서 받았습니까?"

"평창의 별장 별채에 있다가 불려 나갔습니다. 뜰에서 홍성만 씨가 사라피나를 들고 있었습니다."

원제연은 치뜬 눈으로 김범오를 쳐다봤다. 홍성만은 용인에 있는 식물원으로 찾아갔더니 김범오가 나타나 죽은 개를 실었다고 말하지 않았는가. 둘 중 하나가 거짓말을 하고 있다. 아니면 둘 다인지도 모른다. 하지만 김범오의 말이 사실이라면 원직수가 연루된 것으로 연결시키기 쉽다. 김범오는 평창의 별장에 원직수가 와 있었는지 모른다고 했지만, 아무래도 거긴 우리 가족 것이니까. 그리고 아버님이 끌려가서 협박받은 곳도 거기니까.

원제연은 평창의 별채가 어떻게 생겼는지 김범오에게 꼬치꼬치 캐물었다. 김범오는 상아색 그랜드 피아노며 프랑스제 샹들리에, 꽃무늬 커튼 같은 것들에 대해 정확하게 대답했다.

"김범오 씨가 그렇게까지 알고 있다면 평창에서 하룻밤 잤다는 건데. 정말 원직수 사장이 총으로 쏘는 걸 못 봤어요?"

원제연은 자기 화살이 형을 겨누고 있다는 사실이 일개 직원 앞에서 노출되는 게 부끄러웠다. 하지만 반드시 사실을 알아내야 했다. 그는 어금니로 칼을 물고 있는 표정이 됐다. 진행 상황을 알아차린 수행 비서들이 식당의 입구를 가로막고 서자 김범오는 이상하게 심리적인 숨통이 봉쇄돼 버린 듯한 느낌이 들었다.

"다시 물어볼게요. 원직수 사장이 총으로 사라피나를 쏘았지요?"

"아니요. 저는 모르겠습니다."

"솔직하게 말해 주세요. 보상하겠습니다. 김범오 씨가 나한테 준 것보다 훨씬 더 많이 말입니다. 내가 무리한 걸 요구하고 있는 게 아니잖아요. 그때 무슨 일이 벌어졌는지. 우리가 알고 있는 걸 확인해 줬으면 하는 거예요."

식당은 살풍경해졌다. 김범오는 밀고자가 되지는 않겠다고 다시금 생각했다.

"아니요. 총소리라도 났으면 물어봤을 텐데. 그런 게 없었습니다."

'잡아떼고 있어.'

이명자는 김범오를 보면서 아랫입술을 깨물었다. 그녀는 장식장에서 히브리 성서의 여인 유디트의 석상을 집어 들었다. 유디트는 적장을 막 참수하고 칼을 들어 올리고 있었다. 이명자는 조각상을 쓰다듬는데 갑자기 몸이 부르르 떨렸다.

전나무 숲으로 둘러싸인 이 영빈관의 침실과 목욕탕에서 그녀와 최동건이 나눈 달콤한 밀애의 기억이 아직도 피부를 감미롭게 달구는 것만 같았다. 잘 다듬은 그녀의 꽃자줏빛 음순은 아직도 꽃게의 집게처럼 무언가 금세 잡아챌 태세였다. 김범오가 떠나려고 할 때 이명자는 다시 떠보았다.

"마음이 바뀌거든 찾아와요. 늦어버린 때는 결코 없으니까. 우리는 언제라도 환영할 거예요."

김범오는 다시금 아까의 그 차분한 표정이 되었다.

"아니요. 저는 잘 모르는 일입니다."

"그럼 사라피나의 목 밑에는 뭐가 붙어 있던가요? 그건 기억나겠지요? 들고 왔으니까."

이명자가 기습하듯이 물었다. 자기가 원직수의 집무실에 몰래 설치하라고 지시했던 동전만 한 도청기가 선명하게 떠올랐다.

김범오는 하마터면 도청기라고 말할 뻔했다.

"글쎄, 둘둘 말려 있어서. 잘 모르겠는데요."

참 미꾸라지 같은 녀석이구나. 이명자는 생각했다. 하긴 이 녀석은 성북동의 감시 카메라까지 봉지로 뒤집어 씌워버렸지. 그녀의 얼굴이 붉으락푸르락해졌다. 유디트의 석상을 쓰다듬는 그녀의 손바닥에 땀이 배어들었다.

김범오는 자기를 태운 에쿠스가 캄캄한 아파트 공사장에 세워지기 전까지는 따라오는 차가 있다는 걸 몰랐다. 공사장에는 철골조가 올라가고 있었고, 바닥으로는 시멘트 마감하는 데 쓰이는 긴 튜브들 사이에 빈 리어카가 세워져 있었다. 에쿠스가 먼지를 일으키며 반 바퀴가량 돌자, 뒤따라오고 있는 차의 헤드라이트가 사이드미러 위에서 번쩍 빛났다.

"내려!"

최 팀장이란 자는 뭔가 설명해 주는 것조차 귀찮다는 표정으로 백미러 속의 김범오를 보면서 말했다. 김범오가 양옆에 같이 탔던 사내들에게 두 팔을 붙잡히다시피 하면서 내리자, 뒤따라온 차량에서 나온 사람들이 성큼성큼 다가왔다. 한 치라도 망설이거나, 두려워하지 않는 걸음걸이, 단호한 접근이었다.

김범오는 곧장 붙잡힌 팔들로부터 놓여나려고 힘을 넣었다. 하지만 그것은 그렇게 직진해 온 사내들이 방향도 세기도 가리지 않는 무자비한 폭력을 개막하게끔 이어졌을 뿐이다. 맨 앞에서 다가온 사내는 걸어오던 힘 그대로를 실어 김범오의 배에 돌연한 정권을 때려 넣었다. 김범오는 복막에 힘을 넣으면서 호흡을 정지하고 있다가, 가격의 순간 상반신을 크게 뒤로 뺐다. 쇼크가 내장으로 전달되지는 않았다.

다음 순간 김범오는 조건반사처럼 정면으로 발을 건어차 올렸다. 사내가 무게중심을 잃고 있다가 힘이 실린 족격(足擊)을 맞고 그만큼 날아가다시피 했다. 그는 쓰러져서 호흡이 제대로 가눠지지 않는 쓰라린 표정을 지었다. 김범오는 양팔을 조이는 힘이 순간적으로 느슨해지자 양옆의 둘을 밀쳐내고 힘을 모아 구두 뒤축으로 그들의 무릎을 번갈아 타격했다. 뒷발을 내지른 것이었는데, 비명을 터뜨린 두 사람은 보름 정도는 절름거려야 할 만큼 충격을 받았다.

셋이 쓰러졌고, 셋이 서 있는 셈이었다. 김범오는 그제야 넥타이의 매듭을 헐겁게 풀어냈다. 그는 이 으슥한 곳에서 원수가 된 두 형제의 유혈극의 일부가 돼야 한다는 사실이 서글펐다. 그 끝없는 갈등의 이유가 역겨웠다. 그는 침을 뱉었다. 그가 처음 몇 발자국 뒷걸음질 치자 서 있던 사내들이 그만큼 근접해 왔다. 그러나 그가 마음을 먹고 어두운 공사장 쪽으로 등을 보인 채 달아나자 그들의 추격은 다수의 위세를 회복하는 수준에서 그치고 말았다.

••49

박광석의 몸은 금세 진흙으로 칠갑이 돼버렸다. 나지막하고 가느다랗게 옆으로 벌어진 협굴의 입구를 기다시피 해서 엎드려 지나려니 바닥의 젖은 흙을 몸 전체로 문지를 수밖에 없었던 것이다. 그는 뒤따라 들어와서 호흡을 가누는 홍군호의 얼굴이 그가 쏘아 보낸 헤드 랜턴 불빛 속에 갇힌 것을 마주 보면서 의심의 눈초리를 던졌다.

어떻게 자살할 장소를 찾는 사람이 이렇게 기어서 들어와야 하는 힘든 코스로 들어왔단 말인가. 모든 게 거짓말일지 모른다. 하지만 왜?

박광석은 이렇게 격리된 장소에서 홍군호의 얼굴을 의혹의 눈길로 쳐다보는 게 갑자기 두려워졌다. 홍군호는 그보다 키가 한 뼘쯤은 더 큰 데다가 근육마저 탄탄해 보였다. 하지만 박광석은 성준열이 서서히 동굴 속으로 따라 들어와, 장딴지 쪽으로 밀려 내려간 플라스틱 무릎 보호대를 걷어 올리는 걸 보면서 마음을 놓을 수가 있었다. 성준열은, 박광석이 일하는 정선경찰서 수사과에 발령받아 온 지 1년밖에 안된 신참 순경이었지만 형사다운 기민함과 의협심, 박력 같은 게 뚜렷한 친구였다. 허우대 역시 홍군호보다 크면 컸지, 밀리지 않는 체격이었다.

홍군호의 키보다 한 30센티미터가량 높은 수평굴을 따라 죽 들어가자 아주 옛날 피난민들의 흔적을 보여주는 것인 듯 큼지막한 돌들에 솥을 건 자국과 불에 그을린 얼룩들이 남아 있었다. 그리고 거의 수직에 가까운 낭떠러지에서 바람이 올라오고 있었다. 박광석이 손에 든 랜턴과 헤드 랜턴을 동시에 비추자 아찔할 만한 높이가 암흑 속에 내려다 보였다. 바닥에 떨어진 불빛의 희미한 동그라미들 속에는 일순 뼈들이 드러났는데 자세히 보자 노루, 그리고 여우 같은 것들의 잔해라는 걸 알 수 있었다.

아아, 몇 년이나 된 것들일까. 아마 곰 같은 것에 쫓겨서 좁다란 입구로 피해 들어왔다가 추락사한 것이겠지.

삐비빅— 빅—, 하고 박광석의 허리에 매달려 있던 핸드폰이 배터리가 다 떨어졌음을 알렸다. 제기랄. 수신이 힘든 오지로 갈수록 핸드폰이 중계소를 찾는 전파를 자주 내쏴야 하기 때문에 배터리 소모가 정말 빠르긴 빨랐다. 하지만 이건 아침에 채워 넣은 뒤 네 시간 만에 바닥이 난 셈이다. 박광석은 답답해진 마음에 목소리가 한 옥타브 올라간 채로 홍군호에게 물었다.

"아니, 그럼 사체는 어떻게 끌어올렸어요? 여기서? 사진으로 보니 최동건은 몸집도 크던데."

성준열이 끔찍했다는 얼굴로 대신 대답했다.

"들것에 묶어서 끌어올렸습니다. 아주 죽는 줄 알았어요."

성준열은 낭떠러지 끄트머리를 향해 랜턴을 비춰 보였다. 그때 출동했던 경찰들이 박아 넣은 하켄(쇠못)과 카라비너(강철고리), 그리고 자일이 그대로 남아 있었다. 국립과학수사연구소는 사체 훼손이 군데군데 보인다고 했는데 거기에는 그때 자일로 상체를 강하게 묶은 자국도 포함돼 있었다.

"자, 자, 내려가 보자고."

박광석은 시체를 끌어올리는 데 썼던 자일을 타고 내려가야 하는 건지, 도대체 어떻게 내려가야 하는 건지 감이 안 잡히자 이 동굴에 익숙한 홍군호를 쳐다보면서 재촉했다. 홍군호는 6년 전 이 굴을 발견한 뒤로 수지 맞는 관광지가 될 가능성이 있다고 보고 거의 1000번 가까이 제집 드나들 듯한 사람이었다.

"걱정할 필요 없어요. 여기 이쪽으로. 저처럼 몸을 낮춰서, 여기 난간을 손에 꽉 잡으시고."

홍군호는 휑하니 앞이 뚫린 수평굴 끄트머리의 오른쪽 아래 거의 수직으로 난 좁은 철제 사다리를 타고 내려가면서 말했다. 그 목소리는 저 아래로 내려가면서 라디오의 볼륨을 낮춘 것처럼 희미해져 갔다. 바닥으로 내려가서는 "그냥 놔두기만 했어도." 하는 홍군호의 중얼거림이 흘러나왔다. 혼잣말이지만 누가 들어도 상관없다는 연극의 방백 같은 것이었다. 개발하도록 그냥 놔두기만 했어도, 여기 편안하게 내려오는 근사한 계단쯤이야 벌써 오래전에 만들어놨을 텐데. 그런 볼멘 항변이 서려 있었다. 아니, 그런 계단이 벌써 만들어져 있었는데 그냥 놔두기만 했어도, 그런 뜻인지도 모른다.

박광석이 철제 사다리를 타고 내려가자 몸이 후들후들 떨렸다. 그는 홍군호에 대한 자신의 원래 의혹과는 거꾸로 또 다른 의심이 생기는 것을 느꼈다.

만일 홍군호가 동굴 바깥에서 죽인 사체를 끌고 들어왔다면 여기서 혼자 힘으로 어떻게 끌어내렸단 말인가. 아니, 질질 끌고 들어왔다면 저기 위에서 바닥으로 내던졌어야 맞다. 그렇다면 사후경직 때문에 골격이나 근육이 부서져도 크게 부서졌을 것이다. 하지만 사체에는 이송 때 생긴 작은 훼손들 말고는 척추나 견장 뼈, 두개골에 아무런 파손 흔적이 보이지 않았다. 그러면…… 그러면…… 여기로 산 채로 유인해 와서 절단냈을 수도 있지 않은가. 지금 우리들의 길라잡이를 하듯이 앞장을 서서 깊이깊이 데려간 다음에…….

지하 낭떠러지 아래로 내려가자 아까의 그 협소한 입구에서 들어오는 햇살마저도 없어 눈이 캄캄한 공간에 잘 적응하지 못했다. 박광석은 사다리를 타고 내려오는 성준열을 올려다보고 있는 홍군호의 얼굴로 헤드 랜턴을 돌려 봤다. 그게 아주 불편했다. 지금 이 동행은 보통 경복굴(鯨腹窟)이라 불리는 이 굴의 저 안쪽 깊은 곳에서 홍군호가 찾아낸 사체가 있던 자리로 그를 다시 데려가는 것인데, 발견자인 그의 심리를 읽기 위한 것이었다. 그런데 워낙 어둠이 짙어 그의 안색을 살필 때마다 랜턴으로 비춰야만 했다. 슬쩍 훔쳐보는 게 불가능한 셈이다. 그렇게 비춰본 홍군호의 얼굴은 노골적일 만큼 아주 음산했다. 갈고리눈 끄트머리에는 피부에 새겨진 작은 얼룩이 있었다. 왼쪽 눈가였다. 살을 발라낸 생선 뼈 같은 모양새였는데, 그의 표정에 따라 그게 움직이자 박광석은 영 속이 편치 않았다. 하박도 약간 들려 있는 게 주먹을 쥐고 있는 것 같았다. 박광석은 도로 굴 밖으로 나가 힘 좀 쓰게 생긴 의경들이라도 서넛 데려오고 싶은 생각에 마른침을 삼켰다.

"자, 이리 와보십시오."

홍군호는 몇 걸음 걷지 않아 등산용 조끼 앞주머니에서 구깃구깃한 동굴 지형도를 꺼내 그들이 지금 가야 할 곳을 손으로 가리켰다. 그러더니 랜턴을 모아 앞을 비춰 보라고 했다. 헤드 랜턴을 포함해 모두 다섯 개의 불빛이 직진해 나갔는데, 불빛은 어디 안착할 만한 공간이 없어 무작정 뻗어나가기만 했다. 다소 구불구불한 대로 아주 길게, 적어도 100미터 이상 앞으로 뻗쳐 나간 동굴인 것이다.

그 직선 코스가 거의 다 끝나갈 무렵, 박광석은 세 사람 가운데 가장 뒤에 쳐져 걷고 있었는데, "조심하세요." 하는 홍군호의 목소리가 무슨 뜻인지 몰라 멈칫하는 사이에 박쥐와 맞부딪쳤다. 동굴 천장에 거꾸로 매달려 있다가 갑자기 검은 날개를 쫙 편 긴날개박쥐들이 푸드득거리며 날아와서는 박광석의 뺨을 때리듯이 부딪히고는 지나갔다. 의외로 좀 두꺼운 모직 천으로 얼굴을 부드럽게 문지른 듯한 기분이 들었다. 하지만 그게 박쥐라는 걸 안 그는 뒷골이 확 당겨지는 듯한 충격을 받았다. 아악, 하고 박광석은 비명을 지르면서 고개를 팍, 돌렸는데 그만 어딘가에 부딪혀 헤드 랜턴이 깨져 버렸다. 얼굴 안 다친 게 다행이었다.

"괜찮습니까? 박 선배."

동굴 가득히 몇 번이고 잔향(殘響)을 남기는 목소리였다. 박광석은 무슨 대답을 하기에 앞서 갑자기 시야에 아무것도 보이지 않자 말을 잃어버렸다. 분명히 각막에 닿을 만큼 검지를 가까이 가져왔는데도, 그게 보이지 않았다. 수만 년, 아니 수억 년 동안 어둠을 몇 번씩 증류해서 만든 완벽하게 흑색 일변도인 공간 속에 서 있는 것이었다. 그가 허리에 매달아 놓은 손잡이 랜턴을 켜면서 든 생각은 순식간에 몇 가지나 됐다. 아아, 이걸 잃어버리면 이제 나는 어떻게 밖에 나가나, 하는 게 우선이었다. 그리고, 홍군호가 무슨 살의를 드러내더라도 이렇게 암흑 속에 숨어버리면 안전하겠구나, 하는 게 두 번째였다. ……그렇다면 그 죽은 사람은 이런 생각을 안 했을까. 홍군호가 공격을 시작했을 때 몇 걸음 달아난 다음 숨소리를 죽여 버렸으면 도무지 찾지 못했을 텐데……. 아냐, 갑작스레 단번에 죽여 버렸을 수도 있지. 단칼에. 순식간에. 하지만, 왜? 서울에 사는 사장이. 쉰네 살이나 먹은 단란한 집안의 가장인 최동건이. 왜? 이 낯선 곳에 와서 홍군호의 칼에 찔려야 하는데……? 둘이 전혀 무관한 사이는 아니지만, 그래도…….

박광석은 헤드 랜턴이 깨진 김에 아예 헬멧을 배낭에 넣어둔 채로 걸어갔다. 귀가 바깥으로 노출되자 여기가 바로 물소리의 합창단 같은 곳이구나 하는 걸 알 수가 있었다. 천장에서 내려온 종유석의 꼭지에 매달려 있다가 똑, 또옥— 하고 떨어지는 물방울부터, 어느 쪽인지 가늠할 순 없지만 하여튼 발치 아래로 졸졸졸졸 흘러 내려가는 작은 시내 소리도 들렸다. 그리고 저 멀리서는 지하 폭포가 한두 개가 아니라 예닐곱 개가 모여서 한꺼번에 같은 곳으로 우람한 물줄기를 내리꽂는 소리가 들려왔다. 소리의 억센 기둥들이 서 있는 느낌이었다.

"들리시지요?"

홍군호의 목소리에 박광석은 그의 가슴께로 랜턴을 비췄다. 홍군호의 얼굴은 무언가 꿈을 꾸듯, 드디어 보여주고 싶은 곳으로 너희들을 데려왔다, 는 득의를 띠고 있었다. 거기는 탐사가들이 이른바 '동방(洞房)', 동굴의 방이라고 부르는 널찍하고, 천장이 높은 공간이었다.

"저는 처음 여기 왔을 때 이 소리들을 수만, 수억 년 동안 아무도 들어주는 사람이 없었다는 게 억울할 지경이었어요. 어쩌면 내가 이렇게 찾아오니까, 갑자기 졸졸거리고, 콸콸거리는 게 아닌가, 그런 생각이 들더라니까요."

홍군호가 엉뚱한 소리를 너무 진지하게 하니까, 성준열이 허리를 꺾으며 픽, 하고 웃는 모습이 랜턴 불빛에 잡혔다. 홍군호는 이야기를 계속했다.

"내가 만일 개발을 계속했다면 여기에 제일 심혈을 기울였을 거예요. 저희들이 설비해 둔 게 있지요. 보세요."

홍군호는 동굴 벽 어딘가에 손을 넣었는데 갑자기 열 군데도 넘는 곳에서 조명이 들어오더니 일대가 환하게 밝아졌다. 아아, 성준열의 웃던 표정이 정지되고, 곧바로 경악하는 얼굴로 넘어가는 과정이 구분 동작처럼 선명하게 눈에 들어왔다.

박광석 역시 자기가 분명히 충격을 받았다는 건 금세 알았는데, 입까지 벌리고 있었다는 건 시야의 풍경들이 자연적으로 조성된 게 분명하다는 걸 이성적으로 깨달은 뒤였다.

거기에는 계곡처럼 시커멓고 움푹 들어간 바닥 한가운데로 제법 굵어진 물줄기가 흐르고, 그 양옆으로는 높이가 50미터는 됨 직한 지하의 별세계 같은 공간이 만들어져 있었다. 바닥에서 솟아오른 석순과 천장까지 가 닿은 높은 석주들, 천장에서 표주박이나 젖무덤처럼 내려온 종유석들은 사람이 상상해 낼 수 있는 갖가지 모습들을 다 만들어놓고 있었다. 하늘에서 내려온 천 자락이 휘날리다가 정지한 듯한 거대한 동굴 벽, 세상에서 가장 큰 호박을 갖다 놓은 것처럼 둥그스름하게 부풀어 오른 석회암, 커다랗게 아가리를 벌려 포효하는 듯한 사자, 가녀린 성모 마리아의 모습, 목을 앞으로 길게 뽑은 기린, 누군가의 목을 조르듯이 두 손아귀를 벌린 채 고개 쳐들고 괴성을 지르는 고릴라, 봄날 밤비가 한참 오고 난 뒤 한층 더 빽빽해진 느낌을 주는 죽순의 숲과 같은 석순들도 있었다. 홍군호의 동업자들이 언제 조명을 설치했는지 몰라도 몇몇의 석주들에는 이미 파르스름한 이끼들이 길게 띠를 이루고 있었다. 성준열이 그걸 보고는 손가락으로 가리켰다.

"저런 게 생기니까, 일단 폐쇄하라고 했던 게 아닌가요? 이끼가 생기면 깨질 수도 있으니까."

"조명 들여와서 이끼 안 생긴 동굴이 어디 있습니까? 대한민국에 어디 있냐고요? 세계에 어디 있어요? 왜 여기만 그렇게

까다롭게 구느냐는 말이에요. 처음에는 개방 구간 제한 조치만 내리고, 개발은 허용하겠다고 분명히 밝혀 놓고!"

홍군호는 흥분했다. 밝혀 놓고! 밝혀 놓고! 밝혀 놓고! 높은 음으로 소리치는 말들이 석순과 종유석을 두드리면서 몇 번씩 메아리쳤다.

"군수가 바뀌면 군청에서 도장 찍은 것도 싸그리 무효가 되는 겁니까."

홍군호는 눈동자마저 부릅뜬 데다 입술까지 푸들푸들 떨었다. 박광석은 미안해서 랜턴을 그의 가슴께 높이 정도로만 비추면서 그 얼굴을 응시했는데, 언제라도 역력히 기억할 수 있을 만큼 인상적인 것이었다. 흥분해서 쳐든 턱과 코의 그림자가 얼굴 위로 길게 올라가자 이상할 만큼 기괴해져서 흑백영화에 나오는 프랑켄슈타인 같았다.

"그거야, 재판부에서 개발 정지 처분을 내렸으니까, 그런 거지."

"그래서, 내가 어떻게 됐는데요? 예? 형사님! 내가 어떻게 됐냐고요? 내가……! 아시지요? 이 홍군호가! 경찰서에 끌려가서 뭐가 됐냐고요?"

그는 경복굴 개발을 위해 자본을 끌어놓았다가 개발 허가가 취소되자 투자자들로부터 사기와 횡령 혐의로 고소당한 뒤 결국 기소됐던 것이다.

박광석은 따져 묻는 듯한 홍군호의 얼굴을 어둠 건너편에서 응시했다. 그는 피의자들의 적반하장에 이골이 난 형사답게

도리어 싸늘해졌다. ……하지만 당신이 받아 챙긴 돈 중에 떼먹은 돈도 많다고 들었는데. 초기 자금으로 거의 20억 원 이상을 끌어들여 놓고 겨우 해놓은 게 여기 조명 몇 개 하고, 축전지뿐이란 말인가. 이렇게 시치미 딱 떼고 자기 전비를 이야기하는 친구가 자살을 기도해? 넌 정말 이상한 자식이구나, 응? 거기다 최동건은 네가 만들어놓은 동굴개발펀드의 투자자 가운데 하나였고…….

홍군호는 최동건과 안면이 있다는 걸 부인하고 있었다.

"저는 본 적도 없는 사람입니다. 돈 댄 사람들 절반은 서울 사람들인데, 그중에 제가 본 사람은 아무도 없습니다. 재무이사가 저하고 그 사람들 사이를 가로막은 채 혼자서 연결시켜 주고 있었으니까요."

그런데 그 재무이사는 이제 호주로 날아가 버렸다? 박광석은 조끼를 더듬어 담배를 꺼내 물었다. 성준열이 건넨 라이터 불이 잠시 박광석의 수그린 얼굴을 비추더니, 긴 연기와 함께 그의 목소리가 흘러나왔다.

"자자, 홍형, 가라앉히고. 응? 차분하게 가라앉히고……. 재기할 기회는 나중에라도 있는 거 아냐? 시절이 바뀌고 나면 주민들이 생태니 환경이니 걷어치우고 개발하자고 모여들 수도 있는 거고. 헌법소원 해보는 것도 방법이야. 지금 흥분해 봐야 뭐하겠어. 우린 지금 여기 할 일이 있어서 온 거 아냐?"

"그래요. 그런데 어디였지요? 시체가 나온 데가……. 도무지 알아보지를 못하겠네. 이쯤이었던 것 같은데."

성준열은 사체 이송과 현장 검증을 하러 이미 한 차례 들렀던 터였지만, 기억이라곤 아예 안 난다는 어투로, 그렇게 말했다.

"여기가 아니에요. 좀 더, 더 가야 해요."

홍군호는 지하 폭포의 물소리가 바로 옆에서 들리는 곳까지 형사들을 데리고 갔다. 이번에는 어둠의 농도가 이전의 것과 또 한 차원 달랐다. 손을 펴서 움켜쥐면 이 칠흑천지의 시커먼 미립자가 손바닥에 한 움큼 쥐어질 것만 같았다. 어둠의 역사가 아주 오래되어 농도를 가지고 있는 것이 아닌가. 박광석은 랜턴에 비춰지는 홍군호의 뒷모습을 물끄러미 쳐다보았다.

아아, 자살을 하기 위해 죽음의 공포와도 같은 이 무시무시한 공간을 혼자서 지나갔다니. 죽기 위해, 죽음보다 더 무서운 여기를. 그게 말이 되나? 그게……? 그런데 또 다른 사람이 있어서 최동건을 죽인 뒤에 이 종말과도 같은 굴 속으로 시체를 끌고 갔단 말인가. 세상천지가 얼마나 넓은데 그런 일이 이 굴 속에서 보름 사이에 두 번씩이나 벌어질 수 있나? 이 굴이 그렇게 많이 알려져 있나? 최동건이 실종된 건 지난달 24일이라는데. 이건 틀림없이 동굴 투자펀드 내에서 벌어진 유혈극이야.

홍군호는 박광석의 그런 의심을 눈치조차 못 챈 듯했다.

"조심하세요. 왼손을 죽 뻗어보면 뭐가 잡힐 거예요. 난간이에요. 길 폭이 좁진 않아요. 하지만 여기서부턴 난간을 손에 쥐고 나가야 돼요. 거기를 지나면 천 길 낭떠러지예요. 바닥이 쑥 꺼져버린 땅밑의 골짜기예요!"

닷새 전에 자살하려던 사람이 이렇게 세심하게 우리들의 안전을 걱정해 준단 말인가. 박광석은 저 까마득한 아래에서부터 올라오는 스산한 찬바람이 목덜미로 파고들자 차라리 끔찍한 비탈이 눈에 보이지 않는 게 낫다고 생각했다. 홍군호는 한참 앞으로 나간 뒤에 랜턴을 이리저리 비추더니 다시금 동굴벽에 손을 조심스럽게 넣어 스위치를 켰다. 다시 10여 개의 서치라이트가 일제히 번쩍, 켜지자 박광석은 어어…… 곧장 낮은 신음부터 내뱉었다. 만일 성준열 없이 혼자서 왔다면 이것저것 가리지 않고 비명부터 내질렀을 것이다.

지옥의 풍경이었다. 저기 저 앞쪽의 폭포수가 떨어지는 지하 저수지 못 미친 곳의 천장부터 그랬다. 일부러 그런 모양으로 만들어놓은 것처럼 정확하게 상어 이빨들을 본뜬 삼각형의 촘촘한 유석들이 잔인하다는 느낌이 들 만큼 날카롭게 내려와 있었다. 그리고 그 아래로는 음산한 느낌을 줄 정도로 가운데가 움푹 들어간 석주들이 수십 개씩이나 늘어서 있었다. 무슨 상어 뱃속에서 소화된 제물의 남은 뼈 같은 공포감을 줬다. 그리고 지하 계곡의 급한 비탈이 시작되기 직전의 좁다란 벼랑끝 같은 곳에서 솟아난 수백 개의 석순들이 난간을 따라서 사람들 키만 한 높이로 솟아올라 와 있었는데, 하나 같이 경악으로 입을 벌린 채 비명을 지르고 있는 듯한 사람의 모습이었다.

게다가 이 구역의 석회암들에는 어떤 성분이 들어갔는지 유석과 석주 들 대부분이 시뻘건 핏빛을 띠고 있어 더욱 끔찍했다. 그리고 그 유석들 끝에서 떨어지는 붉은 물이 낙하하는 곳은 바닥을 알 수 없는 땅의 시커먼 아가리였다. 악몽의 한 장면 같았다.

"전, 여기서 오래오래 주저앉아 있었어요. 이제 어떻게 살아야 하나. 마누라라는 건, 바람나서 돈 보따리 들고 오래전에 달아났고. 나는 미친놈처럼 허겁지겁 살아왔는데. 이 한가운데 모노레일 깔 설계도까지 만들고 있었는데. 이제 사기꾼에, 파산자가 됐으니. 평생 쫓겨 다녀야 하니. 내가 언제 이렇게 됐나. 내 인생이 언제 이렇게 됐나. 왜 이렇게 됐나……."

홍군호는 그 자리에서 동굴 벽에 기대선 채 벌게진 눈으로 흐느끼기 시작했다. 허우대가 큼직한 사람이 고생, 고생하면서 자기가 자살하려던 곳으로 형사들을 안내해 온 다음 소매로 눈가를 훔치며 우는 모습에는 사람을 착잡하게 만드는 데가 있었다. 박광석과 성준열은 홍군호의 얼굴에 슬쩍 랜턴을 갖다 대서 비춰보다가 눈물 줄기가 흘러 내려오는 게 분명하자 뭐라 말해야 할지 몰라 입을 꾹 다물고 그가 진정하기를 기다렸다. 하지만 모른다. 자기가 몇 번씩 반복하면서 스스로 걸어놓은 암시에 취해서, 자기 연민에 취해서 울고 있는지도.

"그리고 여기로 들어갔어요. 여기, 이 굴로."

홍군호는 마음이 가라앉고 나자 지금까지 걸어온 길로부터 수직으로 난 곁가지의 동굴로 들어갔다. 박광석은 시체들이 발견된 현장에 100번도 넘게 나가봤지만 이렇게 기분 나쁜 건 정말 처음이었다. 동굴에 쓰고 무거운 시취(尸臭) 같은 게 시궁창처럼 고여 있는 느낌이었다. 그는 저절로 미간이 찌푸려졌고, 손바닥으로 코와 입을 덮었다.

"그리고 여기서 목을 매려는데, 여기 돌부리에 자일을 거는데, 동굴 벽 아래가 툭 튀어나와 있는 거예요. 벽이 말이에요."

홍군호는 마음의 정리가 된 것처럼 별 주저하는 것도 없이 자기가 자살하려던 데를 손짓으로 가리켜 보였다. 소매 바깥으로 나온 손목에 오메가 시계의 노랗고 정교한 별자리 마크가 눈에 띄었다.

"그래서요?"

"랜턴을 비춰봤어요. 아무것도 안 보였어요. 그런데 옆의 석회 벽과는 달랐어요. 시커멓게 뭔가 발라져 있었어요."

역청이었다. 분말 상태의 숯에다 송진을 섞어 만든 시커먼 진액 같은 것이었다. 최동건은 벌거벗겨진 온몸에 역청이 뒤덮인 채로 발견됐다. 지옥의 불구덩이에서 태워질 대로 태워진 숯덩이 같은 끔찍한 모습이었다. 거기에 공룡의 타액 같은 것이 온몸에 발려진 상태였다. 현장 검증을 하던 사람들은 치가 떨려서 몇 번씩 손을 놓고 숨을 내쉬었다고 했다. 처음에 국과수 사람들은 지문 뜨는 것도 제대로 될지 모르겠다고 말했다. 결국 최근의 실종자들 가운데서 체격이 비슷한 남자들 중 치열 기록이 남아 있는 사람들을 대조하다가 나온 게 바로 최동건이었다.

"만져보니, 앉아 있는 사람 얼굴과 몸이 나오더군요. 어, 어……."

홍군호는 처음 발견할 당시의 예기치 못했던 섬뜩한 순간을 떠올리며 그의 눈앞에서 마치 살아 있는 파충류라도 나타난 것처럼 눈이 둥그레졌다. 하지만 랜턴에 드러난 그의 얼굴에는 왠지 덩치에 맞지 않게 공포감이 다소 과장된 듯한 느낌이 남아 있었다. 아니다. 그래도 그 같은 상황이면 전율의 극치에 빠질 만하다.

"가만, 한번 봅시다."

성준열은 시신이 있던 자리로 랜턴을 비췄다. 그가 조명을 이리저리 비추자 갑자기 반짝, 하고 뭔가가 동굴 벽에 아직 묻어 있던 역청 속에서 빛을 내쏘았다. 성준열은, 이게 뭐야? 하면서 허리를 구부린 자세로 안구를 바싹 그곳으로 가져갔다. 그가 곧이어 핀셋으로 집어낸 것은 유리 조각이었다. 박광석은 슬쩍 뒤로 물러서서 광선의 조명 범위를 넓게 해보았다. 자연스레 홍군호의 얼굴이 들어갔는데, 멈칫하며 긴장해서 유리 조각을 응시하는 기색이 순간적으로 지나갔다. 작지만, 두꺼운 유리 조각이었다.

"국과수에서 부검할 때 잡아낸 거하고……."

"같은 걸로 보이는데요."

그렇다. 한쪽 면을 비닐로 코팅한 연초록색 유리 조각. 수사과장이 영양가 있는 증거라고 했다. 뭔가 뽑혀 나올 것 같다고. 그리고 또 나온 게 있었다. 꽃가루들. 뭉개진 꽃 이파리들, 꽃씨들, 수술과 암술의 잘린 머리들……. 이런 건 역청을 만들 때 들어간 것일까. 아니면 원래 몸에 달라붙어 있던 것일까. 성준열은 등산용 조끼 앞주머니에서 꺼낸 채증용 비닐 백에 핀셋을 넣어 유리 조각을 빠뜨렸다.

"이봐요! 홍형. 그래서? 그래서 어떻게 했어요? 그 다음에."

박광석의 랜턴 앞에 드러난 홍군호는 이상하게 움츠러든 것 같았다. 그는 과거를 바라보는 듯한 눈동자에 초점이 없이, 멈칫 하며 마른침을 삼켰다.

"저는 자살하려다가 말고 비명을 질렀어요. 자일을 끌어내리고, 끌어내리고……. 아, 아, 아, 아—."

홍군호는 어둠 속에서 뭔가 처참한 것이 둥둥 떠오는 것을 보고 있는 듯한 얼굴이었다. 환상을 보고 있는 듯한 눈은 금세라도 바깥으로 돌출할 것만 같다. 그러다가 홍군호는 갑자기 무릎을 꺾고는 몸을 공처럼 말더니 기를 쓰면서 비명을 내질렀다. 아, 아, 아, 악—!

동굴들이 그 괴성을 받아서 오래오래 날카로운 메아리를 만들어내는 동안 성준열은 신경질적으로 귀를 손으로 틀어막았다. 그러나 박광석은 랜턴 불빛을 태연하게 홍군호에게 비춘 채 눈언저리의 작은 얼룩과 벌린 입 속에 박힌 금니 위의 광택을 물끄러미 내려다보았다.

••50

원직수의 아버지는 아주 예전에 맹장수술 받았던 일이 오늘 새벽 꿈에 나타났다고 말했다. 두런거리는 의사와 간호사들의 목소리, 살을 절개하는 칼의 느낌, 피부를 누비는 바늘의 감촉이 그대로 되살아나더라고 말했다. 살갗에 낸 구멍으로 죽 끌리듯 통과하던 수술용 실의 거친 촉감까지도. 아버지는 쿨룩쿨룩거리면서 말했다.

원직수는 푸른 한강이 내려다보이는 한남동의 비탈에 널따랗게 지은 성림건설 게스트 하우스로 아버지를 모셔왔다. 아버지가 편히 잠들 수 있도록 해드리고 싶었다. 하지만 아버지는 쉽게 잠들 수 있는 사람이 아니었다. 마취마저 잘 안 되는 체질이었다.

원제연이 반격을 해오고 있었다. 아버지를 만나 형인 그를 한없이 헐뜯고 위임장을 없애 버리라고 목놓아 호소했다. 원직수는 그 소식을 들은 뒤부터 마음속의 칼집을 움켜쥔 채 칼자루를 뽑을까 말까 몇 번이나 주저했다. 한 번 꺼내서 휘두르면 피비린내 나는 유혈극을 가져올 철검(鐵劍)이었다. 그는 그 때문에 망설였지만 한사코 미룰 수만은 없었다. 그는 회사를 거느리고 앞으로 나아가야만 했다. 원직수는 지난 일의 피부를 절개하기로 했다. 원직수가 소포용으로 쓰이는 두꺼운 흰색 봉투를 꺼내서 소파 탁자 위에 얹자 아버지가 말했다.

"이게 뭐냐? 쿨룩! 쿨룩! 쿨룩!"

아버지는 가슴이 쿵쿵 울리도록 크게 기침을 했다. 원직수는 봉투 입구를 고정시킨 파란 실을 돌려서 풀어내면서 1000가지 감정이 그의 머릿속을 마구 가로지르는 것을 보았다. 복수심과 죄책감, 오기와 승부욕, 공포와 가학 의지가 천둥 번개와 비바람처럼, 폭설과 눈사태처럼 그의 머릿속을 번득거리며 휘몰아쳤다.

봉투 속에는 폐쇄회로 카메라가 촬영한 굵은 입자, 거친 질감의 사진들이 담겨 있었다. 신용카드 사용 기록과 호텔 투숙객 기록부를 복사한 자료까지도 들어 있었다.

"이게 뭐냐니까? 쿨룩! 쿨룩! 쿨룩!"

원직수는 고통스러워서 고개 숙인 채 겨우 나오는 목소리로 말했다.

"최동건과…… 이명자 이사장이 어떤 관계였는지 보여주는 자료들입니다."

살을 절개당하는 느낌은 도대체 어떤 것일까. 원직수는 이 순간 어딘가 낭떠러지로 몸을 던져버렸으면 좋겠다는 생각까지 들었다.

"뭐? 최동건과…… .무슨 말이야? 도대체!"

아버지가 두 눈을 부릅뜨고 고함을 질렀다. 아버지가 봉투를 뒤집자 사진과 복사한 용지들이 떨어져 내려왔다. 몸매를 그대로 드러내는 원피스를 입은 이명자가 객실 문을 열고 나오는 장면임을 대번에 알 수 있는 큰 사진이 한가운데 떨어졌다. 아버지의 눈에 살기가 번득거리더니 아래 뺨이 부르르 떨렸다. 이를 악무는 소리가 들려나왔다. 아버지는 더 이상 쿨룩거리지 않았다. 아아, 피부 위에 놓인 칼날에 힘이 실려 서서히 움직이기 시작하면 잘린 살갗에서는 어떤 느낌이 드는 걸까. 돈은 어떤 행복을 가져오는 걸까. 가족은 어떤 기쁨을 가져오는 걸까. 나는 어떤 낙(樂)을 바라 살아온 걸까. 이제 모든 게 끝났다고 원직수는 되뇌었다. 그는 저도 모르게 흐느끼기 시작했다.

••51

원직수는 두려움이 없어졌다. 온몸에 각질이 낀 것처럼 어떤 감각도 느낄 수 없는 것 같았다. 그는 사장 집무실 유리 앞에서 바깥을 내려다보았다. 직원들이 서둘러 출근하고 있었다.

우리 일가가 도산을 맞은 채 주저앉는다면 저 직원들 가운데 몇 명이 우리를 위해 울어줄 것인가. 저들이 가산을 털어 우리 기업의 부채를 갚아줄 것인가. 천만에. 단 한 사람도 그러지 않을 거야. 지금 지상 최고의 과제는 시장에서 살아남는 거야. 생존하는 것. 이 과제 앞에서 인간의 얼굴이 마모되는 건 너무나도 당연하다. 정리해고를 안 한다면 직원들이 자진해서 급여를 삭감할 거라고? 노동조합과 일부 이사들이 건의해 온 것이었다.

아냐. 거부해야 한다. 단호하게 거부해야 한다. 지금은 다 함께 참고 견뎌야 할 어려운 한때가 아니다. 회사를 디지털 베이스로 바꾸면서 얼마나 많은 돈이 들어갔나. 공장에선 컨베이어 벨트가 돌아가면서 블루칼라들이 너나없이 잘려나갔다. 이제는 사무실에서 컨베이어 벨트가 돌아가고 있다. 디지털이라는 벨트가. 이 환란을 계기로 화이트칼라들을 정리하지 않으면, 다시는 때가 찾아오지 않는다. 다시는.

레이온이 만들어지는데 누에고치를 더 이상 어디에 쓴단 말인가.

원직수는 곧장 임원 회의실로 나갔다. 수족관이 있는 방에서 모두들 기다리고 있었다. 두 명의 이사가 번갈아 가면서 노조의 입장을 전해 왔다. 급여를 자진 삭감하는 대신 정리해고를 말아달라는 것이었다. 집에 가면 대부분 가장(家長)인 직원들을 잘라내는 데 대한 죄책감과 두려움으로 얼얼한 낯빛들이었다. 한참 이야기가 오간 다음에 원직수가 일어선 채로 연설했다.

"아프리카 바다 속에 펄펄 뛰는 자연 열대어들이 있었습니다. 그걸 미국에 가져가 팔면 돈벌이가 될 거라고 생각한 업자가 있었습니다. 배에 집채만 한 수족관을 만들었지요. 울긋불긋한 열대어들을 산더미처럼 풀어놓고 대서양을 건넜습니다. 스무날 뱃길에 물고기들이 다 죽어버렸지요. 살아남은 것들도 시들시들해서 영 돈이 안됐습니다.

어떻게 할까. 제대로만 가져오면 분명히 큰돈이 될 건데.

그래, 물고기들을 편하게 해주자. 업자는 그렇게 생각하고 배가 흔들려도 수족관은 까딱없도록 아주 큰 배에 실었습니다. 수족관도 더 크고, 산소나 먹거리도 무진장 풀어 넣었습니다. 하지만 그래도 죽기는 매일반이었지요…….

결국에는 아프리카 모래를 수족관에 깔아 넣고, 수초도 심고, 물 온도도 맞춰주고 열대어들 살던 대로 똑같이 해줬습니다. 효과가 있었겠습니까? 그럴 리가 없지요. 업자는 포기하려고 했습니다. 그러고는 아프리카 바다를 마지막으로 둘러봤습니다. 그런데 그제야 눈에 뵈는 게 있었습니다."

원직수는 뚜벅뚜벅 수족관 쪽으로 걸어갔다. 그는 와이셔츠 소매를 팔뚝까지 끌어올리더니 수족관에다 손을 집어넣었다. 그의 손은 수초들 사이를 오가던 수십 마리의 네온테트라 무리 사이로 쑤욱 들어갔다. 손이 물 사이를 이리저리 마구 헤집자 놀란 고기들이 한밤에 빛나는 사슴이나 고라니의 눈동자처럼 빛을 반짝이며 빠르게 흩어졌다.

"……투명한 바다 속에서 열대어들이 떼를 지어 달아나고 있었지요. 그 뒤에는 뱀장어들이 악어처럼 입을 벌리고 쫓아가고 있었고요. 이렇게! 이렇게! 지금 제 손처럼 말입니다. 뱀장어들은 뒤쳐진 열대어들 몇 마리를 낚아채서는 게걸스럽게 탐식을 하는 겁니다. 업자는 달아나는 열대어들의 색깔이 얼마나 화려한지 넋을 잃고 보다가 정신이 번쩍 들었지요. 죽을 고비가 닥치니까 이 열대어들이 살려고 발버둥을 치는구나. 신경이 곤두서니까, 몸빛이 아름다워지는구나.

업자는 열대어들이 든 수족관에 뱀장어를 풀어놓고 다시 항해를 했습니다. 대성공이었지요. 열대어들은 미국까지 와도 쌩쌩하고, 펄펄 뛰었습니다. 까짓 열대어 몇 마리 잡아먹히면 어떤가. 이만한 수확인데. 나중에는 모래고, 수초고 하나도 안 깔아줘도 뱀장어만 있으면 열대어들이 쌩쌩했지요."

원직수는 손을 다시 물속에 집어넣었다. 커다란 부채처럼 몸을 살랑거리던 디스커스 한 마리가 손아귀에 잡혔다. 그는 팔딱거리는 디스커스를 종이처럼 움켜쥐고 물밖으로 단숨에 들어올렸다. 팔뚝으로 물줄기가 주르륵, 흘러내렸다. 원직수가 말했다.

"조직이란 게 그렇습니다. 자극을 주고, 무엇보다 공포를 줘야 합니다. 뒤쳐지거나 꾸물거리는 놈들은 가차 없이 잘라내야 됩니다. 꼬리 잘린 도마뱀이 더 빨리 뜁니다. 새파랗게 긴장하도록, 자를 땐 자르고, 주욱 조여줘야지만 됩니다. 지금 이걸 하지 않으면 모두 죽습니다. 사장실이 제 무덤이 되고, 이사실이 여러분들의 공동묘지가 됩니다."

원직수는 무서운 얼굴로 회의실 가운데를 노려보더니 축 처진 물고기를 수족관 속에 풍덩, 던져 넣었다.

••52

강세연이 특공부대 아저씨가 혼자 산다는 정릉동 연립주택의 집 안으로 들어선 것은 그 아이가 보고 있던 동화 때문이었다.

강세연은 애초에 그 아이가 도와준 취재가 잡지에 한 줄도 실리지 않자 미안한 마음에 그 아이가 들어간 옥상정원 사진들을 인화해서 찾아갔다. 그 아이는 흰 개 누리와 함께 옥상정원의 평상에 나란히 배를 깔고 누워 있었다. 머리 위에 댕글댕글 매달린 조롱박의 그림자가 그 아이와 개의 등에 가득했다. 차양 삼아 평상 위의 철 구조물에 조롱박 넝쿨을 쳐놓은 것이었다. 아이는 강세연의 기대대로 칸나 꽃밭에 서 있는 자기 사진을 손에 쥐고는 팔짝팔짝 뛰어 오르면서 기뻐했다. 강세연은 나팔꽃과 선인장 화분들에 근접해서 찍은 근사한 사진들을 나눠주면서 옥상정원을 만든 사람들한테 나눠주라고 말했다.

그러다가 강세연은 평상에 놓인 그림책에 우연히 눈이 갔는데 참 재미있을 것 같다고 지나가는 말처럼 얘기했다. 그러자 아이는 금세 우쭐해져서 그건 『맥도날드 아저씨네 아파트』라고 자랑했다. 주디스 바렛과 론 바렛 부부가 쓰고 그린 아름다운 동화책이었다.

"있잖아요. 도날드요, 도날드가요, 아니 맥도날드 아저씨가요, 아파트를 관리하고 있었는데요, 마당에는요, 토마토! 옥수수……! 무……! 멜론! 하고요, 그리고요…… 음— 그리고, 그리고 뭐게요? 음…… 아, 맞다! 그리고 하, 하, 하늘콩을 심었어요. 그런데요 아파트에 빈집이 생기니까요, 거기에 흙을 깔아 놓았어요. 융단처럼요, 깔아놓고요, 당근도 심고 음— 양, 양, 양배추도 심었어요……. 양배추!? 그건 뭐예요? 양, 양처럼 생겼나요……? 그리고 감자도 심고, 옷장 서랍에도 흙을 깔고요 버, 버, 버섯을요, 심었어요."

"너무 재미있다! 그래서?"

"아래층 아저씨가 수도꼭지를 트니까요, 감, 감, 감자 넝쿨이 줄줄 나왔어요, 물처럼 나왔어요. 당근도 뿌리가요, 천장을 뚫고 나와요. 주민들이요, 화를 내면서요. 한 명, 두 명 나가니까요, 도날드, 맥도날드 아저씨가요, 빈 아파트에, 과일나무도 심고요, 클, 클, 클로버 밭도 내고요, 야, 야, 야채 밭도 만들었어요."

결국 아이는 특공부대 아저씨도 맥도날드 아저씨처럼 살고 있다고 말했는데 얼마 전에는 보름도 넘게 집을 비우는 바람에 자기가 집에 들어가 매일 물을 줬다고 말했다. 특공부대 아저씨는 아이에게 열쇠를 숨겨둔 곳을 알려줬던 것이다.

아이의 말은 302호로 들어가면 거실과 큰방, 작은방, 베란다는 물론이고 욕실과 부엌까지도 식물들로 가득 차 있다는 것이었다. 금세 강세연은 그걸 카메라로 담으면 어떻게 될지 머릿속에 떠올렸다. 오오, 온갖 나무와 꽃과 풀, 넝쿨들이 시멘트벽을 뒤덮은 집, 식물들이 주인이고, 사람은 그냥 손님일 뿐인 그런 집…….

강세연은 아이의 손을 잡고 주인이 없는 집의 문을 살그머니 밀었다. 그러면서 문이 밀리는 만큼 점점 커지는 자기 시야를 온통 파란 식물들이 메우는 것을 숨 막히게 지켜봤다. 언젠가, 그래 언젠가……. 그녀는 지금과 똑같은 경험을 했던 때가 눈앞에 정지된 채로 흐릿하게 나타났다가 사라지는 걸 감지했다. 하지만 그게 구체적으로 딱히 무얼 봤을 때인지는 생각나지 않았다. 길창덕인가. 아니 박수동, 윤승운인가? 어벙하게 생긴 꼬마가 여름방학 때 할 일이 없어 나무 위에 허름하게 지어놓은 통나무집의 문을 열고 들어갔더니 집 안에서 울울창창한 정글이 나오던 만화가……. 꼬마는 눈이 헤드라이트만큼 커지고, 머리털이 쭈뼛 서며 펄쩍 뛰어올랐는데……. 아니 그런 만화는 없었나? 내 생각일 뿐인가? 아아, 지금의 난데없는 이 체험이 내 기억들마저 교란시키고 있는 건가?

그곳은 집 안에 식물들을 키우고 있다기보다는, 밀림 속에 쪽마루를 깔아놓고 몇 가지 가전제품들로 사람 사는 집 구색을 겨우 갖춰놓았다고 해야 할 것 같았다. 그건 우선 가짓수를 세어볼 엄두를 내지 못할 만큼 다양한 식물들이 있는 데다, 화분들이 놓인 자리들마저 여기저기 제멋대로 흩어져 있었기 때문이다. 화원에서 흔히 보는 화분들처럼 열과 오가 있는 대신 벌판의 잡초들처럼 분방하게 흩어져 있었다.

그것들은 넓은 이파리에 광택이 나는 인도고무나무, 가는 이파리가 무성한 관음죽, 초록 뱀이 일어선 듯한 산세베리아, 옥수수 잎처럼 이파리가 쭉 퍼진 행운목, 이파리에 하얀 무늬가 들어가 있는 벤자민고무나무, 부풀어 오른 하트 모양의 이파리가 온통 빨간색을 띤 안스리움, 얼룩말 같은 무늬가 하얀색으로 이파리에 새겨진 마란타 같은 것이었다. 마치 누군가 들어와서 보고는 비명이라도 질러봐라 하고 작심해서 빽빽하게 만든 것 같은 실내 화원이었다. 오후의 햇살이 들어오는 창가에는 싱그러운 싱고니움의 잎사귀들이 마치 그만한 크기의 은박지들처럼 빛나고 있었다.

식물들이 자라고 있는 화분들마저 각양각색이었다. 어디서 구해 왔는지 아주 옛날에 쓰이던 둥근 달항아리나, 된장 담는 투박한 단지, 흰 칠을 한 네모난 화분, 천장에서부터 사슬에 매달려 내려온 행잉 베이스, 수경 재배를 하는 투명한 유리 비커들에 식물들이 가리지 않고 담겨 있었다. 베란다에는 아예 정식으로 흙을 깔고, 작은 밭을 만들어놓은 상태였다.

이게 더 밀림처럼 생각되는 이유는 나팔꽃 때문이었다. 하얗게 페인트칠한 철사가 군데군데 거실 벽에 박아놓은 못들을 감고 가로로 세로로 연결돼 있었는데, 나팔꽃의 자줏빛 넝쿨이 이 철사를 타고 거실을 온통 몇 바퀴씩이나 감아놓은 것이었다. 강세연의 머릿속에는 캄보디아 앙코르 유적의 다 무너진 옛 사원 위에 수십 미터나 되는 무화과나무가 공룡 발톱 같은 긴 뿌리를 뻗고 있는 모습이 떠올랐다. 지금 강세연이 서 있는 곳은 식물들이 만든 해방구였다.

나팔꽃 넝쿨에는 솜털이 가득했다. 하트 모양의 푸른 이파리들에는 그물무늬 잎맥이 촘촘하게 퍼져 있었다. 나팔꽃 꽃잎은 작고 부드러운 확성기처럼 생겼는데 "절 봐주세요." 하고 속삭이는 것 같았다. 강세연은 이 꽃잎의 붉은 보랏빛이 도대체 어디에서 나왔는지 새삼스레 궁금해졌다. 저기 저 항아리의 흙 속에서 넝쿨로 뽑아 올린 거란 말인가? 그럼 저 흙 속

어디에 저런 고운 색깔이 감춰져 있던 걸까? 아니 저기 가득 쏟아지는 햇살에서 자아낸 걸까? 그럼 저 하얀 햇살 어디에 저런 고운 빛깔이 숨어 있었던 걸까?

그녀는 넝쿨 가까이 눈을 가져갔는데 여태까지 보이지 않던 뭔가 파란 깃털 같은 게 서로 칭칭 감은 넝쿨과 넝쿨 사이에서 눈에 띄었다. 그녀는 멈칫하며 다시 들여다보다가 "악!" 하고 소리를 질렀다.

"뭐, 뭐예요?"

"아아, 아니구나. 그림이구나. 난 꼭 박제인 줄 알았네."

매를 그린 세밀화가 거의 천장까지 자란 몬스테라의 커다란 이파리들 사이에 숨은 듯 걸려 있었다. 도도한 갈색 눈빛에 날개를 당당하게 접은 아름다운 매였다. 이 무성한 식물들의 왕국에 왜 저런 매 그림을 걸어놓았을까? 그녀는 이유를 알 순 없었지만, 왠지 이 집주인의 정신의 숨겨진 한 부분을 보는 것만 같았다. 그녀는 이 식물의 별유천지로 들어선 후 처음으로 카메라를 꺼내 그 세밀화를 조심스럽게 촬영했다. 찰칵! 찰칵! 찰칵!

그녀가 자세히 보니 그 식물의 해방구 속에서 매일 숙식을 하는 남자의 섬세한 손길이 느껴졌다. 낡은 어항이나, 플랜터, 밑바닥에 못 구멍을 낸 양철 쿠키 상자나 페인트칠한 사과 궤짝, 우체국이나 담배인삼공사에서 만든 아주 두꺼운 박스 등을 가지고도 식물들을 기르고 있었다. 체로 친 게 분명한 고운 흙, 어린 마란타 아래에는 화원에서 사온 고온살균한 흙이 깔려 있었고, 잘게 부순 이탄과 뼛가루가 깔려 있는 항아리도 있었다.

그녀가 더욱 놀란 것은 아이가 큰방 문을 열었을 때였다. 나무로 만든 계단식 3단 데크가 벽에 걸려 있었는데, 거기 작은 화분들마다 놓여 있는 것은 모두 향기 나는 식물들이었다. 캐모마일과 레몬밤, 오레가노, 코리안더, 백리향과 로즈마리라고 화분마다 씌어 있었다.

큰방의 저 안쪽 구석에 놓인 화분에는 군자란처럼 굵은 이파리를 늘어뜨린 식물이 살고 있었는데, 이파리들 사이사이에 쓰임새를 알 수 없는 녹색 주머니 같은 게 피어올라 있었다. 그건 바로 벌레 잡는 통풀— 포충낭이었다. 강세연은 이상스레 징그러워졌다. 동물의 정신을 가진 식물, 식물의 몸을 한 동물을 본 것 같았다.

그녀는 몰래 들어온 남의 집이라 함부로 사진 찍을 엄두도 내지 못한 채 거의 편집증에 가까운 식물들의 분방한 전시를 어이없어 하면서 보고 있을 뿐이었다. 그녀는 손에 든 작은 로즈마리 화분의 향기에 취해 있었는데, 어릴 적 강원도의 풀밭에서 놀다가 쓰러졌을 때 어디선가 날아와 코끝을 슬쩍 지나가던 진한 풀 향기가 바로 이런 것이었다는 걸 알게 됐다.

침대 옆에 놓인 남자의 책상머리에 향수병이 놓여 있는 걸 보자 슬며시 웃음이 비어져 나왔다. 뭔가. 허브를 이렇게 많이 갖다 놓은 사람이. 그것은 스프레이 타입의 토미 향수였다. 거의 쓰지 않았거나, 새로 산 것인 듯 향수가 많이 남아 있었다.

"네가 매일 여기에 물을 줬니?"

"예. 물을 주면요, 마, 막, 좋아하는 것 같아요."

"여기 식물들이?"

"예. 막 이파리를 흔들고, 춤을 춰요."

"창문을 열어놨으니까, 바람이 들어왔겠지."

"아, 아, 아니에요. 여기 식물들은 다 살아서 움, 움직여요. 자, 자, 보세요. 자, 보세요. 조금만 기다려보세요."

아이는 거실의 제라늄이 만발한 행잉 베이스 옆의 벽걸이 시계를 한번 보았다. 그러고는 빨간 꽃봉오리가 솟아 있는 자기 앞의 화분에 코를 갖다 댔다. 강세연도 아이와 똑같이 했는데, 댕 댕 댕 댕, 괘종이 울자 신기하게도 시익— 소리가 나는 것 같더니, 강한 향내가 빨간 꽃에서 뿜어져 나왔다.

"이, 이건요, 분꽃이에요. 분꽃! 있잖아요. 4시만 되면, 향내가 뿜어져 나와요."

"이게 분꽃이니? 나도 알아. 포 어클락(4 o'clock). 이게 포 어클락이구나. 너 때문에 나 오늘 공부 많이 한다, 얘."

강세연은 그제야, 아까 자신이 이 집의 문을 살그머니 열고 들어올 때 언젠가의 일을 추체험하는 듯한 기분이 들었던 이유를 알게 됐다. 그녀가 성림건설에 다니고 있었을 때 출입이 금지된 옥상 문을 살짝 열고 들어갔던 기억이 떠오른 것이었다.

김범오가 거기 만들어둔 작은 정원으로 그녀를 데려갔었다. 그때까지는 아무도 알지 못하던 금지된 정원으로. 거기에는 놀랍게도 눈이 동그란 붉은 갈색의 새가 날아와 있었다. 끼요롯,

하고 울다가 빌딩들 너머로 날아간 그 새는 노랑지빠귀라고 김범오가 말했다. 노랑지빠귀가 테헤란로에? 하지만 그는 그렇다고 말했다. 그는 새가 앉았다 날아간 자리의 작고 빨간 꽃을 손으로 감싸면서 말했다. 이게 분꽃이라고. 하루 두 번 향내를 내뿜는다고. 오후 4시, 그리고 새벽 4시. 그녀의 가슴속에서 새의 날갯짓 소리가 파다다닥 퍼져나갔다. 아아, 분꽃 향기를 맡으러 여기까지 시계처럼 날아온 새가 있었다니.

"우리 너무 오래 있었던 것 같아. 주인아저씨 오면 엄청 혼날 거야."

강세연은 허브에 취해 버린 듯하다가 거실 쪽을 보며 아이에게 말했다.

"아니에요. 아저씨는 화 안내요. 좀 더 있다가 가라고 그래요. 아저씨가요, 저만 보면요, 얼, 얼, 얼마나 좋아하는데요."

아이는 기쁜 얼굴로 자랑스레 말했다.

그때 강세연의 머리카락을 쭈뼛 일어서게 하는 소리가 들렸다. 누군가 현관문 바깥에 선 사람이 열쇠 구멍에 열쇠를 집어넣고 있었다.

"어머!"

강세연은 저도 몰래 입으로 손이 갔다. 문은 무기력하게 슬그머니 열렸는데, 강세연은 거기서 나타난 사람을 보면서 아까 큰방에서 보았던 토미 향수가 자기가 샀던 것임을 깨달았다. 김범오가 독일 여행을 다녀온 뒤 주름상자가 달린 구식 코닥 카메라를 선물해 줬는데, 그녀가 얼마 뒤 서울 어머니와 함께 홍콩에 다녀와서는 답례 삼아 바로 그 토미 향수를 사줬던 것이었다. 강세연은 현관문을 열어둔 채 무연히 그녀를 바라보는 김범오를 마주 보면서 무언가가 머릿속으로 전광석화처럼 들어오는 걸 느꼈다. 오후 4시에 집으로 들어온 그 남자가 이제는 더 이상 회사를 다니는 사람이 아니라는 걸, 퍼뜩 눈치챘다. 가슴이 아파왔다. 그녀는 그제 아침 조간에서 성림건설의 구조조정이 임박했다는 짧은 기사를 읽었던 것이다.

숨 막히는 정적의 시간이 그녀의 눈앞으로 태연하게 지나가고 있었다. 나무에 나이테가 생기듯 아주 느리게, 갯벌에 핀 안개처럼 아주 천천히. 그녀는 호흡조차 정지돼 버린 사람처럼 그 남자를 쳐다보고 있었는데, 머리카락이 조용히 이마 아래로 흘러내렸다.

도대체 어떻게 된 걸까. 그녀는 철저하게 자기 생각대로 취재 계획을 짰을 뿐이었다. 옥상정원을 취재하겠다는 것은 그녀의 분명한 의지였다. 주제를 정해 놓고 케이스를 찾아가는 철저하게 연역적인 기획 취재였다. 몇 년째 연락조차 없는 어떤 남자를 일부러 수소문해서 만나는 일과는 실낱 한 올만큼의 상관도 없는 일이었다. 그런데 그게 어떻게 이렇게 됐을까? 도대체 어떻게?

김범오는 처음에 그녀가 누군지 한참 동안 알아보지 못했다. 우선 그녀가 흰 티에 물 빠진 청바지를 입은 채로 어깨에 카메라 가방을 메고 있는 걸 한 번도 본 적이 없었기 때문이었다. 그리고 무엇보다 그곳은 그의 집이었다. 거기에 그녀가 갑자기 와 있을 리가 없지 않은가. 사람은 기대할 수 있는 것을 원해야 한다. 그의 늑골 속에 가둬진 둥근 어둠 속에서 번쩍번쩍 우레 없는 번개가 치는 것 같았다.

그녀의 옆에 선 아이는 옆집 꼬마였다. 분명했다. 물 빠진 청바지를 입은 강세연과 바로 옆집 꼬마. 그것 역시 참 난데없는 조합이었다.

그는 어리둥절해진 채로 그녀를 바라봤다. 제대로 질문을 듣지 못했으면서도 대답에 나서야 하는 토론자처럼 멍한 낯빛이 지나갔다. 귀가 잘 들리지 않았다. 웅웅거리기만 할 뿐이었다. 그의 몸에서 잠시 청각이라는 지각 능력이 떠나버린 것 같았다. 누구세요……. 라고 말하려는데 면 티를 걸친 그의 살결 위로 섬세한 전기가 지나갔다. 아침 바람이 강물의 수면을 흔들고 풀밭을 가르듯이 스르르륵 지나갔다. 그는 몸이 후두두둑 저도 모르게 떨리는 것을 알 수 있었다.

그의 늑골 깊은 곳에는 긴 동굴을 덮은 돌문이 있었다. 거기서 누군가 육중한 문을 열고 나왔다. 가녀린 누군가가 동굴의 저 깊은 곳을 혼자서 다 지나와 기어이 그 돌문을 열고 나왔다. 그게 바로 너? 강세연? 정말 맞는 거니? 그의 속에서 누군가가 그녀를 보고 물었다. 뼈저린 후회와 뜨거운 자책이 과거로부터 그에게 밀려들어 왔다.

강세연은 자기가 해온 우연의 공깃돌 놀이가 어떤 일을 벌여놓은 건지 알게 된 다음 마치 뭘 해야 할지 답을 들여다본 것처럼 단호해졌다. 그녀는 그의 눈동자를 피하지 않은 채 정확하게 물었다.

"여기 사세요?"

그는 잠시 말이 없더니 "으, 음, 우리 집이에요." 하고 말했다.

세월이 얼마나 지났는지, 이제는 둘 다 존댓말을 쓰고 있었다.

"저는 몰랐어요. 하지만 이제 일이 마침 다 끝났어요."

그녀는 슬쩍 한번 웃어 보인 뒤 망연자실해 있는 남자의 곁을 비켜서 그 집을 빠져나왔다. 그녀는 자기 내부가 결연하게 닫히는 느낌을 받았다. 굳은 밀봉을 제 손으로 해버린 기분이었다. 안녕, 내 사랑. 그녀는 계단을 내려오면서 숨결이 좀 가빠졌다. 잘 있어, 반가웠어. 그녀가 희미하게 웃으며 마음속에서 묵도하듯이 결별을 통고하려는 순간 그 남자가 나와 말했다.

"세연아."

짧은 호명(呼名). 그러나 분명히 알 수 있었다. 감정을 가라앉히지도 못하고 떨고 있는 저 목소리. 바보, 넌 바보야. 옛날에도 그랬고, 지금도 마찬가지야. 3년 만인가, 4년 만인가. 긴 세월 저편에서 들려오는 그 목소리가 계단에 울려 퍼졌다. 그 공명이 다 끝난 뒤에도 그녀의 귓전에서 몇 번씩이고 물의 파문처럼 울려 퍼졌다. 너무도 애타게 기다려왔던 목소리였다. 한 번만 다시 불러줬으면 했던 목소리였다. 늘 귓바퀴에 머물고 있었지만, 돌아보면 아무도 없어 쓸쓸했던 기억의 잔향(殘響)이었다. 하지만 그 목소리가 방금 들려왔다. 떨려서 발음조차 명료하지 않은 채로. 하지만 그녀의 분명한 의지는 일체의 기억들을 함구하게 하고 자기를 계단으로 내려가게 했다.

"강세연."

남자의 목소리가 다시 계단 아래로 내려왔다. 그녀는 그 조우를 끝내 무시하려고 했지만, 남자는 말없이 따라 내려와 그녀의 팔목을 붙잡았다. 한순간 그녀의 모든 감각은 팔목과 손등의 그 저릿한 접속 면에서만 살아 있었다.

"어디 가려고?"

그의 거무스레한 얼굴로 애잔한 웃음이 지나갔다.

"가야지. 남은 일도 있는데."

그의 눈 옆은 살갗이 벗겨진 듯하고, 입술 끝은 부어오른 것 같다.

"이야기 들었어. 옥상정원 와서 촬영해 갔다는 거."

"그래. 하지만 범오 씨가 여기 사는지는 몰랐어. 이제 가야 돼."

그녀는 둥글게 말아 쥔 그의 손바닥으로부터 자기 손을 빼냈다.

"잘 있어."

그녀가 계단을 두어 걸음 내려가자 그는 꼭 그만큼 내려와 다시 그녀의 손을 붙잡았다.

"정말 내가 어떻게 정원을 만들었는지 안 들어볼 거니?"

두 사람이 옥상으로 올라가 평상에 앉자 조롱박들이 9월의 바람에 하염없이 흔들리고 있었다. 조롱박의 작은 그림자들은 강세연의 얼굴 위에서도, 김범오의 가슴 위에서도 쉴 새 없이 흔들렸다. 날아갈 듯이 마구 흔들렸다. 그녀의 검고 둥근 눈동자에는 하오의 햇살이 빛났다. 그러다 흩어진 그림자의 편린들이 그 위에서 나부끼곤 했다. 김범오는 아무 말도 할 수가 없었다. 그 빛남과 흔들림이 교차할 때, 그는 한 마디도 못 한 채 그녀를 들여다보기만 했다. 그를 향해 기나긴 어둠의 터널을 지나와 돌문을 열어젖힌 그녀를.

••53

한 시간, 아니 두 시간이 지났을까. 특공부대 아저씨와 사진 찍는 누나는 아직도 옥상에서 마주 보고 있다. 아이는 옥상의 문 앞에 서서 뭔가를 뺏겨 버렸다고 생각했다. 눈길은 자꾸만 그 아름다운 누나에게로 가고, 아저씨한테는 처음으로 반감이 생겼다. 아이는 한참 멈칫, 멈칫하다가 평상 쪽으로 다가가 누나 옆에 기댔다. 그러나 누나는 아이의 머리를 한 번 쓰다듬어주었을 뿐, 눈길은 여전히 아저씨에게 가 있었다.

"범오 씨…… 여기 눈 옆에 살갗이 벗겨졌구나……. 손도."

주먹을 쥐면 각이 만들어지는 김범오의 손가락은 뿌리 부분의 피부가 벗겨져 있었다.

"아, 이거? 아무것도 아냐. 잠자는데 화분이 떨어졌어."

김범오는 왼손으로 오른손을 덮으면서 겸연쩍게 웃었다. 화분이 떨어지면 거기가 다친단 말인가. 김범오의 눈 밑으로도 잠시 곤혹의 그늘이 내려왔다. 강세연은 대뜸 다른 이유가 있다고 생각했다. 그리고 왜일까? 서병로가 생각났다. 그가 품었을 적개심이 그녀의 마음속에 고개를 비죽 내밀었다. 그녀가 말했다.

"참, 화분 많더라. 좀 단단히 놓지."

"단단히 놓아도 내가 걷어차면 떨어지니까."

이 남자는 서병로한테서 다치진 않았을까.

"회사 분위기는 어때……?

"구조조정 때문에 어수선하지."

"아? 아직 안 했구나."

"그래. 내일이나 모레쯤 할 것 같아. 하지만 다른 회사들도 다 한 건데 뭐."

"범오 씨는 괜찮아?"

"이거 왜 이래? 나, 인정받는 사람이야."

"인정받으면 안 잘리는 거야?"

"말도 잘 들어야 하지. 나 얼마나 딸랑딸랑해 왔는데."

김범오는 철이 안든 사람처럼 두 손을 머리 위로 올리고는 요령처럼 흔들었다. 강세연이 아무 말 없이 한참 동안 발끝만 내다보고 있자 침묵이 이어졌다.

"혹시 서병로 이사가 범오 씨한테…… 잘해 줘?"
"응. ……참 잘해 줘."
강세연은 얼굴이 밝아진 채 그를 봤다. 뭔가 부담감이 덜어진 것 같다.
"정말이야? 잘해 줘?"
"응……. 죽인 개 갖다 날라라. 친구 사는 수목원 뺏어봐라. 잘해 줘."
"그런 일을 시켰어? 그게 무슨?"
"내 능력을 인정해 주는 것 같아. 다양하게."
두 사람은 씁쓸하게 웃었다. 강세연은 그런 식으로 말하는 김범오의 옛 기억이 되살아나 갑자기 그를 아주 잘 알고 있는 듯한 기분이 들었다. 김범오가 말했다.
"그런데…… 왜? 갑자기 서병로 이사가?"
"아냐. 그냥 궁금해져서."
김범오는 무언가를 눈치 챈 것처럼 옆에 선 아이를 끌어안더니 금세 성큼 들어 올렸다. 이야, 이 녀석, 방학 동안 무럭무럭 컸구나. 무겁다. 무거워. 다음 달부턴 못 들어 올리겠어. 그러고는 아이에게 담배를 사오라고 시켰다. 아이는 돈을 받아쥔 뒤에 왠지 모를 굴욕감 같은 것을 느꼈다. "나머진 가져." 아이는 누나의 무릎에 손을 얹고 멈칫, 멈칫거리다가 마지못해 옥상 문을 향했다. 아이는 누나를 조심스레 돌아다봤다. 자기가 다녀오면 누나는 어디론가 가고 없을 것 같았다.
"어서, 갔다 와."

그리고 김범오가 근심스레 강세연에게 물었다.

"너, 회사 다닐 때 서병로 이사가 많이 괴롭혔잖아."

"그랬었지."

강세연은 선인장들이 잔뜩 놓여 있는 쪽으로 눈길을 주며 말했다.

"저것도 범오 씨가 모아놓은 거야?"

"아니. 난 선인장은 잘 몰라. 여기 303호 아저씨와 402호 할머니가 모아놓은 거야. 대통령 선인장도 있는데. 한 번 볼래?"

"저번에 촬영해 갔어."

반쯤 일어선 김범오와 여전히 앉아서 올려다보는 강세연의 시선이 만났다. 그 눈길 그대로 강세연이 말했다. 작정하고 말하는 얼굴이 되었다.

"사실 나, 범오 씨 걱정 많이 했어. 지난달에 그 사람이 우리 집에 찾아왔었거든."

김범오는 도로 앉으면서 믿을 수 없다는 표정이 되었다. 그대로 얼굴이 굳어졌다. 그녀는 말을 이었다.

"나도 놀랐어. 밤인데다 아무런 말도 없이 찾아와서."

김범오는 슬프면서도 분노한 낯빛으로 내뱉듯이 말했다.

"미쳤구나, 그 자식. 그래서 어떻게 했니?"

"바로 내쫓았어."

"순순히 갔어?"

"그래야지. 어쩔 거야. 야비한 말 늘어놓으면서. 내가 범오 씨와 계속 사귄다고 알고 갔어. 거의 저주하면서."

강세연은 어이없고 착잡해져서 희미하게 웃었다. 어떻게 풀어내야 하는 걸까. 이 남자한테 드는 이 이상한 죄책감은.

"사실은 범오 씨하고 인수봉에서 찍은 사진도 찢어버렸어."

김범오는 그게 서병로의 짓이란 걸 확인한 뒤에 물었다.

"그게 언제쯤이었니?"

••54

서병로가 전무이사실에서 김범오를 기다리고 있을 때 그의 손에는 서랍에서 갓 꺼낸 강세연의 사진이 들려 있었다. 여름날의 뙤약볕이 하얗게 내리쬐는 옥상의 꽃밭에 그녀가 카메라 가방을 멘 채 꽃들을 하나하나 눈여겨보고 있는 사진들이었다. 얼굴을 가까이 당겨 촬영한 게 있었는데 그녀는 이전보다 훨씬 더 아름다우면서도 우아했다. 짧게 커트한 머리에, 흰 티, 파란 물이 빠진 청바지 차림이었을 뿐이었는데도 우유로 빚은 것 같은 피부에는 고귀하고 환한 기품이 일렁이고 있는 것 같았다. 군살이라곤 하나도 없는 날렵한 몸매에 복숭아처럼 탐스럽게 맺힌 가슴과 둥근 히프에서 시원하게 흘러내린 다리의 곡선을 쳐다보면 그의 가슴은 설렜다. 여름 바람에 풀 파도가 치는 초원처럼 도무지 가눌 수가 없었다. 그녀의 몸은 선 하나로 이어져 있었다. 작은 부분이 미세하게 흔들려도 봉긋한 가슴과 히프, 종아리까지 율동처럼 조화롭게 움직였다.

그 사진을 들고 온 이들은 서병로에게 말했다. 그 옥상이 있는 연립주택에 김범오가 산다고. 처음에 서병로는 그 말을 크게 미더워하지 않았다. 그 사진을 가져온 이들은 원제연이나 최동건의 밑에서 일해 온 자들이었으니까. 성림건설 사람들에 대해서 자세히 알고 있진 않으니까. 하지만 그들은 김범오를 감시하던 사람들이었고, 괜히 김범오를 하리 놓을 필요는 없었다. 게다가 그들은 서병로와 김범오, 강세연이 어떤 과거와 감정으로, 어떻게 연결되고 있는지 전혀 알지 못했다. 무엇보다 그들은 자신들이 찍어온 여자가 누구인지 모르고 있었다.

흰 장미처럼 아름다운 강세연이 제 발로 김범오를 찾아갔다는 게 사진에서처럼 확고부동하고 명백한 사실로 드러나자 서병로는 대번에 서너 가지의 감정에 휩싸였다. 김범오가 너무나 미워서 어금니가 저절로 악물렸다. 그러고는 왜 이런 자식에게 강세연의 마음이 향하고 있는지 알 길이 없자 신(神)의 편애가 지나치다는 한스러운 생각이 일었다. 무언가 결정권 같은 것을 박탈당한 자의 무기력감이 해안에 엎드린 파도의 거품처럼 밀려왔다. 그는 자기 자신의 슬픔이나 고통은 거의 매번 이겨낼 수 있었다. 하지만 그는 남의 기쁨이나 행운은 도저히 견뎌낼 수가 없었다.

그러나 이제 곧 김범오가 내 눈앞에 나타난다. 그 행운아가. 하지만 그 자식은 이제 내가 해줄 말을 행운으로 여길까, 불운으로 받아들일까.

기획조정실의 이정곤은 만일 오늘 정리해고된다면 자기 손에 돈이 얼마나 남게 될지 계산해 봤다. 예상치도 못했던 소문들, 좋지 않은 정보들이 자꾸 들어오고 있었다.

부장인 그의 재산은 38평에 2억 6000만 원짜리 옥수동 아파트가 전부였다. 그리고 우리사주조합에 맡긴 회사 주식 1만 2000주, 퇴직금 9000만 원이 전부였다. 회사 주식은 회사에서 9000만 원을 대출 받아 1주당 대략 7500원에 산 것이었는데, 오늘 아침 1000원이 돼 있었다. 사장과 이사들에게 보유 주식 수가 보고된다는 걸 알고 부장들이 경쟁하듯 많이 사들인 주식이었다. 주식으로 손해 본 7800만 원을 갚고 나면 그의 손에 들어오는 퇴직금은 겨우 1200만 원뿐이었다. 회사에서는 명예퇴직금 3000만 원가량을 주겠지만 그것마저 그의 주머니에 고스란히 넣을 수는 없었다. 집 사느라 회사와 사원조합에서 연리 5퍼센트에 빌린 4000만 원을 갚고, 은행에서 빌린 4000만 원을 되돌려 주면 16년 동안 성림건설에서 일해 온 그의 순 재산은 1억 9200만 원이 남는다.

그는 당장 집을 팔아야 빚을 다 갚을 수 있다고 생각하니 시력이 확 떨어져 버린 것처럼 눈앞이 흐릿해졌다. 아아, 하루 열두 시간씩 일하면서도 아파트로만 돌아오면 “이게 내 집.”이라는 생각 때문에 위로가 되던 곳이었는데. 베란다 한귀퉁이로 한강도 보이는 곳이었는데.

그러나 오늘 아침 기획조정실 사람들은 잠시 공포를 잊고, 아니 잊은 척하고 환해졌다.

"이야, 행운목 꽃은 15년 만에 핀다던데. 이게 웬 걸까. 형광등 바로 아래까지 올라가서 피었네. 저 하얀 꽃들 봐봐."

"저 꽃 다시 필 때까지 회사 다닐 수 있으면 참 좋을 텐데."

사무실 사람들은 숙연해졌다고 해야 할 만큼 아무 말이 없어졌다. 그러다가 누군가 말했다.

"정말, 이 사람, 꿈도 야무지네. 이게 무슨 봄철마다 피는 진달랜 줄 알아. 15년 만에 핀다니까."

이정곤은 큰 화분에서 솟아올라 이제 실내등 바로 아래까지 가지를 뻗은 행운목을 봤다. 내가 부장이 됐을 때 대학 동창이 보내준 건데. 싱싱한 잎사귀를 닦아주는 맛이 있었는데. 오늘 어떻게 꽃을 다 피웠을까. 아아, 정말 15년을 더 다닐 수 있다면. 지금까지 다닌 것만큼만 더 다닐 수 있다면. 천수(天壽)를 누린 것이겠는데.

아아, 아니다. 어쩌면 정말 그럴 수 있을지도 모른다. 저 꽃이 왜 피었단 말인가. 행운의 나무가. 절체절명의 이 위태로운 시기에 이건 길조가 아닌가. 이번만 넘기면, 그래 이번만 넘기면 15년을 더 갈지 모른다. 그나저나 김범오는 어디 있는 걸까. 그 아이는 앞으로 어떻게 될지 벌써 통보받은 걸까.

김범오는 전무이사실로 들어서면서 뒤로 문을 잠가버렸다. 금속 손잡이의 문 잠그는 꼭지를 누르자 탱, 하는 소리가 가볍게 났지만 너른 방의 깊숙한 곳에 앉아서 그가 들어오는 것을 본체만체하던 서병로는 듣지 못한 것 같았다. 서병로는 바로 정리해고 대상자의 확정 명단을 손에 들고 있었다. 사장은 예상했던 적정 인원보다 훨씬 많이 잘라내는 A안을 선택했다. 자르고 난 다음에는 값이 싼 아웃소싱 노동력을 대거 들여오기로 한 것이다. 사내 부부의 여자 쪽은 예외 없이 다 잘려나가는 운명이었다. 서병로는 김범오를 소파에 앉힌 다음 무슨 시혜를 내리는 듯한 표정을 지었다.

"자넨 구제됐어. 지금 열에 넷이 잘려나가는데 자넨 살아남았어."

김범오가 이미 어젯밤 사장 비서실의 후배들을 통해 비밀리에 파악한 내용도 그랬다. 하지만 그는 감사하다고 하거나 대뜸 머리를 조아릴 마음이 전혀 생기지 않았다. 그는 서병로를 똑바로 노려보았다.

"좋으시겠네요. 잘라낼 사람 마음대로 골라내고. 자기 사람들은 제대로 챙겨주게 돼서."

"자네 무슨 말이야?"

서병로가 눈을 부릅떴다.

"그래서, 내가 어디로 가는지나 말해 주시죠."

김범오가 내뱉듯 쏘아붙였다.

"자넨 미림식물원으로 발령 났어. 정말 근무하기 좋은 데야. 말들은 안 하지만, 누구나 한 번쯤 거기서 일해 봤으면 하고 생각할 거야. 용인은 공기부터 달라. 쾌적하지. 할 일은 적고. 자네도 잘 알 거야. 자네가 회사 옥상에다 꽃나무들을 심고, 자네 집 옥상에도 화원을 만들고, 사무실 여기저기에다 화분 갖다 놓고. 그런 일들이 알려졌잖아. 여러 가지를 고려해서 보내는 거니까. 가서 맘 편하게 일하게."

"그렇게 배려해서 보내주는 곳인데, 금 전무는 왜 자살했습니까?"

그는 성림 콘도의 전무였다가 2년 전 제주와 소백산의 콘도 분양이 실패로 돌아가자 미림식물원으로 전보된 사람이었다. 그는 당시만 해도 건강하던 원성일 회장으로부터 "자넨 온실 속의 화초 같은 데가 있어."라는 말을 들었는데 한 달쯤 뒤에 온실 속에서 목을 맸다. 그가 거기서 맡았던 일은 여러 가지였는데, 그중에 하나는 정원사로서의 일이었다. 콧등에 주름을 만든 서병로가 김범오에게 이를 갈듯이 말했다.

"자넨 목이 다 잘렸다가 살아난 거야. 죽은 개 한 마리 치우는 일도 제대로 못해서 그룹을 분란에 빠지게 했지. 그거, 사장님께서 직접 지시하신 일이었어. 알겠나? 그룹 오너가 될 사장님이! 거기다 자네는 강원도 회사 땅 옆에 수목원 하나 매집하라는 것도 거절해 버렸지. 아니, 매집 정보 수집하라는 것조차 거절했지. 그것도 사장님 지시 사항인데. 자네, 간이 부은 거 아닌가? 지금 같은 때?"

김범오는 피식, 웃음이 새어 나왔다.

"간이 부은 쪽은 서 전무 같은데요?"

김범오는 서병로의 얼굴이 아래에서부터 벌겋게 달아오르는 것을 음미하듯이 지켜봤다. 김범오는 그제 강세연을 만나 서병로와의 그간의 일을 전해 들은 뒤에 손에 칼을 쥐는 심정이 되었다. 어젯밤에는 아무래도 이상해 찾아간 비서실 후배들로부터 이번 구조조정의 내막을 전해 들었다. 그는 이미 보복의 심경을 넘어서서 허무해져 있었다. 그는 분노를 겨우겨우 가누면서 말했다.

"고과 점수들을 전부 다 엎어버린 사람이 서 전무라면서요. 무슨 일본에서 가져온 조직계보분석 프로그램을 가동시켰고. 나랑 이정곤 부장, 강 차장, 송 과장 같은 사람들은 전부 최동건 라인으로 정리됐다면서요. 그것도 프로그램을 돌려보니 그 계보도 아닌 사람들까지 손으로 작업해서 다 잡아넣었다니. 서 전무 눈밖에 난 사람들은 말이지요. 감사합니다. 내가 누구 계보인지 이제라도 알게 해줘서. 다들 마찬가질 겁니다. 후훗."

서병로는 눈에서 불이 튀는 것 같았다. 해고 통지를 하기도 전에 벌써 엄청난 게 누설된 것이다. 도대체 어디서 새나갔단 말인가.

"이 자식이 아무것도 모르면서, 살려주니까 목소리 높이고 있어. 나 고과점수 무시한 적 없어. 계보분석 프로그램? 그런 게 있다는 건 나도 모르는데 네가 그걸 어떻게 알아? 자식이, 그런 말도 안 되는 루머나 퍼뜨리고 다니니 목이 날아갈 지경이 됐지."

"서 전무. 그럼 이런 말은 사장한테 누가 했습니까? '인사는 고과대로 하는 게 아닙니다. 아랫놈들한테 합리적으로만 대하면 공포심이 없어집니다.' 맞는 말입니다. 명언이지요. '자기가 원해서 계보에 들어가는 놈이 몇 명됩니까? 위에서 가욋일 시킬 때 군소리 없이 잘 해치워야 계보에 들어가는 거죠.' 그것도 명언입니다. 그럼 저는 서 전무 라인이네요?"

"네가 왜 내 라인이야? 이 회사에 내 라인이 어디 있나? 이 자식이 말하는 걸 보니, 완전히 쓰레기네."

김범오는 이를 악물었다. 손 안에 악력(握力)이 들어가 주먹이 저절로 단단해졌다.

"서 전무가 나한테 개 치우라고 하지 않았습니까?"

서병로는 돌연 느긋해지더니 아주 재밌는 일을 본다는 표정이 되었다.

"개? 이 자식이 무슨 말을 하고 있는 거야? 무슨 개 말이야?"

서병로가 시치미를 떼자 김범오 역시 한번 해보자는 오기가 고개를 쳐들었다.

"개? 죽은 개 말이에요. 여러분들이 평창에서 죽이고 나한테 떠맡긴 개. 기억이 전혀 안 나시는지요?"

"글쎄, 난 그런 적이 없는데."

서병로는 다리를 꼬더니 고개를 돌렸다. 이제부터 이게 서병로의 공식 입장인 것이다. 김범오는 피가 끓었다. 닷새 전 이명자 이사장 앞에서 거짓말했던 기억이 났다. 개 죽이는 걸 본 적이 없다고. 개 목에 뭐가 붙어 있었는지 본 적이 없다고. 그러고 나서 피투성이가 되도록 얻어맞았다. 그래도 그는 아무 말 하지 않았다. 누가 옳고 그름을 떠나 밀고를 하고 싶지 않았기 때문이었다. 그런데 그 대가가 이런 파렴치인가.

"자네, 정말 안 되겠어. 자네 해고야! 회사 나가!"

서병로가 고개를 바로 돌리더니 삿대질을 하면서 매섭게 소리쳤다. 김범오가 자리에서 일어서면서 양복 속주머니에서 흰 봉투를 꺼내 서병로의 얼굴에 집어던졌다. 김범오는 속에서 터져 나오는 걸 그대로 다 쏟아내 버렸다.

"이 개새끼야! 너희들이 해고장 보내기 전에 내가 먼저 그만 때려치울 거야. 죽은 개만도 못한 새끼들. 너희들이 해고야! 내 인생에서 너 같은 인간들은 싸그리 해고야! 더 이상 쳐다보는 일도 없을 거야."

"그래도 미림식물원 같은 데서 느긋하게 시간 보내는 게 좋을걸."

서병로가 야비하게 웃으면서 책상 위의 키폰을 누르더니 "여기 좀 와줘." 하고 말했다. 수위실로 연락한 것이다.

"넌 이젠 식물원에서마저 잘려버렸어. 그리고 내가 자네한테 개는 왜 치우라고 했겠나? 나는 그런 적 없어. 어디 가서 입 밖에 내지도 마! 그럼 넌 죽어!"

김범오는 이를 악물었다. 서병로가 말을 끝내자마자 김범오는 두 손으로 그의 목덜미를 잡더니 서병로의 발뒤꿈치가 번쩍 들릴 만큼 끌어올렸다. 책상 위에 누군가의 사진이 있었다. 바로 강세연이었다. 김범오는 서병로를 노려보았다. 질투심으로 눈이 멀어 아랫사람들을 개처럼 다룬 자식. 공과 사도 구분 못하는 짐승 같은 자식. 아니, 조직이란 게 원래 다 이런 게 아닌가.

김범오는 무슨 손에 익은 대빗자루를 다루듯이 서병로를 소파 한쪽으로 집어던져 버렸다. 그는 장사였다. 서병로도 건장했지만, 김범오를 당할 수준은 아니었다. 김범오는 워낙 강건한데다 지금은 노기까지 보태져 부르르 떨고 있었다. 내팽개쳐졌던 서병로가 눈을 치뜨면서 말했다.

"수위들이 오면 너 같은 놈은 옷을 벗겨서 목을 꺾은 채로 내보낼 거야!"

김범오는 피가 거꾸로 흐르는 것 같았다. 욱하고 일어선 분노의 힘 때문에 팔뚝을 감은 굵은 힘줄이 뱀처럼 드러났다. 그는 아까 날렸던 사직서 봉투를 집어 든 다음 서병로의 멱살을 다시 잡고 들어 올렸다.

"물어!"

김범오가 쏘듯 말했다. 서병로가 피식 웃자 김범오는 그의 허리춤을 붙잡고 뒷걸음질 치게끔 질질 끌고서는 창가로 데려갔다. 김범오는 세로로 긴 여닫이 통풍창을 활짝 열어젖힌 채 서병로의 상반신을 창밖으로 대번에 밀어젖혔다. 서병로의 엉덩이가 들려지다시피 해서 창틀 뒤의 비스듬한 시멘트 창턱으로 쑥 밀려 나갔다. 저 아래 차도의 까마득한 소음이 금세 밀려 올라왔다. 바람이 새처럼 휘익— 하고 지나갔다.

"헉, 어억! 하아아!"

서병로는 눈썹이 올라가고 눈과 입이 크게 벌려진 채로, 자기 목덜미를 움켜쥔 김범오의 오른손을 명줄처럼 붙잡으며 덜덜덜덜 떨기 시작했다. 김범오는 차분하게 가라앉은 낯빛으로 그를 노려보았다.

“물어!”

서병로가 흰 봉투를 물었다. 김범오의 목소리는 낮았다. 그는 선악(善惡)을 넘어서고 싶었다. 개…… 가여운 개…… 아랫사람들을 함부로 다루는 그런 일만 없었더라도 그는 지금 이런 처지가 아닐지도 몰랐다.

“당신이 개를 치우라고 했지?”

서병로가 흰 봉투를 문 채 신속하게 고개를 끄덕였다. 그는 등 뒤로 바람이 소슬하게 훑고 지나가자 눈동자가 저절로 벌어지고, 두피 위의 털구멍들이 꿈틀거리는 걸 소상하게 느낄 수 있었다.

“나는 당신네들이 다른 회사 사장들한테 보내는 축하 화분이나 치장해 주면서 살 생각은 없어. 내 인생에 단 한 시간이라도 그럴 생각이 없어. 그게 내가 미림식물원으로 가지 않는 이유야. 당신은 회사에서 너무나 많은 패악을 저질렀어. 하지만 내가 당신을 미워하는 건 이게 마지막이야. 무엇보다 당신 같은 사람들한테서 완전히 자유로워지고 싶기 때문이야. 그리고 당신도 당신 뜻대로 살지 못하는 인간이란 걸 나는 알고 있어.”

공포에 질린 서병로가 입을 벌린 채 울 것 같은 얼굴이 돼 갔다. 그의 가슴팍으로 떨어져 내린 흰 봉투에는 침이 묻은 그의 둥근 이빨 자국이 선명했다. 상반신이 비스듬히 눕혀진 채 창밖으로 밀려나간 그의 귓전으로 저 아래 지상에서 올라온 차 소리들이 아주 가느다랗게 들려왔다. 그 소음이 너무나도 미약하자 서병로는 새삼스럽게 지금 자신이 얼마나 높은 곳에 매달려 있는지를 깨닫고는 발작할 것 같은 충동에 사로잡혔다. 그는 고함이라도 지르고 싶었지만 목이 콱 막혀 질식할 것 같았다. 바람 부는 지상 23층이었다. 하지만 김범오는 아무런 동요도 보이지 않았다.

"당신이 나를 좌천시키거나, 해고한다고 해서 이러는 게 아냐. 당신은 안 믿겠지만 나는 진심이야. 당신은 아래서 일하는 사람들을 인간으로 보고 있지 않아. 그게 바로 당신의 잘못이야. 당신 말고는 누구 잘못도 아냐. 나는 이틀 전부터 여기 회사 생활을 정리하기로 했어. 사는 게 너무 어지러웠고 지쳐버렸어. 마음에도 없는 거짓말까지 해야 했으니까. 내 인생이 여기서만 가능한 게 아니니까. 앞으로 얼마나 많이 거짓말을 해야 할지 모르니까. 앞으로 얼마나 많이 시달려야 할지 모르니까. 하지만 당신은 아무렇지도 않게 거짓말을 했어. 나는 이 회사에 계속 남아서 당신 같은 자리에 오를 생각이 없어. 자기만 아는 사람이 될 수도 있으니까. 나는 당신이 행복해 보이지 않아.

자, 이 봉투를 처리해 줘. 그리고 하나 부탁이 있어. 사람들을 너무 많이 자르지는 마. 다들 미친 사람처럼 일해 왔으니까. 원제연 사장한테 꼭 전해 주길 바라. 어쨌거나 나는 그 사람을 위해 최선을 다해 왔어."

수위들이 문을 쾅쾅, 두드리는 소리가 들려왔다. 김범오는 백짓장처럼 얼굴이 하얘진 서병로를 수평으로 서서히 당겨서

방 안으로 끌어들였다.

"그리고 하나 못 박아둘게. 당신이 세연이 때문에 날 괴롭힌 건 그냥 넘어가 줄 수 있어. 하지만 이제부턴 다시 그 아이를 힘들게 하지 마. 그럼 당신은 죽어. 알겠어?"

서병로는 퀭하게 뚫린 눈으로, 말하는 능력을 잃어버린 사람처럼 고개를 끄덕였다.

김범오는 회사를 뛰쳐나갔다가 캄캄해져서야 텅 비어 있는 건물로 돌아왔다. 자정의 사무실은 고요했다. 해고자들은 통보가 된 걸까? 그는 실내등을 하나만 켜고는 사무실을 마지막으로 둘러보았다.

꺼진 채 천장에 나란히 배열된 실내등 아래 굵은 기둥들이 서 있고, 소화전을 알리는 붉은 불빛, 그 불빛이 스며 나오는 옆에는 방독면이 들어 있는 유리 상자, 저 방독면을 쓰고 사람들을 놀라게 해준 적도 있었는데…….

잘 있거라. 내가 없어도 잘 있거라.

그는 낮게 읊조리면서 후회했다. 서병로 전무의 멱살을 쥐었던 일을. 그럴 필요까진 없었는데……. 그는 입술을 꾹 다물었다.

팩스에선 작은 불빛이 저 혼자 깜빡이고, 팩스가 놓인 탁자를 둘러싼 텔레비전과 냉장고, 커피 메이커, 찻잔들, 복사기와 용지함, 회색 카펫과 그 위에 떨어진 몇 송이 행운목 꽃잎들……. 사람들은 복사기가 고장 나 쩔쩔 맬 때마다 김범오를 부르곤 했었다…….

잘 있거라. 이제 내가 없어도 너희들 잘 있거라.

흰 모시로 만든 차양과 푸른 잎사귀가 퍼져 있는 키 작은 나무들의 화분, 수없이 앉았다 일어선 회의용 라운드 테이블과 저기 구석의 내 자리……. 아직 끄지 않은 컴퓨터 모니터에는 화면 보호기가 어둠 속에 저 홀로 바뀌고 있고…… 디귿 자형 파티션마다 빽빽이 붙여 놓은 포스트잇과 사내 전화번호…….

잘 있거라. 이제 내가 없어도 너희들 잘 있거라…….

그는 짐을 챙긴 가방을 옆에다 놓고 파티션 구석에 얹어둔 화분을 종이 백에 넣었다. 지난 몇 년 동안 그를 내려다봐 온 아기 선인장 삼 형제가 든 사각형 화분이었다. 그는 마지막으로 자기 컴퓨터를 껐다. 그동안 고생 많았어. 아침까지 편히 쉬어라. 부원들에게 보내는 편지와 와이셔츠 주머니에서 꺼낸 사원증을 책상 위에 올려놓았다. 피곤할 때마다 눈을 붙이려고 엎드리곤 했던 책상이었다. 그는 책상 위를 손으로 쓸어보았다.

이제 좋은 새 주인 만나라……. 알겠지……? 나, 간다.

그는 어둠 속에서 서너 발짝 뒷걸음질 쳤다. 그러자 누군가 의자 바퀴를 돌려 김범오를 바라보더니 빙긋이 웃고 있었다. 그게 누군지 알 것 같았다. 스물여덟 살의 그였다. 처음 이 회사에 들어와 갓 일을 배우기 시작하던 그의 모습이었다. 취업이 안 돼 얼마나 낙담하다가 들어왔던 직장이었나. 얼굴 가득

기뻐하는 그 미소가 김범오의 눈에 선하게 들어왔다. 그때 김범오는 온갖 궂은일을 도맡아 하던 부지런한 막내였다.

김범오의 눈가로 무언가가 솟구쳐 고이더니 뜨거운 송진처럼 미끄러져 내렸다. 그는 주먹 쥔 손등으로 그렇게 흘러내린 것을 말없이 한 번 닦아냈다. 굵게 방울진 불덩어리 같은 것들이 계속 뚝뚝 떨어져서 와이셔츠가 젖어갔다. 잘 있어……. 그는 사무실 등을 마지막으로 껐다. 그는 완벽하게 어두워진 사무실 문 앞에 한참 동안 서 있다가 하염없이 흐르는 눈물을 또다시 닦았다.

파라다이스
가든 1

1판 1쇄 찍음 · 2006년 7월 28일
1판 1쇄 펴냄 · 2006년 8월 4일

지은이 · 권기태
편집인 · 장은수
발행인 · 박근섭
펴낸곳 · (주) 민음사
출판등록 · 1966. 5. 19. 제16-490호
서울시 강남구 신사동 506번지 강남출판문화센터 5층(135-887)
대표전화 515-2000 · 팩시밀리 515-2007
www.minumsa.com

값 9,500원

ISBN 89-374-8094-8 04810
ISBN 89-374-8093-X (세트)